Ann E. Hacker

Café Hannah

Alles auf Anfang

Für Margaretha

Hannah Jensen

Café Hannah

Hannah hatte es sich im Bett gemütlich gemacht und wollte vor dem Schlafen noch ein paar Seiten in ihrem Krimi lesen, als sie ein durchdringendes Piepen vernahm. Sie versuchte, es gedanklich auszublenden, wollte sich auf das Buch konzentrieren. Doch es war nicht möglich. Der Ton drang nervtötend penetrant in ihr Bewusstsein ein.

Hannah legte das Buch zur Seite und beschloss, dem Ganzen auf den Grund zu gehen. Eine Autoalarmanlage? Dafür klang es zu schrill. Ein Wecker? Abends um zehn?

Ein schneller Rundgang durch die Wohnung bestätigte, dass das Geräusch nicht von hier kam. Hannah schlüpfte in Morgenmantel und Hausschuhe und öffnete die Wohnungstür. Das Piepen wurde lauter, die Quelle war jedoch nicht eindeutig lokalisierbar. Hannah steckte ihre Schlüssel ein und trat ins Treppenhaus hinaus. Niemand sonst schien etwas zu hören. Sie lief ein paar Stufen nach oben und erkannte schnell, dass das Geräusch leiser wurde. Also zurück und ein paar Stufen nach unten. Das Piepen wurde deutlich lauter.

Als Hannah erkannte, was es war, blieb ihr vor Schreck fast das Herz stehen. Der Rauchmelder im Café! Zwei Stufen auf einmal nehmend rannte sie nach unten, schaffte es vor Aufregung kaum, den Schlüssel ins Schloss zu stecken, bekam die Tür doch noch auf – und wurde von einer stinkenden Rauchwolke eingehüllt. Es roch intensiv nach verbranntem Gummi.

Mit einem kräftigen Tritt schloss Hannah die Tür von außen, dachte nach. Der Feuerlöscher stand irgendwo im Küchenbereich, wo genau, wusste sie nicht. Dennoch – sie musste es versuchen.

Sie holte ein paar Mal tief Luft, zog die Tür einen Spalt breit auf, quetschte sich hindurch und betrat den Laden. Sie versuchte, sich zu orientieren, ein Feuer zu entdecken, konnte jedoch wegen des dichten Rauchs kaum etwas sehen.

Ihre Augen begannen zu tränen, die Luft wurde knapp. Vorsichtig atmete Hannah durch die Nase ein, musste husten. Ihre Lunge brannte. Sie musste so schnell wie möglich raus. Fast blind bahnte sie sich ihren Weg zur Ladentür. Sie stieß mehrmals an Gegenstände, stolperte über etwas Schweres auf dem Boden, konnte sich nicht mehr fangen, fiel hin, fluchte. Ihre Augen tränten inzwischen nicht nur vom Rauch. Einen Moment lang war sie versucht, einfach liegenzubleiben, doch dann siegte ihre Kämpfernatur.

Der Klang von Martinshörnern drang an ihr Ohr.

Hannah hob den Kopf, versuchte erneut, sich zu orientieren. Es konnte nicht mehr weit zur Ladentür sein.

Fluchend rappelte sie sich auf, atmete so flach wie möglich, doch der Rauch drang unerbittlich in ihre Lungen, sie hustete. Der Knöchel schmerzte, aber sie humpelte weiter. Endlich fand sie die Tür. Zum Glück steckte der Schlüssel von innen. Sie drehte ihn um und stieß die Tür auf. Hustend und nach frischer Luft schnappend rannte Hannah hinaus. Rauchschwaden quollen hinter ihr aus dem Laden.

Im selben Moment bogen zwei Feuerwehrwagen in die Blumengasse ein und verbreiteten mit ihren rotierenden Blaulichtern eine gespenstische Atmosphäre. In den Häusern ringsum öffneten sich die ersten Fenster.

Männer in schwarz-gelben Uniformen sprangen aus den Wagen, trafen die nötigen Vorbereitungen. Einer kam auf sie zu. Die Silberstreifen auf seiner Jacke reflektierten das Blaulicht.

»Wagner, Einsatzleitung«, stellte er sich in barschem Ton vor.

»Hannah Jensen.« Sie reichte ihm die Hand, die er ignorierte.

»Was ist passiert?«

Hannah zuckte mit den Schultern. »Ich habe keine Ahnung«, erwiderte sie wahrheitsgemäß. »Ich habe den Rauchmelder in meiner Wohnung gehört –«, sie zeigte in den ersten Stock, »– allerdings ein paar Minuten gebraucht, bis ich ihn als solchen identifiziert hatte. Ich bin durch die Hintertür rein und habe versucht, das Feuer zu finden. Da ich aber nichts sehen konnte, bin ich durch die Ladentür wieder raus.«

»Es ist Ihr Geschäft?«

»Ja, ich eröffne hier in ein paar Wochen ein Café.«

»Sie warten hier«, bedeutete er ihr im Kommandoton, rief dann zwei seiner Kollegen mit Atemschutz zu sich und schickte sie in den Qualm. Er selbst ging zu einem der Wagen zurück und sprach in ein Funkgerät.

Hannah wusste nicht, ob sie lachen oder weinen sollte. Sie hätte gerne Marlene angerufen, doch ihr Handy lag in der Wohnung.

Um nicht im Weg zu stehen, überquerte sie die Straße und lehnte sich ans kühle Fensterglas des Blumenladens. Wie durch dichten Nebel vernahm sie das Krachen des Funkgeräts, sah die Blaulichter, die übrigen Feuerwehrleute, bereit für ihren Einsatz, es fehlte nur der Bericht der Kollegen.

Es schien eine Ewigkeit zu dauern.

Hatte sie sich doch übernommen? Nur weil man davon träumte, ein Café zu eröffnen, hieß das noch lange nicht, dass man auch eines führen konnte. So viel war schiefgelaufen in den letzten Wochen, immer wieder hatten sie die Eröffnung verschieben müssen. Vielleicht war das ja ein Zeichen …

Blödsinn, dachte Hannah und wischte sich über das Gesicht. Sie glaubte nicht an Zeichen.

»Brauchen Sie Hilfe?«

Hannah schreckte aus ihren Gedanken hoch. Vor ihr stand eine junge Frau in Weiß, ein Abzeichen wies sie als Sanitäterin aus.

»Nein, danke«, antwortete Hannah und musste husten.

»Waren Sie da drin?«, fragte die Frau und zeigte auf das Café.

»Ja.« Hannah wurde erst jetzt bewusst, wie schwer ihr das Atmen fiel. Sie deutete auf ihren Brustkorb und sagte: »Hier tut's weh.«

Die Frau schaute sie ernst an. »Haben Sie Rauch eingeatmet?«

»Ja.«

»Wie lange waren Sie drin?«

Hannah dachte nach. Es konnten nur wenige Minuten gewesen sein. Sie sagte es der Sanitäterin.

»Warten Sie hier, ich hole Sauerstoff, dann fällt Ihnen das Atmen leichter.« Die Frau verschwand hinter einem der beiden Feuerwehrwagen, kam kurze Zeit später mit einer kleinen Sauerstoffflasche zurück. Sie reichte Hannah eine Maske, zeigte ihr, wie sie sie vor Mund und Nase halten musste, und drehte die Flasche auf.

»Ruhig ein- und ausatmen.«

Hannah holte folgsam Luft. Es stach und zwickte im Brustkorb.

»Besser?«, fragte die Frau nach einigen Atemzügen.

Hannah nickte, obwohl sie keine Verbesserung spürte.

»Gut. Sie sollten sich auf alle Fälle im Krankenhaus untersuchen lassen.«

»Mache ich.«

Die Sanitäterin klemmte die Sauerstoffflasche unter den Arm, stellte sich neben Hannah, holte ein Smartphone aus der Hosentasche und tippte drauf herum. Sie schien solche Szenen gewohnt zu sein.

Endlich kamen die beiden Feuerwehrleute aus dem Laden. Sie gingen sofort zum Einsatzleiter und erstatteten Bericht. Der kam daraufhin zu Hannah und sagte: »Da haben Sie noch mal Glück gehabt. Es war nur ein Schwelbrand, hinten in der Küche. Da hat wohl einer Ihrer Handwerker geschlampt. Schlimmer ist der Rauch. Ein Karton mit Kunststoff hat vor sich hin gekokelt. Ob Sie den Geruch jemals rausbekommen …«

Hannah nahm die Maske vom Gesicht. »Sie können ihn nicht absaugen oder so was Ähnliches?«

»Den Geruch?«

Sein Ton gefiel Hannah keineswegs, aber sie zwang sich dazu, freundlich zu bleiben.

»Den Rauch«, erwiderte sie.

»Lüften Sie ordentlich durch, dann ist er in Nullkommanichts weg«, sagte der Einsatzleiter.

»Danke für Ihre Hilfe«, antwortete Hannah und machte sich diesmal keine Mühe, den Sarkasmus in ihrer Stimme zu verbergen.

Der Mann wollte etwas erwidern, überlegte es sich dann jedoch anders, tippte mit zwei Fingern an eine imaginäre Mütze und ging zum Wagen zurück.

»Er meint es nicht so«, sagte die Sanitäterin neben ihr.

»Er ist trotzdem ein Idiot«, murmelte Hannah. »Es ist ja nicht so, als ob ich das Feuer gelegt hätte.« Sie fühlte sich unendlich müde.

»Was ist passiert, um Himmels willen?« Sandra stand plötzlich vor ihr, sie trug einen Pullover über ihrem Schlafanzug.

Hannah hob die Achseln. »Offen gestanden, ich weiß es nicht«, sagte sie. »Die Feuerwehr sagte was von Schwelbrand, einer der Handwerker, keine Ahnung.«

Sandra schaute in den Laden. »Viel wird man nicht sehen«, sagte sie. »Wir sollten durchlüften.«

»Ich weiß, aber wie soll das gehen?« Hannah schaute sie fragend an. »Der Rauch geht ins Haus, wenn ich beide Türen aufmache.«

»Wenn wir noch die Hoftür öffnen, zieht er nur durch das Haus hindurch. Es wird ein bisschen riechen, aber das macht ja nichts.«

Hannah begann, Hoffnung zu schöpfen. An die Tür zum Hinterhof hatte sie nicht gedacht. Wenn sie damit einen ordentlichen Durchzug schafften, war der Rauch wirklich in Nullkommanichts draußen. »Einen Versuch ist es wert.«

»Gut«, sagte Sandra. »Ich zieh mir rasch was anderes an und komme dann wieder.« Sie drückte Hannahs Hand. »Du bist nicht allein.«

»Danke«, hauchte Hannah und hielt nur mit Mühe die Tränen zurück.

Die beiden Wagen der Feuerwehr fuhren an ihnen vorbei und gaben den Blick auf den Rettungswagen frei.

Sie reichte der Sanitäterin die Sauerstoffmaske.

»Vielen Dank, das Atmen geht jetzt wesentlich besser.«

»Sie sollten trotzdem ins Krankenhaus fahren. Mit einer Rauchvergiftung ist nicht zu spaßen.«

»Ja, ich weiß. Ich fahre, versprochen.« Hannah hielt die Hand hoch wie zum Schwur.

»Alles Gute«, sagte die Frau und ging zum Wagen zurück. Ihr Kollege saß am Steuer und sprach in ein Funkgerät. Kurz darauf fuhren sie los.

Hannah winkte der Frau zu und folgte Sandra ins Haus. Es roch verbrannt. Sie brauchte zwei Pausen auf der Treppe und war vollkommen erschöpft, als sie in ihrer Wohnung stand. Mit Mühe vertauschte sie Nachthemd und Morgenmantel mit einem alten Trainingsanzug, von dem sie sich bisher nie hatte trennen können. Nun würde er doch noch einmal nützlich sein.

Sie stand schwer atmend im Hausflur, als ihr einfiel, dass sie Marlene benachrichtigen sollte. Hannah betrat erneut die Wohnung, ergriff ihr Handy und wählte auf dem Weg nach unten die Kurzwahl. Als die Freundin sich verschlafen meldete, schaffte sie nur noch, Marlenes Namen zu sagen, dann ließen sich die Tränen nicht mehr aufhalten. Sie setzte sich auf die Treppe und weinte.

Sandra tauchte auf, strich ihr über die Schulter, ging nach unten. Hannah rappelte sich auf und folgte ihr, reichte ihr den Schlüssel zur Hintertür. Die Nachbarin öffnete die Tür zum Hof, dann die Hintertür zum Laden. Ätzender, stinkender Rauch quoll heraus. Hannah musste husten und hielt die Hand auf ihren Brustkorb, weil es so wehtat.

Ein heftiger Durchzug entstand – Sandra hatte die Ladentür geöffnet. Der Rauch zog Richtung Hof.

Hannah wischte sich die Tränen ab. Es war nicht ihre Art, heulend dabeizustehen, während andere ihre Arbeit machten, aber in dieser Nacht fühlte sie sich ausgelaugt und matt.

Von den anderen Nachbarn ließ sich niemand blicken, und sie war froh darüber. Für Auseinandersetzungen hätte sie keine Zeit und keine Kraft.

Sandra hatte Recht behalten: Der Durchzug lüftete den Laden, und bereits nach einer halben Stunde konnten sie ihn gefahrlos betreten. Als Marlene eintraf, waren Sandra und Hannah gerade dabei, den Schaden zu begutachten.

Hannah stellte die beiden Frauen einander vor: »Marlene Mannhart, meine Innenarchitektin. Sandra Leupold, äußerst hilfsbereite Nachbarin aus dem zweiten Stock.« Wieder kämpfte sie mit den Tränen.

Marlene drückte Hannahs Hand, Sandra ihre Schulter.

»Wer hat denn die Feuerwehr alarmiert?«, fragte letztere.

»Ich weiß es offen gestanden nicht. Niemand hat etwas erwähnt.«

»Ruf morgen in der Leitstelle an, die können dir das sicher sagen«, schlug Marlene vor, holte einen Block und einen Stift aus ihrer Tasche und begann, den Schaden zu begutachten.

»Gute Idee. Ich sollte mich auf jeden Fall bedanken.« Hannah setzte sich und beobachtete Marlene, die sich immer wieder Notizen machte. »Und – wie schlimm ist es?«

»Nicht so schlimm wie befürchtet«, sagte Marlene. »Wir müssen neu streichen, aber ansonsten sieht es ganz gut aus.«

Sandra, die vor einigen Jahren einen Wohnungsbrand überstanden hatte, sagte, das Mobiliar müsse nur ordentlich gereinigt werden, dann könne man es ohne weiteres wiederverwenden.

»Zum Glück hast du keine Polstermöbel. Da bekommst du den Brandgeruch nicht mehr raus«, fügte sie hinzu.

»Was ist denn nun eigentlich passiert?«, fragte Marlene.

»Die Feuerwehr sagte, es sei ein Schwelbrand gewesen, hinten in der Küche. Angeblich einer der Handwerker. Sie haben den Brand mit einem Handfeuerlöscher gelöscht. Hätte ich auch machen können, wenn ich nicht so kopflos gewesen wäre.«

Marlene legte den Arm um Hannah. »Na hör mal, es ist doch völlig normal, dass man etwas konfus reagiert, wenn es brennt. Tut es zum Glück ja nicht alle Tage.«

»Ja, ich weiß. Dennoch: Ich Idiot habe die Ladentür aufgemacht, obwohl man doch immer wieder liest, dass man bei einem Feuer keinesfalls Türen und Fenster öffnen darf, wegen der Sauerstoffzufuhr. Wenn das ein richtiges Feuer gewesen wäre …« Hannah schüttelte sich.

»Denk nicht mehr dran.« Marlene schaute auf ihre Armbanduhr. »Heute Nacht können wir sowieso nichts mehr machen. Lass uns ins Bett gehen und morgen Früh weitermachen. Was meinst du?«

»Und du glaubst, ich kann schlafen nach all dem?«

Marlene grinste. »Ich mach dir meinen Spezialschlaftrunk, dann schläfst du wie ein Baby.«

Hannah schaute sie fragend an, aber Marlene hatte sich bereits Sandra zugewandt. »Vielen Dank für Ihre Hilfe! Sobald das Café eröffnet ist, revanchieren wir uns.«

Hannah nickte zur Bestätigung, aber Sandra wiegelte ab. »Das ist doch selbstverständlich. Schließlich sind wir Nachbarn.«

Marlene schickte Hannah nach oben in die Wohnung; sie würde alle Türen schließen und den Laden absperren.

Gehorsam stieg Hannah die Treppe hoch. Sie musste auf halbem Weg stehenbleiben, weil sie kaum Luft bekam. Endlich in der Wohnung angelangt, ging sie als Erstes ins Badezimmer, um ihre Augen auszuwaschen, die immer noch brannten. Ihr Gesicht war verschmiert vom Ruß, ihre Augen hatten dunkle Ringe.

»Endlich siehst du mal so alt aus, wie du bist«, spottete sie und wusch sich Hände und Gesicht. Zu mehr war sie zu müde.

Im Wohnzimmer genehmigte sie sich aus der Bar einen großen Cognac und setzte sich auf das Sofa. So viele Gedanken schwirrten in ihrem Kopf herum, vor allem aber der, dass sie die Eröffnung nun ein weiteres Mal verschieben müssten. Aber Marlene würde ihr sicher gleich mehr dazu sagen können.

Doch als die Freundin zehn Minuten später in der Wohnung auftauchte, schlief Hannah tief und fest.

Marlene bestand am nächsten Morgen darauf, dass Hannah in ein Krankenhaus fuhr und sich untersuchen ließ.

»Du hast viel zu viel Rauch eingeatmet. Willst du einen Lungenschaden als Andenken behalten?«

Da Hannah immer noch Schmerzen beim Atmen hatte, gab sie nach und fuhr ins nahegelegene Rotkreuzkrankenhaus. Als der Arzt ihr sagte, sie müsse ein paar Tage stationär bleiben, weigerte sie sich.

»Ich bin gerade dabei, ein Café zu eröffnen. Ich kann jetzt nicht herumliegen und nichts tun.«

Da kein Argument sie überzeugen konnte, gab der Arzt ihr ein cortisonhaltiges Spray mit, das sie mehrmals täglich anwenden sollte.

»Sollten sich Ihre Beschwerden verschlechtern, kommen Sie sofort zu uns«, sagte er zum Abschied.

»Ja«, erwiderte Hannah und dachte nicht daran.

Marlene war nicht begeistert, als sie im Laden auftauchte. »Das Café ist es nicht wert, dass du deine Gesundheit ruinierst«, schimpfte sie.

Auch JJ, mit dem Hannah spät am Abend telefonierte, redete ihr ins Gewissen: »Mom, listen to your friend. Was nützt ein tolles Café, wenn du dann dauerhaft krank bist? Du wirst all deine Kraft brauchen.«

Doch Hannah war stur. Sie hatte kaum Beschwerden und es gab noch so viel zu tun. Dass sie an den folgenden Abenden sehr viel erschöpfter war als vor dem Brand, schob sie auf den vielen Kaffee und die daraus resultierenden schlaflosen Nächte. Auch in ihrem Kopf war zu viel los.

Drei Tage nach dem Brand stand sie nachmittags auf dem Gehsteig und sinnierte darüber, ob sie die beiden Schaufenster wie geplant gestalten sollte. Es war ausreichend Platz für je einen Tisch und zwei Stühle vorhanden. Die Leute sollten auf den ersten Blick sehen, wie gemütlich das Café war. Aber würden sich die Leute ins Schaufenster setzen und beim Kaffeetrinken beobachten lassen?

»Sie belästigen uns nicht nur mit monatelangem Lärm und Dreck, sondern fackeln beinahe auch noch das Haus ab«, sagte eine näselnde Stimme hinter ihr.

Hannah ließ sich Zeit, bevor sie sich umdrehte. Von Waldhausen sollte nicht denken, sie würde beim ersten Wort von ihm reagieren.

»Es ist nichts Schlimmes passiert«, sagte sie betont ruhig.

»Nur, dass alles nach Rauch riecht.« Er schaute böse unter dem Hutrand hervor. »Sie hätten meine Bilder ruinieren können.«

Hannahs Puls raste, ihr Brustkorb schmerzte beim Atmen. Ein erneuter Krach mit dem Künstler aus der vierten Etage war das Letzte, was sie jetzt gebrauchen konnte. Aber es half nichts, er stand direkt vor ihr, die personifizierte Wut und Arroganz.

Sie drückte den Rücken durch und schaute Hubertus von Waldhausen direkt an. »Ihre Bilder waren sicher, in Ihrem Atelier da hinten im Hof. Nichts gegen Ihre Kunst, aber es gibt Wichtigeres im Leben. Und jetzt entschuldigen Sie mich, ich habe zu tun.« Damit wandte sie sich ab und widmete sich wieder den Fenstern. Sie wartete auf eine Bemerkung, doch er grunzte nur kurz und betrat dann das Haus.

Als sich ihr Puls gegen Abend immer noch nicht beruhigt hatte und ihre Atembeschwerden nicht besser wurden, sah Hannah widerwillig ein, dass sie sich erholen musste. Sie fuhr zurück ins Krankenhaus und ließ sich stationär einweisen.

Marlene kam am nächsten Nachmittag vorbei und brachte einen riesigen Blumenstrauß mit.

»Der ist von Christine. Fast die ganze Straße hat zusammengelegt und wünscht dir eine schnelle Genesung.«

»Wie nett, vielen Dank. Kümmerst du dich um eine Blumenvase?«

Marlene nickte. »Na klar. Vorausgesetzt, sie haben hier so große Vasen.«

Sie kam ein paar Minuten später mit einem Plastikeimer zurück, in den sie den Strauß stellte. »Der muss genügen.«

»Ich schaue einfach nur die Blumen an«, sagte Hannah und bemühte sich um ein Lächeln.

»Wie geht's dir?«

»Ging schon mal besser. Wie geht's dem Café?«

»Mach dir bitte keine Gedanken um das Café, es ist alles in bester Ordnung. Heute Morgen war noch mal jemand von der Feuerwehr da, ein Brandursachenermittler. Offensichtlich hat einer der Elektriker vergessen, eine Lampe auszuschalten. Sie hat einen wärmeempfindlichen Kunststoff so erhitzt, dass ein Schwelbrand entstand.«

»Kann man sich denn auf niemanden mehr verlassen?« Hannah ließ sich erschöpft ins Kissen zurückfallen.

»Ich rede natürlich mit dem Elektriker«, sagte Marlene. »Seine Versicherung muss dafür aufkommen.« Sie zögerte.

»Nun sag's schon«, forderte Hannah sie auf.

»Es wird sich vermutlich einige Monate, wenn nicht sogar länger hinziehen. Versicherungen sind heute auch nicht mehr das, was sie mal waren.«

»Geld ist nicht das Problem, ich habe genug auf der hohen Kante – zumindest für einige Monate. Die Frage ist: Werden wir die Eröffnung erneut verschieben müssen?«

Die Freundin zögerte, sagte dann: »Ich denke nicht. Wir haben ja noch fast drei Wochen. Es könnte eventuell eng werden, aber dann ist eben nicht alles so vollkommen, wie du es gerne haben möchtest.«

»Hmm«, machte Hannah.

Marlene nahm ihre Hand. »Ich weiß, du bist Perfektionistin, aber wichtig ist doch, dass die Leute etwas zu essen und zu trinken haben. Der Rest kommt von allein.«

»Ja, ich weiß. Ich stehe mir selbst im Weg.« Hannah drückte die Hand der Freundin. »Ich vertraue dir.«

Marlene lachte. »Dafür bezahlst du mich schließlich. Und deshalb muss ich jetzt auch zurück und den Handwerkern auf die Finger schauen.« Sie stand auf. »Und du ruhst dich aus, versprochen?«

»Versprochen.«

Doch zu viele Gedanken hinderten Hannah an der nötigen Ruhe. Wie schon in der Brandnacht ging ihr ein Gedanke nicht aus dem Kopf: Hatte sie sich mit der Eröffnung des Cafés übernommen?

Wohin sie auch schaute, gab es Probleme. Natürlich hatte sie nicht damit gerechnet, dass alles glatt laufen würde. Aber nun stand ihr neben all den Kleinigkeiten, die mit einem Umbau auftraten, und dem Krach mit von Waldhausen auch noch eine vermutlich lang andauernde Auseinandersetzung mit einer Versicherung bevor.

Zum ersten Mal, seit sie nach München gezogen war, fühlte Hannah sich allein. Zwar verstand sie sich bestens mit Christine und den anderen Ladenbesitzern in der Blumengasse, und Marlene, die sie als Innenarchitektin engagiert hatte, bezeichnete sie inzwischen sogar als Freundin. Dennoch waren sie längst noch nicht so vertraut, dass sie mit ihr über diese Dinge reden könnte. Und Marlene würde einen Teufel tun und ihr von dem Café abraten, immerhin war es ein lukrativer Auftrag.

Sie dachte an Klaus. Würde er sie verstehen? Vielleicht. Aber es war müßig, darüber nachzudenken. Sie hatte alle Brücken nach Frankfurt hinter sich abgebrochen …

Sicher gab es im Krankenhaus jemanden, aber wollte sie mit einem Seelsorger oder gar einem Psychiater reden?

Hannah schüttelte energisch den Kopf. Nein, so weit war sie dann doch nicht!

Die Stationshilfe streckte den Kopf durch die Tür. »In ein paar Minuten gibt es Abendessen. Wollen Sie im Bett oder am Tisch essen?«

Hannah entschied sich für den Tisch und starrte unschlüssig auf das Tablett. Sie hatte keinen Hunger, zumindest nicht auf Brot, Wurst und Käse.

Ihr Handy vibrierte. Sie war versucht, es zu ignorieren, wurde dann doch neugierig. Es war JJ. Hannah atmete tief durch und meldete sich mit einem freudigen »Hallo, JJ!«

»You're in a hospital?« Wider Willen musste Hannah lächeln. Wie immer direkt und ohne Umweg: In dieser Beziehung war JJ ganz ihr Sohn.

»Du hast selbst gesagt, mit einer Rauchvergiftung sei nicht zu spaßen«, erinnerte sie ihn.

»Ja, natürlich. Ich finde es auch sehr vernünftig, dass du dich behandeln lässt.«

Hannahs Blick fiel auf ihren Wecker. Es war kurz vor achtzehn Uhr, also kurz vor Mittag in Queens. »Bist du nicht in der Schule?«, fragte sie alarmiert.

»Doch, natürlich, mach dir keine Sorgen, Mom.« Er zögerte, und einen Moment lang befürchtete Hannah, ihr Sohn würde ihrem Berg neuen Kummer hinzufügen. Doch dann sagte er: »Marlene hat mich angerufen – muss ich mir Sorgen machen?«

»Aber nein«, rief Hannah und hörte selbst, dass es bemüht klang. »Ich ruhe mich ein paar Tage lang aus, dann bin ich wieder ganz die Alte. Glaub mir, es ist alles gut.«

JJ schien sich überzeugen zu lassen, denn er wechselte das Thema und berichtete ihr vom Leben in Queens.

»Stell dir vor, Joclyn hat sich schon wieder verlobt. Und natürlich schwört sie wie immer, dieses Mal sei es aber der Richtige.«

»Das wievielte Mal ist das jetzt?«, fragte Hannah.

»Ich habe irgendwann aufgehört zu zählen. Marilyn behauptet, es sei Nummer zwölf, deshalb müsse es diesmal klappen. Nicht auszudenken, wenn dann ausgerechnet Nummer dreizehn der Richtige wäre.«

Hannah lachte und obwohl ihr Brustkorb schmerzte, fühlte sie sich gut dabei.

»Sag allen liebe Grüße, ja? Vielleicht schaffe ich es ja noch in diesem Jahr, mal vorbeizuschauen.«

»Ha ha«, machte JJ. »Schau lieber, dass du wieder gesund wirst und dein Café eröffnest!«

»Und wenn es nun ein Fehler war?« Hannah bereute den Satz sofort, aber war nun gesagt.

»Was meinst du?« JJ klang sofort wieder besorgt.

»Ach nichts«, gab Hannah zurück und bemühte sich um einen neutralen Ton. »Was willst du von jemandem erwarten, der im Krankenhaus liegt? Ist nicht gerade ein Ort der überbordenden Fröhlichkeit. Frag mich in ein paar Tagen noch einmal, dann klinge ich ganz anders.«

»Sicher?«

»Sicher«, bestätigte Hannah. »Ich habe das Recht, ein bisschen zu jammern, oder nicht?«

»Ja, natürlich, Mom, jammere ein bisschen. Solange du nur bald wieder ganz die Alte wirst.«

»Natürlich werde ich das«, beruhigte sie JJ. »Und dann wirst du dich wieder darüber beschweren!«

JJ lachte. »Ist mir auf alle Fälle lieber als andersherum. Ich muss los, Mom. Pass auf dich auf, ja? Ich hab dich lieb.«

»Ich dich auch«, erwiderte Hannah und drückte sofort auf das Ende-Zeichen, da sie fürchtete, JJ könnte ihre tränenerstickte Stimme hören.

Aus Angst, es könnte sie jemand ertappen, schloss sie sich ins Badezimmer ein und gestattete sich ein paar Minuten Weinen. Wie gerne hätte sie jetzt Marilyn an ihrer Seite! Wer sechs Kinder aufgezogen und ein siebtes mit durchgefüttert hatte, sah das Leben vor allem von der praktischen Seite aus. You wanna open a café? Just do it!

Hannah lächelte, als sie an ihre ehemalige Nachbarin und Freundin dachte.

»Heulsuse«, sagte sie zu ihrem Spiegelbild und wusch sich das Gesicht. JJ hatte recht: Sie sollte sich auf das Gesundwerden konzentrieren und dann die Probleme angehen.

Als es am nächsten Tag kurz nach dem Mittagessen klopfte, rechnete Hannah mit Marlene, die ihr den täglichen Bericht abliefern würde. Mit dem Gesicht, das freudig strahlend um die Tür schaute, hätte sie niemals gerechnet.

»Brigid?«, fragte sie ungläubig, als sei das Gesicht eine Erscheinung.

Die Tür wurde aufgestoßen und die Besucherin erschien nun in voller Größe.

»What are you doing here?« Hannah starrte die Freundin verblüfft an.

»Someone needs to take care of you, right?«, erwiderte Brigid, stellte einen kleinen Rollkoffer ab und streckte ihr einen großen Blumenstrauß entgegen.

Verzückt lauschte Hannah dem irischen Singsang. »Langsam wird es eng hier«, bemerkte sie dann trocken und deutete auf den Eimer mit dem Strauß, den Marlene am Tag zuvor mitgebracht hatte.

»Das kriegen wir hin.« Brigid legte den Strauß auf den Tisch und umarmte sie.

Hannah roch das vertraute Parfüm der Freundin und fühlte sich sofort geborgen. »Wo kommst du denn so plötzlich her?«

»Aus Wien«, erwiderte Brigid. Sie zeigte auf die Blumen und sagte: »Ich kümmere mich schnell darum, dann gehöre ich ganz dir.«

Während sie draußen nach einer passenden Vase suchte, drehten sich in Hannahs Kopf die Gedanken. Es konnte kein Zufall sein, dass Brigid aufgetaucht war. Doch wer hatte sie informiert?

Als Brigid mit einer großen Vase im Arm zurückkehrte, fragte Hannah ohne Umschweife: »Hat JJ dich angerufen?«

»Er macht sich Sorgen um dich«, erwiderte die Freundin ebenso direkt. Sie stellte die Vase auf den Tisch und zog einen Stuhl neben Hannahs Bett. »Es ist untypisch für dich, den Kopf hängen zu lassen.«

»Hat er das gesagt? Dass ich den Kopf hängen lasse?«

Brigid lächelte. »So ähnlich.«

»Und du hast alles stehen und liegen gelassen, um hierher zu kommen?«

»Ich komme tatsächlich aus Wien, es war ein glücklicher Zufall«, sagte Brigid. »Aber natürlich wäre ich auch aus Dublin gekommen.«

»Danke«, sagte Hannah und ergriff die Hand der Freundin. Als die Tränen kamen, ließ sie es zu und schämte sich nicht dafür. Minutenlang saßen sie da, schwiegen und hielten sich an der Hand.

»Danke«, sagte sie noch einmal, nachdem sie die Tränen getrocknet und sich geschnäuzt hatte.

Brigid erwiderte nichts, drückte nur ein letztes Mal ihre Hand.

»Erzähl. Was hast du in Wien gemacht?«

»Ich hatte einen Termin mit einem Verleger. Sie planen eine neue Serie, bei der ich mitwirken soll. Heute war das zweite von mehreren Treffen. Es war gerade vorbei, als JJ anrief. Ich bin mit dem Zug hierhergefahren.«

»Du bleibst doch hoffentlich ein paar Tage?«, wollte Hannah wissen.

Brigid schüttelte bedauernd den Kopf. »Ich fürchte, das wird nicht möglich sein, so gerne ich auch bleiben möchte. Da der Verlag die Reisekosten übernimmt, musste ich mir einen relativ günstigen Flug suchen. Er geht heute Abend.«

»Schade«, sagte Hannah. Sie dachte ein paar Minuten nach, fragte dann: »Musst du unbedingt heute noch nach Dublin? Oder ist es nur wegen der Kosten?«

»Ich sage es nur ungern, aber es ist tatsächlich wegen der Kosten.« Sie zeigte auf eine schmale Tasche, in der ihr Laptop steckte. »Schreiben kann ich fast überall.«

»Gut«, sagte Hannah. »Du stornierst deinen Flug, bleibst ein paar Tage und ich zahle dir den Rückflug. Keine Widerrede«, sagte sie, als Brigid protestieren wollte. »Du weißt, ich kann es mir leisten. Und ich will es mir leisten. Basta!«

Brigid lächelte. »Da scheint ja die alte Hannah durch«, sagte sie. »Schön, dass es sie noch gibt.«

»Ich werde doch nicht meine beste Freundin sofort wieder abreisen lassen? Du kannst bei mir wohnen, ich habe jede Menge Platz.«

Sie plauderten ein wenig über Alltäglichkeiten. Brigid erzählte von dem aktuellen Buchprojekt mit dem österreichischen Verlag. »Es wäre eine tolle Sache und es würde wieder etwas Geld in die Kasse spülen.«

»Ich dachte, es läuft so gut.«

»Ja und nein. Es läuft gut, ich kann eigentlich nicht klagen, aber mit Kinderbüchern verdient man nicht wirklich viel Geld. Es reicht so grade zum Leben. Wenigstens muss ich keine Miete bezahlen und auch keine Hypothek.«

»Bedauerst du es jemals, den Job dafür aufgegeben zu haben?« Hannah hielt unwillkürlich die Luft an, als fürchte sie sich vor der Antwort.

Brigid schüttelte den Kopf. »Nein, noch nie. Ich wusste, es könnte knapp werden, dennoch habe ich es bisher nie bereut.« Sie schaute Hannah fragend an. »Und du?«

Diese zögerte mit der Antwort. »Ich bin mir nicht sicher.« Sie schwieg, dachte an die ersten Wochen in München. »Es war alles so klar. Als ich den Laden sah, wusste ich sofort, das ist er. Du wirst es später selbst sehen – die Straße ist ein Traum. Sie heißt Blumengasse, aber eigentlich müsste sie Baumgasse heißen. Auf beiden Seiten stehen große Bäume, die im Mai wunderbar blühen, fast das ganze Jahr über Schatten spenden und unter denen man sitzen kann. Es ist die pure Idylle –« Hannah lachte. »Na ja, die Autos stören etwas, aber das ist unsere Zeit, nicht wahr? Der Makler hat mir noch einen zweiten Laden angeboten, der größer und günstiger war, aber die Umgebung – nein, das war nichts. In der Blumengasse habe ich mich sofort wohlgefühlt. Und dann die Häuser!«, schwärmte Hannah. »Alles solide Altbauten aus dem späten 19. Jahrhundert, mit schönen Stuckverzierungen an den Fassaden. Zum Laden gehört eine Wohnung, die direkt darüber liegt. Sie ist sehr geräumig, drei große Zimmer, eine Wohnküche, ein Badezimmer.« Hannah seufzte. »Eigentlich ist es viel zu viel Platz für mich allein.«

Brigid lächelte. »Du hörst dich an wie ein Immobilienmakler.«

»Ich weiß. Aber es ist wirklich ein Traum. Der Besitzer hat das Haus vor einigen Jahren renovieren und unter anderem Balkone an der Hofseite anbringen lassen. Das Bad ist komplett neu, die Fenster schalldicht. Man liest immer wieder von der Wohnungsnot in München; ich habe wohl einfach Glück gehabt. Aber das Beste –« Hannah machte eine kurze Pause. »Das Beste ist die Straße. In fast jedem Haus ist ein Laden. Es ist eine typische Einkaufsstraße, in der eigentlich nur eines fehlt: ein Café«, schloss sie glücklich.

»Und dennoch hast du Zweifel?«, fragte Brigid leise.

»Ja, natürlich, das klang jetzt nicht nach Zweifel, aber das waren die positiven Seiten. Die negativen fehlen noch.«

»Und die wären?«

»So viele Dinge, die schieflaufen. Unzuverlässige Handwerker. Sogar solche, die einen in Gefahr bringen.« Hannah berichtete von dem Schwelbrand.

»Aber es ist doch offensichtlich gut gegangen?«, sagte Brigid. »Und das mit der Versicherung solltest du nicht so ernst nehmen. Natürlich wollen sie erst einmal nicht zahlen. Wenn der Bericht der Feuerwehr eindeutig ist, kommen sie nicht darum herum.«

»Natürlich zahlen sie. Aber der ganze Papierkrieg ...«, seufzte Hannah. »Da ist noch dieser verkappte Künstler. Hubertus von Waldhausen! Welch ein Name! Er droht mir schon von Anfang an mit Schwierigkeiten.« Hannah schüttelte sich in Erinnerung an ihre erste Begegnung mit dem Maler. »Er stand eines Tages im Hausflur vor mir, mit Hut und Stock, und starrte mich finster an. Gut erzogen, wie ich bin, habe ich mich sofort vorgestellt und ihm gesagt, dass ich demnächst das Café eröffne und im ersten Stock einziehe. Natürlich habe ich auch gleich gesagt, dass es etwas laut werden könnte, das lässt sich bei Umbauten nicht vermeiden.« Hannah lehnte sich vor. »Weißt du, was er gesagt hat?«

Brigid schaute sie erwartungsvoll an.

»›Café, pah! Wer braucht schon ein Café!‹ Es klang, als wolle ich ein Bordell eröffnen. Dann drängte er sich einfach an mir vorbei. An der Tür drehte er sich noch mal um und sagte: ›Ich werde mich beschweren, wenn es laut wird, darauf können Sie Gift nehmen.‹« Hannah schmunzelte. »Ich konnte natürlich nicht anders, ich musste ihm noch ›Ihnen auch einen schönen Tag!‹ hinterherrufen.«

»Du bist ein böses Mädchen«, sagte Brigid. »Hat er seine Androhung wahrgemacht?«

»Nein, bisher nicht. Du meinst, bellende Hunde beißen nicht?«, fragte sie.

»So in etwa.«

»Allerdings war er bisher auch nicht direkt betroffen – außer natürlich vom Schmutz und Lärm. Aber dafür habe ich mich von vornherein mit Schildern im Treppenhaus entschuldigt.« Sie schaute Brigid an. »Aber jetzt wirft er mir vor, dass durch den Qualm seine Bilder beschädigt wurden.«

»Wie wertvoll sind sie?«

Hannah zuckte mit den Achseln. »Ich habe keine Ahnung. Ich wollte ihn immer googeln, habe es bisher aber aus Zeitgründen nicht geschafft. Und so wichtig war er mir auch nicht.« Sie grinste schief. »Eine Nachbarin, Sandra, die mir auch beim Brand sehr geholfen hat, hat ihn mal als Haus- und Hofkünstler bezeichnet. Aber ich schätze, sie ist keine Kunstkennerin.«

Brigid ergriff erneut ihre Hand. »Du wirst es klären müssen.«

»Ich weiß«, erwiderte Hannah.

Die Freundin schwieg eine Weile, fragte dann: »Warum ausgerechnet München? Wieso bist du von Frankfurt weg?«

Hannah zuckte mit den Schultern. »Ich wollte einen Schlussstrich ziehen. Nicht unbedingt unter die Beziehung mit Klaus, aber unter mein Leben, das ich in Frankfurt geführt habe. Ich denke, ich wollte einen echten Neuanfang. Und in München habe ich mich immer wohlgefühlt, auch wenn die Zeit damals nicht einfach war.«

»Ich kenne die Stadt überhaupt nicht«, erwiderte Brigid.

»Dann solltest du die Gelegenheit nutzen und sie dir anschauen«, forderte Hannah sie auf. »Es gibt so viele schöne Ecken hier: den Englischen Garten, Schloss Nymphenburg, das Museumsviertel, wenn es eher Kultur sein darf. Oder mach einfach einen Bummel durch die Innenstadt ...«

Brigid lachte. »Okay, okay! Ich arbeite die Punkte nach und nach ab. Versprochen.«

»Braves Mädchen«, sagte Hannah und tätschelte Brigids Knie. »Ich bin sehr froh, dass du da bist.«

Hannahs Handy vibrierte. Es war ihr Sohn. »Hallo JJ«, sagte sie.

»Ist die Überraschung gelungen?«, wollte ihr Sohn wissen.

»Das kann man wohl sagen! Ich danke dir! Auch wenn ich dich natürlich gleichzeitig schimpfen muss, weil du dich einfach in mein Leben einmischst. Und ich mich in das von Brigid.«

JJ lachte. »Mom, manchmal muss man dich zu deinem Glück zwingen. Ich muss auch gleich wieder los. Gib Tante Brigid einen Kuss von mir.«

»Mach ich. Pass auf dich auf.«

Brigid hatte das kurze Telefonat zum Anlass genommen, ihre Sachen zusammenzusuchen.

»Willst du schon gehen?«

Brigid nickte. »Da du mich zwingst, länger zu bleiben, muss ich mir ein paar Sachen zum Anziehen kaufen.«

»Ich würde dir ja gerne etwas aus meinem Kleiderschrank anbieten, aber darin würdest du ertrinken«, seufzte Hannah. »Früher war es kein Problem, Klamotten zu tauschen. Aber heute? Wie machst du das nur, dass du immer noch so rank und schlank bist wie früher?«

Brigid lachte. »Vergiss nicht, ich bin eine hungernde Künstlerin.«

»Apropos Hunger.« Hannah zog die Schublade des Nachttisches auf und nahm ihren Geldbeutel heraus. »Mein Kühlschrank dürfte eher leer sein. Du musst auch Lebensmittel kaufen.« Sei reichte Brigid fünfzig Euro.

»Willst du mich beleidigen? So viel Geld habe ich doch noch selbst.«

»Hier nimm, du bist schließlich mein Gast.«

Da Brigid sich weigerte, steckte Hannah den Schein wieder zurück in die Börse. »Stur wie eh und je.«

»Iren sind nun mal so.«

»Ja, ja, schieb nur alles auf die Gene«, murrte Hannah, aber sie lächelte.

Brigid umarmte sie. »Ich rufe dich später noch mal an, ja?«

»Mach das. Ich sage Marlene und Sandra Bescheid, damit sie dich nicht für eine Einbrecherin halten.« Die Freundin stand bereits in der Tür, als Hannah noch etwas einfiel. »Brigid?«

»Ja?«

»Ich schätze, du brauchst die Schlüssel.« Sie zog sie aus der Schublade und hielt sie hoch.

Brigid lächelte. »Das würde die Sache ziemlich vereinfachen.« Sie nahm den Schlüsselbund, gab Hannah einen letzten Kuss auf die Wange und ging.

Am nächsten Tag kurz nach Mittag tauchte Marlene auf, um von der Baustelle zu berichten. »Natürlich sage ich dir nur die guten Nachrichten, du sollst dich ja schonen.«

»Es gibt also auch schlechte?«

Marlene lachte. »Nein, keine Bange, alles läuft sehr gut. Der Elektriker ist untröstlich und schwört, notfalls den Schaden selbst zu zahlen. Und auch sonst sieht es sehr gut aus. Ich habe gestern Abend noch ein wenig mit deiner Freundin aus Irland geplaudert. Sie ist sehr nett.«

»Ja, das ist sie«, stimmte Hannah zu. »Wenn sie nicht heute Morgen angerufen hätte, hätte ich geglaubt, es wäre ein Traum gewesen.«

»Woher kennst du sie?«

»Wir waren Kolleginnen in Dublin«, erwiderte Hannah. »Du weißt ja, ich habe in einem früheren Leben bei einer Bank gearbeitet. Ich war damals in New York; von dort schickten sie mich Ende der 90er nach Irland. Brigid hat sich meiner sofort angenommen. Wir stellten schnell fest, dass wir gemeinsame Interessen hatten und wurden Freundinnen. Eineinhalb Jahre später wurde Brigids erstes Kinderbuch veröffentlicht, es wurde schnell ein Bestseller. Sie wagte den Schritt und kündigte. Dafür habe ich sie immer bewundert.«

»Du hast doch jetzt auch deinen Traum verwirklicht«, warf Marlene ein.

»Ja, mit genügend Kapital im Hintergrund. Brigid hatte nichts, sie hat einfach darauf vertraut, dass es gut läuft. Dieses Vertrauen habe ich nicht.«

»Mach es dir nicht so schwer«, sagte Marlene und ergriff Hannahs Hand. »Es hilft nichts, wenn du dir selbst im Weg stehst.

Hannah lächelte sie an. »Als ob ich das nicht wüsste! Aber wissen und danach handeln sind zwei Paar Stiefel.«

Marlene stand auf. »Ich muss los, ich habe um eins einen Termin.« Sie umarmte Hannah. »Erhol dich, ja?« Sie warf ihr noch eine Kusshand zu und war weg.

Hannah absolvierte ihre Atemübungen und nahm sich dann den Krimi vor, in dem sie nun schon seit vielen Wochen las, aber nicht wirklich weiterkam. Tatsächlich schlief sie nach ein paar Seiten ein.

Als sie die Augen öffnete, saß Brigid an ihrem Bett und hielt ein paar weiße Seiten in ihrer Hand.

»Hey«, sagte Hannah schläfrig. »Wieso hast du mich nicht geweckt?«

»Hallo. Du brauchst deinen Schönheitsschlaf. Und ich habe genug zu tun.« Sie hielt die Blätter hoch.

»Für den Wiener Verlag?«

Brigid schüttelte den Kopf. »Nein, etwas ganz anderes.« Sie lachte leise. »Du wirst es nicht glauben, aber deine Straße hat mich heute Nacht zu einem neuen Buch inspiriert.«

»Hab ich dir doch gesagt. Diese Straße hat etwas Magisches ...« Hannah kuschelte sich zufrieden lächelnd in ihr Kissen. »Ich vermute, du verrätst nichts?«, fragte sie und zeigte auf die Seiten in Brigids Hand.

Diese verneinte. »Es hat sich nichts daran geändert. Ich gebe es erst aus der Hand, wenn ich damit zufrieden bin.« Sie klopfte die Seiten zusammen und steckte sie in ihre Tasche. »Wie geht es dir?«

»Sehr viel besser«, sagte Hannah. »Der Arzt meinte, ich könne womöglich morgen schon nach Hause.«

»Das ist eine gute Nachricht. Nur Marlene wird nicht begeistert sein. Ich habe den Eindruck, sie will das Café fertigstellen, bis du zurückkommst.«

»Das wird sie wohl kaum schaffen. Wie findest du sie?«

»Sie ist nett. Wir haben gestern Abend ein wenig miteinander geredet, aber sie hatte nicht viel Zeit. Es gab da offensichtlich ein paar Probleme mit ihrer Mutter.«

»Oh je, die Arme. Ihre Mutter ist etwas schwierig«, sagte Hannah. »Marlene redet nicht gerne darüber.«

»Wer tut das schon?«, brummte Brigid. »Wie geht es deiner Mutter?«

Hannah zuckte die Achseln. »Ehrlich gesagt, ich habe keine Ahnung. Ich habe schon lange nicht mehr mit ihr telefoniert. Müsste ich wirklich dringend tun. Aber in den letzten Wochen kam ich nicht vor zehn, elf Uhr abends zur Ruhe, da schläft sie längst.«

»Und der Rest der Familie?«, wollte Brigid wissen.

»Nichts Neues. Die Einzige, die sich normal verhält, ist Svenja. Alle anderen ignorieren mich wie eh und je.« Hannah seufzte. »Ach, was soll's. Lass uns über etwas anderes reden.«

»Was ist mit deiner Wohnung in Frankfurt? Hast du sie schon aufgelöst?«

Hannah lachte. »Du hast aber auch ein Talent, die heikelsten Punkte anzusprechen.«

»Wieso?«, fragte Brigid harmlos, konnte aber ein Schmunzeln nicht unterdrücken.

»Das Thema Klaus ist noch nicht ausgestanden«, erwiderte Hannah. Sie zupfte an der Decke herum, schaute zum Fenster hinaus, wandte den Kopf dann der Freundin zu. »Ich habe mich einfach aus dem Staub gemacht.«

»Ich dachte, es lief so gut zwischen euch?«

»Ja und nein. Es lief gut, solange ich die war, die Klaus wollte.« Hannah zögerte. Brigid war ihre beste Freundin, keine Frage, dennoch hatte sie Hemmungen, ihr von Klaus zu berichten. Sie hatte dabei keine allzu gute Figur gemacht. »Ich habe ihm irgendwann gesagt, dass ich bei einer Bank arbeite. Er war erst schockiert, hat sich von mir getrennt, kam ein paar Wochen später an, wollte es noch einmal versuchen. Wir haben ein paar Regeln aufgestellt und es hat geklappt. Du weißt, er ist ein Träumer. Wir haben immer wieder darüber geredet, was wir tun würden, wenn wir Zeit und Geld hätten. Ich hab ihm von meinem Traum erzählt, und er hat das Café sogar mit eingerichtet. Im Kopf! Als ich ihm sagte, ich mache es wirklich, war er schockiert. Da ging mir auf, dass er immer nur ein Träumer bleiben würde. Das ist auf Dauer nichts für mich.«

Hannah fühlte die Tränen aufsteigen und war erstaunt darüber. Klaus war nie ein Traummann gewesen, er war immer nur als vorübergehende Episode eingeplant. Dennoch hatte sie Gefühle für ihn gehegt, auch wenn er das totale Gegenteil von ihr war. Sie die disziplinierte, auf gesunde Ernährung achtende, immer top angezogene Bankerin; er der langhaarige, kettenrauchende, dem Alkohol zugetane Gelegenheitsjobber. Vermutlich empfand sie immer noch etwas für ihn, sonst würde es ihr nicht so schwer fallen, darüber zu reden. Sie schluckte und fuhr fort: »Vor ein paar Wochen war ich in Frankfurt und habe die Wohnung aufgelöst. Ich hatte fest vorgehabt, ihn anzurufen, aber als ich dort war, konnte ich es nicht. Ich muss es natürlich noch tun.«

»Ja, du musst das abschließen – auch für ihn«, bestätigte Brigid.

Sie schwiegen eine Weile, dann sagte Hannah: »Und bei dir? Tut sich da was?«

Brigid schüttelte den Kopf. »Weit und breit kein Mann in Sicht, der sich auf mich einlassen würde.« Sie lächelte gequält. »Aber auch keiner, der mir gefallen würde.«

Hannah lachte. »Wer will schon was mit so alten Weibern wie uns anfangen?«

Tags darauf durfte Hannah nach Hause. Als das Taxi in die Blumengasse einbog, war sie aufgeregt wie ein kleines Mädchen vor der Geburtstagsfeier. Die Straße wirkte wie immer, nur das Café war anders.

Sie gab dem Fahrer ein fürstliches Trinkgeld, stieg aus und blieb staunend vor dem Haus stehen. Über dem Eingang hing das gemalte Schild, das sie vor einigen Wochen bestellt hatte. Zwar stand »Hanna's Café« darauf und statt der gewünschten Schmetterlinge umrankten Blumen den Namen, doch das war jetzt nebensächlich. Endlich konnte jeder sehen, was hier entstand. Links und rechts der Tür standen große Kübel mit farbenfrohen Blumen. In den beiden Schaufenstern hing jeweils ein rotes Schild: »In Kürze Neueröffnung«.

Die Ladentür öffnete sich und Marlene und Brigid traten heraus.

»Herzlich willkommen!«

»Welcome back!«

»Danke, danke!« Hannah war schon wieder zu Tränen gerührt und umarmte die beiden Frauen, um es zu verbergen. Sie deutete auf die Schaufenster und sagte: »Und? Wird es in Kürze sein?«

»Natürlich!«, rief Marlene und ging in den Laden vor.

Hannah schaute sich um. Die Wände waren neu gestrichen, die Theke schimmerte geheimnisvoll, Tische und Stühle standen schön angeordnet da und warteten auf die Gäste. Neben dem langen Spiegel hingen ein paar billige Bilder an den Wänden, damit sie nicht so nackt wirkten. Sogar die Polstermöbel hatte Marlene aus dem Lager bringen lassen und aufgestellt.

Hannah schnüffelte. Es roch leicht nach Farbe, aber definitiv nicht mehr nach Rauch.

»Ich kann es kaum glauben! Das Café ist fertig!« Sie umarmte Marlene erneut.

Diese gab ihr jedoch gleich einen kleinen Dämpfer. »Es sieht nur fertig aus. Ich habe den Handwerkern richtig Feuer unter dem Hintern gemacht und das Gröbste ist auch tatsächlich erledigt.« Sie zeigte Richtung Küche: »Dort sind noch ein paar Kleinigkeiten zu erledigen und auch die Toilette ist noch nicht betriebsbereit. Aber sonst …« Sie sah sich um. »Ja, sonst sieht es ziemlich gut aus.«

»Das kann man wohl sagen! Ich bin völlig platt! Diese Überraschung ist dir gelungen.« Sie wandte sich an Brigid: »You like it?«

»I love it!«, sagte diese. »It may make me move to Munich.«

»I would be delighted«, gab Hannah zurück.

Hannah hakte Brigid unter und ließ sich von Marlene alles im Detail zeigen. Ein paar Möbel würde sie anders stellen, das eine oder andere Bild umhängen, aber prinzipiell hatte die Freundin es sehr gut getroffen.

»Dann kann ich jetzt wirklich die Eröffnungsfeier planen«, sagte sie.

»Du hast noch drei Wochen«, erwiderte Marlene. »Die Handwerker haben hoch und heilig versprochen, dass sie den Rest bis dahin fertigstellen.«

»Das sollten wir feiern. Allerdings habe ich in den letzten Tagen beschlossen, etwas weniger Alkohol zu trinken.«

»Wir könnten deine neue Kaffeemaschine einweihen«, schlug Marlene vor. »Sie kam vorgestern. Natürlich mussten wir sie ausprobieren, aber das gilt nicht als Einweihung.«

»Gute Idee«, sagte Hannah. »Ich kann dann zwar die halbe Nacht nicht schlafen, aber das ist es wert.«

Sie gingen hinter die Theke, wo eine Original Barista-Maschine aus Italien stand. Marlene schaltete sie ein und erklärte Hannah die wichtigsten Funktionen.

»I have to tell you about the barista workshop«, sagte Hannah, während sie drei Espressotassen aus dem Schrank daneben holte. »Das war wirklich interessant. Ich dachte immer, Kaffee sei Kaffee. Natürlich wusste ich, dass es verschiedene Bohnensorten gibt und auch Mahlgrade, aber ich hatte keine Ahnung, dass das so einen gravierenden Unterschied macht.«

Sie mahlte die Bohnen, füllte das Kaffeepulver um, drückte es mit dem Tamper fest, wie sie es gelernt hatte, fixierte den Siebträger in der Maschine und drückte nach einem kurzen Seitenblick auf die beiden Frauen hinter ihr den Knopf für Espresso. Die Maschine gurgelte und zischte und Sekunden später erfüllte feinster Kaffeeduft das Café.

»Vermutlich werde ich nur Espresso anbieten. Das Verzieren habe ich einfach nicht gelernt, obwohl Alessandro sich redlich bemüht hat, es mir beizubringen.« Hannah schmunzelte, als sie an den Italiener dachte.

»Kein Problem, das lernst du noch«, hatte er gesagt und ihre Hand mit der Milchkanne so geführt, dass auf dem Kaffee ein Herz entstand.

Sie hatte seine Nähe nicht unangenehm gefunden, doch der Italiener war selbst für ihre Verhältnisse sehr jung.

»Hast du heute Abend schon etwas vor?«, hatte er sie gefragt, als er ihr die Teilnahmebescheinigung aushändigte.

Hannah war auf die Frage vorbereitet gewesen. »Ja. Ich gehe zu meinem Mann und massiere ihm die Füße.«

Alessandro hatte irritiert geschaut, sich aber schnell gefangen. »Der Glückliche«, hatte er geschnurrt und Hannah ein Küsschen auf die Wange gehaucht.

Sie reichte den Freundinnen je eine Tasse und nahm sich die dritte.

Marlene schnupperte am Espresso. »Riecht wunderbar.«

Brigid nickte. »Delicious.«

Sie stießen an.

»Auf dass es gelingen möge«, sagte Marlene so bedeutungsschwanger, dass sie schallend lachen musste.

Fachmännisch begutachtete Hannah die Crema, erschnupperte das Aroma, kostete den ersten Schluck. »Nicht perfekt«, sagte sie, »aber auch nicht schlecht.«

Marlene nickte anerkennend. »Mit dem kannst du schon mal angeben.«

Hannah wandte sich der Theke zu. »Ich wünschte, ich könnte das auch hiervon sagen«, meinte sie und deutete auf die leere Auslage. »Womit soll ich die jemals füllen?«

Sie hatten schon mehrmals über das Problem gesprochen. Marlene hatte vorgeschlagen, jemanden für das Kochen und Backen einzustellen.

»Wenn das so einfach wäre!«, hatte Hannah erwidert. »Wo finde ich jemanden, der meinen Ansprüchen genügt?«

»Wait and see«, sagte Brigid.

Marlene stimmte zu: »Für den Anfang reichen ein paar einfache Sandwiches und drei oder vier Kuchen. Niemand wird von Beginn an den perfekten Service erwarten.«

Sie tranken ihren Espresso aus und stellten die Tassen in die Spülmaschine.

»Es fühlt sich schon beinahe wie echt an«, sagte Hannah.

Noch drei Wochen! Sie konnte es kaum erwarten, bis das Café endlich eröffnet war.

Bis dahin gab es jedoch noch viel zu tun. Brigid brach am nächsten Morgen nach einem ausgedehnten Frühstück Richtung Flughafen auf.

»I hope to see you at the opening«, bat Hannah zum Abschied.

»I will try but I can't promise anything«, erwiderte Brigid.

Hannah räumte das restliche Essen in den Kühlschrank und das Geschirr in die Spülmaschine und wischte über den Tisch. Doch irgendwann war die Küche sauber und sie wusste, sie konnte die unangenehmen Aufgaben, die vor ihr lagen, nicht länger hinauszögern.

Sie hatte am Abend zuvor die Post nur flüchtig durchgesehen, die wichtig aussehenden Briefe auf einen Stapel gelegt, die weniger wichtigen auf einen anderen und die Werbung ungelesen in den Papierkorb geworfen.

Sie nahm sich den Wichtig-Stapel vor, der aus vier Briefen bestand. Der erste war die Rechnung des Schildermalers. Der Betrag war korrekt, doch Hannah dachte nicht im Traum daran, ein Schild zu bezahlen, das sie so nicht bestellt hatte. Sie rief den Mann an, um eine Korrektur zu verlangen. Als er wissen wollte, was falsch sei, sagte sie erbost: »Sie haben sich überhaupt nicht an meine Vorlage gehalten. Ich wollte Schmetterlinge, keine Blumengirlanden. Aber darüber könnte ich noch hinwegsehen. Doch dass Sie den Namen falsch geschrieben haben, kann ich keinesfalls akzeptieren.«

»Sie sagten Hanna's Café«.

»Nein, auf der Vorlage steht eindeutig ›Café Hannah‹, ich habe es hier vor mir am PC.«

»Aber das ist doch dasselbe.«

»Das sehe ich aber nicht so«, antwortete Hannah. »Es kann doch nicht so schwer sein, ein Schild nach einer Vorlage zu malen.«

Es stellte sich heraus, dass er die Vorlage verloren und aus dem Gedächtnis heraus gemalt hatte. Hannah bestand darauf, dass er das Schild komplett neu malte, und ließ sich auf keine Diskussion ein. Er murmelte etwas, das wie »Schreckschraube« klang, aber Hannah drohte ihm schließlich mit einem Anwalt und konnte ihn so überzeugen.

»Ich will keinen Apostroph«, bläute sie ihm ein. »Und Hannah schreibt man mit h am Ende.«

Der Maler schnaubte leise, sagte aber nichts mehr.

»Ich brauche das Schild in spätestens zweieinhalb Wochen«, sagte Hannah zum Abschied und schickte ihm die Vorlage noch einmal zu.

Als sie den zweiten Brief öffnete, blieb ihr für einen Moment der Atem weg. Es war ein Schreiben eines Rechtsanwalts, der im Namen von Hubertus von Waldhausen zehntausend Euro Schadenersatz forderte. Sollte sie nicht innerhalb von zwei Wochen zahlen, behalte er sich weitere Schritte vor. »Einfach nur lächerlich«, knurrte Hannah, als sie den Brief durchlas. Ihr fiel das Telefonat mit dem Schildermaler ein – hatte sie nicht selbst gerade mit dem Rechtsanwalt gedroht? Sie schluckte und dachte: *Na ja, sie versuchen es halt.*

Sie öffnete die Suchmaschine und gab »von Waldhausen« und »Bilder« ein und erhielt 845.679 Links.

»Nicht schlecht für den alten Miesepeter«, murmelte sie und klickte auf einen Link, in dem das Wort »Auktion« vorkam. Nach und nach wurden Gemälde geladen, meist moderne Kunst.

»Hm«, machte Hannah und gestand sich nur ungern ein, dass ihr vieles von dem, was sie sah, gefiel. Sie suchte nach den Preisen für die Bilder und schnappte nach Luft, als sie sie fand. Fünfzigtausend Euro und mehr? Da war die Forderung über zehntausend Euro ja beinahe ein Schnäppchen!

Dennoch war Hannah nicht bereit, sofort klein beizugeben. Hier ging es nicht um Kunst, hier ging es ums Prinzip!

Auf einer zweiten Seite suchte sie nach einem Kunstsachverständigen, fand einen namens Robert Strauß, der ganz in der Nähe wohnte, und rief an. Sie schilderte ihr Problem und bat um einen Termin.

»Wie sehr waren die Bilder dem Rauch ausgesetzt?«

»Eigentlich gar nicht. Der meiste Qualm war in einem Ladengeschäft, das Atelier befindet sich im Hinterhof«, erklärte Hannah. »Dazwischen liegen ungefähr sechs, sieben Meter Luftlinie.«

»Ist das Atelier abgeschlossen?«

»Falls Sie meinen, ob es eine Tür hat, lautet die Antwort Ja. Es liegen drei Türen dazwischen: eine Tür vom Laden, die Tür zum Hof und die vom Atelier. Die ersten beiden waren offen, denn wir wollten das Haus lüften. Die vom Atelier war aber geschlossen.«

»Ich kann mir nicht vorstellen, dass die Bilder dadurch Schaden genommen haben«, sagte Herr Strauß. »Sie müssten dem Rauch schon direkt ausgesetzt gewesen sein.«

»Gut«, erwiderte Hannah. »Ich muss das aber schwarz auf weiß haben, denn ich habe bereits eine Schadenersatzforderung auf dem Tisch liegen.«

Sie vereinbarten einen Termin.

Natürlich musste der Sachverständige die Bilder sehen, um sie begutachten zu können, also musste Hannah Herrn von Waldhausen von dem Termin unterrichten. Sie kämpfte minutenlang mit sich, ob sie ihm einfach einen Zettel in den Briefkasten werfen sollte. Schließlich gab sie sich einen Ruck. »Du wirst dich nicht von diesem Menschen einschüchtern lassen!«

Sie nahm eine Einladung vom Stapel, schrieb das Eröffnungsdatum darauf und unterschrieb. Bei der Adresse gab sie sich besonders Mühe, Künstler legten auf solche Details oftmals Wert.

Dann stieg sie in den vierten Stock und blieb eine Zeit lang vor der Tür stehen. Sie glaubte, klassische Musik zu hören. Lange schwebte ihr Finger vor dem Klingelknopf, unter dem H. Waldhausen stand.

»Nun trau dich, er wird dich schon nicht fressen«, machte sie sich selbst Mut. Energisch drückte sie auf den Knopf, bevor sie es sich anders überlegen konnte.

Sie atmete erleichtert auf, als sich hinter der Tür nichts tat, und erschrak heftig, als sie unvermittelt aufgerissen wurde. Der Schwung wurde durch eine vorgelegte Kette gestoppt.

»Ja?« Von Waldhausen lugte durch den Spalt, ein Blick in seine Wohnung war nicht möglich. Aber Hannah war auch nicht daran interessiert.

Sie straffte die Schultern und schaute dem Mann direkt ins Gesicht. Ohne Hut sah er nicht ganz so eindrucksvoll aus. Das graue Haar war schütter, das Gesicht voller Falten. Immerhin – er war gekleidet wie immer, in einer dunklen Stoffhose, einem karierten Hemd und einer dunkelgrauen Weste darüber. Seine Füße steckten in karierten Hausschuhen. Er wirkte wie ein einsamer alter Mann.

»Guten Tag, Herr von Waldhausen«, sagte sie in ihrem liebenswürdigsten Ton. »Sie haben mir durch Ihren Rechtsanwalt Post zukommen lassen. Ich werde natürlich nicht auf Ihre Forderung eingehen. Am Donnerstag um fünfzehn Uhr dreißig kommt ein Sachverständiger, der sich Ihre Bilder anschauen und beurteilen wird, ob sie Schaden genommen haben. Ich hoffe, Sie sind da und gewähren dem Mann Zugang zu Ihrem Atelier.« Erschöpft hielt Hannah inne. Sie kam sich vor wie eine Schülerin, die ein Gedicht aufsagen musste, aber nicht textsicher genug war.

Er starrte sie an, schien zu überlegen, sagte dann mürrisch: »Es wäre nett gewesen, wenn Sie mich gefragt hätten, bevor Sie den Termin vereinbarten.«

Verdammt, dachte Hannah, *da hat er ausnahmsweise recht.* Laut sagte sie: »Ich hoffe, er passt Ihnen. Ansonsten werde ich ihn selbstverständlich verschieben.«

»Wird schon gehen«, brummte er.

Hannah hielt ihm den Umschlag entgegen. »Ich möchte Sie auch gerne zur Eröffnung des Cafés einladen. Ich würde mich freuen, wenn Sie kämen – am Eröffnungstag oder an einem anderen Tag. Wir haben sechs Tage die Woche geöffnet.«

Von Waldhausen starrte den Umschlag an wie ein giftiges Insekt und machte keine Anstalten, ihn zu nehmen.

Rüpel!, dachte sie und zog die Hand zurück. Sie atmete tief durch und sagte: »Ich weiß wirklich nicht, was für ein Problem Sie haben; es kann doch nicht so schwer sein, wenigstens zu den eigenen Nachbarn freundlich zu sein.«

Er schaute sie verblüfft an. Offensichtlich war er es nicht gewohnt, dass ihn jemand so anredete. Er beugte sich unangenehm weit vor, doch Hannah wich nicht zurück. Er roch nach Zigarre und Wein.

»Ich sage Ihnen, was mein Problem ist. Ich kann Leute nicht leiden, die ihre Nase in fremde Angelegenheiten stecken. Ich pfeife auf die Nachbarn. Die sollen sich um ihren eigenen Dreck kümmern. Und noch eines sage ich Ihnen: Sollte es zu laut werden in Ihrem

Café –«, bei seiner Betonung bekam das harmlose Wort einen sehr zweideutigen Beigeschmack, »– werde ich mich nicht scheuen, die Polizei zu rufen.«

Hannah wusste für einen Moment nicht, was sie darauf erwidern sollte, doch dann bahnte sich eine leichte Wut ihren Weg.

»Ach, wissen Sie, Herr von Waldhausen«, sie bemühte sich, seinen Namen so klingen zu lassen, als sei er nichts weiter als ein Scharlatan, »ich werde mein Café auch ohne Sie eröffnen und führen. Und es ist ein Café, keine Disco. Sie werden in Ihrer Einsiedelei hier oben sicher nicht gestört werden. Einen schönen Tag noch.«

So würdevoll wie möglich drehte sie sich um und schritt die Treppe hinunter. In ihrer Wohnung angekommen, zitterte sie wie Espenlaub und musste sich erst einmal hinsetzen. Dieser eingebildete, arrogante Idiot!

Hannah suchte nach einer angenehmeren Beschäftigung, um sich abzulenken. Die Einladungen mussten dringend adressiert und verschickt werden, doch das war eine Arbeit, die sie lieber auf den Abend verschob. Ihr Blick fiel auf die Küchenuhr. Es war drei Minuten nach zwei, also drei nach acht in Queens. Eine gute Zeit, JJ anzurufen, der sicher noch zu Hause war. Sie holte ihr Handy aus der Jackentasche und wählte die Kurzwahl eins.

»Good morning, Mom«, meldete er sich.

»Hello JJ«, erwiderte sie.

»Was gibt's?«

Hannah musste lächeln. JJ war häufig so ungeduldig und wirkte auf eine sehr unamerikanische Weise ziemlich unverblümt.

»Ich will dich nicht lange aufhalten, wollte dir nur sagen, dass ich wieder zu Hause bin.«

»Schön! Geht es dir auch wirklich gut?«, erwiderte JJ. »Sei mir nicht böse, aber ich muss eigentlich los …«

»Ja, ich weiß. Ich habe auch sehr viel um die Ohren, denn in drei Wochen wird das Café eröffnet. Wir telefonieren in den nächsten Tagen, ja? Hab dich lieb.«

»Ich dich auch. Bye!«

Hannah legte auf und öffnete auf ihrem Smartphone ein paar Fotos von JJ: Als kleiner Junge, damals in München auf dem Oktoberfest – er saß auf einem Pferd in einem Karussell und lachte aus vollem Hals. Beim High-School-Abschluss, im obligatorischen Talar und mit dem *graduation hat* auf dem Lockenkopf – diesmal lachte er nicht. Ein aktuelles Foto, das ihn vor der Schule zeigte, an der er seit einigen Monaten unterrichtete – nur wenn man ihn gut kannte, war die Andeutung eines Lächelns zu erkennen.

Hannah hoffte, dass JJ sie bald in München besuchen würde. Er hatte ihr versprochen, spätestens zu ihrem fünfzigstem Geburtstag zu kommen. Das waren noch über neun Wochen!

Hannah machte sich ein Sandwich und kehrte an ihren Schreibtisch zurück. Aber sie hatte keine Lust mehr auf den Bürokram und beschloss, dass es an der Zeit war, sich für die Blumen zu bedanken. Auf dem Weg nach unten war sie versucht, einen Blick in den Laden zu werfen, aber sie hatte Marlene versprochen, sich in den nächsten Tagen herauszuhalten.

»Die Handwerker brauchen eine klare Ansage. Es hilft nichts, wenn wir zu zweit bestimmen, wo's lang gehen soll.«

Hannah trat auf die Straße und schaute sich um. Die Bäume zeigten erste kahle Stellen, die Straße war beidseitig zugeparkt, die Menschen hasteten an ihr vorbei – und dennoch … Diese Straße hatte etwas Magisches. Nein, sie hatte keinen Fehler gemacht, als sie den Laden mietete. Das war definitiv ihr neues Zuhause!

Hannah atmete tief durch, strich sanft über die Hauswand und überquerte die Straße. Christines Blumengeschäft lockte mit einer herrlich blühenden Auslage. Als sie den Laden betrat, läutete die melodische Klingel.

»Ich komme sofort«, ertönte Christines Stimme aus einem hinteren Raum.

»Keine Eile«, rief Hannah zurück. »Ich habe Zeit.«

»Das hört man selten heutzutage.« Die junge Frau tauchte auf, sich die Hände an einem Handtuch abtrocknend. Als sie Hannah sah, begann sie zu strahlen.

»Du bist wieder da, wie schön!« Sie eilte auf Hannah zu und umarmte sie. »Geht es dir auch wirklich gut?«

Hannah lachte. »Ja, obwohl mir das niemand zu glauben scheint.« Sie hob abwehrend die Hände. »Ich weiß, ich bin selbst schuld. Aber sogar die Ärzte sagen, dass ich geheilt bin.«

»Gut«, erwiderte Christine.

»Vielen Dank für den wundervollen Blumengruß.«

»Das ist doch selbstverständlich. Ich wollte dir einen kleineren Strauß schicken, doch Petér bestand auf einen großen.« Christine lächelte verschmitzt. »Ich glaube, er steht auf dich.«

Unwillkürlich drehte Hannah sich um und starrte auf den Friseurladen gegenüber. »Petér? Ist nicht dein Ernst! Ich dachte, er ist schwul, wie alle Friseure.«

Christine lachte. »Na, wer wird denn solche Vorurteile haben? Petér ist definitiv nicht schwul. Im Gegenteil. Manchmal habe ich das Gefühl, er springt alles Weibliche an, das nicht bei drei auf dem Baum ist.«

»Dann sollte ich mich ja in Acht nehmen vor ihm«, sagte Hannah. »Wer hat sonst noch mitgewirkt beim Blumengruß? Ich muss mich doch bei allen bedanken.«

»Eigentlich nur noch Bassam, Petra und Kassie. Und Mehmet. Zu Marco habe ich selbst kaum Kontakt, Andrea hat Urlaub und ihre Vertretung traute sich nicht, mir Geld zu geben. Und Roland ist ja ein ganz besonderer Typ.«

»Ja, ich weiß«, antwortete Hannah. »Ich bin wirklich froh, dass nicht er mein Makler war. Ich bin mir nicht sicher, ob ich dann jemals einen Laden gemietet hätte.« Sie schüttelte sich in Gedanken an den Immobilienmakler im Laden links von Christine. Roland Kammermeier hatte etwas Öliges an sich. Hannah schaute sich um. »Du hast wirklich schöne Pflanzen«, sagte sie.

»Ich bemühe mich. Es ist oft nicht leicht, denn die meiste Ware kommt aus Holland, und die hält nicht immer, was sie am Montag im Großmarkt verspricht. Aber andere Lieferanten sind eben teurer, das zahlen die Leute nicht.«

»Ich dachte, die Gegend hier gehört eher zu den besseren in München«, wunderte Hannah sich.

»Mag sein, dennoch sparen die Leute, wenn es um Blumen geht.« Christine seufzte. »Aber ich will nicht jammern und dir womöglich den Mut nehmen.«

»Jetzt wäre es sowieso zu spät«, sagte Hannah. »Ich bin nach wie vor guter Dinge, keine Bange. Ich bin auch noch aus einem anderen Grund hier. Es ist wohl tatsächlich bald soweit: In drei Wochen ist Eröffnung. Ich hätte gerne immer frische Blumen auf den Tischen. Können wir da etwas vereinbaren? Du lieferst regelmäßig einmal pro Woche, dafür kommst du mir mit dem Preis entgegen?«

»Klar, können wir gerne machen. Sag mir, wie viel du brauchst und welche Größen, und ich mach dir ein Angebot.«

»Schön!«

Die Klingel ertönte und eine Kundin betrat den Laden. Hannah nahm das zum Anlass, sich zu verabschieden. »Ich bring dir die Angaben später vorbei. Danke und bis bald.«

»Ja, bis bald, man sieht sich«, sagte Christine und wandte sich der Kundin zu.

Hannah ging zum Laden rechts nebenan, wo im Fenster überdimensionale bunte Fingernägel hingen und das Wort »Nails« in Schreibschrift abwechselnd pink und violett blinkte.

Kassie war mit einer Kundin beschäftigt war. Hannah steckte kurz den Kopf durch die Tür und rief: »Hallo Kassie, ich bin wieder da. Danke für die Blumen.«

»Gerne. Geht's dir wieder gut?«

»Ja, danke. Ich komme später vorbei, okay?«

»Ja, mach das. Gegen fünf habe ich etwas Zeit.«

»Ich schau, was sich machen lässt.«

Hannah schloss die Tür und betrachtete ihre Hände, die vom vielen handwerklichen Arbeiten rau und ungepflegt aussahen. Einige ihrer Nägel waren eingerissen. Noch vor der Eröffnung des Cafés würde sie sich eine Maniküre gönnen. Mindestens.

Den Laden daneben pries immer noch ein Schild als »Provisionsfrei zu vermieten« an. Bis vor einigen Monaten hatte hier ein Goldschmied gearbeitet; er hatte sich offensichtlich verkalkuliert und die Miete nicht mehr bezahlen können. Hannah war froh, dass sie genug Reserven hatte, um wenigstens ein Jahr zu überleben. Trotzdem hoffte sie, dass sie so bald wie möglich schwarze Zahlen schrieb. Oder zumindest eine schwarze Null.

Die Apotheke am Eck gegenüber warb mit Mitteln gegen Sonnenbrand und Mückenstiche, im Fenster daneben winkte eine dieser scheußlichen Katzen unaufhörlich mit dem Arm.

Hannah hatte in der zweiten Woche Pflaster und Wundsalbe gekauft und sich bei dieser Gelegenheit auch als neue Nachbarin vorgestellt. Doch die Stimmung war so kühl gewesen, dass sie entschieden hatte, sich ihre Medikamente woanders zu besorgen. Apotheken gab es zum Glück mehr als genug in der Gegend.

Sie wandte sich dem Zeitungsladen zu, doch der war geschlossen. Klar, es war Dienstagnachmittag. Schon bei ihrem ersten Versuch war Hannah vor verschlossener Tür gestanden. Verwundert hatte sie an der Tür gerüttelt und dann erst das Schild mit den Öffnungszeiten entdeckt, das sie darüber informierte, dass jeden Dienstagnachmittag geschlossen war.

»Dass es das immer noch gibt«, hatte Hannah gemurmelt. Es hatte sie an ihre erste Zeit in München erinnert, als sie in Pasing wohnte. Damals waren viele kleine Läden am Mittwochnachmittag geschlossen gewesen. Sie hatte damals die Mischung aus Großstadt und dörflichem Charakter sympathisch gefunden und seither immer wieder den Wunsch gehegt, noch einmal nach München zurückzukehren. Dass dies dann gleich mit ihrem zweiten großen Wunsch, ein Café zu eröffnen, einherging, war ein wunderbarer Zufall. Hannah hatte es als gutes Omen betrachtet.

»Na, dann zu Petér«, murmelte sie, stellte sich jedoch zunächst vor das Schaufenster.

Der Friseur war gerade dabei, einer Kundin mit langen blonden Haaren die Ansätze zu färben. Als er Hannah durch das Schaufenster blicken sah, winkte er ihr zu.

Sie ging zur Tür, öffnete sie einen Spalt und rief hinein: »Hallo, ich bin wieder da. Danke für die Blumen. Ich schau später noch mal vorbei.«

»Würrde mich frreuen«, erwiderte Petér und winkte erneut.

Hannah schloss die Tür. Er war ein gut aussehender Mann Anfang, Mitte vierzig, der wusste, wie er auf Frauen wirkte. Sie hegte den Verdacht, dass er den leichten Akzent mit dem rollenden R extra benutzte, um exotisch und damit attraktiv zu wirken. In einer anderen Situation hätte Hannah durchaus einen Gedanken an eine Affäre mit ihm verschwendet, doch Sex mit einem Nachbarn? Nein, davon hatte sie genug seit dem Theater mit Klaus in Frankfurt.

Bassam und Petra öffneten ihr libanesisches Restaurant *Litani* nur abends. Hannah hatte schon mehrmals dort gegessen und sich immer sehr wohlgefühlt. Sie war nicht die geborene Köchin, dennoch würde sie sich für das Café an den Herd beziehungsweise an den Backofen stellen müssen.

Mehmets Dönerbude war umlagert von einer Traube laut schreiender Schüler. Sie würde ihm sowie Petra und ihrem Mann am Abend für die Blumen danken.

Bevor sie zum Essen ins *Litani* ging, wollte Hannah sich endlich um die Einladungen kümmern. Seit einigen Wochen lagen sie fertig gedruckt auf ihrem Schreibtisch, sie musste nur noch das Datum eintragen und die Umschläge adressieren. Die Eröffnung war jetzt für den ersten Samstag nach dem Oktoberfest geplant.

Hannah zweifelte immer noch daran, dass sie den Termin einhalten würden, doch Marlene war sicher, dass es klappen würde. Es waren noch so viele Kleinigkeiten zu tun, doch die Freundin hatte gesagt: »Du kannst das Café auch ohne funktionierende Küche aufmachen. Die Hauptsache, du kannst Kaffee und Tee machen und kalte Getränke anbieten. Dazu ein Stück Kuchen und schon sind alle Leute glücklich.«

Hannah war klar, dass ihr ihr Perfektionismus im Weg stand, aber sie sah ein, dass sie die eine oder andere Konzession machen musste, wollte sie noch in diesem Jahr eröffnen.

Sie stellte die Adresslisten zusammen. Die meisten ihrer Freunde würden nicht zwei Mal kommen können, die Anreise war zu weit. Und ihr war es lieber, sie würden Ende November ihren runden Geburtstag mit ihr feiern. Aber wenigstens aus der Ferne sollten sie Anteil am Café haben.

Als Hannah zu den Adressen ihrer Familie kam, zögerte sie. Weder Rasmus noch Meike würden ihre neue Beschäftigung gutheißen. Aber gerade deswegen wollte sie ihnen eine Einladung schicken.

»Dann könnt ihr wieder über mich lästern«, sagte sie zu sich selbst und lachte. Doch im Grunde war sie traurig, dass sich in all den Jahren ihr Verhältnis zu den Geschwistern nicht gebessert hatte. Nach wie vor galt sie als das schwarze Schaf der Familie und wurde nur aus Pflichtbewusstsein zu Festivitäten eingeladen. Alle waren erleichtert, wenn Hannah absagte, die lange Anreise oder zu viel Arbeit vorschiebend.

Dabei gab es seit vielen Jahren einige Gründe, stolz auf sie zu sein. Sie hatte Karriere gemacht und mehr als gut verdient. Doch alles, was Rasmus und Meike sahen, waren ihre gescheiterte Ehe – vor über zwanzig Jahren! – und ihr Jobverlust im letzten Jahr. Dass auch die Familie an ihrer frühen Heirat nicht ganz unschuldig war, würden sie ebenso wenig zugeben wie die Tatsache, dass die Finanzkrise, nicht eigenes Versagen dazu geführt hatte, dass sie ihren Job aufgeben musste. Ihr Bruder würde vermutlich sogar behaupten, sie habe diese Krise mitverursacht.

Hannah seufzte. Es war müßig, über die Familie nachzudenken. An ihrem Verhältnis zu Rasmus und Meike würde sich nichts ändern, die beiden hatten eine fertige Meinung von ihr, von der sie nicht abrücken würden.

Wenigstens zu ihrer Mutter hatte sie inzwischen ein besseres Verhältnis. Die Computeruhr zeigte zehn nach sieben. Mama hatte sicher schon zu Abend gegessen und saß noch eine Weile in ihrem Wohnzimmer, bevor sie zu Bett ging.

Hannah nahm das Telefon und wählte die vertraute Nummer in Hamburg. Es klingelte fünf, sechs Mal, dann nahm jemand umständlich den Hörer ab und verhedderte sich offensichtlich in der Schnur. Sie hörte leises Schimpfen.

»Mama? Hörst du mich? Mama? Hier ist Hannah.«

Die Leitung verstummte. Hannah drückte die Wahlwiederholung. Diesmal klappte das Abheben ohne Probleme.

»Wahls.«

Es gab Hannah einen Stich ins Herz, wie unsicher die Stimme ihrer Mutter klang.

»Hallo Mama«, sagte sie. »Hier ist Hannah. Ich wollte mich mal wieder bei dir melden. Wie geht es dir?«

»Hanne, bist du das?«

»Ja, Mama.«

»Wo bist du? Bist du in New York? Wie spät ist es bei euch?«

Hannah runzelte die Stirn. War Mama jetzt auch schon dement? Oder hatte sie sie aus dem Schlaf gerissen?

»Soll ich später noch einmal anrufen? Oder morgen?«

»Nein, nein, es ist gut. Wo bist du? Ich kann dich kaum hören.«

»Ich bin in München. Ich bin vor einigen Wochen hierher gezogen, kannst du dich noch daran erinnern?«

»Ja, natürlich«, sagte ihre Mutter.

Hannah wusste, dass sie log. »Wie geht es dir?«, fragte sie.

»Na, wie es alten Menschen eben geht«, erwiderte ihre Mutter und versuchte ein Lachen.

»Wie geht es Vater?«

»Oh, ihm geht es gut. Ich war heute bei ihm. Er hat mich nicht erkannt, natürlich nicht, aber es geht ihm gut.« Die Stimme klang jetzt lebhafter.

»Das freut mich«, sagte Hannah. »Ich soll dich von Jonathan grüßen, ich habe vorhin mit ihm gesprochen.«

»Ah, der gute Junge. Was macht er denn? Ist er gut in der Schule?«

Sie war definitiv dement!

»Na ja, er ist zwar in der Schule, aber nicht mehr als Schüler, sondern als Lehrer. Die Kinder lieben ihn.«

»Das ist schön.«

»Mama, ich rufe dich morgen wieder an, ja? Geh bald zu Bett und schlaf gut.«

»Ja, mache ich. Danke.« Ein Krachen beendete das Gespräch.

Nachdenklich starrte Hannah auf das Display ihres Handys. Sollte sie Rasmus anrufen und fragen, ob alles in Ordnung war mit ihrer Mutter? Aber er würde ihr nur wieder unterstellen, sie traue ihm und Kerstin nicht zu, dass sie sich um Mama kümmerten.

Hannah scrollte durch ihre Kontakte und wählte schließlich eine Nummer.

»Ja?« Es klang atemlos.

»Hallo Svenja, hier ist Hannah.«

»Oh, Tante Hannah, wie schön, von dir zu hören!«

Es war immer wieder erfrischend, mit ihrer Nichte zu telefonieren. Hannah atmete durch.

»Wie geht es dir?«

»Warte mal bitte einen Moment, ich bin sofort wieder bei dir«, sagte Svenja.

Hannah hörte Rascheln und Knistern im Hintergrund. »Ich kann ein anderes Mal anrufen, wenn es gerade nicht passt«, bot sie an.

»Nein, nein, ich bin sofort bei dir. Nur noch eine Minute. Ich leg dich mal schnell zur Seite, ja?«

Das Knistern und Rascheln dauerte an, doch dann wurde es ruhig und Svenja kam zurück ans Telefon. »Hier bin ich wieder. Wie schön, dass du dich meldest. Wo steckst du?«

Hannah musste schmunzeln. Ihre Familie schien komplett den Überblick verloren zu haben.

»Ich bin in München. Seit einigen Wochen bin ich stolze – und sehr erschöpfte – Pächterin eines Cafés.«

»Ja, natürlich! Wie konnte ich das vergessen. Und – läuft alles glatt?«

»Im Großen und Ganzen ja. Es gibt immer mal wieder Probleme mit den Handwerkern, aber nichts Gravierendes«, erwiderte Hannah.

»Falls du einen Rechtsanwalt brauchst ...«

»Ich komme darauf zurück, wenn es nötig wird.« Hannah wusste nicht, wie sie es ansprechen sollte, und entschied sich für den direkten Weg. »Ich habe gerade mit Mama telefoniert. Sie wirkte sehr verwirrt.«

»Vermutlich war sie nur müde«, sagte Svenja. »Da hat sie manchmal totale Aussetzer. Aber am nächsten Morgen ist sie wieder ganz die Alte. Mach dir keine Sorgen.«

»Danke, ich habe mir wirklich ernsthaft Gedanken gemacht. Ich bin das gar nicht gewohnt von ihr. Sie wusste nicht einmal, dass JJ kein Schüler mehr ist.«

»Immerhin ist er immer noch – oder schon wieder! – an einer Schule. Da kann man schon mal etwas verwechseln. Wie geht es ihm?«

»Gut, denke ich«, sagte Hannah und lachte. »Du kennst ihn ja: Er ist dauernd auf Achse und hat nie Zeit. Mehr als drei Minuten gibt er mir selten.«

»Sag ihm liebe Grüße von mir, wenn du ihn mal wieder sprichst.«

»Mach ich gerne. Und wie geht es dir?«

Es war nur der Bruchteil einer Sekunde, doch Hannah erkannte Svenjas Zögern, als säße sie neben ihr.

»Gut, es geht mir gut«, sagte ihre Nichte jedoch und hörte sich sehr müde an. »Viel Arbeit in der Kanzlei, das ist alles.«

Hannah war sicher, dass es nicht alles war, aber sie wollte nicht neugierig wirken. Sie war die Letzte, die das Recht hatte, Fragen zu stellen.

»Wann kommst du nach München und besuchst mich?«, fragte sie stattdessen.

»Oh, am liebsten sofort!«, erwiderte Svenja und klang jetzt wieder ganz wie sie selbst. »Wann wirst du das Café eröffnen?«

»Am zehnten Oktober.«

»Ah, das wird vermutlich nicht klappen«, sagte Svenja. »Wir haben da diesen Riesenfall – ich bin zwar nur im Hintergrund tätig, schiebe aber endlos Überstunden.«

»Kein Problem«, erwiderte Hannah. »Ich schicke dir auf jeden Fall eine Einladung.«

»Das wäre schön«, sagte Svenja.

Hannah hörte Getuschel im Hintergrund, dann sagte ihre Nichte: »Tut mir leid, ich muss Schluss machen. Ich komme aber auf jeden Fall, früher oder später.«

»Ich freue mich«, sagte Hannah und verabschiedete sich.

Beruhigt, dass es ihrer Mutter offensichtlich nicht schlecht ging, wandte sie sich wieder den Listen zu. Sie machte ein Fragezeichen hinter die Namen ihrer Geschwister, ein Ausrufezeichen hinter den von Svenja und arbeitete sich durch den Rest der Adressen.

Am nächsten Morgen wählte Hannah die passenden Bilder aus ihrer Sammlung aus und brachte sie zum Rahmen. Das erinnerte sie unweigerlich an den Termin mit dem Sachverständigen. Am Abend zuvor hatte sie sich in der Einfahrt des Nachbarhauses versteckt, als sie von Waldhausen am anderen Ende der Straße entdeckte. Sie schimpfte sich kindisch und feige, war aber doch froh, eine weitere Begegnung mit ihm vermieden zu haben.

Da sie im Laden unerwünscht war, erledigte sie die überfällige Büroarbeit, bezahlte Rechnungen, sortierte die Korrespondenz und beschriftete Ordner. Als auch das erledigt war, wusste sie nichts mehr mit sich anzufangen.

Sie hatte lange genug in Irland und England gelebt, um zu wissen, dass Tee nicht gleich Tee war, daher suchte sie im Internet nach einem Fachgeschäft und rief bei mehreren Läden an, um nach einer Schulung zu fragen. Beim vierten Versuch bot eine sehr resolut klingende Dame an, ihr am darauffolgenden Tag ein paar Tipps zu geben. Hannah sagte sofort zu. So konnte sie die Stunden bis zum gefürchteten Termin überbrücken.

Der Teeladen war winzig und vollgestellt mit deckenhohen Regalen, in denen unzählige Holzkisten und Porzellanbehälter standen. Es roch intensiv nach exotischen Früchten.

Als erstes erfuhr sie, dass das Münchner Trinkwasser sehr kalkhaltig war und daher am besten für kräftige Teesorten geeignet.

»Assam, der schmeckt mit unserem Wasser am besten«, sagte die Besitzerin, die einem englischen Bilderbuch über Nannys entsprungen schien. Auf Nachfrage versicherte sie, dass sie aus Niederbayern stamme und England nur von Besuchen kenne. »Allerdings ist ein Assam am Morgen wie ein Faustschlag in den Magen – sagt zumindest mein Mann. Er bevorzugt einen zarten Darjeeling.« Sie lachte und gab Hannah ein paar Kostproben mit. »Einen Earl Grey werden Sie auch brauchen, die Leute trinken ihn immer noch, keine Ahnung warum. Und natürlich Kräutertees. Pfefferminze, Kamille, so was in der Art. Wichtig ist, dass es gute Qualität ist.«

Hannah kaufte als Dank für die aufgewendete Zeit einige Päckchen Tee, notierte sich die Adresse einiger Tee-Händler und fuhr beschwingt nach Hause. Was die Getränke anging, fühlte sie sich gut gewappnet. Sie hatte inzwischen auch einen Händler gefunden, der Bioweine zu fairen Preisen liefern würde. Magenschmerzen bereitete ihr jedoch nach wie vor das Essen. Sie plante, zu Beginn einfache Sandwiches und natürlich Kuchen anzubieten. Sie konnte backen, das war nicht das Thema. Aber ihr Repertoire beschränkte sich auf einige wenige Rezepte. Für den Anfang war das sicher kein Problem, aber sie konnte nicht über Monate und Jahre hinweg immer das gleiche Gebäck anbieten.

»Kommt Zeit, kommt Rat«, sagte sie sich und packte den Tee in dekorative Dosen, die sie im Internet bestellt hatte.

Pünktlich um fünfzehn Uhr klingelte der Sachverständige. Hannah war zunächst sehr irritiert, weil er beinahe wie ein Zwilling von Hubertus von Waldhausen wirkte: groß, hager, Mitte bis Ende sechzig, im Anzug und mit Hut. Nur der Stock fehlte.

Sie befürchtete, die beiden Herren würden sich blendend verstehen, womöglich sogar gut kennen, und sie darüber ausbooten. Doch nichts dergleichen geschah. Sie begrüßten einander freundlich, doch distanziert. Das »Freut mich« schien nur eine Floskel zu sein.

»Wo ist Ihr Anwalt?«, fragte sie von Waldhausen, der allein gekommen war.

Der Maler murmelte etwas, was klang wie »Brauche ich nicht, kostet nur Geld.«

Hannah nahm es erfreut zur Kenntnis, hielt aber wohlweislich den Mund.

Von Waldhausen führte sie in den Hof und öffnete umständlich die Tür zu seinem Atelier. Hannah hatte sich gewundert, wie er in dieser Art Gartenlaube überhaupt malen konnte. Brauchte man dazu nicht vor allem Licht? Doch dann drückte der Künstler auf einen Lichtschalter und der kleine Raum war lichtdurchflutet. Hannah konnte sich ein »Wow« nicht verkneifen und auch Herr Strauß schien beeindruckt zu sein.

Wenn von Waldhausen sich darüber freute, zeigte er es nicht. Gewohnt mürrisch deutete er auf eine Reihe Gemälde, die an ein schmales Sideboard gelehnt waren. »Da sind sie.«

Während der Fachmann die einzelnen Bilder genau unter die Lupe nahm, sah Hannah sich um. Sie erkannte einige Bilder aus dem Internet wieder und war erneut verblüfft, wie gut ihr diese gefielen. Eine Idee formte sich in ihrem Kopf. Bevor sie genauer darüber nachdenken konnte, sagte sie: »Was halten Sie davon, wenn wir einige Ihrer Bilder im Café aufhängen?«

Für einen langen Moment war es totenstill. Von Waldhausen, der in einem Schrank gewühlt hatte, stand starr davor. Und auch Herr Strauß schien zu ahnen, dass dies ein Wendepunkt sein könnte.

»Ich weiß natürlich«, fuhr Hannah fort, »dass es nicht mit einer Galerie zu vergleichen ist. Aber es kommen hoffentlich viele Menschen in das Café. Sie alle können Ihre Bilder sehen und sie auch kaufen, wenn sie es möchten.« Sie machte eine kurze Pause, sagte dann leiser: »Was halten Sie davon?«

Sie hatte erwartet, dass er herumfahren und sie anschnauzen würde, aber von Waldhausen stand weiterhin vor dem Schrank, ein Glas mit Pinseln in der Hand, und schwieg.

Hannah sah zu Strauß, der kaum merklich mit den Schultern zuckte.

»Wir können es probieren«, sagte der Maler.

Hannah erkannte das Friedensangebot und nahm es sofort an. »Fein, ich freue mich.«

»Ist meine Arbeit hiermit beendet?«, fragte der Sachverständige, an von Waldhausen gerichtet.

Der drehte sich endlich um. »Ja, ich denke, wir einigen uns so«, sagte er mit einem schnellen Blick auf Hannah. »Es tut mir leid, dass wir Sie bemühen mussten.«

Sieh an, dachte Hannah, *er hat ja doch Manieren.*

»Kein Problem, ich freue mich, wenn ich helfen konnte.«

»Ich begleite Sie hinaus«, sagte Hannah und brachte Herrn Strauß zur Haustür. »Ich bezahle selbstverständlich Ihren Aufwand«, sagte sie zum Abschied.

»Nicht nötig. Ich wollte den Waldhausen schon immer mal persönlich kennenlernen. Das war es wert.«

»Vielen Dank«, sagte Hannah und gab ihm die Hand. »Ich rufe Sie an, sobald seine Bilder hängen.«

»Das würde mich freuen. Auf Wiedersehen.«

Beschwingt durch die positive Wendung lief Hannah zurück in den Hof.

»Glauben Sie nur nicht, dass wir jetzt Freunde sind!«, schallte es ihr mürrisch entgegen.

Hannah lachte. »Keine Bange, ich kenne meine Grenzen.« Sie wurde ernst. »Ich meine, was ich sagte. Ich habe gestern ein paar Originale zum Rahmen gebracht, sie sind für das Café bestimmt. Aber die können warten. Geben Sie mir einfach ein paar Bilder, von denen Sie denken, sie könnten passen.«

»Ja, ja. Ich melde mich.«

»Gut.« Jedes weitere Wort würde das Fass vermutlich zum Überlaufen bringen, daher zog Hannah sich zurück.

Ermutigt durch das Erlebnis am Nachmittag beschloss Hannah, am Abend die Runde im Haus zu machen und den Nachbarn die Einladung zur Eröffnung zu überreichen.

Frau Huber in der Wohnung gegenüber war eine alte Dame in ihren Achtzigern, die allen Fremden gegenüber äußerst misstrauisch war. Obwohl Hannah ihr schon mehrmals auf der Treppe begegnet war und sich als die neue Nachbarin von gegenüber vorgestellt hatte, reagierte sie immer noch verschlossen.

Auf Hannahs Klingeln öffnete sie ihre Wohnungstür nur einen Spalt weit und lugte argwöhnisch heraus. Hannah zauberte ihr freundlichstes Lächeln hervor und sagte: »Frau Huber? Erinnern Sie sich? Ich bin Ihre Nachbarin, von gegenüber.«

Frau Huber betrachtete sie ausführlich von oben bis unten, murmelte dann: »Ich kauf nix«, und schloss die Tür.

Hannah unterdrückte einen Seufzer. Die alte Frau war fast so anstrengend wie von Waldhausen. Sie fragte sich, ob sie ein zweites Mal klingeln sollte, entschied sich dagegen. Die Nachbarin ging täglich zum nahen Supermarkt um die Ecke einkaufen und kam dabei am Café vorbei. Es würde eine neue Gelegenheit geben, ihr die Einladung in die Hand zu drücken.

Sie stieg in den zweiten Stock, wo sie an Sandras Wohnung vorbeiging. Sie hatte darauf bestanden zu helfen. Doch als Hannah ihr anbot, sie einzustellen, gerne in Teilzeit, winkte sie ab. »Nein, lass mal. Andreas will nicht, dass ich arbeite, solange Marie klein ist. Mal zwischendurch aushelfen, das ist kein Problem. Aber so richtig arbeiten – nee.«

Hannah hatte Sandras Mann bisher nur wenige Mal im Treppenhaus gesehen. Er schien nicht der rückständige Typ zu sein, dessen Frau kein Geld verdienen durfte. Aber sie konnte das nicht wirklich beurteilen. Sandra schien zumindest kein allzu großes Problem damit zu haben.

Über Hausers, die Familie in der Wohnung über ihr, wusste Hannah außer dem Namen kaum etwas. Das Haus war sehr solide gebaut und man hörte so gut wie nichts von den Nachbarn, was Hannah sehr begrüßte. Sie hatte in ihrem Leben auch schon anderes kennengelernt.

Meist hörte sie nur Cäcilie, wenn sie mit ihrer Mutter zur Schule ging. Manchmal huschte Karin am Vormittag für ein paar Stunden aus dem Haus. Sie sah immer aus wie aus dem Ei gepellt; meist trug sie einen sehr eleganten Hosenanzug, dazu eine Bluse und hochhackige Schuhe. Doch ob sie zur Arbeit ging, konnte Hannah nicht ausmachen. Gregor war ihr bisher noch nicht über den Weg gelaufen, allerdings hatte sie ihn zwei Mal gehört. Offensichtlich hatte es oben Streit gegeben und seine Stimme war sehr laut geworden. Doch bevor Hannah begann, sich Sorgen zu machen, war es schon wieder vorbei.

In der Mitte der Wohnungstür prangte ein selbstgemachtes Keramikschild:

Hier wohnen Gregor, Karin, Cäcilie
und der Kater Gustav

Über den Namen waren winzige Köpfe angebracht, eindeutig als Mann, Frau und Kind zu identifizieren, darunter lag eine Katze auf einem Kissen und schlief.

Hannah fragte sich, ob Karin es selbst angefertigt hatte. Sie schien nicht der Typ für kreative Arbeiten zu sein. Aber man sollte die Menschen nie nach ihrem Äußeren beurteilen.

Sie wollte gerade klingeln, als die Tür unvermittelt aufgerissen wurde. »Papa?«

»Hallo, Cäcilie, du erinnerst dich sicher an mich«, sagte Hannah freundlich zu dem sieben- oder achtjährigen Mädchen im Schlafanzug. »Ich bin die Frau mit dem Café unten.«

Cäcilie erwiderte nichts.

»Wer ist es?«, hörte Hannah Karins Stimme aus dem Hintergrund.

»Die Frau mit dem Café«, rief das Kind und bohrte in der Nase.

»Sag ihr, ich kann jetzt nicht.«

»Kein Problem«, sagte Hannah etwas lauter und drückte dem Mädchen einen Flyer in die Hand. »Gib das deiner Mama. Es wird übrigens auch Eis geben«, fügte sie noch hinzu. Wenn die Erwachsenen nicht zu locken waren, musste man es eben über die Kinder probieren.

Im dritten Stock hatte sie wie üblich kein Glück. Die Wohnung auf ihrer Seite war laut Sandra vermietet, doch noch nie hatte jemand einen Bewohner gesehen. Hinter Tobias Maier vermutete Hannah den blassen jungen Mann, den sie ein paar Mal im Hausflur getroffen hatte. Er hielt immer den Kopf gesenkt, als wolle er nicht erkannt werden, und reagierte nur, wenn man ihn grüßte.

Einen Tag später klapperte Hannah alle Häuser der Nachbarschaft ab und verteilte Flyer, die sie hatte drucken lassen. Sie klingelte an jeder Wohnung.

»Ich würde mich freuen, wenn Sie kämen«, war ihr Standardspruch. »Es muss nicht gleich am ersten Tag sein«, fügte sie hinzu, wenn die Reaktion eher ablehnend war.

Frau Huber fing sie vor dem Supermarkt ab.

»Das Café wird bald eröffnet«, sagte Hannah und hielt ihr den Flyer entgegen. »Ich würde mich freuen, wenn Sie kämen, Frau Huber.«

»Ich trinke keinen Kaffee«, murrte die alte Nachbarin. »Das Herz.«

»Ich habe natürlich auch Tee und Wasser. Oder vielleicht ein Gläschen Likör – zur Feier des Tages?«

Sie sah Frau Hubers Augen aufleuchten. Marlene hatte also Recht gehabt: Frau Huber liebte Likör. »Sie wäre die erste alte Dame, die das nicht täte.«

Hannah drückte Frau Hubers Hand. »Überlegen Sie es sich. Sie können ja auch unter der Woche vorbeischauen. Ich wünsche Ihnen einen schönen Tag.«

Die beiden folgenden Wochen vergingen wie im Flug, und Hannah wünschte sich an manchem Tag, sie hätte mehr Zeit. Doch die Einladungen waren verteilt beziehungsweise verschickt und es gab kein Zurück mehr.

»Noch drei Tage«, sagte sich Hannah am Mittwoch. Mehr und mehr hatte sie das Gefühl, dass alles schieflaufen würde.

»Das ist nur das Lampenfieber«, versuchte Marlene sie zu beruhigen. »Das ist wie bei der Hochzeit: Da hat man Stunden vorher auch das Gefühl, man heiratet den falschen Mann.«

»Das hatte ich nie«, widersprach Hannah. »Allerdings war ich zu jung, um das wirklich beurteilen zu können.«

»Wird dein Sohn kommen?«, wollte die Freundin wissen.

Hannah schüttelte den Kopf. »Nein, er wird es nicht schaffen. Er muss am Montag schon wieder in der Schule sein, das wird einfach zu knapp. Ich will ihm das auch nicht antun.«

Er hatte ihr aber fest versprochen, bei ihrem Geburtstag dabeizusein.

In der Nacht vor der Eröffnung schlief Hannah kaum, dennoch fühlte sie sich munter und ausgeruht.

Am Abend zuvor hatte sie die Befürchtung geäußert, es würde niemand kommen. Doch Marlene hatte sie beruhigt. »Sie sind neugierig. Außerdem gibt es kostenloses Essen und Trinken. Das passt zur Schnäppchenmentalität der Deutschen.«

Und sie kamen! Eine halbe Stunde nach Eröffnung gab es keinen Sitzplatz mehr.

Hannah hatte alle Hände voll damit zu tun, ausreichend Kaffee zu brühen, während Marlene und Sandra Gratiskuchen an die Erwachsenen verteilten. Für die Kinder hatte Hannah einen Clown engagiert, der Luftballontiere bastelte und Eis verteilte.

Es war laut und hektisch, doch Hannah fühlte sich glücklich. So hatte sie sich das vorgestellt. Natürlich sollte es nicht jeden Tag so stressig sein, aber es war ein guter Anfang.

Mehr als einmal erhielt sie ein Lob für die gelungene Einrichtung, für die Blumenarrangements auf den Tischen, für von Waldhausens Bilder an den Wänden, für das – endlich korrekte! – Schild über dem Café. Am Nachmittag kam sogar die erste Anfrage für einen Stammtisch.

Die meisten Gäste blieben tatsächlich nur für kurze Zeit, probierten Kaffee und Kuchen und verabschiedeten sich wieder. Am Nachmittag entdeckte Hannah ein paar Gesichter, die sie schon am Vormittag gesehen hatte.

»Schön, dass Sie noch einmal gekommen sind«, sagte sie zu der Gruppe, die aus drei Frauen und zwei Männern bestand. Sie waren alle etwa um die dreißig und schienen sehr vertraut miteinander.

»Was heißt noch einmal?«, rief einer der beiden Männer, ein Dunkelhaariger mit Kinnbart. »Wir sind immer noch hier! Ein wunderbares Café! Genau das hat hier gefehlt.«

»Vielen Dank!« Hannah war so gerührt, dass sie für einen Moment mit den Tränen kämpfen musste. Sie schluckte und wischte sich über die Augen. »Das ist sehr nett von Ihnen«, sagte sie, als sie sicher war, wieder Herrin ihrer Stimme zu sein. »Darf ich fragen, ob Sie in der Nähe wohnen?«

»Wohnen nicht, aber arbeiten«, erwiderte der dunkelhaarige Wortführer. »Wir haben ein Büro, gleich um die Ecke.«

»Bieten Sie auch einen Mittagstisch an?«, wollte der andere Mann wissen. »Wir sind immer auf der Suche nach Alternativen, denn jeden Tag Döner ist weder gut für die Figur noch für die Zusammenarbeit, wenn Sie verstehen, was ich meine.«

»Ich weiß genau, was Sie meinen«, sagte Hannah. »Ich liebe Döner und besonders den von Mehmet, aber einmal pro Woche reicht. Ich muss gestehen, dass ein Mittagstisch bisher nicht geplant war, aber ich verspreche Ihnen, darüber nachzudenken. Geben Sie mir ein bisschen Zeit.«

»So viel Sie wollen!«, rief der Dunkelhaarige. Er lächelte und prostete ihr mit seiner Kaffeetasse zu.

Hannah lächelte zurück, sagte ihnen, sie sollten sich wie zu Hause fühlen und ging zurück an ihren Platz hinter der Theke. Wie es aussah, hatte sie gerade die ersten Stammgäste gewonnen.

Gegen achtzehn Uhr sah sie Frau Huber vor dem Laden stehen. Sie schien zu zögern, ließ sich aber offensichtlich von den vielen Menschen abschrecken und ging rasch weiter.

Sie wird schon eines Tages hereinkommen, dachte Hannah.

Auch der Künstler aus der vierten Etage ging vorbei, wie immer mit sauertöpfischem Gesicht. Als ihm ein Kind mit Luftballon am Arm in den Weg lief, raunzte er: »Kannst du nicht aufpassen?«, und schubste es zur Seite.

Hannah ließ alles stehen und liegen und rannte zur Tür. Der Junge heulte und schrie nach seiner Mama. Hannah wollte sich gerade um das Kind kümmern, als die Mutter angelaufen kam. »Was ist denn los, Bastian? Ist doch nicht so schlimm.«

»Lassen Sie sich drinnen noch ein Eis für ihn geben«, schlug Hannah vor.

»Danke, aber er hat genug für heute«, erwiderte die Mutter. »Das wird schon wieder, es ist ja nichts passiert.«

»Nein, zum Glück nicht«, murmelte Hannah und schaute die Straße entlang.

Von Waldhausen war bereits einige Meter vom Café entfernt und kümmerte sich nicht um das Geschrei des Jungen, dessen Auslöser er war. Sie zögerte, dachte daran, ihm nachzulaufen, ließ es dann auf sich beruhen. Sie wollte den gerade erreichten Frieden nicht riskieren, vor allem, weil Bastian sich inzwischen tatsächlich wieder beruhigt hatte. Der Maler verschwand gerade um die Ecke.

Sie gestand jedem Menschen einen schlechten Tag zu, doch Herr von Waldhausen schien eine Kunst daraus machen zu wollen.

Kurz vor acht begann Marlene, die letzten Gäste sanft aber bestimmt hinauszubefördern. Sandra war bereits gegangen, sie musste sich um Marie kümmern. Hannah war gerade damit beschäftigt, die Spülmaschine auszuräumen, als ihr Handy klingelte. Es war JJ.

»Und – wie ist es gelaufen?«

»Ich würde sagen gut.« Hannahs Stimme klang stolz.

»Ich habe nie daran gezweifelt.«

Hannah lachte. »Ich schon, aber das ist auch okay. Ich denke, das gehört dazu.«

»Ja, vermutlich«, sagte JJ. »Ich wünsche dir weiterhin viel Erfolg. Wir sehen uns spätestens zu deinem Geburtstag.«

»Ich freue mich darauf!«, erwiderte Hannah und schluckte den Nachsatz »es ist so lange her« hinunter.

»Ich mich auch, Mom. Schlaf gut.«

»Heute Nacht sicher«, rief Hannah und schickte ihrem Sohn einen Kuss übers Telefon, obwohl sie wusste, wie sehr er es hasste.

Später, als sie und Marlene bei einem Glas Champagner in der Wohnung saßen und den Tag Revue passieren ließen, rief Brigid an und erkundigte sich ebenfalls nach dem Verlauf des ersten Tages.

»Es war alles ein bisschen chaotisch. Aber es lief recht gut, auch dank der Hilfe von Marlene und Sandra.«

»Ich freue mich für dich«, sagte Brigid. »Jetzt haben wir also beide unseren Traum verwirklicht.«

»Sieht so aus. Nur, dass ich noch nicht weiß, ob es ein Erfolg wird«, gab Hannah zu bedenken.

»Wird nicht alles ein Erfolg, was du anpackst?«

»Sag das mal meinen Geschwistern, die sehen das ganz anders.«

»Herrscht immer noch Funkstille?«

»Ja, leider. Ich habe ihnen natürlich eine Einladung für heute geschickt. Die einzige, die sich gemeldet hat, war Svenja. Sie hatte gestern eine schwere Gerichtsverhandlung, sonst wäre sie gekommen. Der Rest ist Schweigen.«

»Nimm es nicht so tragisch«, sagte Brigid. »Du kennst das ja nun schon ein paar Jahre lang. Wie geht es JJ?«, wechselte sie das Thema.

»Es geht ihm gut. Er konnte nicht dabei sein, aber das wusste ich ja. Ich versuche, nicht allzu traurig darüber zu sein.«

Brigid lachte. »Tapferes Mädchen. Er ist jetzt erwachsen und lebt sein eigenes Leben. Das müsstest du doch am besten verstehen. Und Amerika ist seine Heimat.«

»Ich weiß. Aber er ist nun mal mein Sohn und ich würde ihn gerne öfter sehen.«

»Dann weißt du ja, wie sich deine Eltern gefühlt haben, als du in die USA gegangen bist.«

Hannah schnaubte. »Ich glaube nicht, dass mein Vater mich sehr vermisst hat. Meine Mutter vielleicht, aber sie hatte ja noch zwei Kinder, brave noch dazu.«

»Lass dir diesen Tag nicht durch die Familie verderben«, mahnte die Freundin.

»Du hast recht. Weißt du was? Du bist zwar nicht hier, aber Marlene und ich sitzen gerade beisammen und trinken Champagner. Wie ich dich kenne, hast du sicher auch etwas im Haus.«

»Wenn es Whiskey sein darf?«, fragte Brigid.

»Egal was, Hauptsache Alkohol«, rief Hannah und fühlte sich beschwipst. Sie hörte, wie Brigid das Telefon weglegte, zur Bar ging und Flüssigkeit in ein Glas schüttete. Dann wurde das Telefon wieder aufgenommen.

»Ich bin bereit: Auf dein Café!«

Hannah hielt ihr Glas hoch und stieß mit Marlene an. »Auf das Café Hannah.«

Marlene Mannhart

In Würde altern

»Wenn du Kinder hättest, wäre ich nicht immer so allein. Ich könnte gut auf meine Enkel aufpassen.«

Marlene Mannhart atmete tief durch und schluckte die Antwort, die ihr auf der Zunge lag, hinunter. Es würde nur wieder Streit geben und sie hatte gerade keine Nerven dafür.

»Ja, Mutti, aber es hat nun mal nicht sollen sein«, sagte sie schließlich.

Ihre Eltern hatten nie erfahren, dass sie kurz nach ihrer Hochzeit schwanger geworden war, im vierten Monat aber einen Abgang gehabt hatte. Die Erfahrung war so schrecklich gewesen, dass sie sie nie wieder durchleben wollte. Vermutlich hatte die Angst davor besser gewirkt als jedes Verhütungsmittel, denn später, als sie wieder bereit war für ein Kind, hatte es nicht geklappt.

»Ich muss los, ich habe noch einen Termin«, sagte Marlene. »Kann ich dir noch etwas bringen?«

»Ich bin zwar alt, aber noch lange nicht gebrechlich«, knurrte Hannelore. »Wo musst du denn schon wieder hin?«

»Eine Klientin braucht meine Unterstützung beim Kauf ihrer Vorhänge«, sagte Marlene und wusste sofort, es war ein Fehler, ihrer Mutter solche Details zu verraten.

»Was ist nur mit den heutigen Frauen los? Nicht mal Vorhänge können sie allein kaufen! Wir mussten alles selbst machen und wir hatten damals nichts. NICHTS! Wir …«

Marlene stellte auf Durchzug, zu oft hatte sie die Tiraden gehört. Sie schüttelte die Kissen auf, füllte die Karaffe mit frischem Wasser, prüfte den Inhalt des Kühlschranks, obwohl sie selbst eingekauft hatte.

Ihre Mutter war mit sechsundsiebzig noch rüstig, dennoch bemerkte sie seit einigen Monaten die ersten Anzeichen des Alters: sie vergaß Namen und Termine, hatte wenig Lust, das Haus zu verlassen, ließ Essen vergammeln. Vor allem aber wurde sie noch unleidlicher als zuvor.

»Mutti, ich muss los«, unterbrach Marlene den Redeschwall. Sie gab ihr einen Kuss auf die Wange und übersah wie üblich, dass Hannelore den Kopf wegdrehete. Es schmerzte auch nach vierundvierzig Jahren.

»Mach's gut, Mutti, ich komme morgen wieder vorbei.«

Sie zog die Tür zu, gönnte sich im Treppenhaus eine Minute, um sich zu sammeln, fuhr mit dem Lift nach unten, stieg in ihr Auto und überprüfte ihr Handy. Keine Anrufe in Abwesenheit, das war doch schon mal was.

Sie war versucht, Florian anzurufen, aber sie wusste, er hatte einen Tag voller Termine. Sie würden am Abend über alles reden.

Marlene startete den Motor und fuhr zurück in die Innenstadt, wo sie sich mit der Klientin treffen wollte. Sie war dankbar, dass es Frauen gab, die sich den Kauf neuer Vorhänge selbst nicht zutrauten oder keine Zeit dafür hatten, denn sonst wäre sie als Innenarchitektin arbeitslos.

Und dann gab es diese Aufträge, von denen sie geträumt hatte, bevor sie sich für diesen Beruf entschied: eine ganze Wohnung einzurichten, ein Büro – oder ein Café.

Marlene lächelte, als sie an Hannah dachte. Sie hatten sich auf Anhieb gut verstanden, lagen auf einer Welle, hatten dieselben Ideen bezüglich der Einrichtung. Hannah hörte zu, ließ sich ihre Vorschläge durch den Kopf gehen, stimmte meistens zu, setzte aber auch mal ihren eigenen Kopf durch. Das war für Marlene vollkommen in Ordnung; sie wollte eine Partnerschaft, wollte den Klienten einbeziehen und ihm damit den Eindruck geben, er habe alles selbst bestimmt. Sie war nur die Beraterin, diejenige, die auf mögliche Probleme aufmerksam machte.

Sie würde später noch im Café vorbeifahren und nach dem Rechten sehen. Die Umbauarbeiten gingen gut voran, bald würden sie mit der Einrichtung beginnen können.

Marlene hatte die Innenstadt erreicht und fuhr ins Parkhaus. Das Einrichtungshaus Radspieler war zwar nicht ganz billig, aber im Zweifel immer noch die erste Wahl.

Ihr blieb eine halbe Stunde Zeit bis zum Treffen mit der Klientin. Sie bummelte durch die Fußgängerzone, kaufte an einem der Obststände ein paar Aprikosen und widerstand der Versuchung, bei Rischart einen der leckeren Kuchen zu essen.

Die Stadt war voller Touristen, die ihren Sommerurlaub in Deutschland oder auch nur Bayern verbrachten. In einigen Wochen würden dann auch noch die Oktoberfest-Besucher dazukommen.

Fünf Minuten vor dem Termin lief Marlene Richtung Hackenstraße, wo sie sich vor dem Laden mit der Klientin verabredet hatte. Als ihr Handy klingelte, dachte sie, dass diese kurzfristig absagen würde, und meldete sich mit einem knappen »Hallo?«

»Frau Mannhart?« Eine männliche, ihr unbekannte Stimme.

»Ja?« Instinktiv wusste sie, dass dieser Anruf nichts Gutes bedeutete.

»Bitte erschrecken Sie nicht. Hier ist die Polizei. Mein Name ist Basler, ich bin zusammen mit einer Kollegin hier in der Wohnung Ihrer Mutter.«

Marlenes Herz zog sich zusammen. Vor diesem Augenblick fürchtete sie sich seit Monaten.

»Was ist mit ihr?«

»Nichts Schlimmes, machen Sie sich keine Sorgen«, sagte der Polizist. »Sie ist gestürzt, hat sich vermutlich das Bein gebrochen. Notarzt und Sanitäter sind gerade dabei, sie zu versorgen.«

Nichts Schlimmes? Der macht wohl Witze!

Marlene musste sich zusammenreißen, um nicht laut loszuschreien. Sie war in der Hackenstraße angekommen und sah ihre Klientin vor dem Laden stehen.

»Ich komme sofort«, sagte sie ins Telefon. »Können Sie solange dableiben? Ich brauche zirka zwanzig Minuten.«

»Ja, natürlich.«

»Danke.«

Marlene legte auf. Sie blieb einen Moment lang stehen, atmete tief durch, ging dann auf die Kundin zu.

»Hallo, Frau Wegner, tut mir leid, aber ich muss unseren Termin verschieben. Ich habe gerade einen Anruf von der Polizei erhalten. Meine Mutter ist schwer gestürzt. Ich muss sofort weg. Ich bitte um Ihr Verständnis.«

Sie hatte sich zuvor nur einmal kurz mit Frau Wegner in deren Wohnung getroffen und da schon den Eindruck gehabt, dass die Frau nicht gerade ein Ausbund an Empathie war. Das bestätigte sich durch ihre Reaktion. Sie sagte etwas von »Frechheit« und »Konsequenzen«, aber Marlene hörte nur mit halbem Ohr hin. Natürlich wäre es schade, wenn sie diesen Auftrag verlöre, doch ihr Ruin wäre es nicht.

»Ich rufe Sie an«, sagte sie in den Redeschwall hinein und ließ Frau Wegner einfach stehen.

Die Fahrt zurück ins Hasenbergl kam ihr wie eine Ewigkeit vor. Jede Ampel schien ausgerechnet dann auf Rot zu springen, wenn sie kam.

Wie war die Polizei in die Wohnung gekommen? Hatten sie die Tür aufgebrochen? Und überhaupt – wie hatten sie davon erfahren?

Nach neunzehn Minuten stand sie erneut vor dem Haus, in dem ihre Mutter wohnte. Sie stellte ihren Wagen in die Einfahrt hinter den der Polizei, wartete nicht auf den Aufzug, sondern stürmte die fünf Etagen nach oben. Die Wohnungstür stand offen. Einbruchsspuren waren nicht erkennbar.

Sie betrat die Wohnung. »Hallo?«

Aus dem Wohnzimmer kam ihr eine Frau in Uniform entgegen. »Frau Mannhart?«

Marlene nickte. Zum Antworten fehlte ihr die Luft.

»Polizeiobermeisterin Müller. Und das ist mein Kollege, Polizeimeister Basler«, sagte die Beamtin. Hinter ihr war ein junger Mann aufgetaucht.

»Was ist passiert?«, fragte Marlene, immer noch atemlos.

»Wir wissen es nicht genau«, erwiderte Frau Müller. »Wir wurden von einer Nachbarin gerufen, die aus der Wohnung Ihrer Mutter Klopfgeräusche hörte.« Sie wandte sich zu ihrem Kollegen um.

»Wir vermuten, dass Ihre Mutter stürzte«, übernahm er, »und sich durch den Bruch nicht mehr bewegen konnte. Also klopfte sie mit der Faust auf den Boden, in der Hoffnung, dass jemand sie hört.«

»Haben Sie sie nicht gefragt?«, wollte Marlene wissen.

»Sie war sehr verwirrt. Der Arzt sagt, das kann der Sturz verursacht haben.«

Millionen Fragen und Gedanken schwirrten in Marlenes Kopf herum. Aber sie war auch stolz auf Hannelore. Sie musste zugeben, dass sie ihr so viel Einfallsreichtum nicht mehr zugetraut hätte.

»Wissen Sie, wo sie meine Mutter hingebracht haben?«

Die beiden Beamtenschauten sich unschlüssig an, Basler sagte schließlich: »Ich frage nach«, und verließ die Wohnung.

Marlenes Blick fiel auf den unversehrten Türrahmen.

»Wie sind Sie denn in die Wohnung gekommen? Man sieht gar nichts.«

»Die Tür war nur angelehnt«, antwortete die Polizistin. »Sie müssten uns so bald wie möglich sagen, ob etwas gestohlen wurde.«

»Angelehnt? Wie kann das sein?«

Frau Müller zuckte mit den Achseln. »Gut möglich, dass jemand versucht hat, Ihre Mutter auszunehmen. Derzeit sind wieder viele Banden unterwegs, die gezielt alte Leute aufsuchen. Sie haben sicher schon von den Enkeltrickbetrügern gehört.«

»Ja. Aber meine Mutter würde auf so etwas nicht hereinfallen, vor allem, weil sie keine Enkel hat.«

Die Beamtin warf ihr einen Blick zu, der wohl sagen sollte: Es ist alles möglich. Was wir da schon erlebt haben!

Marlene drehte eine schnelle Runde durch die kleine Wohnung ihrer Mutter. Im Wohnzimmer lag das Verpackungsmaterial des Notarztes verstreut auf dem Boden, Blut war zum Glück keines zu sehen. Der Fernseher stand, wo er stehen musste, ansonsten gab es in diesem Raum keine besonderen Wertgegenstände.

Im Schlafzimmer lag der Schmuck unversehrt im Kleiderschrank, alles schien unberührt zu sein. In der Küche suchte Marlene nach der Dose, in der ihre Mutter ihr Geld aufbewahrte. Es waren über zweihundert Euro. Wenn es ein Überfall war, war er erfolglos gewesen.

Herr Basler war zurückgekehrt und sagte ihr, dass ihre Mutter nach Schwabing gebracht worden war.

»Danke, dann werde ich da jetzt gleich mal hinfahren. Es hat nicht den Anschein, als sei etwas gestohlen worden. Natürlich werde ich meine Mutter noch einmal fragen. Aber Geld und Schmuck sind da, weitere Wertsachen gibt es meines Wissens nicht.«

Die Polizistin gab ihr eine Karte mit der Bitte, sich in den nächsten Tagen zu melden. »Alles Gute«, sagte sie zum Abschied.

»Danke.« Marlene schloss die Tür hinter ihnen und lehnte den Kopf dagegen. Einer ihrer schlimmsten Albträume drohte wahr zu werden: Ihre Mutter wurde ein Pflegefall.

Die Nachbarin bestätigte, was die Beamten gesagt hatten: Sie hatte Klopfgeräusche gehört und die Polizei benachrichtigt.

»Es tut mir leid, wenn ich Ihnen damit Scherereien bereitet habe, aber ich hatte Angst, es könnten Einbrecher sein. Ich höre normalerweise nie etwas von oben. Man muss heutzutage ja so vorsichtig sein.«

Marlene versicherte ihr, dass sie alles richtig gemacht habe, und dankte ihr. Warum die Wohnungstür offen stand, wusste auch die Nachbarin nicht.

Marlene überprüfte, ob alles ausgeschaltet war, und sperrte die Wohnung zu.

Auf dem Weg ins Schwabinger Krankenhaus spielte sie erneut den Plan durch, den sie und Florian sich für diesen Fall zurechtgelegt hatten: Sie würden Hannelore zu sich holen. Den Platz dafür hatten sie – ob sie auch die Nerven dafür hatten, würde sich schnell herausstellen.

Im Krankenhaus musste sie warten, da ihre Mutter noch untersucht wurde. Sie rief ihren Mann an, der jedoch nicht erreichbar war. Sie hinterließ keine Nachricht; es gab keinen Grund, ihn zu beunruhigen.

Nach über einer Stunde Wartezeit fand sich ein Arzt, der ihr etwas sagen konnte. Allem Anschein nach hatte Hannelore einen kleinen Schlaganfall erlitten und war deshalb gestürzt. Daher auch die Verwirrtheit hinterher.

Marlene fragte, ob es irgendwelche Spuren gab, die auf einen möglichen Überfall schließen ließen, doch der Arzt verneinte.

»Ich fürchte, es ist das klassische Bild: Schlaganfall, kurzzeitiger Verlust der Balance, Sturz. Ihre Mutter hatte dabei noch Glück. Sie hat sich nur den Oberschenkel gebrochen. Es wird ein paar Wochen dauern, aber immerhin braucht sie kein neues Gelenk.«

»Wird sie Folgeschäden vom Schlaganfall haben?«

»Das ist nicht zu erwarten«, entgegnete der Arzt. »Es war, wie gesagt, ein sehr kleiner. Oftmals verlaufen die, ohne dass jemand etwas davon bemerkt. Hätte ihre Mutter zu dem Zeitpunkt gesessen, wäre vermutlich nichts passiert. Aber natürlich wird sie dahingehend noch gründlich untersucht und entsprechend behandelt.«

»Und sie wird wieder laufen können?«

»Wenn sie brav alle Anweisungen befolgt und zur Physiotherapie geht, ja. Es ist kein komplizierter Bruch.« Er schaute auf die Uhr. »Tut mir leid, aber ich muss weiter.«

»Natürlich. Danke, dass Sie sich die Zeit genommen haben.«

»Am besten hinterlassen Sie eine Telefonnummer, unter der wir Sie erreichen können. Sie können jetzt nichts tun außer warten. Wenn alle Untersuchungen abgeschlossen sind, wird sie vermutlich operiert, das kann dauern.«

»Kann ich sie nicht vorher noch mal sehen?« Marlene kämpfte gegen eine aufsteigende Panik an. Plötzlich hatte sie das Gefühl, ihre Mutter nie wiederzusehen.

»Wenden Sie sich bitte an eine der Schwestern dort vorne, sie hilft Ihnen weiter.« Mit einem kurzen, festen Händedruck ließ er sie stehen.

Marlene ging zum Schwesternzimmer, musste einige Minuten warten, bis eine Zeit hatte, sich mit ihr zu befassen, nur um dasselbe zu hören wie vom Arzt: »Fahren Sie nach Hause, wir rufen Sie an.«

Sie hinterließ ihre Handynummer und verließ das Krankenhaus. Erstaunt stellte sie fest, dass die Sonne schien. Ihrer Stimmung nach hätte es trüb und grau sein müssen.

Sie war versucht, noch einmal ihren Mann anzurufen, doch sie wusste, er würde sich dann auf jeden Fall Sorgen machen. Er hatte so schon genug um die Ohren, mit einem Chef, der heute hüh und morgen hott sagte, und Kollegen, die intrigierten statt zu kooperieren.

Marlene blieb lange im Auto sitzen, hoffte, das Krankenhaus würde sich melden, doch ihr Handy blieb stumm. Schließlich sah sie ein, dass es sinnlos war zu warten, der Anruf konnte wer weiß wann kommen. Sie fuhr los, musste, um nach Solln zu kommen, Richtung Innenstadt fahren, und beschloss, wie geplant beim Café vorbeizufahren und nach dem Rechten zu sehen. Nur, weil ihre Mutter im Krankenhaus lag, durfte sie nicht ihren Job vernachlässigen.

Insgeheim hatte sie gehofft, Hannah anzutreffen, doch sie fand nur den Installateur vor, der laut fluchend Leitungen verlegte.

Sie war versucht, im ersten Stock zu klingeln, entschied sich dagegen. Sie wollte Hannah nicht mit ihren Problemen belasten. Stattdessen stieg sie wieder ins Auto und fuhr nach Hause.

Dort stellte sie sich unter die Dusche, nicht ohne das Handy direkt daneben zu legen. Doch der ersehnte Anruf blieb aus.

Im Morgenmantel saß sie auf dem Sofa und malte sich alle möglichen Situationen aus: Komplikationen bei der Operation, ihre Mutter war viel zu schwach für die Narkose, sie mussten sie wiederbeleben, man kannte das doch aus den zahlreichen Krankenhausserien. Sie hätte im Krankenhaus bleiben sollen!

Als ihr Mann nach Hause kam, hatte sie den zweiten Cognac intus und war mit den Nerven am Ende.

»Was ist los?«

Marlene bekam einen Weinkrampf und brauchte lang, bis sie sich beruhigte. Florian hielt sie im Arm und ließ sie weinen.

»Hannelore«, schluchzte Marlene, als sie wieder einigermaßen vernünftig reden konnte.

»Was ist mit ihr?«, fragte er ruhig.

Es war vor allem seine Ausgeglichenheit gewesen, die sie an ihm angezogen hatte. Nichts war in seinen Augen so schlimm, als dass es nicht gelöst werden könnte.

Marlene beruhigte sich und schenkte sich einen dritten Cognac ein. »Das brauche ich heute«, sagte sie mit einem scheuen Lächeln.

»Ich habe nichts gesagt«, erwiderte ihr Mann. »Aber jetzt erzähl doch mal. Was ist denn überhaupt los?«

Marlene berichtete von ihrem Besuch bei Hannelore, vom Anruf der Polizei, vom Krankenhaus.

»Sie haben sich immer noch nicht gemeldet!«, rief sie und hatte schon wieder diese hysterisch klingende Stimme.

»Sie wird auf der Intensiv liegen. Das ist normal für eine Frau in ihrem Alter. Sie ist fit, das weißt du. Auch wenn sie manchmal etwas vergisst – körperlich ist sie rüstig. Sie ...«

Marlenes Handy klingelte. Sie reichte es Florian, fühlte sich zu betrunken, hatte auch Angst vor der Nachricht.

Florian meldete sich, erklärte einer weiblichen Stimme, dass er der Schwiegersohn sei, lauschte, nickte, sagte schließlich: »Ja, wir kommen kurz vorbei. Wir wohnen in Solln, es wird etwas dauern. – Gut. – Ja, danke. Auf Wiederhören.«

Obwohl Marlene seinen Worten hatte entnehmen können, dass die Nachricht eine positive war, brach sie erneut in Tränen aus.

»Hey, es ist alles gut.« Er nahm sie wieder in den Arm. »Sie liegt, wie vermutet, auf der Intensiv, ist jetzt wach und wir können sie besuchen.«

Marlene trocknete ihre Tränen, stand auf, wollte ins Schlafzimmer gehen, um sich anzuziehen. Im Türrahmen blieb sie stehen. »Ich stinke nach Alkohol«, sagte sie und hauchte sich in die Hand.

»Putz die Zähne und gurgle, das hilft schon mal«, schlug Florian vor. »Und bevor wir ins Krankenhaus gehen, nimmst du einen Kaugummi. Niemand wird etwas merken. Und falls doch: Es ist völlig normal, dass man in so einer Situation etwas trinkt. Musst ja nicht sagen, dass es eine halbe Flasche war.« Er grinste.

»Mistkerl«, gab Marlene zärtlich zurück und wagte ein Lächeln.

Da der Feierabendverkehr bereits vorüber war, schafften sie es in weniger als einer halben Stunde zum Krankenhaus. Eine Schwester erklärte ihnen den Weg zur Intensivstation.

Marlene erschrak, als sie ihre Mutter klein, blass und dünn in dem riesigen Bett liegen sah. Sie war doch noch nicht einmal achtzig, sie durfte noch nicht sterben!

»Hallo Mama«, sagte sie und hauchte der Kranken einen Kuss auf die Stirn.

»Hallo Kind.« Die Stimme klang schwach und brüchig. Marlene wusste, es kam von der Narkose und der Beatmung während der Operation, dennoch trieb es ihr die Tränen in die Augen.

Zum Glück war Hannelore in einer Art Dämmerzustand und bekam es nicht mit. Der zuständige Pfleger hatte ihnen gesagt, sie sollten sie nicht zu sehr anstrengen. Marlene war zufrieden; sie hatte gesehen, dass ihre Mutter am Leben war und es ihr den Umständen entsprechend gut ging.

Schweigend fuhren sie durch die dunkle Stadt nach Hause, wo Florian diesmal sich einen Cognac einschenkte. Er hielt die Flasche hoch und fragte. »Willst du noch einen?«

»Nein, ich glaube, ich hatte genug für heute. Ich mache mir noch einen Tee.«

Marlene nahm einen Beutel aus der Schlaf-gut-Packung, wusste, sie würde kein Auge zumachen. Mit der dampfenden Tasse ging sie zurück ins Wohnzimmer, kuschelte sich neben Florian aufs Sofa.

Zunächst schwiegen sie, nippten hin und wieder an ihren Getränken.

»Wir werden sie herholen müssen, zumindest für eine Zeit lang«, sagte Florian in die Stille hinein.

»Ich weiß«, antwortete Marlene leise. Und nach einer ganzen Weile fügte sie hinzu: »Mir graut.«

Florian nahm ihre Hand. »Wir kriegen das hin. Es ist ja nicht für immer. Nur, bis sie wieder so weit selbstständig ist und in ihre Wohnung kann. Zunächst mal wird sie auf Reha geschickt.«

Marlene küsste ihn. »Was täte ich nur ohne dich?«

Florian lachte. »Du säßest mit drei Kindern in einer Villa in Starnberg und würdest dich wundern, wo dein Mann steckt.«

»Erinnere mich nicht daran!«, rief sie und verzog das Gesicht.

Es bereitete ihr immer noch Bauchschmerzen, wenn sie an ihren ehemaligen Verlobten dachte. Jason, der eigentlich Johann hieß, sich aber einen englischen Namen gegeben hatte, weil das internationaler klang, hatte eine steile Karriere geplant und dafür die passende Frau gebraucht. Er hatte ihr Reisen in ferne Länder versprochen, eine große Villa und ein Leben in Luxus. Dass Marlene die Verlobung löste und sich für den ruhigeren – in seinen Augen langweiligeren – Florian entschied, hatte Jason nie verstanden. Doch Ersatz war schnell gefunden – die damals blutjunge Sybilla hatte ihr Glück gar nicht fassen können, dass ein so blitzgescheiter und gut aussehender Mann sich für jemanden wie sie interessierte. Heute saß sie allein mit drei halbwüchsigen Kindern in einem Haus am Starnberger See und grämte sich über die zahlreichen Seitensprünge ihres Mannes.

Marlene küsste ihren Mann erneut. »Ich bin froh, dass es dich gibt«, flüsterte sie. »Ich geh jetzt ins Bett.«

Entgegen ihrer Befürchtung schlief sie wie ein Stein und erwachte am nächsten Morgen ein paar Sekunden, bevor der Wecker losschrillte.

Dank der Sommerferien hatte sie ausreichend Zeit, ihre Mutter im Krankenhaus zu besuchen. Fast alle Handwerker, die im Café arbeiteten, hatten Betriebsferien, und die wenigen, die da waren, konnten ohne die anderen nicht viel ausrichten.

Hannah war ungeduldig, doch Marlene konnte ihr nicht helfen.

»Wir sollten es gleich richtig machen, sonst kommen hinterher immer wieder Kleinigkeiten, die den Ablauf aufhalten. Das willst du doch nicht, oder?«

Hannah sah es ein und sagte etwas von einer Wohnung in Frankfurt, die sie noch auflösen müsse.

»Du hast vorher in Frankfurt gelebt?«, fragte Marlene überrascht.

»Ja.« Hannah lachte. »Als Bankerin kommst du an Frankfurt nicht vorbei. Vorausgesetzt, du hast das richtige Level erreicht.«

Marlene war froh, dass sie sich nicht auch noch um Hannah kümmern musste. Von ihrer Mutter hatte sie nichts erzählt, es ging niemanden etwas an.

Zwei Mal pro Woche fuhr sie in deren Wohnung, um nach dem Rechten zu schauen. Was genau an dem Tag des Sturzes passiert war, wusste sie noch immer nicht, aber es hatte zumindest den Anschein, dass es kein Überfall gewesen war.

Sie einigte sich mit der Polizei darauf, dass ihre Mutter das Haus hatte verlassen wollen. An der Tür war ihr eingefallen, dass sie etwas vergessen hatte, womöglich wollte sie einfach nur noch mal den Herd überprüfen. Sie verlor durch den Schlaganfall für ein paar Sekunden die Kontrolle und stürzte. Das würde die offene Wohnungstür erklären.

Der Schlaganfall war tatsächlich so minimal gewesen, dass keinerlei Schäden zurückbleiben würden. Man hatte jedoch im Zuge der Untersuchungen Altersdiabetes und Osteoporose festgestellt.

»Nichts Dramatisches«, hatte der Arzt versichert. »Auf das tägliche Stück Kuchen muss sie verzichten, aber sie muss momentan keine Tabletten nehmen oder gar spritzen. Und gegen die Osteoporose kann sie mit Gymnastik leicht etwas tun.«

Marlene hatte geschnaubt. Hannelore und Gymnastik? Das war lachhaft.

Den Schwestern, Pflegern und Therapeuten gegenüber war Hannelore einigermaßen freundlich, doch an ihr ließ ihre Mutter all ihren Frust aus.

»Diese Therapeutin – ich frage mich, ob die das wirklich gelernt hat. Die zieht und zerrt an mir herum und verlangt Dinge, das kann nicht gut sein für das Bein. Wer weiß, wo die ausgebildet wurde, die hat schon so einen komischen Namen.«

Marlene schluckte alle Bemerkungen, die ihr dazu einfielen, hinunter, steckte fünfzig Euro in die Kaffeekasse der Station und bat die Stationsschwester um Nachsicht.

»Keine Bange«, lachte diese. »Wir sind das gewohnt. Ihre Mutter ist bei weitem nicht die schwierigste Patientin.«

Marlene war beruhigt und beunruhigt zugleich. Wie würde es werden, wenn sie alle unter einem Dach lebten? Sie hatte weder die Zeit noch die Geduld der Schwestern.

»Wir sollten eine Pflegerin engagieren, wenigstens stundenweise«, schlug Florian vor. »Du kannst das nicht alles allein machen.«

Marlene machte sich schlau, erschrak, als sie die Preise sah, ließ sich beraten, stellte einen Antrag auf Pflegestufe.

»Du willst mich wohl für unmündig erklären?«, tobte Hannelore. »Noch bin ich nicht tot!«

Mit Hilfe einer Schwester schaffte Marlene es, ihre Mutter davon zu überzeugen, dass es dabei nur ums Geld ging. Mit diesem Argument konnte man diese Generation fast immer zur Einsicht bringen.

Nach zweieinhalb Wochen im Krankenhaus wurde Hannelore auf Reha geschickt. Sie hatte die Wahl zwischen einer Klinik am Chiemsee, einer im Allgäu und einer in Unterfranken.

Trotz Marlenes Hinweis, dass sie sie nicht so oft besuchen könne, entschied sie sich für die in Unterfranken. Marlene begleitete sie auf der Hinfahrt, fand Lage und Haus wunderschön, das Personal ausgesprochen freundlich.

Natürlich war ihre Mutter anderer Meinung, beklagte sich beim täglichen Telefonat über das Essen, das zu kleine Zimmer, die miese Behandlung durch die Pfleger.

Marlene fuhr am Wochenende hin, übernachtete in einer kleinen Pension, stützte Hannelore bei den kurzen Rundgängen, ließ die endlosen Tiraden über sich ergehen.

»Ich halte das nicht durch«, klagte sie, wenn sie am Sonntagabend wieder zu Hause war. »Sie treibt mich in den Wahnsinn.«

»Das darfst du nicht zulassen«, riet Florian. »Du bist ihre Tochter, nicht ihre Sklavin. Setz ihr Grenzen.«

Nach vier Wochen zog Hannelore bei ihnen ein. Marlene hatte ihr Arbeitszimmer geräumt und war mit ihren Sachen in den ersten Stock gezogen. Ihre Mutter hatte nun ein ebenerdiges Zimmer mit direktem Zugang zum Garten, doch es war alles nicht recht.

Marlene versuchte, auf Durchzug zu stellen.

Der Termin mit dem Medizinischen Dienst der Krankenkassen stand an. Ihre Mutter fühlte sich fit und sah nicht ein, wieso sie ein Pflegefall sein sollte. Selbst das finanzielle Argument konnte nicht mehr ziehen.

Doch sie hatten Glück. Als die Dame vom Medizinischen Dienst kam, hatte Hannelore einen sehr schlechten Tag. Die Sachverständige durfte keine Prognose abgeben, gab aber indirekt zu verstehen, dass der Antrag wohl durchgehen würde.

Ein Lichtblick in all den Turbulenzen war das Café. Die Sommerferien waren vorbei, die Arbeit war wieder aufgenommen worden. Zwar fehlten immer noch die wichtigsten Anschlüsse, dennoch waren Küche und Bad kurz vor der Fertigstellung. Und auch der Hauptraum nahm allmählich Gestalt an.

Hannah war überwiegend damit beschäftigt, Musterrollen zu sichten, Farben auszusuchen und Einrichtungsgegenstände zu bestellen.

»Wann werden wir eröffnen können?«, fragte sie immer wieder.

Marlene vertröstete sie so oft wie möglich, doch Mitte September sagte sie ihr, es dauere nicht mehr allzu lang.

»Zwei, maximal drei Wochen noch. Gib mir noch ein paar Tage, dann kann ich dir ein Datum nennen.«

Am Freitagabend lag sie erschöpft neben Florian im Bett. Seit Wochen versuchte sie, eine Fachzeitschrift fertigzulesen, doch sie konnte sich nie auf mehr als drei Sätze konzentrieren.

»Wie soll ich meinen Job gut machen, wenn ich nicht mal in der Lage bin, ein paar blöde Artikel über Farbpsychologie zu lesen?«, fragte sie, den Tränen nahe.

»Sei nicht so streng zu dir«, erwiderte Florian. »Du hast momentan zu viel am Hals. Sobald das Café fertig ist und Hannelore wieder in ihrer Wohnung, fahren wir weg.« Er nahm ihr die Zeitung weg. »Und jetzt schlaf. Morgen ist Samstag, da lassen wir es ruhig angehen.«

»Hmm«, murmelte Marlene schläfrig. »Ich liebe dich. Gute Nacht.«

»Ich liebe dich auch«, sagte Florian, aber das hörte sie kaum noch.

Sie schlug die Augen auf. Irgendetwas hatte sie geweckt. Es war dunkel, der Wecker zeigte elf Uhr vierundzwanzig.

Hatte ihre Mutter gerufen? Marlene lauschte, doch unten war alles ruhig. Vorsichtshalber würde sie nachschauen, sie würde sonst nicht wieder einschlafen können. Leise, um ihren Mann nicht zu wecken, schlüpfte sie aus dem Bett, verzichtete auf den Morgenmantel, lief die Treppe hinunter.

Hannelore lag im Bett und schlief. Erleichtert schloss Marlene die Tür, ging nach oben, legte sich ins warme Bett. Sie war gerade wieder am Einschlafen, als sie ein Brummen hörte. Irritiert hob sie den Kopf, sah das rhythmische Leuchten auf ihrem Nachttisch. Ein Anruf, um diese Zeit?

Sie nahm das Telefon in die Hand, sah Hannahs Namen im Display. Dennoch meldete sie sich mit »Mannhart?«.

Alles, was sie hörte, war lautes Schluchzen.

»Hannah? Bist du das?«, fragte sie, obwohl sie die Nummer der Freundin erkannt hatte. »Hannah?«

Sie hörte eine Stimme im Hintergrund, die etwas von Rauch sagte.

»Hannah? Red mit mir!«, rief sie ins Telefon und weckte damit Florian auf. »Tut mir leid, irgendwas ist mit Hannah«, sagte sie leiser und hielt das Mikro zu.

»Soll ich dich hinfahren?«

»Nein, ich fahr selbst, bleib du im Bett.« Sie lauschte ins Telefon, doch die Leitung war inzwischen tot.

Sie zog sich hastig an, wusch das Gesicht mit kaltem Wasser, um endgültig wach zu werden, schnappte sich ihre Tasche und Florians Autoschlüssel, da sein Wagen hinter ihrem stand, und fuhr in die Innenstadt.

»Rauch« bedeutete nichts Gutes, aber sie wollte jetzt nicht wieder so negativ denken. »Rauch« konnte auch nur eine Zigarette bedeuten.

In der Blumengasse herrschte gespenstische Stille. Marlene war dennoch nicht beruhigt, stellte den Wagen in zweiter Reihe vor dem Café ab. Die Tür stand offen, drinnen standen Hannah und eine Frau, die Marlene vom Sehen kannte.

»Was ist denn los?«, sagte sie statt einer Begrüßung.

»Es hat gebrannt«, erwiderte die junge Frau. »Aber es ist nichts passiert.«

»Marlene Mannhart, meine Innenarchitektin. Sandra Leupold, äußerst hilfsbereite Nachbarin aus dem zweiten Stock«, stellte Hannah sie vor. Sie wirkte atemlos und kämpfte mit den Tränen. Marlene drückte ihre Hand und schaute sich um.

»Man sieht gar nichts. Lass mich mal alles begutachten.« Hannah zuliebe zog sie ihren Block und einen Stift aus der Tasche, obwohl ihr klar war, dass das Licht viel zu schlecht war.

»Und – wie schlimm ist es?«, wollte Hannah nach einer Minute wissen.

»Wie ich schon sagte – nicht so schlimm. Wir müssen neu streichen, das auf jeden Fall. Aber sonst? Ich muss es mir natürlich morgen, bei Tageslicht, noch mal genauer anschauen. Was ist denn nun eigentlich geschehen?«, fragte Marlene.

»Die Feuerwehr sagte, es sei ein Schwelbrand gewesen, hinten in der Küche. Angeblich einer der Handwerker.« Hannah haderte offensichtlich mit sich, weil sie so kopflos reagiert hatte.

Marlene dankte der Nachbarin, schickte Hannah nach oben und ließ keine Widerrede zu, als diese sich sträubte. Die Freundin sah ein, dass sie um diese Uhrzeit nichts mehr machen konnte, und verließ das Café.

Marlene sah überall nach dem Rechten, schloss alle Türen und folgte Hannah eine Viertelstunde später. Sie lag auf dem Sofa und schlief tief und fest.

Marlene suchte eine Decke und legte sie über sie, ging dann ins Gästezimmer und rief Florian an.

»Ich bleibe heute Nacht hier, ich will sie nicht allein lassen.«

»Sag Bescheid, wenn ich was tun kann«, sagte ihr Mann und schickte ihr einen Kuss durchs Telefon.

Sie zog sich bis auf die Unterwäsche aus und legte sich in das Bett im Gästezimmer.

Am nächsten Morgen wurde sie durch Geklapper geweckt.

Hannah stand in der Küche und brühte Kaffee auf. Marlene erschrak, als sie die Freundin sah. Sonst ein Ausbund an Gesundheit und Lebensfreude, wirkte sie an diesem Morgen alt, müde und grau.

Während sie am Tisch saßen und Kaffee tranken, berichtete Hannah vom Abend zuvor. Als sie nebenbei erwähnte, dass sie sehr viel Rauch eingeatmet hatte, gab Marlene keine Ruhe, bis sie ins nahe Krankenhaus fuhr und sich untersuchen ließ.

Sie selbst schaute sich noch einmal gründlich im Café um. In der Küche roch es intensiv nach verschmortem Plastik, fast alles war mit eingetrocknetem Löschschaum bedeckt. Der Rest des Cafés schien jedoch unbeschadet zu sein. Marlene war zufrieden. Es war nichts, was man nicht schnell wieder hinbiegen könnte.

Am Abend beschwerte sich ihre Mutter bei ihr, dass »das junge Ding« ihr Geld gestohlen habe. Marlene, die bereits einen Streit mit dem Elektriker hinter sich hatte, hatte keine Nerven mehr, sich das Gezeter anzuhören.

»Lass es gut sein«, sagte sie. »Das junge Ding ist fünfundvierzig, arbeitet für die Caritas und hat es sicher nicht nötig, deine paar Kröten zu stehlen.«

Hannelore war nicht so einfach zu überzeugen, doch Marlene ließ sie einfach reden. Wie lange würde sie ihre Mutter noch im Haus ertragen müssen? Mit Hilfe eines Stocks und etwas Unterstützung auf der anderen Seite konnte sie inzwischen gut gehen. Alleine klappte es jedoch nicht. Der Arzt in der Reha-Klinik hatte ihr einen Rollator empfohlen, hatte versucht, ihn ihr als Rentner-Porsche zu verkaufen, doch Hannelore hatte nur gefragt, ob er sie schon zum alten Eisen zähle. Niemals würde sie mit so einem Ding durch die Gegend laufen. Lieber gar nicht mehr aus dem Haus gehen!

Manchmal hatte Marlene den Verdacht, ihre Mutter wollte gar nicht mehr in die eigene Wohnung zurück. Es war ja auch zu bequem, wenn man nur rufen musste und alles wurde gebracht.

Sie beschloss, mit der Pflegedienstleitung bei der Caritas zu sprechen. Die konnte die Lage sicher besser einschätzen.

»Geben Sie ihr eine Aufgabe. Alte Menschen wollen gebraucht werden. Sie hat Angst, überflüssig zu sein.«

Marlene übertrug ihrer Mutter das Bügeln. Dabei konnte sie sitzen und fernsehen, es war keine allzu anstrengende Tätigkeit.

»Ich bin dir also eine Last, ja? Schieb mich doch gleich in ein Heim ab.«

»Ganz ehrlich?«, brüllte Marlene, mit ihren Kräften am Ende. »Am liebsten würde ich es tun. Du nervst!«

Sie stürmte nach draußen, fassungslos darüber, dass sie ihre Mutter angeschrien hatte. Als der Elektriker anrief und ihr sagte, dass er keinesfalls für den Schaden aufkommen würde, denn er habe ihn nicht verursacht, kam er ihr gerade recht. Am Ende des Telefonats bestätigte er kleinlaut, dass er den Schaden seiner Versicherung melden würde.

Zufrieden schaute Marlene auf ihr Handy. »Geht doch.« Dann fiel ihr der Streit mit ihrer Mutter ein. Es war verdächtig ruhig. Die würde doch nicht etwa …?

Sie rannte ins Haus, stürmte in das Zimmer, wo ein Teil der Wäsche gebügelt und ordentlich gefaltet auf einem Stapel lag, während ihre Mutter erschöpft im Sessel schlief.

Marlene lächelte müde. Florian hatte recht. Man musste den Menschen Grenzen setzen. Und wenn man es rechtzeitig tat, ging es vermutlich auch ohne Gebrüll.

Als Hannah nach drei Tagen endlich einsah, dass sie sich im Krankenhaus behandeln lassen musste, war sie ebenfalls erleichtert. Die Freundin war gesundheitlich angeschlagen und deprimiert. Marlene zögerte lange, rief schließlich Hannahs Sohn an. Der dankte ihr und sagte, er wisse genau, wen er anrufen müsse, um seine Mutter aus diesem Loch zu holen.

Am Abend des nächsten Tages stand eine schmale Frau vor dem Café und klopfte zaghaft gegen die Scheibe.

Marlene winkte sie herein.

»Es ist offen.«

»Oh, I am sorry, mein Doitsch is nicht sähr gutt«, sagte die Frau mit Akzent. »Ich bin Brigid Sullivan, Hannahs Freundin aus Irland«, ergänzte sie auf Englisch und hielt ihr die Hand hin.

»Freut mich«, sagte Marlene, ebenfalls auf Englisch. »Ich fürchte, mein Englisch ist etwas eingerostet.«

Brigid teilte ihr mit, dass sie vorübergehend in Hannahs Wohnung wohnen würde. »Nur, damit Sie sich nicht wundern.«

»Vielen Dank, dass Sie mir Bescheid gesagt haben.«

Brigid sah sich um. »Hannah hat mir viel geschrieben über das Café und mir auch Fotos geschickt. In der Realität ist es viel besser.«

»Es ist noch viel zu tun, aber bald sind wir fertig.«

»Kann ich helfen?«

Marlene lachte. »Nein, aber vielen Dank für das Angebot. Lenken Sie Hannah ab, so gut es geht.«

»Das mache ich, deswegen bin ich hier«, erwiderte Brigid und verabschiedete sich.

Am Abend rief Hannelore sie zu sich. »Ich will wieder in meine Wohnung«, eröffnete sie das Gespräch ohne Umschweife.

Marlene war zu perplex, um etwas zu sagen. Tausend Argumente fielen ihr ein, doch sie behielt sie für sich, denn sie sah die neu gewonnene Freiheit für sich und Florian. Ihr Mann hatte ihr in langen Gesprächen klargemacht, dass ihre Mutter selbst über ihr Leben entscheiden durfte.

»Du bist nicht verantwortlich für sie, auch wenn dir das so vorkommt«, hatte er gesagt.

Es war schwer, das zu akzeptieren, wenn die Mutter im selben Atemzug ständig Forderungen stellte.

»Gut«, sagte sie nach einer Weile. »Gib mir zwei Tage Zeit, ich kümmere mich um alles.« Einer spontanen Eingebung folgend ging sie zu ihrer Mutter und umarmte sie. »Wir kriegen das hin.«

»Natürlich kriegen wir das hin«, gab Hannelore zurück, aber sie klang nicht ganz so schroff wie sonst.

Später am Abend, als Hannelore bereits schlief, öffnete Florian eine Flasche Rotwein. »Vielleicht ist es noch ein bisschen früh«, sagte er leise und küsste sie. »Aber mir ist heute nach Feiern.«

Wie sie den folgenden Tag ohne größere Katastrophe hinter sich brachte, wusste Marlene nicht. Die Ereignisse schienen sich zu überschlagen. Am Morgen wurde im Café zunächst die Kaffeemaschine geliefert, kurz darauf die Theke. Während die Männer noch damit beschäftigt waren, das Kühlgehäuse in den Laden zu bugsieren, ohne einen größeren Schaden zu verursachen, erhielt Marlene eine SMS von JJ, dass Hannah aller Voraussicht nach am nächsten Tag entlassen würde.

Just to warn you. ☺

Sie schrieb ein kurzes *Thanks* zurück, rief die Spedition an und orderte Hannahs eingelagerte Möbel.

Dann lief sie zu Christine und sagte ihr, sie brauche die bestellten Tröge am nächsten Morgen. »Bunt und groß«, rief sie beim Verlassen des Blumenladens.

Brigid reichte sie einen USB-Stick und bat sie, im Copyshop um die Ecke zwei Plakate für die Fenster drucken zu lassen. »The bigger and redder, the better.«

Gegen vier Uhr waren die Möbel da und versperrten allen den Weg. Sie überprüfte alles und schickte die Handwerker nach Hause, allerdings nicht ohne sie daran zu erinnern, dass noch jede Menge Arbeit zu tun war.

»Aber für heute ist es genug, morgen haben Sie frei. Ab übermorgen geben wir noch mal richtig Gas, damit das Café endlich fertig wird.«

Wie versprochen stand Florian um halb sechs vor der Tür und half ihr, die Bilder aufzuhängen, die sie in einem Posterladen gekauft hatte, die Möbel zu rücken und die Kaffeemaschine auszuprobieren. Gegen sechs gesellte sich Brigid zu ihnen. Sie bestätigte, dass Hannah vermutlich im Laufe des folgenden Vormittags entlassen würde.

Um sieben klopfte es gegen die Scheibe. Es war der Schildermaler, der das fertige Produkt brachte.

»Wurde aber auch Zeit«, fauchte Marlene. Irgendetwas passte nicht an dem Schild, aber sie hatte keine Zeit, sich Gedanken darüber zu machen. Sie mussten es schleunigst aufhängen, bevor es zu spät zum Bohren wurde.

Mit fünfzig Euro Trinkgeld ließ der Maler sich dazu überreden, ihnen dabei zu helfen. Sie waren gerade damit fertig und bestaunten ihr Werk, als der ältere Herr aus dem Haus kam, mit dem Hannah bereits häufiger aneinandergeraten war.

»Der hat uns gerade noch gefehlt«, murmelte Marlene.

»Nichts als Lärm und Dreck«, sagte er im Vorübergehen zu sich, aber laut genug, dass sie es alle hören konnten.

»Beachte ihn gar nicht«, raunte Florian ihr zu, als er merkte, dass sie etwas erwidern wollte. »Solche Stänkerer gibt's doch überall.«

»Er ist ein elender Misanthrop«, sagte Marlene und schaute dem Mann nach.

»It looks great«, rief Brigid, die gerade aus dem Laden kam und das Schild entdeckte.

Marlene musste ihr zustimmen. Hannah hatte wirklich ein Händchen für solche Details.

Zufrieden schaute sie sich um. »Ich glaube, wir sind fertig und bereit für morgen«, sagte sie. »We're ready for tomorrow.«

Brigid, die körperliche Arbeit nicht gewohnt war, zog sich erschöpft zurück, Marlene und Florian gingen in das Café.

»Ich bin sehr stolz auf dich«, sagte ihr Mann. »Du hast ganze Arbeit geleistet.«

»Ich habe nur umgesetzt, was Hannah wollte«, erwiderte Marlene, aber sie freute sich über das Kompliment. »Lass uns nach Hause fahren. Ich bin todmüde.«

Die Überraschung gelang perfekt. Hannah stand staunend in ihrem Café und war voll des Lobes. Immer wieder umarmte sie Marlene und Brigid.

Aber natürlich gab es noch viel zu tun.

»Drei Wochen«, sagte Marlene. »Dann ist es so weit fertig, dass du eröffnen kannst.«

Sie weihten die Kaffeemaschine ein, die Hannah perfekt bedienen konnte, und stießen mit Espresso an.

Marlene klinkte sich bald aus, sie musste Hannelores Wohnung reinigen, ihre Sachen zusammenpacken, den Transport ihrer Mutter organisieren.

Im Nachhinein stellte sich heraus, dass der Umzug das Harmloseste war. Die Diakonie unterstützte sie tatkräftig und schickte eine entsprechende Rechnung. Obwohl drei Mal täglich eine Schwester bei Hannelore vorbeischaute und das Essen gebracht wurde, fühlte Marlene sich verpflichtet, ebenfalls täglich zu ihrer Mutter zu fahren.

Sie wusch die Wäsche, hängte sie auf, überzog das Bett, saugte und putzte.

»Warum engagierst du nicht eine Putzfrau, die einmal pro Woche kommt? Deine Mutter hat genug Rente, sie kann das zahlen«, sagte Florian, wenn sie abends vollkommen erschöpft auf dem Sofa lag.

»Du hörst sie nicht dauernd lamentieren über die Schlechtigkeit dieser Welt. Alle beklauen sie, alle wollen ihr nur Böses. Ich zeige ihr täglich die Dose mit ihrem Geld, jeden Tag ist exakt dieselbe Summe drin, aber sie behauptet steif und fest, dass die Schwestern sie bestehlen.«

»Du kannst sie nicht beschützen. Sie ist alt genug und kann auf sich selbst aufpassen.«

»Kann sie das? Sie schafft es gerade mal ins Bad. Den ganzen Tag läuft der Fernseher und sie sitzt da und schaut hinein.«

»Du weißt, dass sie laufen kann. Sie will einfach nicht. Du musst das akzeptieren.«

Marlene schaute ihren Mann an. Er hatte seine Eltern nie alt und gebrechlich erleben müssen, denn sie waren bei einem Verkehrsunfall ums Leben gekommen, als er Mitte Zwanzig war.

»Wie läuft's mit dem Café?«, lenkte Florian ab, was Marlene dankbar annahm.

»Gut. Noch eine Woche, dann ist Eröffnung. Ich denke, es wird ein voller Erfolg. Hannah hat einfach ein Gespür dafür, was den Leuten gefällt.«

»Schön. Dann freue dich darüber und vergiss mal für einen Abend deine Mutter, okay?«

»Okay«, stimmte Marlene zu, obwohl sie wusste, dass sie wieder eine schlaflose Nacht verbringen würde. Was, wenn Hannelore erneut stürzte? Was, wenn …?

Die Handwerker waren gegangen, sie wollten noch die tägliche Lagebesprechung abhalten und dann Schluss für heute machen.

»Du siehst müde aus«, sagte Hannah. »Aber bald haben wir es geschafft, dann bist du mich und das Café los.«

Marlene zwang sich zu einem Lächeln, obwohl ihr zum Weinen zumute war.

Hannah schien es zu spüren. »Setz dich«, sagte sie und schob sie mit sanftem Druck zu einem Sessel. »Ich hol uns was zu trinken.«

Die Kaffeemaschine zischte und gurgelte, kurz darauf kam Hannah mit zwei großen Tassen und zwei Gläsern Wasser wieder.

»Ein großer Cappuccino mit einem kleinen Schuss«, sagte sie. »Ich weiß, du musst noch Auto fahren, es ist wirklich nur ein kleiner Schuss.«

Marlene nahm die Tasse dankbar entgegen und nippte daran. Der Kaffee war heiß und süß und schmeckte nach Rum und Zimt.

»Gute Mischung«, sagte sie.

»Ich werde ihn Trostkaffee nennen, was meinst du?«

Marlene nickte. Es war angenehm, wenigstens mal für zehn Minuten nichts denken, organisieren oder wegräumen zu müssen.

»Wenn du reden willst ...«, bot Hannah nach einem langen Schweigen an.

»Ja und nein«, erwiderte Marlene. »Ich ...«, begann sie, stoppte dann. Durfte sie Hannah mit ihren Problemen belangen? Die hatte selbst genug um die Ohren. Aber sie musste mal mit jemandem darüber reden, der Hannelore nicht kannte.

»Es geht um meine Mutter. Sie ist sechsundsiebzig. Vor einigen Wochen ist sie in ihrer Wohnung gestürzt und hat sich das Bein gebrochen. Sie war im Krankenhaus, auf Reha, hat dann eine Zeit lang bei mir gewohnt, ist jetzt aber wieder in ihrer Wohnung.« Marlene schaute Hannah an. »Und ich werde krank vor Sorge.«

»Verständlich«, sagte Hannah leise. »Sie ist deine Mutter.«

»Wir hatten nie ein enges Verhältnis, ich war eher ein typisches Papa-Kind. Aber natürlich will ich mich um sie kümmern, egal wie unser Verhältnis war oder ist.«

Hannah lächelte. »Dazu wurden wir erzogen, nicht wahr? Du sollst deine Eltern lieben.«

»Klingt, als hättest du ähnliche Probleme.«

Hannah zuckte die Schultern. »Vermutlich. Ich schätze, fast alle in unserer Generation haben diese Probleme. Meine Eltern sind die typische Kriegsgeneration. Mein Vater wurde 1915 geboren; vom Ersten Weltkrieg dürfte er kaum etwas mitbekommen haben. Den Zweiten hat er nicht nur miterlebt, sondern er war aktiv dabei. Kein Nazi, zumindest weiß ich nichts davon, aber Mitläufer ganz sicher.« Sie lachte bitter. »Als Kinder fanden wir seine Kriegserlebnisse faszinierend, später kam dann die große Nachdenklichkeit – zumindest bei mir.«

»Und deine Mutter?«

»Sie ist wesentlich jünger als mein Vater, sie wird – warte – vorletztes Jahr war der Achtzigste, sie ist also zweiundachtzig. Sie lebt inzwischen bei meinem Bruder.«

»Und dein Vater?«

»Der ist in einem Pflegeheim. Er hat Alzheimer und erkennt, wenn überhaupt, nur noch meine Mutter. Im April war sein hundertster Geburtstag – er hat kaum etwas davon mitbekommen.«

»Mein Vater starb vor sieben Jahren. Es war sein vierter Herzinfarkt. Er hat nie auf sich geachtet, immer nur geschuftet, selbst in der Rente. Ständig war er auf Achse. Manchmal habe ich das Gefühl, er hielt es zu Hause nicht aus, auf so engem Raum mit meiner Mutter. Hannelore kann sehr biestig werden.«

Hannah lachte plötzlich laut auf. »Deine Mutter heißt Hannelore? Welch witziger Zufall.«

»Wieso? Heißt deine Mutter auch so?«

Hannah schüttelte sich vor Lachen. »Ha, nein, schön wäre es. Ich heiße Hannelore, ich.«

Marlene schaute die Freundin verwundert an. »Aber du heißt doch Hannah.«

»Den Namen habe ich mir gegeben, als ich nach Amerika gegangen bin. Ich habe Hannelore schon immer gehasst. Ich fand ihn altbacken und altmodisch. Meine Mutter und meine Geschwister nannten mich immer Hanne, daraus wurde dann in den USA Hannah.«

»Lebt deine Familie in München?«

»Nein, zum Glück nicht. Sie sind in Hamburg. Und da sollen sie auch besser bleiben.« Hannah sprang auf, um frisches Wasser zu holen. Als sie wiederkam, sagte sie: »Aber wir wollten nicht über meine Familie reden, sondern über deine.«

»Es gibt nicht viel zu reden. Vater, Mutter, Kind.« Marlene zeigte auf sich und sagte: »Das Kind bin ich. Einzelkind. Angeblich wollten sie noch ein zweites, es hat aber nie geklappt. Mir war es recht, nur jetzt wünsche ich mir, ich hätte jemanden, mit dem ich das alles teilen könnte.«

Hannah beugte sich vor und legte ihre Hand auf ihren Arm. »Glaub nur nicht, dass Geschwister eine Entlastung sind. Und du hast doch Freunde, die dich unterstützen können.«

Marlene lächelte sie dankbar an. »Ja, natürlich. Aber ich will niemandem zur Last fallen.«

»Ja, ja, der übliche Spruch«, sagte Hannah. »Freunde sind nur zum Spaß haben da.«

»Du weißt, wie ich das meine«, verteidigte Marlene sich. »Ich denke, die Ehe meiner Eltern war nicht besser oder schlechter als andere Ehen, die ich kenne. Kein Vergleich zu meiner Ehe mit Florian, aber wir sind eben eine andere Generation.« Sie schwieg, dachte darüber nach, ob sie Details aus dem Leben ihrer Eltern erzählen durfte. War das Verrat an der eigenen Mutter?

»Hannelore, also meine Mutter, war nie die herzliche Mama, die man sich als Kind wünscht. Sie hat sich immer um mich gekümmert, daran lag es nicht, aber es fehlte etwas. Mit meinem Vater konnte ich herumalbern, er nahm mich auch einfach mal in den Arm, hat mich geknuddelt. Meine Mutter war immer distanziert. Liegt vermutlich an ihrer eigenen Familie, ich will ihr deshalb gar keinen Vorwurf machen. Aber wir hatten eben immer ein sehr kompliziertes Verhältnis. Und je älter sie wird, desto schwieriger wird sie.«

»Altersstarrsinn. Kommt in den besten Familien vor.«

»Ist kein großer Trost, ehrlich gesagt«, erwiderte Marlene. »Ich bin mit meinem Latein am Ende, weiß einfach nicht mehr, was ich tun soll.«

»Du musst loslassen. Sie ist deine Mutter, deshalb liebst du sie, du kümmerst dich um sie. Sie will aber was anderes als du. Das musst du akzeptieren.«

»Ist aber nicht so einfach.«

»Ich weiß, ich musste das auch lernen. Nicht bei meinen Eltern, aber bei JJ. Als ich zurück nach Europa kam, wollte er unbedingt in Amerika bleiben. Er war fünfzehn Jahre alt, also noch ein Kind. Dennoch hatte er seinen eigenen Willen, den er auch durchsetzte. Ich musste lernen, dass ich ihn nicht ewig beschützen kann. Es hat verdammt lang gedauert und ich habe viele schlaflose Nächte verbracht, aber am Ende konnte ich loslassen. Seitdem ist unser Verhältnis sehr viel besser.«

»Aber JJ wird mit jedem Jahr erfahrener, er lernt dazu. Meine Mutter wird mit jedem Jahr anfälliger, verwirrter, unsicherer.«

»Trotzdem ist sie immer noch in der Lage, selbst zu bestimmen, was sie tun möchte und was nicht. Du musst sie wie die Erwachsene behandeln, die sie ist. So schwer es dir auch fallen mag.«

»Du redest wie Florian«, murrte Marlene, aber sie lächelte.

Hannah lachte. »Klar, und wir haben beide recht. Im Ernst, Marlene. Du kannst dich nicht aufreiben für deine Mutter. Das will sie nicht. Ich denke, sie will, dass du für sie da bist, wenn sie dich braucht, aber ansonsten will sie ihr Leben so leben, wie sie es für richtig hält. Sie, nicht du.«

»Und was, wenn sie wieder stürzt, sich wieder etwas bricht? Und wenn es diesmal niemand mitbekommt? Allein der Gedanke bringt mich um.«

»Dann musst du sie in Watte packen, rund um die Uhr jemanden bei ihr sitzen haben und sie bewachen. Ist das das Leben, das du dir für sie vorstellst?«

Marlene schüttelte den Kopf. »Nein, natürlich nicht.«

Hannah nahm ihre Hand. »Niemand sagt, dass es einfach ist. Aber du musst lernen loszulassen. Es ist ihr Leben, nicht deines.«

Marlene seufzte. »Ich fürchte, du hast recht. Denn so kann es nicht mehr weitergehen.« Sie schaute die Freundin an. »Woher nimmst du all diese Weisheiten?«

»Haha, ich und weise. Wenn du wüsstest!« Hannah lachte. »Es ist immer einfacher, anderen etwas zu raten, als das eigene Leben in den Griff zu bekommen.«

»Du machst nicht den Eindruck, als hättest du dein Leben nicht im Griff«, sagte Marlene. »Du wirkst immer so gelassen.«

»Ja, vor allem, wenn es im Café brennt. Dann bin ich die Gelassenheit in Person«, spottete Hannah. »Nein, du hast natürlich recht. Im Großen und Ganzen läuft es rund bei mir, aber es war ein langer Weg hierher. Irgendwann habe ich mir gesagt, es hat ja keinen Sinn, sich über alles aufzuregen, also versuche ich, alles mit Humor zu nehmen. Meistens gelingt mir das auch.«

Marlene stand auf. »Danke für den Trostkaffee, oder vielmehr Trost und Kaffee. Ich denke, ich werde mal ein ausführliches Gespräch mit meiner Mutter führen.«

Sie umarmten sich.

»Mach das«, sagte Hannah. »Und denk dran, dass es beim ersten Mal nicht unbedingt glatt läuft.«

Marlene verdrehte die Augen. »Ich versuch's. Danke dir.«

Beschwingt fuhr sie nach Hause. Morgen früh würde sie ihre Mutter anrufen oder besser gleich besuchen.

Als sie den Wagen in die Garage fuhr, kam Florian. Seine Miene war ernst. Marlenes Herz zog sich zusammen. Sie ließ das Fenster herunter, wagte nicht auszusteigen.

»Was ist los?«

»Hannelore ist wieder gestürzt. Sie hat sich nichts gebrochen, aber vermutlich einen neuen Schlaganfall erlitten.«

Edeltraut Mayerhofer

Tag eins

Es war ein Morgen wie jeder andere, dennoch war etwas anders. Doch das zweite Bett war immer noch unbenutzt, das Gefühl der Leere immer noch da. Was sollte sich geändert haben?

Edeltraut Mayerhofer schwang die Beine aus dem Bett, schlüpfte in ihre Pantoffeln und schlurfte in die Küche. Der Kalender zeigte Donnerstag, den sechzehnten Oktober.

Das Datum versetzte ihr einen Schlag in die Magengrube. Vor genau einem Jahr hatte Georg ihr offenbart, dass er sie verlassen würde. Er hatte eine andere Frau kennengelernt, natürlich eine jüngere. Angeblich hatte er versucht, dagegen anzukämpfen, vergebens. Die Gefühle für die Neue waren zu stark.

»Ich weiß, es ist nicht richtig«, hatte er gesagt und sogar so zerknirscht gewirkt, wie er zu klingen versuchte. »Aber seit langer Zeit fühle ich mich endlich wieder lebendig.«

Er hatte ihr mehrmals versichert, dass es nicht an ihr lag, sondern einzig und allein an ihm. Und er hatte ihr gedankt für die vielen guten Jahre, die er mit ihr hatte erleben dürfen.

»Er ist ein Idiot«, hatte Mina gesagt. »So schön wie bei dir wird er es nicht mehr haben.«

»Es gehören immer zwei dazu.« Wilma war die Pragmatikerin und immer schonungslos offen. »Hilft ja nichts, man muss sich der Realität stellen.«

Ausgerechnet Henriette, der überzeugte Single, hatte ihr geraten, sich Zeit zu lassen. »Es macht am Ende keinen Unterschied, ob er dich verlassen hat oder gestorben ist. Er ist aus deinem Leben verschwunden und deshalb musst du trauern.«

Edeltraut wusste, dass sie ihren Freundinnen viel verdankte. Das Angebot, in den ersten Tagen des Alleinseins bei ihr zu bleiben, hatte sie abgelehnt, die täglichen Anrufe hingegen akzeptiert.

Bald war dann die Routine zurückgekehrt. Seither trafen sie sich wieder im Zwei-Wochen-Rhythmus in ihrem Café.

Edeltrauts Blick fiel erneut auf den Kalender. Donnerstag. Heute war wieder Kaffeeklatsch.

Da haben wir ja was zu feiern, dachte sie sarkastisch.

Sie setzte den Wasserkessel auf, löffelte Tee in den Filter und deckte den Tisch, wie sie es schon immer getan hatte. Jetzt stand nur noch ein Gedeck auf dem Tisch. Trotz aller Deprimiertheit hatte sie keinen Schlendrian aufkommen lassen.

Als das Wasser kochte, brühte sie den Tee auf und stellte den Timer. Die vier Minuten waren ausreichend, um auf die Toilette zu gehen, in den kuschligen Morgenmantel zu schlüpfen und die Zeitung aus dem Treppenhaus zu holen. *Das* hatte sie sich immerhin zugestanden: erst eine Tasse Tee und die Morgenlektüre, dann ins Bad.

Georg schien das Abonnement vergessen zu haben. Edeltraut hatte sich nie um solche Dinge gekümmert, aber sie wusste, dass das Zeitungsabo immer ein Jahr lang lief. Sie glaubte sich erinnern zu können, dass die Abbuchung im Mai fällig war. Georg hatte jedes Jahr tagelang geschimpft, dass die *Süddeutsche Zeitung* schon wieder teurer geworden sei. Abbestellt hatte er sie aber nicht.

Edeltraut versuchte, sich auf die Artikel zu konzentrieren, doch immer wieder schweiften ihre Gedanken ab.

Sie musste dringend Georg anrufen; das Geld, das er ihr monatlich überwies, reichte hinten und vorne nicht mehr. Seit Wochen schob sie das Telefonat vor sich her, aus Angst, die Neue zu erwischen.

Die Neue. Sie konnte sich nicht überwinden, Georgs Freundin beim Namen zu nennen. Sie wollte ihn nicht einmal denken. Es hätte ja bedeutet, die Tatsache anzuerkennen.

»Das ist doch Blödsinn«, sagte sie laut. »Ihr Name ist Bianca. Und er kommt nicht wieder zurück.«

Sie fühlte sich erleichtert. Ungeduldig schüttelte sie den Kopf, trank den letzten Schluck Tee, räumte die Tasse ins Spülbecken und ging ins Bad. Lange musterte sie sich im Spiegel.

An ihrem Aussehen konnte es nicht gelegen haben, dass Georg sie verließ. Sie sah nach wie vor jünger aus als sechzig, auch wenn der Schock der letzten Monate deutliche Spuren hinterlassen hatte. Ihre Brüste waren immer noch fest, was aber vermutlich vor allem dem Umstand zu verdanken war, dass sie relativ klein waren. Der Bauch, den sie nach den Wechseljahren bekommen hatte, war dank des fehlenden Appetits in den ersten einsamen Monaten verschwunden.

Gut, die Haare waren inzwischen fast vollständig grau – was keine große Überraschung war. Sie konnten einen Schnitt vertragen, saßen aber noch leidlich gut. In diesem Monat war ein Friseurbesuch nicht mehr drin, zudem scheute sie die endlose Diskussion mit Petér, der sie dazu überreden wollte, sich die Haare zu färben.

»Sie sind viel zu jung für graue Haare«, sagte er jedes Mal. »Es würde Sie zehn Jahre jünger machen, mindestens.«

Das bringt Georg auch nicht zurück.

Charmant war Petér, das musste man ihm lassen. Er wickelte beinahe jede Kundin um den Finger. Sein rollendes R tat ein Übriges. Edeltraut war überzeugt, dass er viel Trinkgeld bekam. Sie wollte sich keine Blöße geben und zeigte sich nach wie vor großzügig, auch wenn er mit seiner Hartnäckigkeit manchmal nervte.

Seufzend stieg sie unter die Dusche. Als sie sich abtrocknete und eincremte, dachte sie darüber nach, was sie sich zu Mittag kochen sollte. Eine Suppe war genug, schließlich gab es am Nachmittag Kuchen.

Kochen und Backen gehörten zu den Dingen, die sie besonders vermisste. Für sie selbst rentierten sich die meisten Rezepte nicht.

Ich sollte ein paar Leute zum Essen einladen, dachte sie und ging in Gedanken durch, wer dafür in Frage käme. Natürlich ihre drei Freundinnen, vielleicht auch ihre Nachbarin von oben. Acht Leute brachte sie locker an den Esstisch. Sie würde mindestens ein Vier-Gänge-Menü zubereiten und für den Nachmittag einen leckeren Kuchen.

Und wer soll das alles bezahlen?

Ernüchtert ging sie ins Schlafzimmer, schlüpfte in die Unterwäsche und stellte sich vor den Kleiderschrank. Sie fühlte die hochwertigen Stoffe und war dankbar, dass sie beim Kauf ihrer Kleidung immer Wert auf Qualität gelegt hatte. Manche Sachen hatte sie seit Jahrzehnten, aber man sah es ihnen nicht an. Natürlich waren sie nicht der letzte Schrei, aber sie war noch nie mit der Mode gegangen. Klassisch-elegant war ihr Stil, schon seit jungen Jahren.

War es das, was Georg in die Arme der anderen getrieben hatte?

Ihre Wahl fiel schließlich auf ein dunkelblaues Kostüm und den passenden Pullover. Sorgfältig wählte sie den Schmuck dazu aus, entschied sich für eine dezente Goldkette. Zweifelnd schaute sie die Ringe an, die Georg ihr im Laufe ihrer Ehe geschenkt hatte. Sie hatte sie selten angesteckt, denn bei der Hausarbeit störten sie nur.

Nur den Ehering hatte sie immer getragen, er steckte auch jetzt an ihrem rechten Ringfinger. Sie waren nach wie vor verheiratet, wenn auch nur noch auf dem Papier. Georg schien es ernst zu sein mit seiner neuen Liebe, auch wenn er bisher nicht von Scheidung gesprochen hatte. Sie machte sich keine falschen Hoffnungen mehr: Ihre Ehe war vorüber, ob nun offiziell oder nicht.

Edeltraut atmete tief durch und zog den Goldreif vorsichtig vom Finger. Für einen Moment fühlte sie sich nackt und ungeschützt, es war ein seltsames Gefühl. Bislang hatte sie den Ring nur einmal abnehmen müssen, vor über fünfzehn Jahren, im Krankenhaus.

Neugierig betrachtete sie ihn. Es war eine gute Qualität gewesen, der Ring zeigte kaum Abnutzungsspuren. Sie vermied es, auf die Innenseite zu schauen, wusste auch so, was dort eingraviert stand:

E & G – 14. Mai 1983

Es war das Datum der kirchlichen Trauung.

Edeltraut war versucht, den Ring wieder über den Finger zu streifen, steckte ihn dann jedoch entschlossen in das Polster zu den anderen. Sie wählte stattdessen einen mit Lapislazuli, hielt die Hand ausgestreckt von sich und nickte zufrieden.

Heute war der erste Jahrestag. Es war an der Zeit, dass sie aufhörte, die Tage zu zählen und einer Vergangenheit nachzutrauern, die nur in der Erinnerung rosig war.

Edeltraut lächelte sich aufmunternd zu, klappte den Schrank zu, schlüpfte in die passenden Pumps und verließ die Wohnung, um ihren morgendlichen Rundgang zu absolvieren.

Es war ein typisch goldener Oktobertag, die Bäume der Blumengasse leuchteten in der Sonne. Edeltraut beschloss, bei Petér einen Termin zu vereinbaren.

»Hallo, meine Liebe, wie schön, Sie zu sehen!« Der Friseur klang immer, als hätte er nur auf diese eine Kundin gewartet, auch wenn der Laden voll war. Edeltraut fand das meist etwas zu aufdringlich, andererseits war seine gute Laune ansteckend. Heute war der Salon noch leer.

»Hallo Petér, ich wollte einen Termin ausmachen.« Sie zeigte auf ihren Kopf. »Die haben es mal wieder nötig.«

Sie rechnete ihm hoch an, dass er niemals log, indem er behauptete, ihre Frisur sehe immer noch gut aus.

»Gerrne«, gurrte er und eilte zur Theke, auf der sein Kalender lag. »Wann passt es Ihnen?«

»Anfang November. Tag und Uhrzeit dürfen Sie aussuchen, Sie wissen ja, dass ich fast immer Zeit habe«, erwiderte Edeltraut lächelnd und fand sich ein klein wenig schelmisch dabei.

»Aberr das eine hat doch mit dem anderren absolut nichts zu tun!«, widersprach Petér ernst. »Nur weil Sie Zeit haben, müssen Sie keine Lust haben, nicht wahrr?«

»Da haben Sie natürlich recht«, sagte Edeltraut und dachte: *Wenn ich immer schon vorher wüsste, auf was ich Lust habe, wäre mein Leben einfacher.*

»Warum bleiben Sie nicht gleich?«, schlug Petér vor. »Eine Kundin hat gerrade vor fünf Minuten abgesagt.«

Edeltraut war versucht, das Angebot anzunehmen. Die Vorstellung, sich von Petérs kundigen Händen verwöhnen zu lassen, klang verlockend. Doch sie brauchte das Geld für den nachmittäglichen Kaffeeklatsch. Beides war in ihrem Budget nicht mehr drin.

»Ah, das tut mir leid, gerade heute passt es nicht«, sagte sie. »Geht es am vierten November?«

Petér hielt die Hände offen nach oben, als wollte er sagen: Du bist der Boss!

»Aber natürrlich, das ist garr kein Prroblem!« Er suchte die Seite im Kalender. »Am Nachmittag?«

»Nein, lieber am Vormittag. Geht zehn Uhr?«

»Gerrne!« Er schrieb etwas Unleserliches in das Buch. »Ich habe Sie eingetrragen. Vierter November, zehn Uhrr.«

»Mayerhofer.«

Petér schaute sie fragend an.

»Mein Name ist Mayerhofer.«

Für einen kurzen Moment sah der Friseur aus, als wolle er weinen, dann lachte er laut und sagte: »Aberr das weiß ich doch, meine Liebe, das weiß ich doch!« Wie zum Beweis zeigte er ihr den Kalender und tatsächlich stand da: Fr. Meierhofr.

Edeltraut war beeindruckt. »Vielen Dank. Dann sehen wir uns in gut zwei Wochen.«

Petér brachte sie zur Tür. »Ich frreue mich darrauf!« Er reichte Edeltraut die Hand und gab ihr noch einen sanften Klaps auf die Schulter.

Das Café nebenan war bevölkert. Hatten die Leute denn keine Arbeit? Wer konnte es sich leisten, am helllichten Vormittag im Café zu sitzen?

Sie jedenfalls nicht. Dennoch warf sie im Vorbeigehen einen sehnsüchtigen Blick hinein. Das Café war gerade mal eine Woche offen und schien bereits Stammplatz für viele Gäste zu sein.

Edeltraut beschloss, ihre tägliche Schnäppchenjagd durch die umliegenden Supermärkte sausen zu lassen, das Wetter war viel zu schön dafür. Sie würde bequemere Schuhe anziehen und einen langen Spaziergang machen.

Sie betrat ihr Haus und öffnete gewohnheitsgemäß den Briefkasten, auch wenn sie kaum Post bekam. Die meisten Briefe waren an Georg gerichtet gewesen, er hatte sich immer um alles gekümmert. Es hatte eine Weile gedauert, bis seine Post nicht mehr bei ihr eingeworfen wurde.

Neben der unvermeidlichen Werbung lag auch ein offiziell aussehendes Schreiben darin. In der Anschrift stand *Edeltraut Mayerhofer*.

Ihr Herz schlug schneller. Ohne auf den Absender zu schauen, stopfte sie den Brief in ihre Tasche und sah die Werbebriefe durch. Diesmal war nichts für sie dabei. Sie warf alles in den dafür vorgesehenen Korb und stieg die Treppe hoch zu ihrer Wohnung.

Zunächst absolvierte sie ihr Routineprogramm, wenn sie nach Hause kam: Schuhe ausziehen und die Sohlen feucht abwischen, Hände waschen, in etwas Bequemes schlüpfen, ein Glas Wasser bereit stellen, um ausreichend zu trinken. Wenn man alt wurde, vergaß man das zu oft, das las sie immer wieder.

Der Brief spitzte aus der Handtasche heraus. Edeltraut war versucht, ihn zu ignorieren. Instinktiv wusste sie, dass er schlechte Nachrichten enthielt.

Misstrauisch beäugte sie den Umschlag von allen Seiten, doch ein Absender war nicht zu erkennen. Es war auch gar keine Briefmarke darauf. Eine Wurfsendung? Aber die war doch in der Regel »An alle Hausbewohner« adressiert, nicht an Einzelpersonen.

Sie holte den Brieföffner von Georgs Schreibtisch, den er aus unerfindlichen Gründen nicht mitgenommen hatte, und schlitzte den Brief auf. Sie sah sofort, dass es ein Schreiben der Hausverwaltung war. Das konnte nichts Gutes bedeuten!

Edeltraut spürte ein Ziehen in der Herzgegend und setzte sich. Sie würde doch jetzt keinen Herzinfarkt bekommen?

»Stell dich nicht so an!«, raunzte sie sich an und entfaltete das Blatt Papier.

Sehr geehrte Frau Mayerhofer,

hiermit teilen wir Ihnen mit, dass wir den Mietzins zum 1. Januar 2015 um 20 % erhöhen. Ihre fällige Miete erhöht sich damit auf EUR 835,20. Wie gehabt ziehen wir den Betrag jeweils zum 1. eines Monats von Ihrem Konto ein.

Sie las noch etwas von Paragraphen, die das erlaubten, und einer Widerspruchsfrist. Ihr Herz pochte heftig. Achthundertfünfunddreißig Euro? Wo sollte sie das Geld hernehmen?

Natürlich, sie müsste endlich Georg fragen. Aber was, wenn er nicht zahlte? Dann würde sie zu einem Anwalt gehen und ihren Noch-Ehemann verklagen müssen.

Edeltraut war sich immer bewusst gewesen, dass sie einen großen Fehler beging, wenn sie auf etwas verzichtete, was ihr zustand. Doch sie hatte bisher immer noch die Hoffnung gehegt, dass Georg zu ihr zurückkehrte. Deshalb hatte sie alles unterlassen, was nach Streit aussah.

Darüber hinaus empfand sie eine Abscheu Behörden gegenüber und allem, was damit zu tun hatte. Sie würden ihr sicher unangenehme Fragen stellen wie etwa die, warum sie nicht arbeitete. Womöglich würde sie gar in Hartz IV abrutschen. Man las ja nur Negatives darüber!

Mit zitternder Hand legte Edeltraut den Brief auf den Tisch und trank einen Schluck Wasser. Ihr Herz wollte sich nicht beruhigen, hatte auch keinen Grund dazu. Sie stand auf, ging in die Küche, öffnete den Kühlschrank und starrte minutenlang hinein, ohne etwas zu sehen. Als ihr kalt wurde, schloss sie die Tür, ging zur Spüle und wusch das Geschirr ab.

Achthundertfünfunddreißig Euro! Ein Glas entglitt ihr und zerbrach in tausend Scherben.

»Mist!«, schimpfte Edeltraut, bückte sich, um die Splitter aufzuheben, schnitt sich am Finger.

»Aua!«, rief sie. »Verdammter Mist.« Sie steckte den blutenden Finger in den Mund. Es war eine harmlose Wunde, die sich schnell verschließen würde, dennoch hatte Edeltraut das Gefühl zu sterben.

Ungeachtet der herumliegenden Scherben ließ sie sich auf den Boden sinken. Die Tränen kamen ohne Ankündigung und es dauerte lange, bis sie versiegten.

Edeltraut wischte sich mit dem Ärmel übers Gesicht und schniefte. So hatte sie schon lange nicht mehr geweint, vielleicht noch nie. Nicht einmal, als Georg ihr mitteilte, dass er eine andere Frau kennengelernt hatte, waren die Tränen geflossen.

Sie fühlte sich erleichtert, als sei der Druck der letzten Monate mit den Tränen aus ihrem Körper gewichen. Natürlich, das Problem bestand noch immer, aber sie würde eine Lösung finden.

Edeltraut erhob sich, klebte ein Pflaster über die Wunde, klaubte die Überreste des Glases zusammen und entsorgte sie. Den Rest des Geschirrs ließ sie stehen. Erstaunt stellte sie fest, dass es ihr nichts ausmachte. Früher hätte sie so etwas niemals geduldet.

Sie erinnerte sich an das seltsame Gefühl, das sie beim Aufwachen gehabt hatte. Vielleicht war es ja ein Zeichen, dass sich etwas ändern musste.

Den Ehering hatte sie bereits abgestreift. Das war ein guter Anfang für den Start in ein neues Leben!

Edeltraut setzte sich an Georgs Schreibtisch, suchte Papier und einen Stift. Eine Kalkulation konnte sie sich sparen, sie wusste, dass das Geld, das sie von Georg bekam, für die neue Miete nicht reichen würde.

Er hatte ihr zunächst monatlich neunhundert Euro überwiesen. »Mehr ist nicht drin, tut mir leid«, hatte er gesagt und sogar wahrhaft bedauernd geklungen. Als nach drei Monaten klar war, dass es zu wenig war, hatte er auf eintausend Euro erhöht.

Davon musste sie die Miete und die Nebenkosten bezahlen und hatte noch Glück, dass sie einen für Münchner Verhältnisse sehr günstigen Vertrag hatte. Dennoch blieben ihr nach allen Abzügen gerade mal zweihundert Euro zum Leben. Sie hatte immer gut gehaushaltet und konnte mit Geld umgehen, doch es fiel selbst ihr schwer, damit auszukommen. Es machte ihr nichts aus, dass sie Grundnahrungsmittel inzwischen häufig bei den Billiganbietern kaufte, um wenigstens ein paar Cent einzusparen. Das intensive Studium der Supermarkt-Flyer und der anschließende Rundgang gehörten seit einigen Monaten zur morgendlichen Routine. Fleisch musste sie nicht jeden Tag essen, aber wenigstens eine warme Mahlzeit am Tag. Dabei war Kochen für eine Person unverhältnismäßig teuer, das wusste jeder!

Aber jeden Tag in die Stadt fahren und in einem der Kaufhäuser essen war auch keine Lösung. Sie wollte nicht zu den Menschen gehören, die stundenlang an einem Tisch saßen und sich ans Bierglas oder an die Kaffeetasse klammerten, um nicht allein zu sein. Außerdem – wer wusste schon, was die alles ins Essen taten?

Edeltraut seufzte. Natürlich war es ein Fehler gewesen, Georg nachzugeben und nicht zu arbeiten. »Mach dir doch ein schönes Leben«, hatte er gesagt. »Ich verdiene genug für uns beide.«

Damals war es verlockend gewesen, später langweilig, heute existenzgefährdend. Wer würde einer Sechzigjährigen, die vor vierzig Jahren mal im Büro gearbeitet hatte, einen Job geben? Sie wusste nicht einmal, wie man mit einem Computer umging. Selbst ihr Handy war vermutlich schon museumsreif, aber immerhin konnte sie damit telefonieren und SMS verschicken. Mit einer Mischung aus Faszination und Widerwillen beobachtete sie die Menschen um sich herum, die auf ihren Smartphones herumtippten und -wischten, als hinge ihr Leben davon ab.

Zwanzig Minuten saß Edeltraut vor dem leeren Blatt Papier. Um wenigstens etwas darauf zu sehen, zog sie in der Mitte einen senkrechten Strich und schrieb über die linke Spalte *Können* und über die rechte *Beruf*.

Nach reiflicher Überlegung stand auf der Liste:

Kochen	*Köchin*
Backen	*?*
Putzen	*Putzfrau*
Rätseln	*?*

Mehr wollte ihr beim besten Willen nicht einfallen. Verzweiflung schwappte über sie hinweg, doch Edeltraut war fest entschlossen, sich ihr nicht hinzugeben. Sie hatte lange genug gewartet – heute war Tag Eins eines neuen Lebens.

Dazu gehörte, von Georg unabhängig zu werden. Nur – wie sollte sie einen Job finden, wenn sie nichts vorweisen konnte? Für den Anfang würden ein paar Stunden pro Woche reichen, vierhundert Euro bekam man dafür oder gar mehr?

Wer brauchte eine Aushilfe? Edeltraut zermarterte sich den Kopf. Ihr Blick fiel auf den Prospekt des Supermarktes um die Ecke. Natürlich! Die suchten doch sicher immer wieder jemanden, der einsprang, zum Beispiel beim Einräumen der Regale.

Voller Elan stand Edeltraut auf. Gleich nach dem Mittagessen würde sie hingehen und nachfragen.

Als das Telefon klingelte, hatte sie einen Moment lang die Vision, der Supermarktleiter würde anrufen und ihr einen Job anbieten.

»Du spinnst«, sagte sie laut und nahm den Hörer ab. »Ja?«

»Edeltraut?« Mina klang verunsichert.

»Ja«, erwiderte Edeltraut und verkniff sich ein »wer sonst?«

»Unser Café hat zu, sie renovieren«, sagte Mina in einem Ton, als wäre es eine persönliche Beleidigung. Vermutlich sah sie es auch so.

»Dann gehen wir halt woanders hin«, erwiderte Edeltraut geistesabwesend.

»Aber wohin? Du weißt, wie lange wir gesucht haben. Und wer hat schon einen Platz für vier alte Damen?«

»Bei mir in der Straße hat letzte Woche eines aufgemacht«, sagte Edeltraut. »Das könnten wir ausprobieren. Es sieht nett aus«, schob sie noch nach.

Mina, die Veränderungen hasste, lamentierte ein bisschen herum.

»Ich rufe gleich dort an und reserviere einen Tisch für uns«, schlug Edeltraut vor. »Und sie werden ja wohl Kaffee und Kuchen haben. Wenn nicht, beschweren wir uns und gehen wieder in unser altes Café. Sie werden nicht ewig malern.«

Erst, als sie versprach, alle zu informieren, war Mina zufrieden.

Da Edeltraut bezweifelte, dass das Café im Telefonbuch stand, und da die Auskunft zu teuer war, beschloss sie, die paar Schritte rüberzugehen und den Tisch persönlich zu reservieren. Dann bekam sie auch gleich einen ersten Eindruck.

Sie schlüpfte in bequeme Schuhe, nahm ihre Schlüssel und verließ die Wohnung. Es war noch nicht zwölf Uhr, doch das Café war bereits gut besetzt – selbst auf dem Gehsteig war kein Tisch mehr frei.

Edeltraut stieg die beiden Stufen hoch und betrat das Café. Es duftete nach frisch geröstetem Kaffee. Das war schon mal sehr gut. Zufrieden sah Edeltraut sich um. Der Raum strahlte eine wunderbare Gemütlichkeit aus, ohne kitschig zu wirken. Obwohl die Bilder an den Wänden so gar nicht ihrem Geschmack entsprachen, fühlte sie sich sofort wohl. Da hatte jemand ein Händchen für Einrichtungen.

Eine rothaarige Frau kam aus der Küche, auf jeder Hand zwei Teller balancierend. Edeltraut hatte sie schon ein paar Mal während der Umbauphase gesehen. Es musste die Namensgeberin Hannah sein. Sie schätzte sie auf Anfang, Mitte vierzig. Sie trug Jeans und ein modisches Top, war dezent geschminkt, ihren Hals schmückte eine schlichte Kette, die dennoch teuer wirkte.

Hannah lächelte sie im Vorbeigehen an und rief: »Ich bin sofort bei Ihnen.«

Es dauerte dann doch fast zehn Minuten, bis Hannah sich ihr zuwenden konnte. Zeit, die Edeltraut nutzte.

Sie ging zur Theke, wo die Kuchen ausgestellt waren. Es gab etwas, das wie Himbeer- oder Erdbeerkuchen aussah, außerdem einen Käsekuchen, dessen Anschnitt vertrocknet wirkte. Nicht gerade verlockend. Enttäuscht wandte sie sich ab.

Immerhin, wer das Café eingerichtet hatte, hatte an alles und jeden gedacht.

Für den eiligen Gast, der nur schnell einen Espresso hinunterstürzen wollte, gab es vor dem linken Schaufenster drei Stehtische mit Bistrostühlen und Blick auf die Straße. Im rechten Fenster lagen dicke Kissen, auf denen es sich ein junger Mann bequem gemacht hatte und mit dem Bein zur Musik aus seinem riesigen Kopfhörer wippte.

Vor der Theke standen zwei Tische mit jeweils vier Stühlen, die aussahen, als könne man länger als eine halbe Stunde darauf sitzen. Der Rest des Cafés war mit bequem aussehenden Sesseln und einem Sofa bestückt, dazwischen standen passende Couchtische.

Edeltraut trat auf einen der Bistrotische zu, zeigte auf einen Flyer, der unter der Zuckerdose lag, und fragte: »Darf ich?«

Die beiden jungen Männer nickten nur.

Überrascht stellte sie fest, dass es die Speisekarte war. Das ging aber doch professioneller!

Tatsächlich stand gleich unter den Worten »Speisen und Getränke« der Satz: *Dies ist nur eine vorläufige Version, wir bitten um Nachsicht!*

»Na gut«, murmelte Edeltraut. Sie wollte mal nicht so sein. Überhaupt, wer war sie, die Betreiberin eines Cafés zu kritisieren? Sie hatte keine Ahnung, wie viel Arbeit dahintersteckte.

Die Auswahl auf der Karte war aber doch sehr beeindruckend. Es gab alle Arten von Kaffee, mindestens ein Dutzend Teesorten, die üblichen Softdrinks, aber auch Bier, Säfte und Schorlen, außerdem drei verschiedene Weiß- und Rotweine. Bei Speisen stand: *Wir sind gerade dabei, unser Speisenangebot auszuweiten. Bitte haben Sie etwas Geduld und fragen Sie die Bedienung. Danke!*

Angenehm überrascht war Edeltraut von den Preisen. Die waren für Münchner Verhältnisse sehr zivil. Ein Grund mehr, sich heute in diesem Café zu treffen.

Hannah schien bei den Gästen sehr beliebt zu sein, fast jeder wechselte ein paar Worte mit ihr. Und niemanden schien es zu stören, dass er warten musste.

Edeltraut hingegen war allmählich genervt. Zwar lächelte Hannah sie jedes Mal an, wenn sie an ihr vorbeikam, doch sie blieb nie stehen, um sie nach ihren Wünschen zu fragen.

Das gibt Minuspunkte!

Als hätte Hannah ihre Gedanken gelesen, stand sie plötzlich vor ihr, das Gesicht gerötet, die Haare leicht strähnig.

»Tut mir sehr leid, dass Sie so lange warten mussten. Ich bin allein und, offen gestanden, gerade etwas überfordert.« Sie zeigte nach draußen. »Ich hatte nicht mit solch einem Ansturm gerechnet.«

»Ist doch kein Problem«, erwiderte Edeltraut nachsichtig. »Ich hätte gern einen Tisch für vier Personen reserviert, für heute Nachmittag, fünfzehn Uhr. Könnten wir den Tisch da hinten haben?« Sie zeigte auf die Ecke mit dem Sofa und den beiden Sesseln.

»Aber natürlich, gerne«, rief Hannah – und zu einem Gast gewandt, der zahlen wollte: »Ich komme sofort.«

»Sind das alle Kuchen, die Sie haben?«, sagte Edeltraut und deutete auf die Vitrine.

Hannah wandte sich um und schien nicht zu verstehen, was sie meinte. »Äh, ja, also, ich meine natürlich nein. Ich bekomme später noch eine Lieferung, ganz frisch.«

Edeltraut hatte das Gefühl, dass sie gerade angeschwindelt wurde, aber sie wollte keinen Ärger machen. »Schön, ich freue mich auf später.«

»Ja, bis später«, sagte Hannah, in Gedanken bereits beim nächsten Gast. »Und danke für Ihre Reservierung«, rief sie ihr hinterher.

Edeltraut verließ das Café, ging ein paar Schritte zu ihrem Haus, blieb dann stehen. Einer Eingebung folgend wandte sie sich um und ging zum Supermarkt. Seit Jahren kaufte sie hier ein, wenn auch in letzter Zeit weniger. Sie kannte jedes Regal, jeden Gang, fast jedes Lebensmittel. Nur die Angestellten wechselten so häufig, dass sie es schon vor Jahren aufgegeben hatte, sich die Gesichter zu merken. Die Namen waren sowieso unverständlich, früher klangen sie jugoslawisch, jetzt eher türkisch.

Sie kaufte Mehl und Zucker, um nicht unangenehm aufzufallen, und ging nach Hause. Dort ärgerte sie sich, dass sie nicht stattdessen einen Salat gekauft hatte. Der wäre gesünder als Suppe, auch wenn sie selbstgemacht war.

Sie rief ihre Freundinnen reihum an und teilte ihnen die Adresse des Cafés mit. Da sie sich sowieso bald sehen würden, konnte sie die Telefonate kurz halten. Bis zum Treffen brütete sie über ihrer Liste, aber mehr wollte ihr nicht einfallen.

Als es Zeit war, kleidete sie sich noch sorgfältiger an als sonst. Auch wenn es ihre Freundinnen waren, mussten sie noch längst nicht alles wissen. Schon gar nicht, dass sie kein Geld hatte. Zum Glück waren alle drei keine begnadeten Hausfrauen, sodass ihr diese Gespräche erspart blieben.

Entgegen Edeltrauts Vermutung hatte Hannah die Reservierung nicht vergessen. Auf dem Tisch stand ein handgeschriebenes Schild:

Reserviert für vier nette Damen

Edeltraut musste schmunzeln.

Das Café war überraschend leer, nur auf den beiden Kissen im Schaufenster saßen zwei junge Mädchen und zeigten sich gegenseitig Bilder auf ihren Handys.

Hannah kam freudestrahlend auf sie zu.

»Wie schön, dass Sie da sind. Ich muss mich entschuldigen. Ich hatte heute Mittag wirklich keinen Anstand. Ich habe nicht einmal nach Ihrem Namen gefragt.« Sie zeigte auf das Schild. »Das ist eine Notlösung. Hoffentlich sind es auch vier Damen.«

»Eine sehr charmante Notlösung«, antwortete Edeltraut. »Ja, wir sind zu viert. Ob wir Damen sind, müssen Sie entscheiden.« Sie lachte. Es war unmöglich, Hannah böse zu sein.

»Wollen Sie noch warten oder kann ich Ihnen schon etwas bringen?«

»Ich warte, vielen Dank.«

»Gerne.«

Hannah lächelte und wandte sich neuen Gästen zu.

Edeltraut betrachtete neugierig das Bild, das hinter ihr hing. Es war ein Monstrum in Rot- und Orangetönen, ein Motiv war nicht zu erkennen. Aber vielleicht saß sie auch einfach zu nah. Das kleine Schild neben dem Bild klärte sie darüber auf, dass der Künstler Hubertus von Waldhausen hieß und es sich um einen »Sonnenuntergang in den Bergen« handelte. Das Bild war 120 cm x 220 cm groß und sollte 2.800 Euro kosten.

»Fast dreitausend Euro für diesen Schinken?«, platzte es aus ihr heraus. Erschrocken drehte sie sich um, aber niemand schien sie gehört zu haben.

Wer hatte so viel Geld für ein Bild?

»Das ist ja nett hier.«

Edeltraut war dankbar, dass Henriette die Erste war. Die ewig meckernde Mina hätte sie nicht so gut verkraftet. Kurze Zeit später trafen auch Wilma und Mina ein.

Hannah kam umgehend zu ihnen, begrüßte sie und fragte nach ihren Wünschen.

Edeltraut hatte beim Betreten des Cafés einen prüfenden Blick auf die Kuchenvitrine geworfen und festgestellt, dass tatsächlich mehr Auswahl herrschte als mittags. Sie war sehr gespannt auf die Qualität.

Wilma wählte wie üblich einen Cappuccino, Henriette bestellte einen doppelten Espresso »mit einem großen Schuss Rum«, Wilma und Edeltraut bleiben beim einfachen Kaffee.

»Welche Kuchen haben Sie?«, fragte Mina, und Edeltraut hielt den Atem an. Jetzt war die Stunde der Wahrheit.

Hannah zögerte nur kurz, zählte dann auf: »Käsesahne, Bienenstich, irgendetwas mit Banane, ich muss gestehen, ich weiß nicht genau, wie der heißt, und dann eine Himbeertorte. Die ist allerdings etwas beschädigt«, fügte sie leicht zerknirscht hinzu.

Ihre Freundinnen wählten die ersten drei Kuchen, sodass für Edeltraut die Himbeertorte übrigblieb. Es war ihr sehr recht, denn Himbeertorte war ihre Spezialität, die konnte sie gut vergleichen.

Während Hannah die Kaffeemaschine bediente und die Kuchen aus der Vitrine holte, schauten sie sich ungeniert um und machten sich gegenseitig auf Details aufmerksam. Nicht einmal Mina fand etwas zum Nörgeln. Edeltraut war zufrieden.

Hannah kam mit den Getränken; zu jedem Kaffee gab es ein Glas Wasser.

»Hier sind noch brauner und weißer Zucker sowie Süßstoff, je nachdem, was Sie bevorzugen«, sagte sie und stellte ein dreiteiliges Set in die Mitte des Tisches. »Die Kuchen kommen gleich.«

»Ich habe versucht, ihm ein ordentliches Aussehen zu geben«, sagte Hannah, als sie mit den Tellern zurückkam, und zeigte auf die Himbeertorte. »Aber irgendwie will er nicht. Der geht natürlich aufs Haus und ich spendiere auch noch Sahne dazu, wenn Sie wollen.«

Edeltraut schaute entsetzt auf das derangierte Stück Kuchen vor ihr. Hoffentlich schmeckte er nicht so, wie er aussah!

Die anderen hatten offensichtlich eine bessere Wahl getroffen, doch ihr geschulter Blick erkannte sofort, dass der Bienenstich niemals selbstgemacht war. Die Ebenen waren viel zu perfekt.

»Lassen Sie es sich schmecken«, sagte Hannah.

Edeltraut schnupperte am Kaffee. »Er riecht gut, immerhin.«

»Die Maschine kostet ein Vermögen«, flüsterte Henriette. »Wenn sie damit umgehen kann, kann sie eigentlich nichts falsch machen.«

»Doch, falsche Bohnen kaufen«, warf Mina ein.

Sie nippten an ihren Tassen und nickten sich anerkennend zu.

»Der bekommt schon mal einen Pluspunkt«, sagte Wilma.

»Der sicher nicht.« Edeltraut zeigte auf ihren Teller.

»Du bist zu streng«, tadelte Henriette sie. »Probier doch erst mal.«

Edeltraut kämpfte mit sich, beschloss dann aber, sich die Sahne zu gönnen. Vorsichtig schnitt sie mit der Gabel ein Stück vom Kuchen ab und kostete ihn. Ihr war sofort klar, dass es sich um ein Tiefkühlprodukt handelte. Der Boden war hart, die Füllung matschig, die Früchte ohne Geschmack. Es war ein Nullachtfuffzehn-Produkt, das eines Cafés wie diesem absolut nicht würdig war. Angewidert stieß sie den Teller von sich.

Der Kaffee hingegen war wirklich eine Sensation. Sie nippte immer nur daran, um möglichst lange davon zu haben.

»Isst du den nicht mehr?« Die unersättliche Wilma stopfte alles in sich hinein, was sie kriegen konnte, und wunderte sich dann, dass sie jedes Jahr zwei Kilo zunahm. Edeltraut schob ihr den Teller hin.

»Viel Spaß damit.«

Wilma probierte ein großes Stück und sagte: »Wieso, schmeckt doch lecker.«

Edeltraut wollte erbost antworten, dass sie keine Ahnung habe, doch dann fiel ihr ein, dass die Freundin schon lange keine Gelegenheit mehr gehabt hatte, einen guten Kuchen zu essen. Sie schwieg also und lauschte auf das Geplauder der anderen.

Hannah kam ab und zu vorbei und schaute nach dem Rechten.

»Es hat Ihnen geschmeckt, das freut mich«, sagte sie, als sie die leeren Teller sah.

Edeltraut schwieg, als die anderen es bestätigten.

Am Abend ärgerte sie sich über sich selbst. Wieso hatte sie nicht den Mut, für ihre Meinung einzustehen? Was konnte schon passieren? Dass die Leute sie nicht mehr mochten? Na und? Wen interessierte schon, ob eine Café-Betreiberin sie leiden konnte oder nicht!

Da sie keinen Kuchen gegessen hatte, ging sie in die Küche, um sich etwas zu essen zu holen. Doch der Kühlschrank war praktisch leer. Ein armseliges Stück Salami und zwei Scheiben Gouda waren alles.

»Verflucht und zugenäht«, schimpfte Edeltraut laut und fühlte sich sofort wohler. Es tat gut, den Ärger rauszulassen. Vielleicht sollte sie das nutzen und Georg anrufen.

Sie warf die Kühlschranktür zu, ging ins Wohnzimmer zum Telefon und nahm den Hörer ab. Doch sie konnte sich nicht überwinden, die Nummer zu wählen. Frustriert legte sie den Hörer zurück.

»Feigling«, murmelte sie. Aber ihr war klar, dass ein unüberlegter Anruf sowieso nichts bringen würde.

Zurück in der Küche ignorierte sie den leeren Kühlschrank und holte eine Flasche Rotwein aus dem Regal, das ihr als Vorratslager diente. Es war die letzte von vier Flaschen, die Georg vergessen hatte.

Sie öffnete die Flasche, goss sich ein Glas ein und trank es in einem Zug leer. Eine wohlige Wärme breitete sich in ihr aus. Sie musste lachen, weil Georg sehr erbost gewesen wäre.

»Du musst erst den Körper des Weins erschnuppern, dann einen kleinen Schluck in den Mund nehmen, ihn hin- und herschwenken, die Aromen herausschmecken, dann erst schlucken.«

»Pfeif auf den Körper«, kicherte Edeltraut und goss sich ein zweites Glas ein. »Auf dich, Georg, du Ehebrecher. Und auf euch, Hausverwaltung, und eure Mieterhöhung. Und auf Sie, Hannah, und Ihren miesen Kuchen.«

Sie trank Glas auf Glas, bis die Flasche leer war. Sie fühlte sich betrunken. Und hundemüde.

»Nur ein kleines Nickerchen«, murmelte sie.

Als sie aufwachte, war es dunkel. Verwirrt griff Edeltraut zur Lampe und stöhnte, als ihr Kopf heftig zu pochen begann. Sie knipste das Licht an und sah sich um. Sie lag angezogen in ihrem Bett, ihr Schädel brummte heftig, in ihrem Mund war ein widerlicher Geschmack.

Was, um Himmels willen, war passiert?

Der Brief von der Hausverwaltung fiel ihr ein, die magere Liste mit ihren Kenntnissen, der Besuch im Café, die Flasche Wein.

»Du liebes bisschen«, murmelte sie und setzte sich auf, was sofort ein heftiges Schwindelgefühl auslöste. »Du bist offensichtlich keine zwanzig mehr«, sagte Edeltraut leise und musste wider Willen lachen. Sie hatte Durst, aber auf dem Nachttisch stand nicht das übliche Glas Wasser.

Vorsichtig stand sie auf und schlurfte in die Küche, um sich etwas zu trinken zu holen. Verblüfft starrte Edeltraut auf das Geschirr im Waschbecken. Was war denn das für ein Lotterleben? Das war also Tag Eins ihres neuen Lebens gewesen! Nicht sehr ermutigend!

Sie hatte keine Lust, mitten in der Nacht – die Küchenuhr zeigte drei Uhr vierunddreißig – Geschirr zu spülen. Im Wohnzimmer entdeckte sie das Glas mit einem Rest Rotwein, die leere Flasche lag unter dem Tisch.

»Ts, ts, ts«, machte Edeltraut und schloss die Tür. Sie würde morgen aufräumen.

Sie ging ins Bad und putzte sich die Zähne, schlüpfte in ihr Nachthemd und kroch zurück ins Bett. Sie war müde, doch der Schlaf wollte nicht kommen. Woher sollte sie das Geld für die Miete nehmen? Es musste dringend ein Job her. Ein Job ohne großartige Voraussetzungen, eben so etwas wie Regale einräumen oder ähnliches. Gleich morgen würde sie im Supermarkt nachfragen. Sie war rüstig, sah jünger aus als sechzig, sie würde etwas finden!

Zufrieden drehte Edeltraut sich auf die Seite, doch an Einschlafen war nicht zu denken. Zu viele Gedanken schossen ihr durch den

Kopf. Wo sollte sie nachfragen – nur beim Supermarkt um die Ecke oder auch bei der Zentrale? Aber lohnte es sich, womöglich stundenlang zu fahren, um für zwei Stunden Regale einzuräumen? Und was sollte sie anziehen? Natürlich nicht zu elegant, sonst traute man ihr nicht zu, dass sie so etwas machte. Aber auch nicht heruntergekommen – doch das war bei ihrer Kleidung sowieso nicht möglich.

Was sollte sie sagen? »Hallo, ich brauche dringend einen Job?« Oder besser: »Hallo, haben Sie einen Job für mich? Ich mache alles.«

Na ja, alles würde sie nicht tun. Sie würde sicher nicht putzen. Nicht, dass sie etwas dagegen hätte, aber zu ihrer Lieblingsbeschäftigung gehörte es nicht. Kochen und Backen schon eher.

Der Himbeerkuchen im Café fiel ihr ein. Es war wirklich schade. Hannah war so eine nette Frau und gab sich so viel Mühe mit allem, und dann machte sie mit diesem schrecklichen Kuchen alles kaputt.

Die sollte mal meinen Kuchen probieren!, dachte Edeltraut. *Auf alle Fälle sollte ich ihr sagen, dass ihr Kuchen schrecklich schmeckt. Ich bin einfach immer viel zu nett zu allen. Auch zu Georg …*

Über der Vorstellung, was sie ihrem Noch-Ehemann alles an den Kopf werfen könnte, schlief sie schließlich ein.

Am nächsten Morgen nahm sich Edeltraut sehr viel Zeit für ihre Garderobe. Es war gar nicht so einfach, etwas zu finden, das nicht elegant aussah. Schließlich entschied sie sich für eine dunkelgraue Hose, eine schlichte, weinrote Bluse und eine graue Strickjacke. Sie betrachtete sich im Spiegel und war nicht zufrieden. Wie eine Bittstellerin sah sie wirklich nicht aus. Aber all ihre Kostüme und Hosenanzüge würden weit eleganter wirken.

Edeltraut schlüpfte in ihren dünnen Baumwollmantel, nahm ihre Handtasche und verließ die Wohnung. Sie drehte zwei Runden um den Häuserblock, bevor sie den Mut fand, in den Supermarkt zu gehen.

»Guten Morgen!«, wurde sie von einer Angestellten freundlich begrüßt.

Verdammt, es war vermutlich keine gute Idee gewesen, ausgerechnet in dem Supermarkt fragen zu wollen, wo man sie kannte. Aber Edeltraut hatte sich entschieden und wollte das nun durchziehen.

»Guten Morgen«, grüßte sie freundlich zurück. »Wo kann ich denn den Marktleiter finden?«

Die junge Frau schaute sie erschrocken an.

»Keine Bange«, sagte Edeltraut beschwichtigend. »Es ist keine Beschwerde.«

»Oh, gut«, erwiderte die Angestellte sichtlich erleichtert. Sie zeigte auf einen schmalen Gang, der neben einem Regal zu einer Tür führte. »Herr Yilmaz sitzt im Büro.«

Edeltraut dankte ihr und ging zur Tür, wo sie zögerte. Sie atmete zwei Mal tief durch, nahm all ihren Mut zusammen und klopfte.

»Ja?«

Sie öffnete die Tür und betrat einen kleinen Raum, der übersät war mit Papieren und Ordnern.

Das ist der Marktleiter?, dachte sie überrascht. Natürlich hatte sie ihn schon häufig gesehen, aber sie hatte nicht damit gerechnet, dass ein so junger Mann Chef sein könnte.

»Ja?« Er klang nicht unfreundlich, aber deutlich gestresst.

»Entschuldigen Sie die Störung«, sagte Edeltraut und schloss die Tür hinter sich. »Ich wollte fragen, ob Sie einen Job für mich haben.«

Alles falsch! Erst der Name, dann fragen, wie es ihm geht!

»Oh!«, machte Herr Yilmaz. Er schaute sich fragend um, suchte offensichtlich etwas. »Hatten wir einen Termin?«

»Nein, nein«, stotterte Edeltraut. »Wir hatten keinen Termin. Tut mir leid, dass ich Sie so einfach überfalle ...«, sie zögerte, fuhr dann fort: »Ich bin etwas aus der Übung, was das angeht.«

Herr Yilmaz hatte inzwischen gefunden, was er gesucht hatte: einen Kalender. Den studierte er aufmerksam, obwohl Edeltraut ihm bereits gesagt hatte, dass sie keinen Termin hätten.

»Es war eine dumme Idee«, sagte sie und wandte sich zur Tür um.

»Was für einen Job wollten Sie denn?«, fragte der Marktleiter.

Sie drehte sich wieder zu ihm. »Egal, was. Ich dachte an eine einfache Tätigkeit, ich hab ja nichts gelernt. Regale einräumen, zum Beispiel.«

Herr Yilmaz verzog leicht das Gesicht. »Es tut mir leid, aber wir haben derzeit keine Stelle frei, auch keine Aushilfsstelle. Die Regale werden von einer Servicefirma bestückt, damit haben wir gar nichts mehr zu tun. Da müssten Sie sich dort umhören, ob die jemanden brauchen.«

Jetzt machte Edeltraut »Oh«. Dann fiel ihr ein, dass die Leute, die die Regale einräumten, blaue Overalls mit dem Logo einer Firma auf dem Rücken trugen.

»Sonst haben Sie nichts für mich zu tun?«, fragte sie wider besseres Wissen und hasste, wie weinerlich ihre Stimme klang. Ihr Blick fiel auf das Chaos auf dem Schreibtisch.

Herr Yilmaz lachte. »Sie haben schon recht, eine Sekretärin könnte ich gebrauchen. Aber leider habe ich kein Budget dafür. Und umsonst werden Sie sicher nicht arbeiten wollen, oder?« Er stand auf und kam um den Tisch herum zu ihr. »Es tut mir leid, Frau …«

»Mayerhofer, Edeltraut Mayerhofer.«

»Frau Mayerhofer, ich würde Ihnen gerne helfen.« Er kramte auf dem Schreibtisch herum, fand einen Zettel und einen Stift und notierte etwas. Dann reichte er Edeltraut den Zettel. »Rufen Sie dort mal an, die suchen immer jemanden. Aber ich muss Ihnen gleich sagen: Ein angenehmer Job ist es nicht.«

Edeltraut nahm den Zettel und steckte ihn in ihre Manteltasche. »Danke, vielen Dank.«

»Keine Ursache. Ich wünschte, ich könnte Ihnen helfen.« Er klang, als meinte er es so.

Edeltraut verließ wie in Trance das Büro und blieb in dem schmalen Gang stehen. Natürlich hatte sie nicht erwartet, dass der erste Versuch etwas bringen würde, aber ernüchtert war sie doch.

Als die junge Frau von vorher vor ihr stand und fragte: »Haben Sie Herrn Yilmaz gefunden?«, schreckte sie aus ihren Gedanken hoch.

»Ja, vielen Dank, ich habe mit ihm gesprochen. Ich wünsche Ihnen noch einen schönen Tag.«

»Ihnen auch, vielen Dank. Auf Wiedersehen.«

»Auf Wiedersehen.« Edeltraut ging durch die vertrauten Gänge des Supermarkts und hatte das Gefühl, sie zum ersten Mal zu sehen. Mechanisch hob sie einen Einkaufskorb, den jemand hatte stehen lassen, hoch und legte eine Packung Margarine hinein. Aus der Tiefkühlvitrine nahm sie Himbeeren mit, schließlich legte sie noch Eier und Backpulver dazu. Sie zahlte, packte alles in einen Beutel, den sie immer in Reserve in ihrer Handtasche stecken hatte, und ging langsam nach Hause.

Erst dort verstand sie, was sie gekauft hatte. »Na gut«, sagte sie. »Wenn ich die Zutaten schon mal da habe, kann ich mich auch gleich an die Arbeit machen.«

Es war nicht ihr Meisterwerk, dennoch war der Himbeerkuchen um Klassen besser als das, was im Café angeboten wurde.

Edeltraut schnitt vorsichtig ein kleines Stück heraus und probierte. Ein Traum! Fehlte nur noch der Kaffee dazu. Sie goss Wasser in die Maschine, löffelte das Pulver in den Filter und drückte den Kippschalter. Die Maschine röchelte ein paar Sekunden, dann hörte Edeltraut das heiße Wasser in den Filter tropfen, ein wunderbares Aroma breitete sich aus.

Ungeduldig wartete Edeltraut, bis der Kaffee fertig war, goss sich eine Tasse ein, nahm den Teller mit dem Kuchen und ging ins Wohnzimmer, wo sie in ihrem Lieblingssessel Platz nahm und sich ein paar Minuten ganz dem Genuss hingab.

Sie stellte den leeren Teller auf den Couchtisch und seufzte zufrieden. Doch, sie musste sich selbst loben: Der Kuchen war ihr ausgesprochen gut gelungen. Der Boden war fest, dennoch zart, die Himbeeren schmeckten frisch und saftig, ohne matschig zu sein. Und die süße Creme darüber bildete die perfekte Ergänzung zu den eher säuerlichen Früchten.

Edeltraut nahm den letzten Schluck Kaffee und gestand sich ein, dass der im Vergleich nicht so gut abschnitt. Ihr Kuchen und der Kaffee im Café – das wäre die perfekte Kombination!

»War das nicht sowieso der Plan?«, murmelte Edeltraut. Verblüfft starrte sie auf den leeren Teller. Warum sonst hätte sie den Kuchen backen sollen? Für sie allein war er viel zu groß.

Sie dachte lange darüber nach und fand die Idee bestechend. Doch was würde Hannah darüber denken? Und wie sollte sie die Sache angehen? Sie konnte schlecht hingehen, ihr ein Stück Kuchen unter die Nase halten und ihr sagen: »Hier, probieren Sie den mal. Der ist besser als Ihrer.«

Und warum nicht? Natürlich müsste es freundlicher geschehen, nicht so ruppig, das war auch gar nicht ihre Art. Aber als Gast durfte man wohl noch seine Meinung kundtun.

»Sei nicht ungerecht«, ermahnte Edeltraut sich. »Sie hat sich schließlich entschuldigt. Das heißt aber auch, dass sie weiß, dass ihr Kuchen nichts taugt.«

Ihr Herz klopfte laut und schnell, aber Edeltraut achtete nicht darauf. War das ihre Chance? Wenn sie täglich ein bis zwei Kuchen für das Café backen könnte – das Material kostete nicht viel, aber sie musste ihre Arbeitszeit mit einrechnen – waren sieben Euro pro Kuchen zu viel? Zehn Euro für eine Torte? – dann könnte sie im Monat – hatte das Café täglich geöffnet? – im Monat könnten das auf jeden Fall mehrere hundert Euro sein.

Es wäre ein Anfang. Und Hannah brauchte sicher auch noch eine Bedienung. Sie hatte gestern ja selbst gesagt, sie sei überfordert. Stundenweise würde sie das hinkriegen.

Edeltraut hielt es nicht mehr im Sessel. Sie stand auf und tigerte in der Wohnung umher. Sie würde eine richtige Kalkulation erstellen müssen, aber das konnte nicht so schwer sein. Auf der einen Seite die Ausgaben plus ihre Stunden. Plus ein kleiner Gewinn. Sie wollte nicht unverschämt sein, aber etwas musste natürlich unterm Strich übrigbleiben. Ergab eine Summe auf der anderen Seite.

Sie kam am Wohnzimmerschrank vorbei, wo immer noch ihr Hochzeitsbild stand. Sie nahm es in die Hand, betrachtete sich und Georg. Sie waren nicht mehr jung gewesen, sie knapp dreißig, er vier Jahre älter. Es war keine Hals-über-Kopf-Heirat gewesen, sondern ein wohlüberlegter Entschluss. Hatte es deshalb nicht funktioniert? Waren sie zu rational gewesen?

Edeltraut stellte das Bild zurück, wandte sich ihren Plänen zu. Es war halb vier, die perfekte Zeit, ins Café zu gehen.

Sie atmete tief durch, überprüfte ihre Kleidung, fand sie akzeptabel für ihr Vorhaben und ging in die Küche, um den Kuchen in eine Box zu stellen. Sie zog den Mantel über, nahm ihre Handtasche und die Schachtel und wollte die Wohnung verlassen, als ihr Blick noch einmal in den Spiegel fiel. Edeltraut schüttelte den Kopf über sich. Man ging doch nicht mit einer Kuchenbox in ein Café!

Erst einmal nur ein Stück zum Testen, das musste genügen. Sie zog eine kleinere Plastikschüssel aus dem Schrank, schnitt zwei Kuchenstücke ab und stellte sie vorsichtig hinein. Sie nahm die Schüssel in die Hand, aber auch das war noch zu offensichtlich.

Edeltraut kramte in der Schublade, in der sie gebrauchte Tüten aufbewahrte, und fand eine kleine, undurchsichtige Plastiktüte. Die kleine Box passte perfekt hinein und war gut getarnt. Zufrieden stellte Edeltraut sich vor den Spiegel. Ja, das war viel besser.

Bevor sie der Mut verließ, ging sie schnurstracks zum Café, wo sie erleichtert feststellte, dass es relativ leer war.

Hannah bediente gerade eine ältere Dame, die Edeltraut vage vom Sehen kannte. Sie wählte einen Tisch weit weg vom Eingang, damit niemand ihr Gespräch mithören könnte. Die Tüte mit der Schachtel stellte sie auf einen Stuhl.

Hannah kam zu ihr und lächelte erfreut, als sie sie erkannte.

»Wie schön, dass Sie wiederkommen!«, sagte sie. »Und das trotz des traurigen Kuchens.«

Es war das Stichwort, auf das Edeltraut gewartet hatte. Sie zog die Kuchenbox heraus und stellte sie auf den Tisch.

»Ich hoffe, Sie sind mir nicht böse, wenn ich ehrlich zu Ihnen bin. Sie sagen es ja selbst: Der Kuchen gestern war nicht gut. Offen gestanden war er richtig schlecht«, schob sie nach, als Hannah etwas sagen wollte. »Und er ist eines Cafés wie diesem nicht würdig.«

Hannah schaute sie nun neugierig an. Ihr Blick wanderte zu der Schachtel auf dem Tisch; vermutlich konnte sie sich denken, was darin war, denn das Rot der Himbeeren leuchtete deutlich durch das Plastik hindurch.

Edeltraut atmete hörbar ein, nahm allen Mut zusammen und sagte: »Sie brauchen einen besseren, ach was, Sie brauchen einen guten Kuchen. Und ich denke, dass ich Ihnen diesen Kuchen liefern kann.« Sie nahm den Deckel ab und schob die Box so weit nach vorne, dass Hannah ohne große Mühe hineinschauen konnte.

»Ich will mich nicht aufdrängen, um Himmels willen, nein.« Edeltraut hob abwehrend die Hände, um das Gesagte zu untermauern. »Ich finde nur, wir haben eine Chance verdient: Ihr Café – und ich. Übrigens: Mein Name ist Edeltraut Mayerhofer.«

Hannahs Stirn war leicht gerunzelt, ihr Ton aber blieb freundlich. »Freut mich, Hannah Jensen. Was sind Sie? Professionelle Kuchenbäckerin?«

Edeltraut hatte mit dieser Frage gerechnet und sich eine Antwort zurechtgelegt. Doch dann schaute sie Hannah an und entschied sich, die Wahrheit zu sagen. Wer nichts wagte …

»Nein, ich bin keine professionelle Kuchenbäckerin. Obwohl – ich habe in den letzten dreißig Jahren kaum etwas anderes getan als zu kochen und zu backen. Ich bin – oder vielmehr war – zumindest professionelle Hausfrau. Ich will offen zu Ihnen sein. Mein Mann hat mich vor einem Jahr verlassen, für eine Jüngere, der Klassiker. Er zahlt mir monatlich einen bestimmten Betrag, aber es reicht nicht mehr. Ich habe gestern eine Mieterhöhung erhalten, ich brauche dringend mehr als das, was er mir gibt. Ich könnte ihn fragen, aber ehrlich gesagt will ich es nicht. Ich bin gerade seit gestern endlich soweit, das Ganze zu akzeptieren, ich will jetzt keinen Streit ums Geld mit ihm anzetteln. Ich habe mal vor langer Zeit, vor meiner Ehe, in einem Büro gearbeitet. Da gab's noch keine Computer und man schickte alles per Post, und wenn es eilig war, auch mal per Fax. In einem Büro würde ich untergehen. Alles, was ich kann, ist kochen und backen. Das aber ziemlich gut.«

Edeltraut schwieg erschöpft, aber glücklich. Es hatte gut getan, sich alles von der Seele zu reden, auch wenn Hannah eine Wildfremde war. Oder vielleicht gerade deswegen? Egal, wie es ausgehen würde: Sie hatte es zumindest versucht.

Hannahs Stirn hatte sich im Laufe ihrer Rede geglättet, jetzt lächelte sie und nahm Edeltraut gegenüber Platz.

»Ist es nicht manchmal seltsam, wie sich eins zum anderen fügt?«, sagte sie.

Edeltraut schaute sie verblüfft an. Das klang sehr geheimnisvoll, wenn auch nicht unbedingt negativ.

»Ich habe bei der Planung an alles gedacht«, fuhr Hannah fort. »Die Einrichtung, die Kaffeemaschine, die Getränke …«, sie machte eine kreisende Bewegung mit dem rechten Arm. »Alles stand im Plan. Auch, dass ich im ersten Jahr vermutlich keinen Gewinn machen werde.« Sie beugte sich leicht nach vorne, sagte leiser: »Nur eines habe ich nicht bedacht: Wo bekomme ich qualitativ gutes Essen her?«

Edeltraut hielt den Atem an. Klang das nach einem Angebot?

»Ich wollte selbst kochen und backen«, sagte Hannah und lachte spöttisch. »Ich kann das, wenn auch vermutlich nicht so gut wie Sie. Aber für das Café hätte es gereicht. Doch keiner hat mir gesagt, dass ich keine Zeit dafür haben würde.« Sie schüttelte den Kopf, als könne sie es selbst nicht glauben. »Es stand nicht im Plan: Keine Zeit zum Kochen und Backen.«

Ein Kunde kam herein. Hannah erhob sich. »Ich bin sofort zurück«, sagte sie und bediente den Gast, der offensichtlich etwas wollte, was Hannah nicht hatte. Bedauerndes Kopfschütteln auf beiden Seiten, der Kunde verließ das Café, Hannah schaute sich kurz um, ob alle anderen Gäste zufrieden waren, und kam zu Edeltraut zurück. Wider Erwarten setzte sie sich nicht, sondern nahm die Schachtel mit dem Kuchen.

»Ich werde ihn auf zwei Teller tun, uns eine schöne Tasse Kaffee dazu machen, und dann genießen wir ihn zusammen, in Ordnung?«

Edeltraut konnte nur nicken. Sie fühle sich fiebrig, wie in einem Traum. Noch war er angenehm …

Hannah kam mit den Tellern zurück, brachte auch noch den Kaffee. Sie nahm so Platz, dass sie den gesamten Raum einigermaßen im Blick hatte, hob den Teller und beschnupperte den Kuchen. Ihr Gesicht erhellte sich augenblicklich.

»Wow«, sagte sie.

Mit der Gabel prüfte sie die Konsistenz des Kuchens, nickte anerkennend. Schließlich schnitt sie ein Stück ab und schob es in den Mund.

Edeltraut wagte nicht zu atmen. Fasziniert sah sie zu, wie Hannah langsam kaute, schluckte, ein zweites Stückchen in den Mund nahm, die Augen schloss und kaute.

»Und?«, hätte Edeltraut gerne gefragt, aber sie wagte nicht, den Augenblick zu stören.

»Ein Traum«, hörte sie Hannah sagen.

Langsam ließ Edeltraut die Luft aus ihren Lungen entweichen. »Er ist nicht perfekt, aber er ist nah dran.«

»Ich finde ihn perfekt, aber ich nehme ihn auch noch perfekter«, erwiderte Hannah und lachte.

Edeltraut stimmte erleichtert mit ein. Eine große Last fiel von ihr ab. Doch dann sagte Hannah: »Natürlich müssen wir das erst einmal besprechen«, und die Last war sofort wieder da.

»Was, was meinen Sie damit?«

Hannah wurde ernst. »Ich meine damit Details wie: Was können Sie liefern, was verlangen Sie, wann liefern Sie was? Wann können Sie beginnen?«

»Oh, das meinen Sie«, sagte Edeltraut und war erleichtert. »Ein paar Gedanken habe ich mir schon gemacht. Ich könnte Ihnen ein bis zwei Kuchen pro Tag liefern. Über den Preis werden wir uns schon einig, da bin ich sicher. Und ich kann sofort beginnen.«

»Gut.« Hannah schien zunächst damit zufrieden zu sein, doch dann runzelte sie die Stirn. »Haben Sie ein Gewerbe angemeldet?«

»Ein Gew… Gewerbe?«, stotterte Edeltraut.

»Wenn Sie Kuchen in diesem Ausmaß backen und verkaufen, müssen Sie ein Gewerbe beantragen. Und natürlich die Einkünfte versteuern. Und Gewerbesteuer zahlen. Die ist in München saftig. Haben Sie das alles berücksichtigt?«

Edeltraut sah ihren Plan sich in Luft auflösen. Natürlich hatte sie das nicht bedacht. Woher hätte sie das auch wissen sollen? Sie schüttelte stumm den Kopf.

Hannah legte eine Hand auf ihre und sagte: »Nun lassen Sie mal den Kopf nicht hängen. Geben Sie mir bis morgen Zeit, ich finde eine Lösung.« Sie erhob sich, weil neue Gäste kamen.

Wie in Trance beobachtete Edeltraut, wie Hannah sie bediente. Das Wort Gewerbesteuer hallte in ihrem Kopf wider.

Sie schreckte hoch, als sie jemand sanft am Arm stieß. Hannah stand neben ihr und fragte leise: »Wenn ich Ihnen kurz die Kaffeemaschine erkläre – könnten Sie mir helfen?«

Edeltraut sprang auf. »Natürlich.«

In den paar Minuten war das Café voll geworden, jeder Tisch war besetzt. Und obwohl der Lärmpegel erheblich angestiegen war, blieb Hannah die Ruhe selbst. Sie erklärte Edeltraut alle Funktionen der Kaffeemaschine. »Haben Sie alles verstanden?«

Edeltraut nickte. »Ich denke, ja.« Sie schaute Hannah an und lächelte schief. »Sollen wir es wagen?«

Hannah lächelte zurück. »Na klar. Es ist doch nur Kaffee.«

Obwohl die Maschine furchtbar kompliziert aussah, schaffte Edeltraut es nach wenigen Fehlversuchen, sie zu bedienen. Stolz lieferte sie Cappuccino, Latte Macchiato und Espresso am laufenden Band. Als es etwas ruhiger war, warf sie einen neugierigen Blick in die Küche. Es war alles da: ein Herd mit Backofen, eine große Arbeitsplatte, Schränke, hinter deren Türen vermutlich jede Menge Geschirr verborgen war.

Edeltraut nickte. Hannah hatte wirklich an alles gedacht.

Es war beinahe halb acht, als es ruhiger wurde und Hannah zu ihr sagte: »Setzen Sie sich doch. Sie stehen ja seit ewigen Zeiten.«

Edeltraut ließ sich auf den nächsten Stuhl fallen und spürte plötzlich ihre Beine. So lange war sie schon seit Jahren nicht mehr gestanden, aber es hatte ihr kaum etwas ausgemacht.

»Um acht schließe ich, dann habe ich Zeit für Sie. Können Sie noch so lange warten?«

»Ja natürlich«, erwiderte Edeltraut. »Kann ich Ihnen noch helfen?«

Hannah schüttelte erst den Kopf, hielt dann aber inne. »Wenn es Ihnen nichts ausmacht – die Spülmaschine müsste aus- und eingeräumt werden.«

»Mache ich«, sagte Edeltraut und erhob sich.

Gegen halb neun waren sie mit der Arbeit fertig und Hannah spendierte ihnen einen Absacker.

»Ich weiß jetzt, was wir machen«, sagte Hannah nach einigen Minuten der Ruhe. »Sie arbeiten zwei Wochen zur Probe, dafür zahle ich Ihnen fünfhundert Euro plus Materialkosten für die Kuchen. Wenn es gut läuft – und davon bin ich nach dem heutigen Nachmittag überzeugt – stelle ich Sie als Küchenkraft ein. Über die Details werden wir uns sicher einig. Was halten Sie davon?«

»Viel«, sagte Edeltraut. »Sehr viel. Vielen Dank.« Sie hielt ihr Glas hoch und stieß mit Hannah an. »Wann soll ich morgen anfangen?«

Svenja Wahls

Das Leben ist vorbei!

Sie war siebenundzwanzig und ihr Leben war bereits zu Ende!

Schluchzend lief Svenja die Treppe hinunter, verhedderte sich in den langen Henkeln ihrer Tasche, konnte sich gerade noch am Geländer festhalten und den Sturz verhindern. Sie setzte sich auf eine Stufe und ließ den Tränen freien Lauf. Einen Moment lang dachte sie darüber nach, ob der Sturz nicht die bessere Lösung gewesen wäre, doch dann siegte ihr Selbsterhaltungstrieb. Kein Mann der Welt war es wert, dass man sich das Leben nahm! Und Magnus schon gar nicht!

Svenja kramte in ihrer Tasche nach einem Taschentuch, wischte sich die Tränen aus dem Gesicht und schnäuzte sich. Das Taschentuch zeigte schwarze und bunte Schlieren. Svenja musste wider Willen lachen. Sie hatte ihr Make-up ruiniert, vermutlich sah sie aus wie ein schlecht geschminkter Clown. Es war ihr egal.

Die Kälte der Steintreppe drang durch den dünnen Stoff. Svenja stand auf, strich das Kleid glatt und wischte sich noch einmal mit dem Taschentuch unter die Augen. Dann stopfte sie es achtlos in die Tasche, zog diese über die Schulter und lief die Treppe hinunter auf die Straße.

Für Sonntagnachmittag herrschte überraschend viel Verkehr. Svenja überlegte, wie sie am schnellsten an ein Taxi kam. Wieder kramte sie in ihrer Tasche, fand ihr Handy, zog es heraus, aktivierte es und suchte nach der Nummer für die Taxizentrale. Doch bevor sie anrufen konnte, hielt ein Cabrio vor ihr, ein Mann, der ihr vage bekannt vorkam, schaute sie überrascht an und sagte: »Svenja?«

»Ja?«, erwiderte sie zögernd. Wer zur Hölle war das? Ganz hinten in ihrem Gedächtnis tauchte die Assoziation Diskothek auf.

»Das ist ja ein Zufall!«, rief der Mann, stellte den Motor ab und sprang aus dem Wagen. Er kam mit ausgebreiteten Armen auf sie zu, stutzte dann und blieb stehen.

»Oh je, dir geht's nicht gut«, sagte er leise.

Svenja war verwirrt. Sie wusste, sie hatte den Kerl schon mal gesehen, aber sie konnte sich beim besten Willen nicht an seinen Namen erinnern. War er womöglich ein Mandant? Das wäre ja sehr peinlich! Aber nein, er hatte sie beim Vornamen genannt, sie musste ihn privat kennen.

Ein Freund von Magnus? Schon eher, aber doch unwahrscheinlich. Alle Freunde von Magnus saßen doch oben, in dem schicken Lokal, und feierten.

»Ich …«, sagte sie, als sie ihren Namen hörte.

»Svenja? Schatz?«

Oh verdammt, war Magnus ihr etwa nachgelaufen? Na ja, er musste immerhin den Schein wahren, so tun als ob.

»Kannst du mich hier wegbringen?«, fragte sie den fremden Bekannten. »Schnell?«

Er reagierte zum Glück sofort. »Klar, kein Problem. Steig ein.« Er hielt ihr die Tür auf, drückte sie sachte aber bestimmt zu, lief um den Wagen herum, stieg ein und startete den Motor.

»Wohin?«, wandte er sich an sie, während er sich in den Verkehr einreihte.

»Egal, irgendwohin«, erwiderte Svenja. »Nur weg von hier.«

Als sie nach zirka hundert Metern an eine Kreuzung kamen und warten mussten, wandte Svenja sich um. Magnus stand am Straßenrand und schaute ihnen nach. Sie konnte sein Gesicht nur unscharf sehen, aber große Trauer schien er nicht zu verspüren.

Sie fuhren durch die Stadt, zunächst Richtung Hafen, dann weiter nach Blankenese. Mit dem Motor war auch Musik angegangen. Der Mann hatte sie ausstellen wollen, doch Svenja hatte gesagt: »Nein, lass sie bitte an.« Er hatte es schweigend akzeptiert.

Sie ließen Blankenese und die Elbe hinter sich und stießen nach einer Weile auf eine größere Straße.

»Rechts oder links?«

Svenja schaute auf das Straßenschild gegenüber. Nach rechts ging es zurück nach Hamburg – da wollte sie keinesfalls hin. Nach links führte die Straße nach Elmshorn. Sie wusste nichts über diesen Ort, außer dass es ihn gab. Ein gutes Ziel.

»Links.«

Sie bogen ab und fuhren schweigend weiter. Schließlich hielt Svenja es nicht mehr aus.

»Tut mir leid, das klingt jetzt vermutlich furchtbar rüde, aber ich habe offen gestanden keine Ahnung, wer du bist.«

Er warf ihr einen leicht amüsierten Blick zu. »Und steigst trotzdem in meinen Wagen? Sehr leichtsinnig.«

»Glaub mir, das war das kleinere Risiko«, erwiderte Svenja und zwang sich zu einem Plauderton. »Womöglich hätte es sonst einen Mord gegeben.«

Der Mann schien nicht überrascht zu sein. »Dann ist es ja gut, dass du eingestiegen bist«, sagte er nur. »Übrigens, ich bin Ben.« Er sah zu ihr, wohl um ihre Reaktion zu sehen. Doch Svenja konnte mit dem Namen genauso wenig anfangen wie mit seinem Gesicht und zuckte nur die Achseln.

»Ich bin ein Freund deines Bruders«, erklärte Ben. »Ich gehöre mehr oder weniger zu dieser Clique, die manchmal zusammen um die Häuser zieht.« Er schwieg, weil sie einen LKW überholten, fuhr dann fort: »Wir haben uns ein paar Mal in Clubs getroffen.«

Ihr Gedächtnis war also gar nicht so schlecht gewesen, dennoch klingelte es nicht wirklich bei ihr. Sie nickte. »Ja, natürlich! Jetzt erinnere ich mich«, log sie. »Tut mir leid, dass ich dich nicht gleich erkannt habe, aber ich war mit meinen Gedanken ganz woanders.«

»Kein Problem.«

Sie hatte erwartet, dass er jetzt nach dem Grund für ihre Tränen fragen würde, doch er fuhr einfach schweigend weiter.

Kurz vor Elmshorn hielt sie es nicht mehr aus. »Willst du gar nicht wissen, was los ist?«

»Es geht mich nichts an. Wenn du es mir sagen willst, tust du's. Wenn nicht, ist das auch in Ordnung.«

Zum ersten Mal schaute Svenja den Mann neben sich genauer an. Er war Anfang, Mitte dreißig, trug Jeans und ein Marken-T-Shirt, teure Sportschuhe – Magnus hatte die gleichen – und eine ebenso teuer aussehende Uhr. Er hatte kurze dunkelblonde Haare, sein Gesicht war unrasiert, aber für einen Dreitagebart waren die Stoppeln zu kurz.

Seine Augen hatte sie flüchtig gesehen, als er um den Wagen herum auf sie zugekommen war, aber sie hatte nicht darauf geachtet. Jetzt waren sie hinter einer Sonnenbrille verborgen.

Er war schlank, seine Arme wirkten gut trainiert, ohne zu muskulös zu sein. Svenja tippte auf Segeln, Golf und Tennis, eben die Sportarten, die man in ihren Kreisen ausübte.

Sie versuchte, sich sein Gesicht ohne Brille vorzustellen, doch es gelang ihr nicht. Er war zumindest nicht der Typ, der Frauen auf den ersten Blick umhaute. Und es würde auch auf den zweiten und dritten Blick nicht passieren.

Zufrieden lehnte Svenja sich zurück und schloss die Lider. Von gut aussehenden Männern hatte sie sowieso die Schnauze voll. Man hatte sie nie für sich allein.

Sie war wohl eingenickt, denn sie schreckte plötzlich hoch. »Wo sind wir?«

Sie parkten in einer kleinen Straße.

»In Elmshorn.« Ben deutete auf ein Haus links vor ihnen. »Da vorne ist ein kleines italienisches Restaurant. Ich dachte, eine Stärkung könnte uns beiden guttun.«

Svenja schaute auf ihre Armbanduhr. Es war zehn nach zwei. Das Mittagessen war vermutlich inzwischen vorbei – wenn es denn überhaupt stattgefunden hatte. Aber sie war sich eigentlich sicher, dass die Gesellschaft nach dem ersten Tumult zum geplanten Ablauf zurückgekehrt war. Es wäre doch schade um die schönen Sachen, die noch dazu auch so teuer waren!

Ben schaute sie fragend an.

»Was?«

»Hast du Lust auf Italienisch?«

Svenja nickte. »Ja, ich hab ziemlichen Hunger. Ich habe heute noch nichts gegessen.«

Sie war selbst überrascht, als ihr das einfiel. Normalerweise zwang sie sich dazu, am Morgen wenigstens ein paar Bissen zu essen, da sie nie wusste, wann wieder Luft die nächste Mahlzeit sein würde. Ihre Tage waren immer bis auf die letzte Minute ausgefüllt mit Terminen.

Doch heute Morgen hatte sie vor Nervosität – hatte sie etwas geahnt? – nichts hinuntergebracht. Und angesichts der üppigen Tafeln, die auf sie gewartet hatten, war das nur konsequent gewesen.

Ben sprang aus dem Wagen, lief herum und öffnete ihr die Tür. Ein Kavalier! Svenja dankte ihm und stieg aus. Er drückte auf den Schlüssel und das Auto piepste zwei Mal zur Bestätigung.

»Ist bei einem Cabrio eigentlich Blödsinn«, sagte Ben. »Aber ich bin ein Gewohnheitsmensch.«

Als sie vor dem Lokal standen, fiel Svenja ein, dass ihr Make-up vermutlich immer noch verschmiert war.

»Warte«, sagte sie und hielt Ben am Arm fest. »Ich muss mich erst herrichten.«

Ben musterte sie, fragte: »Darf ich?«, und als sie nickte, strich er ihr mit einer unglaublich sanften Geste über die Haare. Er trat einen Schritt zurück, schaute sie so intensiv an, dass Svenja mulmig wurde, und sagte: »Perfekt.«

Svenja glaubte ihm kein Wort, aber wenn sie nicht wie eine dieser Modezicken wirken wollte, hatte sie keine andere Wahl, als ihm zu folgen. Mit einem dumpfen Gefühl im Bauch betrat sie hinter Ben das Lokal und fragte sich, ob die Kellner oder die Gäste sie merkwürdig ansahen. Doch niemand beachtete sie. Sie atmete tief durch.

Ben wechselte ein paar Sätze auf Italienisch mit dem Kellner, der sie begrüßt hatte, woraufhin dieser sie in eine Art Wintergarten führte. Es gab drei Tische, die alle unbesetzt waren.

»Wo möchtest du sitzen?«, fragte Ben.

Svenja zeigte auf den linken Tisch, der eine gute Sicht auf den Garten versprach. Galant hielt er ihr den Stuhl und setzte sich dann ihr gegenüber.

Der Kellner brachte die Speisekarten und fragte, ob sie einen Aperitif wünschten. Svenja wollte zuerst einen Aperol-Spritz bestellen, schwenkte jedoch im letzten Moment um und bestellte einen Campari-Orange. Ben bat um ein alkoholfreies Pils.

Sie vertieften sich in die Speisekarten, doch Svenja konnte sich nicht auf die Gerichte konzentrieren. Sie war es nicht gewohnt, so umsorgt zu werden. Sie war eine emanzipierte Frau, die nicht nur im Job ihren Mann stand. Dennoch – sie gestand sich ein, dass es schön war. Aber ihr Essen würde sie auf alle Fälle selbst zahlen!

Schließlich zwang sie sich dazu, etwas aus der Karte zu wählen. Als der Kellner kam, bestellte sie einen gemischten Salat als Vorspeise, Spaghetti alla Vongole als Hauptgericht und ein großes Mineralwasser mit Kohlensäure.

»Du kannst gerne Wein trinken«, bot Ben ihr an, doch sie verneinte.

Nachdem der Kellner gegangen war, herrschte für einen Moment eine merkwürdige Stille. Svenja machte Anstalten aufzustehen, was Ben dazu veranlasste, sich ebenfalls zu erheben. Sie konnte ein Grinsen nicht verhindern.

»Was ist?«, wollte er wissen.

Sie schüttelte den Kopf, sagte dann aber doch: »Ich bin Kavaliere nicht gewohnt. Bleib bitte sitzen.«

Ben schien einen Moment lang verwirrt zu sein, lachte dann und setzte sich wieder. »Entschuldige, das ist die Schule meines Vaters. Er hat mich dazu erzogen.«

»Das ehrt deinen Vater«, sagte Svenja. »Aber in Zeiten der Emanzipation ist das nicht mehr nötig.«

»Ist es nicht?«, gab Ben zurück. »Ich sehe es als Zeichen von Respekt dem anderen gegenüber.«

Svenja schaute ihn verblüfft an. »Du würdest also auch bei einem Mann aufstehen?«

»Ähm …« Ben dachte nach. »Zumindest bei einem älteren«, erwiderte er dann.

»Na toll, jetzt kann ich mir aussuchen, ob du aufstehst, weil ich eine Frau oder weil ich älter bin. Sehr charmant.«

Einen Moment lang lächelten sie sich an. Er sah attraktiv aus, wenn er lächelte.

Irritiert zeigte sie hinter sich. »Ich geh mal kurz …« Sie hatte sagen wollen, *für kleine Mädchen*, aber es hätte vollkommen unpassend geklungen. »Ich geh mir mal die Nase pudern«, sagte sie.

»Ja, natürlich«, erwiderte er ernsthaft und wollte sich schon wieder erheben. Mit einer Handbewegung brachte sie ihn dazu, es nicht zu tun.

»Entschuldige.«

Sie fragte den Kellner nach der Toilette, stieg die paar Stufen in den Keller hinunter und stand schließlich vor einem riesigen Spiegel. Ihre Haare waren vom Fahrtwind zerzaust, ihre Wimperntusche hatte sich unter den Augen verteilt, aber alles in allem sah sie nicht so schrecklich aus, wie sie es erwartet hatte. Eher verwegen und wild.

Lange betrachtete sie ihr Spiegelbild. Was sie sah, war gar nicht mal so übel. Es entsprach ziemlich genau ihren Gefühlen.

Wer war dieser Ben? Sie hatte immer noch nur eine sehr vage Idee davon, wer er sein könnte. Ihr Bruder hatte einen großen Freundeskreis, eine Clique von gut fünfzig Leuten, die sich mehr oder weniger regelmäßig trafen. Einige gehörten zum engeren Kreis, andere kamen und gingen. Wann und wo sie Ben getroffen hatte, wusste sie nicht.

Ihr wurde schlagartig klar, dass sie ohne zu zögern zu einem ihr vollkommen Fremden ins Auto gestiegen war. Sie könnte jetzt bereits vergewaltigt und ermordet in irgendeinem Waldstück liegen!

Blödsinn! Ben machte nicht den Eindruck eines Killers. Aber sah man das den Leuten an? Vielleicht wollte er sie nur in Sicherheit wiegen …

»Quatsch!«, sagte Svenja laut. Sie dachte an die Geste vor dem Restaurant, als er ihr die Haare aus dem Gesicht gestrichen hatte. So zärtlich hatte Magnus das noch nie getan – oder hatte sie da etwas falsch interpretiert?

Entschlossen hob sie ihre Tasche auf, suchte nach ihrer Haarbürste und kämmte die Wildheit weg. Jetzt war sie wieder Svenja, die Brave, die Erfolgreiche. Die Langweilige.

Hatte Magnus sie deshalb mit Angie betrogen?

Die Toilettentür öffnete sich und zwei ältere Damen kamen herein. Sie unterhielten sich auf Schwäbisch. Svenja lächelte ihnen zu, warf Bürste und Make-up in die Tasche zurück und verließ fluchtartig den Raum.

Zurück am Tisch wartet bereits ihr Salat auf sie. Vor Ben stand ein Teller Carpaccio.

»Tut mir leid, ich habe dich warten lassen«, sagte Svenja und setzte sich. Zufrieden bemerkte sie, dass Ben sich bemühte, nicht aufzustehen.

»Kein Problem«, erwiderte er. »Ich wünsche dir einen guten Appetit.«

»Danke, dir auch.«

Sie aßen schweigend ihre Vorspeisen und ihre Hauptgerichte und saßen schließlich jeder vor einem doppelten Espresso. Svenja war die Stille nicht merkwürdig vorgekommen, im Gegenteil: Sie hatte sie genossen. Es war, als würden Ben und sie sich eine Ewigkeit kennen. Dabei wusste sie absolut nichts über ihn.

»Erzähl mir was von dir«, sagte sie.

»Was willst du wissen?«, fragte Ben zurück. Es klang nicht besonders enthusiastisch.

Svenja winkte ab. »Tut mir leid, ich habe kein Recht zu fragen.«

»Glaubst du wirklich?«, sagte Ben. »Du steigst an einem Sonntagnachmittag in das Auto eines fast Fremden und denkst, kein Recht zu haben, ihn auszufragen?«

»Ich, wir, ich meine … wir kennen uns doch«, erwiderte Svenja.

Er tätschelte kurz ihre Hand. »Nein, du hast keine Ahnung, wer ich bin. Stimmt's?« Sein Ton klang amüsiert, aber seine Augen sagten etwas anderes. Sie waren eher traurig.

Seine Augen sind grün, dachte Svenja, *wie meine.* Als ob das irgendetwas zu bedeuten hätte!

Laut sagte sie: »Ja, ich geb's zu. Du kommst mir zwar bekannt vor, aber ich habe tatsächlich keine Ahnung, wer du bist.« Sie hob die Hände. »Tut mir wirklich leid. Du warst so nett zu mir.«

»Ist doch gut für mich«, antwortete er. »So kann ich dir erzählen, was ich will.«

»Es gibt jede Menge Möglichkeiten, das zu überprüfen«, gab Svenja zurück. »Denk dran, ich bin Anwältin.« Sie lachte, doch das Lachen blieb ihr im Hals stecken, als ihr einfiel, dass sie inzwischen eine Anwältin ohne Job war. Sie hatte für Magnus alles aufgegeben: ihre Wohnung, ihren Job. Ihr Leben?

Ben hatte offensichtlich etwas Witziges erwidern wollen, doch stattdessen legte er seine Hand auf ihre. Sie fühlte sich warm und vertraut an. »Was ist los? Willst du darüber reden?«

»Nein«, sagte sie. »Nein. Kennst du Magnus?« Natürlich kannte er Magnus. Wer ihren Bruder kannte, kannte auch Magnus. Und tatsächlich:

»Ja, ich hab ihn ein paar Mal getroffen. Kennen wäre aber zu viel gesagt. Ich glaube nicht, dass wir mehr als fünf Sätze miteinander gewechselt haben.«

Svenja schnitt eine Grimasse. »Da hattest du ja richtig Glück«, sagte sie ironisch. »Normalerweise schaut er einen schon nach einem Satz nicht mehr an. Außer natürlich, man nützt ihm.« Sie schaute Ben neugierig an. »Nützt du ihm?«

Seine Miene blieb unergründlich. Er zuckte die Achseln. »Keine Ahnung. Ich weiß nicht mal, was er beruflich macht.«

»Er ist Sohn reicher Eltern«, sagte Svenja. »Ja, er hat auch einen Beruf, aber den übt er eigentlich nicht aus. Höchstens auf dem Golfplatz.« Dann schob sie nach: »Er ist Immobilienmakler. Vielleicht sollte ich besser Immobilienhai sagen.«

»Du scheinst ihn nicht besonders zu mögen«, erwiderte Ben trocken.

»Ha!« Svenja entzog ihre Hand, die immer noch unter seiner lag. Plötzlich war es ihr unangenehm. »Du hast ja keine Ahnung.«

»Nein, habe ich nicht«, sagte er und trank seinen Espresso aus. »Sollen wir zahlen?«, wechselte er abrupt das Thema.

Svenja starrte ihn verblüfft an. »Ja«, sagte sie schließlich. »Ja, lass uns zahlen.« Sie griff nach ihrer Handtasche. »Damit das klar ist: Ich zahle selbst.«

Ben hob abwehrend die Hände. »Okay, kein Problem.«

Svenja kramte in ihrer Tasche, um ihre Verwirrung zu verbergen. Was für ein Typ war dieser Ben? Sie wurde nicht schlau aus ihm. Sie suchte ihren Geldbeutel, fand ihn endlich und klappte ihn auf.

»Oh verdammt!«, schimpfte sie leise.

»Was ist?« Es war eine neutrale, freundlich gestellte Frage, doch sie reagierte mit Tränen darauf.

Da sie nicht reden konnte, schob sie ihm den Geldbeutel hin und deutete auf die Fächer, in denen normalerweise Bank- oder Kreditkarten steckten. Ihre Fächer waren leer.

»Und?«, wollte Ben wissen.

Als Svenja nach einem Taschentuch suchte und keines fand, hielt er ihr eines hin. Es war aus Stoff, blütenweiß und gebügelt. Dankbar nahm sie es, wischte sich einmal mehr die Tränen aus dem Gesicht und schnäuzte sich.

Ben wartet ruhig ab.

Als sie sich beruhigt hatte, sagte sie: »Es tut mir leid. Du musst den Eindruck haben, ich bin die totale Heulsuse. Dabei weine ich sonst nie.«

»Ich habe nur den Eindruck, dass du unglücklich bist«, erwiderte Ben, was sie erneut zu einem Tränenstrom veranlasste. Aus den Augenwinkeln heraus nahm sie wahr, dass der Kellner sich näherte, sich jedoch auf eine schnelle Handbewegung von Ben wieder entfernte.

Nach mehrmaligem Schnäuzen knüllte sie das Taschentuch zusammen und stopfte es achtlos in ihre Tasche. »Ich wasche und bügle es und geb's dir zurück«, sagte sie.

»Das ist im Moment wirklich meine geringste Sorge.« Ben schaute sie abwartend an.

»Ich denke, du hast ein Recht darauf zu erfahren, was los ist«, sagte Svenja schließlich. »Ich bin seit gut einem Jahr mit Magnus verlobt, in drei Monaten sollte die Hochzeit sein.« Sie spürte den Kloß im Hals und schluckte mehrmals. »Heute war die Geburtstagsfeier meines Schwiegervaters, also meines zukünftigen.« Sie schwieg einen Moment, dachte nach, sagte: »Eigentlich meines ehemalig-zukünftigen – egal. Um es kurz zu machen: Ich habe heute erfahren, dass Magnus mich schon seit längerem mit meiner besten Freundin betrügt.«

Sie wartete ab, ob Ben etwas sagen würde, aber er schwieg nur und schaute sie aufmerksam an.

»Ich bin davongerannt, ich habe gar nicht nachgedacht. Ich bin einfach auf und davon.«

»Verständlich«, ließ Ben sich vernehmen. »Du standst unter Schock.«

Svenja zog das Taschentuch heraus und putzte sich erneut die Nase. »Es ist ja nicht so, dass ich es nicht geahnt hätte«, sagte sie mit dumpfer Stimme. »Aber ich dachte, er soll sich vor der Ehe halt noch amüsieren. Wenn wir verheiratet sind, wird er schon damit aufhören. Ich habe mir da etwas vorgemacht. Das weiß ich jetzt.«

Sie rechnete es Ben hoch an, dass er nicht versuchte, seinen Geschlechtsgenossen zu verteidigen, wie es andere Männer getan hätten. Ihr Bruder Christian zum Beispiel. Als sie vor Monaten einen ersten Verdacht äußerte, hatte er ihr gesagt: »Was willst du? Magnus ist ein attraktiver Mann. Die Frauen wollen ständig was von ihm, er kann sich gar nicht dagegen wehren.« Erst hinterher war ihr eingefallen, dass Magnus doch eigentlich nur Nein zu sagen brauchte.

»Du hast die Verlobung gelöst?«, fragte Ben.

Svenja lachte leise. »Wenn den Ring auf den Boden werfen und darauf herumtrampeln, dazu böse Wörter rufen heißt, man löst eine Verlobung – dann habe ich sie wohl gelöst, ja.«

»Tut es dir leid?«

Svenja dachte ernsthaft darüber nach. Sie sah sich an der Seite von Magnus bei einer der vielen Veranstaltungen, wo sie vor allem repräsentieren müsste. Sie sah die teure, aber ungemütliche Penthouse-Wohnung, in die sie vor drei Wochen gezogen war. Sie sah die Gesichter der Leute vom Golfclub, vom Tennisclub, vom Yachtclub – sie waren alle so gleich und damit austauschbar. Würde sie es tatsächlich vermissen, eine von ihnen zu werden?

»Nein, es tut mir nicht leid. Kein bisschen.« Sie schaute Ben in die Augen. »Offen gestanden geht mir gerade auf, dass ich gerade rechtzeitig abgesprungen bin.«

»Dann sollten wir das feiern«, sagte er trocken, winkte dem Kellner und bestellte zwei Gläser Champagner.

»Du bist verrückt«, kicherte Svenja. Obwohl sie nur den Campari getrunken hatte, fühlte sie sich beschwipst. Vielleicht kam das daher, dass sie sich zum ersten Mal seit vielen Jahren wieder frei fühlte.

Der Champagner kam, sie stießen an und tranken.

»Danke«, sagte Svenja.

»Wofür?«

»Dass du zur rechten Zeit am rechten Ort warst.«

Er winkte ab. »Reiner Zufall. Aber ich freue mich natürlich auch darüber.« Er warf ihr einen Blick zu, den sie nicht ergründen konnte. Doch Svenja hatte keine Lust mehr zu grübeln.

»Was machen wir jetzt?«, fragte sie.

»Sag du es.«

»Hast du keine Familie?«, wollte sie wissen. Erst nachdem sie es ausgesprochen hatte, wurde ihr bewusst, wie das klingen musste. »Ich meine, ich wollte nicht …«, stotterte sie und wurde rot.

»Keine Panik, ich hab das schon richtig verstanden. Du hast ja von Männern erst mal die Nase voll.«

Svenja verzog das Gesicht.

»Um deine Frage zu beantworten: Nein, ich habe keine Familie. Ich habe auch keine Termine, ich stehe deshalb ganz zu deiner Verfügung.«

Svenja hatte sich so weit erholt, dass sie wieder lachen konnte. Da fiel ihr Blick auf ihren Geldbeutel. Schlagartig wurde sie ernst.

»Was ist los?«

Sie öffnete erneut den Geldbeutel, zeigte auf die leeren Fächer und sagte: »Ich bin praktisch zahlungsunfähig. Ich habe neulich mein Konto gekündigt und musste natürlich alle Karten abgeben. Das neue Konto ist zwar bereits eröffnet, aber ich habe noch keine Karten bekommen. Irgendetwas ist dabei schiefgelaufen und es wird sich noch ein paar Tage hinziehen.« Sie öffnete das Kleingeldfach und fand ein paar Euro- und Centstücke darin. Im Geldscheinfach steckten ein Fünfziger, ein Zwanziger, zwei Zehner und zwei Fünfer. Machte hundert Euro und ein paar Zerquetschte. Sie überschlug den Preis für das Essen. Ihr würden zirka fünfundsiebzig Euro bleiben.

»Mach dir keine Sorgen«, sagte Ben. »Ich habe zumindest hierfür ausreichend Bargeld dabei. Und dann habe ich noch eine Kreditkarte. Das Kreditlimit dürfte seit Monaten überschritten sein, aber das ist kein Problem. Ich flüchte einfach ins Ausland.«

Svenja starrte ihn entgeistert an.

Ben lachte laut. »Das war ein Scherz. Für ein weiteres Essen reicht es allemal. Eventuell sogar für eine Übernachtung – in getrennten Zimmern«, fügte er rasch hinzu.

Er winkte erneut den Kellner heran und verlangte nach der Rechnung. Als sie kam – wie es sich für ein ordentliches Restaurant gehörte, diskret in einer kleinen Mappe – schaute er kurz darauf, zog eine Karte aus seinem Geldbeutel und legte sie auf die Rechnung. Dann flüsterte er dem Kellner etwas zu. So sehr Svenja sich auch bemühte, sie konnte nichts verstehen. Vom Ober kam keinerlei Reaktion. Entweder war das Trinkgeld miserabel oder er war gut geschult. Sie vermutete letzteres.

Bevor sie das Lokal verließen, ging sie noch einmal zur Toilette. Sie sah manierlich aus, trotz der erneuten Tränenflut. Viel Make-up war ja auch nicht übrig gewesen. Sie überprüfte den Inhalt ihrer Tasche: Geldbörse mit Bargeld, Personalausweis und Führerschein. Immerhin. Ihr Handy. Ihre Schminkutensilien und die Haarbürste. Der Rest war Kram: eine angebrochene Packung Kaugummis; eine leere Tüte, die so alt war, dass die Aufschrift bereits verblasst war; zwei benutzte Papiertaschentücher; Bens zerknülltes Stofftaschentuch; ein Lippenstift, den sie schon seit Monaten suchte; ein Kondom. Ein Kondom?

Svenja nahm es mit spitzen Fingern heraus. Sie konnte sich nicht erinnern, jemals ein Kondom besessen zu haben. Die Packung sagte nur *X-Large* und *garantiert gefühlsecht*.

»Na dann«, murmelte Svenja und wollte es entsorgen. Doch dann überlegte sie es sich anders und steckte es zurück in die Tasche. Dafür wanderten die Papiertaschentücher und die leere Plastiktüte in den Müll.

Sie fuhr sich mit den Fingern durch die Haare, trug den wiedergefundenen Lippenstift auf, fand okay, was sie im Spiegel sah.

Ben checkte offensichtlich irgendwelche Nachrichten auf dem Handy, doch er steckte es sofort weg, als sie auftauchte. »Können wir?«, fragte er.

Sie liefen zum Auto zurück.

»Ist das deiner?«, wollte Svenja wissen.

»Ja. Man gönnt sich ja sonst nichts«, erwiderte Ben, öffnete mit einem Druck auf den Schlüssel den Wagen und hielt ihr die Tür auf. Als er selbst eingestiegen war, wandte er sich zu ihr und fragte: »Was jetzt?«

Svenja hatte auf der Toilette eine verrückte Idee gehabt, doch sie war sich nicht sicher, ob das nicht etwas viel verlangt war.

»Ich hab da eine Tante«, sagte sie zögernd. »Sie ist die Schwester meines Vaters. Sie ist so etwas wie das schwarze Schaf der Familie. Allerdings ein sehr erfolgreiches«, fügte sie schnell hinzu, bevor Ben auf seltsame Gedanken kam. »Sie hat vor kurzem ein Café eröffnet.«

»Klingt gut«, erwiderte er. »Du würdest sie gern besuchen?«

Svenja wand sich auf ihrem Sitz. »Ja, eigentlich schon«, sagte sie.

»Aber?«

»Aber – sie lebt in München.«

Ben zögerte nur für den Bruchteil einer Sekunde. »Immerhin ist es nicht Afrika oder Australien«, sagte er.

Svenja hätte ihn in diesem Moment am liebsten umarmt. Vielleicht sogar geküsst. Dann wurde sie wieder nüchtern.

»Ich fahre mit dem Zug. Ich würde niemals von dir verlangen, mich nach München zu fahren! Bring mich einfach nur zum nächsten Bahnhof.«

Ben zog die Stirn kraus. »Du willst also nicht mehr mit mir zusammen sein?«

Svenja wusste, es war ironisch gemeint, doch es schwang noch ein anderer Ton mit. Er gab ihr jedoch keine Gelegenheit, länger darüber nachzudenken.

»Du willst nach München, zu deiner Tante, ich habe nichts vor – also, lass uns nach München fahren. Die Mühle braucht sowieso mal wieder richtigen Auslauf. Da kommt so ein Kurztrip in den Süden doch gerade recht.«

Er startete den Motor, parkte aus, wendete am Ende der Straße und fuhr zur Hauptstraße zurück.

Svenja fröstelte in ihrem dünnen Kleid, doch sie sagte nichts, kauerte sich möglichst unauffällig nur im Sitz zusammen.

Als sie an einer Ampel warten mussten, drückte Ben auf einen Knopf, woraufhin sich hinter ihnen eine Klappe öffnete und ein Verdeck entfaltete.

»Ich habe eine Jacke im Kofferraum«, sagte er wie nebenbei, als sie weiterfuhren. »Sie ist alt und abgetragen, aber sauber. Willst du sie?«

Svenja wollte erst dankend ablehnen, nickte dann doch. Bis München war es weit, und sobald die Sonne weg war, würde es kühl werden.

Ben fuhr an die Seite, hielt an, holte die Jacke und reichte sie ihr. Während Svenja dankbar hineinschlüpfte, drückte er erneut einen Knopf. Eine bisher unsichtbare Scheibe glitt auf und gab ein Navigationssystem frei. Als es aktiviert war, sagte er laut: »München.« Und leiser, zu Svenja gewandt: »Straße?«

Sie zuckte die Achseln. »Ehrlich gesagt weiß ich das gar nicht. Ich müsste sie anrufen.«

»Lass mal, das kannst du später noch machen.« Zum Navi gewandt sagte er: »München, Marienplatz. Autobahn oder Landstraße?«

Svenja wurde erst bewusst, dass er sie gefragt hatte, als er sie am Arm berührte. Wieder zuckte sie mit den Schultern. »Keine Ahnung. Was fährst du lieber?«

»Hängt ganz davon ab, ob ich Zeit habe oder nicht.«

»Wenn du alle Zeit der Welt hättest?«

»Landstraße.« Ben dachte nach, sagte dann: »Lass uns erst mal zurück nach Hamburg fahren. Dort können wir immer noch entscheiden.« Er korrigierte seine Ansage und ließ sich vom Navi Richtung Hamburg lotsen.

Je näher sie der Stadt kamen, desto größer wurde der Knoten in Svenjas Magen. Unruhig rutschte sie hin und her.

»Was ist los? Geht's dir nicht gut?« Ben klang besorgt.

Svenja schluckte. Konnte sie ihm sagen, dass sie nicht nach Hamburg wollte? Klang das nicht nur einfach total kindisch?

»Auf die Gefahr hin, dass du mich für völlig bescheuert hältst – können wir bitte um Hamburg herumfahren? Ich kann da jetzt nicht hin. Verstehst du?« Sie sah ihn bittend an.

»Klar, versteh ich«, sagte er und es klang tatsächlich so, als verstünde er. Sie fuhren ein paar Kilometer weiter. Es begann langsam dunkel zu werden. In der nächsten Ortschaft fuhr Ben in eine Tankstelle.

Er stieg aus und tankte. »Brauchst du was?« Er steckte den Kopf durch das offene Fenster der Fahrertür.

»Nein.« Alles, was sie brauchte – ein Bett, eine Decke zum Reinkuscheln, schöne Musik – konnte er ihr nicht geben.

Er ging zahlen, kam nach einigen Minuten mit einer Plastiktüte in der Hand wieder heraus und reichte sie Svenja durch das Fenster.

»Notverpflegung«, sagte er, als er im Wagen saß und den Motor startete.

Sie öffnete die Tüte und sah zwei Flaschen Wasser, diverse Schokoriegel, …

»Bist du eine Fee?«

»Wer weiß?«, erwiderte er leichthin und fädelte in den Verkehr ein.

Offensichtlich hatte er sich in der Tankstelle erkundigt, wie sie Hamburg umfahren konnten, denn er fuhr zielstrebig. Svenja sah hin und wieder aus dem Fenster, konnte aber nichts Bekanntes erkennen. Schließlich bogen sie auf die Autobahn Richtung Hannover ein. Es war nur leichter Verkehr.

»Wir können uns abwechseln«, sagte Svenja nach einigen Kilometern. »Ich habe meinen Führerschein dabei.«

»Ja, gut. Ich fahre noch ein Stück, dann bist du dran.«

Es klang, als habe er es sowieso so geplant.

Svenja schwirrten Millionen Fragen im Kopf umher, doch sie wagte nicht, auch nur eine zu stellen. Das Ganze hatte etwas vollkommen Surreales an sich.

Hatte sie wirklich vor wenigen Stunden ihrem Verlobten Magnus den teuren Verlobungsring ins Gesicht geschleudert und ihn angeschrien, dass es aus sei? Ihr kam das alles wie aus fernen Zeiten vor.

Nach einer guten halben Stunde fuhr Ben auf einen Rastplatz, reichte Svenja die Schlüssel und sagte: »Wenn du willst …?«

»Ja, klar«, sagte sie.

Während er auf die Toilette ging, stellte sie den Sitz und die Spiegel ein und machte sich mit den Schaltern und Knöpfen vertraut. Von ihrem eigenen Toilettengang brachte sie zwei Kaffee mit.

»Ich dachte, den können wir gebrauchen«, sagte sie.

»Du willst doch nicht die ganze Nacht durchfahren, oder?«, fragte er erstaunt.

»Hatte ich eigentlich gedacht. Du musst doch wieder nach Hamburg zurück, oder?«

Ben trank seinen Kaffee aus, zerknüllte den Becher, sagte schließlich: »Nein, eigentlich nicht.«

»Hast du keinen Job?«

Er lachte. »Doch, ich habe einen Job. Aber einen, den ich auch woanders ausüben kann.«

Svenja hätte ihn am liebsten geohrfeigt. Musste er immer in Rätseln sprechen? *Frag ihn konkret, dann bekommst du auch eine konkrete Antwort!* Doch der Moment war verpasst, er trug ihre leeren Becher zum Mülleimer.

Sie fühlte sich sofort wohl mit dem Auto. Es reagierte auf den leisesten Befehl, sei es vom Lenkrad oder vom Gaspedal. Am liebsten wäre sie davongebraust, doch die zahlreichen Baustellen und damit einhergehenden Geschwindigkeitsbeschränkungen machten es nicht möglich.

»Weiter südlich wird es besser«, sagte Ben.

»Was?« Svenja fühlte sich ertappt.

»Schnell fahren.«

Der Mann neben ihr wurde ihr unheimlich. Konnte er Gedanken lesen?

Dass er darauf nichts erwiderte, beruhigte sie etwas. Es war vielleicht keine gute Idee gewesen zu fahren, ihre Nerven waren doch recht strapaziert. Sie schielte zu Ben, doch der saß seelenruhig auf dem Beifahrersitz und schaute geradeaus. Das wiederum beruhigte sie. Sie konzentrierte sich auf die Straße vor ihr, den Verkehr um sie herum und sonst nichts.

Ben war ein perfekter Beifahrer. Svenja wusste, dass sie eine gute Fahrerin war, dennoch hatte sie es meist vermieden zu fahren, wenn

Magnus daneben saß. Er hatte sie zwar niemals mit Worten korrigiert, doch an seinen Reaktionen hatte sie genau erkannt, was er dachte. Da war mal ein Zucken, dann ein leises Stöhnen, öfter auch mal ein Mitbremsen. Es war genug, um sie unsicher und nervös zu machen.

Ben saß einfach nur da, nahm mal einen Schluck Wasser, aß zwischendurch einen Schokoriegel, reichte ihr ihre Flasche Wasser, sagte aber ansonsten nichts und reagierte auch kaum.

Kurz hinter Hannover sagte er: »Fahr die nächste Ausfahrt raus. Ich kenne da ein nettes Hotel, da können wir übernachten.«

Svenja tat wie gebeten und fuhr nach seinen Anweisungen. Sie hatte keine Ahnung, wo sie waren, die Namen auf den Ortsschildern sagten ihr nichts. Im Scheinwerferkegel tauchten immer wieder Häuser auf, aber sie hätten überall in Deutschland stehen können.

»Da vorne rechts, dann gleich wieder links«, sagte Ben. »Dann sind wir auch schon da.«

Sie standen vor einem kleinen, aber schmucken Haus. Vor den Fenstern hingen Blumenkästen mit Begonien, die Svenja eigentlich nicht mochte. Hier wirkten sie heimelig.

»Ich habe hier ein paar Mal übernachtet, wenn ich beruflich unterwegs war«, sagte Ben, erklärte sonst aber nichts.

Svenja schloss den Wagen ab, reichte ihm die Schlüssel und folgte ihm. Ben klingelte, kurz darauf ertönte ein Summer. Sie betraten das Haus, das auch innen einen sehr warmherzigen Eindruck machte. Svenja fühlte sich sofort wohl.

Eine ältere Frau erwartete sie an der kleinen Rezeption.

»Guten Abend«, sagte Ben. »Ich hatte angerufen, zwei Einzelzimmer.«

»Ja, natürlich«, erwiderte die Frau. »Wie schön, dass Sie mal wieder bei uns sind.« Sie legte zwei Schlüssel auf die Theke, an denen schwere, altmodische Schlüsselanhänger hingen. »Zimmer vier für die junge Dame, Zimmer sieben für Sie. Die Formalitäten können wir morgen klären. Wann möchten Sie Ihr Frühstück?«

Ben wandte sich an Svenja, die der Unterhaltung mit offenem Mund gefolgt war. War sie hier in ein Komplott geraten? Keine Namen, alles bereits arrangiert – was sollte das?

»Was?« Ben hatte sie offensichtlich etwas gefragt.

»Ist neun Uhr in Ordnung?«, wiederholte er. »Für das Frühstück?«

»Oh, ja, natürlich«, beeilte Svenja sich zu sagen. »Neun Uhr ist klasse.« Dann beugte sie sich zu Ben und flüsterte: »Ich habe nichts dabei. Keine Zahnbürste, keine frischen Klamotten, nichts.«

Obwohl sie sich sicher war, leise genug gesprochen zu haben, sagte die Frau: »Sie finden alles im Zimmer. Kleidung haben wir leider nicht für Sie …«, sie klang tatsächlich so, als würde sie dies zutiefst bedauern, »… aber für alles andere ist gesorgt.«

Svenja schaute Ben fragend an, doch der reichte ihr nur den Schlüssel und sagte: »Dein Zimmer ist im ersten Stock. Meines ist im zweiten. Schlaf gut, wir sehen uns dann um neun zum Frühstück. Ach, das findet übrigens dort hinten statt.« Er deutete auf eine Doppeltür, die verschlossen war.

Svenja war müde und wollte nur noch allein sein. Sie nahm den Schlüssel, nickte der Frau und Ben zu, sagte »Gute Nacht« und stieg die Treppe hinauf in den ersten Stock. Das Zimmer war einfach, aber gemütlich eingerichtet. Im Bad fand sie tatsächlich alles, was nötig war: Zahnbürste, Zahnpasta, Duschgel, Shampoo, Bodylotion.

Svenja überlegte, ob sie ihren Slip waschen sollte, doch das Risiko, dass er nicht rechtzeitig trocken würde, war zu hoch. Lieber mit benutztem Slip als ohne … Der Gedanke brachte sie zum Kichern.

Sie duschte und schlüpfte ins Bett, das gut, aber unaufdringlich roch. Kurz bevor sie einschlief, fiel ihr ein, dass sie in den letzten Stunden kein einziges Mal ihr Handy überprüft hatte. Vermutlich hatte sie zig SMS und Anrufe. Egal, sie sollten alle bis morgen warten.

Am nächsten Morgen wurde sie von Vogelgezwitscher geweckt und wusste nicht, wo sie war. Nur allmählich drang die Realität in ihr Bewusstsein ein: Sie hatte keinen Job, kein Geld – zumindest vorübergehend – und keinen Verlobten mehr. Dafür war sie mit einem Mann unterwegs, der seinem Verhalten nach ein Magier oder auch ein Engel sein konnte. Oder der Teufel!

»Du spinnst«, sagte Svenja und checkte ihr Handy. Zwei SMS, ein Anruf. Und der war von ihrer Mutter! Magnus hatte sie wirklich wahnsinnig vermisst. Zum Teufel mit diesem arroganten, aufgeblasenen Wichtigtuer! Sollte er doch mit Angie glücklich werden.

Sie sprang aus dem Bett und schaute zum Fenster hinaus. Es zeigte auf einen kleinen, sehr liebevoll gepflegten Garten. Sie fröstelte. Zweifelnd schaute sie auf das dünne Kleid, das sie an den Schrank gehängt hatte. Sie brauchte dringend etwas anderes zum Anziehen!

Inzwischen fand sie ihre Panik vor Hamburg bescheuert. Wenn schon spontan verreisen, dann wenigstens mit gut gepacktem Koffer! Aber der Gedanke, in die gemeinsame Wohnung gehen zu müssen, war ihr auch jetzt noch unerträglich. Egal, ob Magnus anwesend war oder nicht.

Es war zehn vor acht, sie hatte noch eine Stunde Zeit. Normalerweise wäre sie jetzt gejoggt, doch sie hatte weder die passende Kleidung noch die passenden Schuhe dafür. Sie entschied sich für eine ausgiebige Dusche, saß dann fast eine halbe Stunde lang in das Badetuch eingewickelt. Fünf vor neun half nichts mehr, Ben erwartete sie zum Frühstück. Angewidert schlüpfte sie in die Unterwäsche, dann in ihr Kleid. Es war ein Hauch von Nichts, bestens geeignet für ein Fest, nichts für den Alltag.

Bens Jacke war wirklich kein Prunkstück, aber sie war wenigstens warm. Svenja schlüpfte hinein und stülpte die Ärmel hoch.

Punkt neun Uhr verließ sie ihr Zimmer und ging hinunter in den Frühstücksraum, wo Ben bereits saß und in einer Zeitung las. Als sie näher kam, sah sie, dass es die *Süddeutsche Zeitung* war.

»Guten Morgen«, sagte sie und bemühte sich um einen freundlichen Ton. »Stimmst du dich schon auf den Süden ein?«

Er lächelte. »Guten Morgen! Hast du gut geschlafen?« Er legte die Zeitung sorgfältig zusammen und zur Seite. »Ja, ich probiere, mich auf die Bayern vorzubereiten. Sie sollen ja ein wildes Völkchen sein. Setz dich doch.« Er deutete nur ein kurzes Aufstehen an, als sie Platz nahm.

Eine junge Frau kam aus einem angrenzenden Raum, begrüßte sie freundlich und fragte nach ihren Wünschen. »Kaffee oder Tee? Orangensaft? Möchten Sie ein Ei? Alles andere finden Sie am Buffet.« Sie zeigte in eine Ecke des Raums, wo das Frühstücksbuffet aufgebaut war.

Nur Kaffee, danke, wollte Svenja antworten, doch sie wollte nicht zickig wirken. »Kaffee, gerne«, antwortete sie daher lächelnd. »Und Orangensaft, wenn es keine Umstände macht.«

»Natürlich nicht«, sagte die Frau und ging in die Küche zurück, um gleich darauf mit einer Kanne zurückzukommen. »Sagen Sie einfach Bescheid, wenn Sie mehr brauchen. Der Orangensaft kommt sofort.«

»Hast du gut geschlafen?«, fragte Ben erneut.

Svenja nickte. »Ja, tief und fest«, sagte sie. Sie zögerte, begann: »Ich …«, doch Ben hob die Hand und sagte: »Sag bitte nichts.«

Sie runzelte die Stirn. Er konnte doch gar nicht wissen, was sie hatte sagen wollen. Außer natürlich, er konnte doch Gedanken lesen. Was absurd war.

»Ich dachte, wir gehen nach dem Frühstück shoppen«, sagte er in dem leichten Plauderton, der die meiste Zeit zwischen ihnen herrschte.

»Ja, klar, ich brauche dringend was zum Anziehen.«

»Sagen das nicht alle Frauen?«, feixte Ben. Er schien bester Laune zu sein.

Svenja stieß ihn erbost in den Arm. »Erstens brauche ich wirklich etwas, zweitens bin ich nicht wie alle Frauen.«

»Nein, bist du nicht«, gab Ben zurück, und es klang ernster als zuvor. Doch er überspielte den Augenblick mit einem leisen Lachen. Dann brachte die junge Frau den Orangensaft, und Svenja glaubte erneut, sich getäuscht zu haben. Sie sagte sich, sie interpretierte etwas in Bens Stimme hinein, was unmöglich da sein konnte. Sie kannten sich doch kaum …

Nach dem Frühstück zahlte Ben die beiden Zimmer und vermied eine lange Diskussion darüber mit dem Satz: »Ich leihe dir das hier nur. Du zahlst mir das alles irgendwann zurück, okay?«

»Okay«, stimmte Svenja zu und bestand darauf, eine Kopie der Rechnung zu bekommen.

Als sie im Auto saßen, Ben am Steuer, sagte er: »Es gibt in der Nähe ein Einkaufszentrum. Dort könnten wir ein paar Sachen einkaufen und dann weiterfahren.« Er schwieg einen Moment, fragte dann leise: »Oder willst du zurück?«

Svenja hatte mit der Frage gerechnet. Sie hatte sie sich bereits selbst gestellt, als sie in das Badetuch gehüllt auf dem Bett gesessen hatte. Deshalb kam ihre Antwort ohne zu zögern: »Nein, ich will nicht zurück. Ich ziehe das jetzt durch.« Sie schaute Ben an, hatte jedoch Angst vor seiner Antwort und starrte wieder durch die Frontscheibe, als sie fragte: »Willst du zurück? Ich meine, es war meine Idee, nach München zu fahren. Gestern hast du vielleicht geglaubt, es sei lustig, das zu machen, aber heute …«

Sie spürte Bens Hand auf ihrem Arm, wagte aber dennoch keinen Blick zu ihm.

»Natürlich fahren wir gemeinsam«, sagte er leise. »Klar, es war deine Schnapsidee, aber ich habe dich nicht davon abgehalten. Mitgefangen, mitgehangen!«

Da war er wieder, dieser leicht ironische Ton, den sie nicht leiden konnte. Er passte eigentlich besser zu Magnus und seinen Freunden, nicht zu Ben. Doch sie war nicht in der Stimmung zu diskutieren. Irgendwann würde sie Bens Geheimnis erfahren.

Sie brauchten nur knapp zehn Minuten zum Einkaufszentrum, dessen Parkplatz noch ziemlich leer war. Ben parkte direkt gegenüber dem Ausgang. »Dann müssen wir die vielen Tüten nicht so weit schleppen«, sagte er.

»Ha ha.« Svenja lief voraus in das große Gebäude, um sich aufzuwärmen. Der laue Herbst ging dem Ende entgegen, die Nächte waren kalt und die Morgenluft nicht viel wärmer.

»Wollen wir uns trennen oder gehen wir da gemeinsam durch?«, wollte Ben wissen.

Svenja verdrehte die Augen. »Es wird sicher die Hölle, mit dir einkaufen zu gehen, aber leider muss ich da durch. Wie du weißt, habe ich kein Geld.«

»Ich geb dir meine Kreditkarte«, sagte Ben. Er zog seine Geldbörse aus der Hosentasche und entnahm ihr eine Karte. Svenja starrte darauf, als halte er ihr etwas Giftiges entgegen.

»Das ist eine schwarze American Express«, stieß sie schließlich hervor.

»Ja, und?«

»Die kriegt nicht jeder. Da muss man ziemlich reich sein.« Sie starrte abwechselnd auf ihn und die Karte. »Was bist du, ein verkappter Millionär?«

»Sagen wir so: Ich hatte eine Zeit lang Glück mit dem Geldverdienen«, sagte Ben. »Und wenn man diese Karte erst einmal hat, nehmen sie sie einem so schnell nicht weg. Solange man die Rechnungen bezahlt, versteht sich«, fügte er hinzu.

»Reine Neugier: Wie hoch ist der Kreditrahmen?«

»Es gibt kein Limit«, sagte Ben.

»Quatsch, du verarschst mich.«

»Klar. Zweitausend. Reicht dir das?« Er schaute sie besorgt an.

Sie schnappte sich die Karte und tat so, als liefe sie davon. Als sie sich nach ein paar Metern umdrehte, stand Ben ruhig da und schaute ihr nach.

»Menno, wenn du mir nicht nachläufst, macht das gar keinen Spaß«, quengelte Svenja.

»Ich laufe grundsätzlich keiner Frau nach«, sagte er. »Die kommen immer alle zu mir.«

»Das würde dir so passen«, gab Svenja schnippisch zurück, ging aber zu ihm zurück und reichte ihm die Karte. »Hier, ich will sie nicht. Wir gehen jetzt erst mal für dich was kaufen.«

Es war schnell erledigt. Ben kannte seine Jeansmarke und -größe, er kaufte drei T-Shirts, zwei Hemden, ein Sweatshirt, eine Packung Unterhosen und vier Paar Socken. All das gab es in einem Laden. Als sie an einem Schuhgeschäft vorbeikamen, fragte er: »Gehen wir tanzen?«

Svenja sah ihn stirnrunzelnd an. »Nicht, dass ich wüsste.«

»Okay, dann reichen mir diese Schuhe.« Er deutete nach unten auf seine Sneakers.

Obwohl er ihr sagte, sie könne in jedes Geschäft gehen, bestand sie darauf, den Laden einer internationalen Modekette aufzusuchen. »Die haben alles, was ich brauche«, sagte sie. »Du kannst ja an der Kasse warten.«

Das machte er natürlich nicht. Zuerst kaufte sie Unterwäsche. Auch sie kannte ihre Größen und musste nichts anprobieren. Er hielt sich dezent im Hintergrund. Dann probierte sie eine Jeans an, die auf Anhieb passte, erstand ebenfalls drei T-Shirts und einen etwas dickeren Pulli. Er schlenderte scheinbar ziellos durch die Gänge, doch plötzlich stand er vor ihr und hielt ihr ein Kleid entgegen.

»Probier das mal an. Das könnte dir stehen.«

»Ich brauch kein Kleid. Heute Abend, spätestens morgen sind wir in München, dann rufe ich in Hamburg an und lass mir meine Klamotten schicken.«

»Probier's doch einfach mal an«, beharrte er.

Es war ein sehr schlichtes, dunkelgrünes Kleid aus einem weichen Stoff, der zu fließen schien. Um des lieben Friedens willen nahm sie das Kleid und verliebte sich sofort in den Stoff. Das Preisschild brachte sie in die Realität zurück. Neunhundertvierzig Euro für ein Kleid? Das war mehr, als sie in einer Woche verdiente. Verdient hatte …

Svenja rang mit sich. Anprobieren schadete ja nicht.

Es schien wie für sie gemacht. Es umschmeichelte ihre schmale Figur und passte perfekt zu ihren Haaren, vor allem aber zu ihren grünen Augen.

Ohne zu wissen, was sie tat, schob sie den Vorhang zur Seite und trat aus der Umkleidekabine heraus.

»Wow«, sagte die Verkäuferin. »Das ist …«

»Unglaublich«, flüsterte Ben.

Svenja schaute in den Spiegel und konnte nichts, aber auch gar nichts an ihrem Aussehen finden, das ihr nicht gefallen hätte. Ihre Haare glänzten, ihre Augen leuchteten, perfekt umrahmt von der Wimperntusche, ihr roter Mund bildete dazu einen guten Kontrast.

Sie stellte sich auf die Zehen, um High Heels vorzutäuschen.

»Du brauchst natürlich noch die passenden Schuhe dazu«, hörte sie Ben sagen.

»Was?« Sie plumpste auf die Fersen zurück. »Wieso Schuhe? Ich kaufe das Kleid nicht.«

»Natürlich nehmen wir das Kleid«, sagte Ben zu der Verkäuferin, die eifrig nickte.

Wütend verschwand Svenja in der Umkleidekabine und zog den Vorhang so heftig zu, dass eine Klammer aus der Schiene sprang. Es war ihr egal. Was fiel diesem Typen ein? Sie war nicht seine Tussi, die er nach Belieben herumkommandieren konnte!

Vorsichtig schlüpfte sie aus dem Kleid, hängte es auf den Bügel und presste ihr Gesicht in den weichen Stoff. Natürlich, es war ein Traum, aber der Preis dafür war niemals gerechtfertigt. Seufzend stieg sie in die frische Unterwäsche und die neue Jeans und zog eines der neuen T-Shirts über den Kopf.

»Schon besser«, murmelte sie und streckte ihrem Spiegelbild die Zunge raus.

Als sie den Vorhang aufzog, saß Ben etwas entfernt in einem Sessel und blätterte in einem Modeheft. Die Verkäuferin war nicht zu sehen. Svenja war erleichtert.

Sie nahm ihre alten Klamotten und ging zu Ben.

»Gehen wir?«

Er schaute hoch und lächelte sie an. »Wenn du alles hast.«

»Schuhe wären nicht schlecht«, erwiderte Svenja. »Diese hier –«, sie hielt einen Fuß hoch, »– sind etwas ungeeignet für das Wetter.«

»Kein Problem«, sagte er und stand auf.

Sie gingen zur Kasse. Als Ben die schwarze Kreditkarte zückte, sog die Verkäuferin hörbar die Luft ein. Doch sie bekam Mimik und Gestik schnell unter Kontrolle, gab Ben den Zettel zum Unterschreiben, reichte ihm die Tüte mit der restlichen Kleidung und wünschte ihnen einen schönen Tag.

Svenja fühlte sich einen Augenblick lang an *Pretty Woman* erinnert. Nur stand neben ihr nicht Richard Gere, sondern Ben, von dem sie nicht einmal den Nachnamen wusste. Und sie war definitiv keine Julia Roberts.

Als sie den Laden verließen, wollte Svenja einen letzten Blick auf das dunkelgrüne Kleid werfen, doch zu ihrer großen Enttäuschung war die Kabine leer.

Im Schuhladen kauften sie Sneakers für sie, stritten eine Weile, ob sie auch noch die Ballerinas, die im Angebot waren, mitnehmen sollten. Svenja gab schließlich nach. Sie kosteten nur dreißig Euro, das konnte sie Ben spielend zurückzahlen. Auf dem Weg zum Parkplatz kamen sie an einem Drogeriemarkt vorbei.

»Brauchst du hier noch was?«, fragte Ben.

»Nein.« Sie hatte alle Badutensilien aus dem Hotel mitgenommen, wenn auch mit schlechtem Gewissen. Und außerdem würde sie in München kaufen, was sie noch benötigte.

Auf dem Parkplatz verstaute Ben die Tüten im Kofferraum und hielt ihr den Schlüssel hin. Doch Svenja hatte keine Lust zu fahren und stieg demonstrativ auf der Beifahrerseite ein. Schweigend fuhren sie durch Hannover Richtung Autobahn.

»Was ist los?«, fragte Ben schließlich.

»Ich kann es nicht leiden, wenn ich bevormundet werde«, brauste Svenja auf.

»Ja, es war falsch, tut mir leid. Natürlich sollst du selbst entscheiden, was du möchtest und was nicht. Ich ... ich fand nur, das Kleid stand dir so außerordentlich gut. Als wäre es für dich gemacht worden.«

»Es tut mir leid, ich wollte dich nicht anblaffen.«

»Schon gut, du hattest alles Recht der Welt dazu.«

»Nein, hatte ich nicht, aber lass uns jetzt nicht schon wieder streiten.«

Er warf ihr einen erstaunten Blick zu. »Streiten? Wir streiten doch nicht«, sagte er. »Und wann haben wir vorher gestritten?«

»Na ja, streiten ist vielleicht auch ein zu starkes Wort«, relativierte Svenja ihre Aussage. »Aber Meinungsverschiedenheiten hatten wir schon.«

»Das ist ja auch vollkommen normal«, erwiderte Ben. »Wir sind zwei Persönlichkeiten mit manchmal unterschiedlicher Meinung. Und die prallen dann eben aufeinander.«

So hatte Svenja das noch nie gesehen. Allerdings hatte ihr das bisher auch niemand so aufgezeigt. In ihrem Elternhaus galt offiziell, was ihr Vater sagte, obwohl jeder machte, was er für richtig hielt, egal, was vorher beschlossen worden war. Da ihr Vater selten zu Hause war, gab es deshalb auch selten Probleme.

Und sie war drauf und dran gewesen, beinahe alles, was sie bisher ausgemacht hatte, ihrem gemeinsamen Leben mit Magnus zu opfern. Sie hatte ihren Job aufgegeben, hatte das Konto bei ihrer Bank, der sie seit Kindertagen treu gewesen war, gekündigt und bei

Magnus' Hausbank ein neues beantragt – mit dem Ergebnis, dass sie sich von einem quasi Fremden aushelfen lassen musste.

»Erzähl mir von deiner Tante«, sagte Ben. Wieder einmal schien es, als könne er Gedanken lesen und wolle sie von den ihren ablenken.

»Sie ist die jüngste Schwester meines Vaters. Ich weiß nur, dass es nach dem Abi zum Zerwürfnis mit ihrem Vater, also mit meinem Großvater, kam und sie für ein paar Jahre nach Amerika ging. Sie hat im Bankensektor gearbeitet, aber frag mich nicht, was genau. Es gibt nur Gerüchte. Ich weiß, dass sie später viel in der Welt herumkam, sie lebte in Irland, in Frankreich, in England oder vielleicht auch Schottland oder beides. 2009 hieß es dann, sie sei der Investmentblase zum Opfer gefallen. Vor zwei Jahren kam sie nach Deutschland zurück, zunächst nach Frankfurt. Vielleicht wollte sie wieder bei einer Bank einsteigen. Was ich sicher weiß, ist, dass sie jetzt in München lebt und dort ein Café eröffnet hat. Sie hat uns allen eine Einladung geschickt, aber leider konnte ich nicht hinfahren. Meine Mutter hat einen furchtbaren Aufstand gemacht und wollte sie mehrmals anrufen, um sie von der ›Schnapsidee‹ abzubringen. Ich konnte sie mit Müh und Not davon abhalten.«

»Ich vermute, es wäre ihr nicht gelungen«, sagte Ben.

»Nicht, wenn Hannah immer noch so ist, wie ich sie in Erinnerung habe. Ein bisschen anders als die anderen und sehr dickköpfig. Ach was«, korrigierte Svenja sich. »Sie ist sehr viel anders als die anderen.«

»Hört sich gut an.«

»Ja«, sagte Svenja leise. »Das tut es.« Sie schwieg eine Weile, sagte dann: »Sie ist der einzige Mensch, bei dem ich das Gefühl hatte, dass sie mir wirklich zuhört, wenn ich etwas sage.« Sie schaute kurz zu Ben und dachte: *Bis ich dich traf.*

Bevor sie auf dem Parkplatz losgefahren waren, hatte Svenja Ben gesagt, dass sie am Abend in München sein wolle, daher hatten sie sich für die Autobahn entschieden. Die war, von ein paar Baustellen abgesehen, relativ leer, und sie kamen gut voran.

Als sie in Würzburg eine Kleinigkeit aßen und Svenja das Steuer übernahm, wünschte sie sich, dieser Tag möge nie zu Ende gehen. Sie wollte den Trancezustand, in dem sie sich befand, nicht so schnell beenden, denn dann müsste sie sich der Wirklichkeit stellen. Und das hieß unter anderem, mit Magnus und ihrer Mutter zu telefonieren.

Sie hatte ihr Handy nur einmal, kurz nach dem Essen in Würzburg, gecheckt. Ihre Mutter hatte inzwischen drei Sprachnachrichten hinterlassen, die Svenja ungehört löschte. Magnus hatte auch zwei Mal angerufen, aber keine Nachricht hinterlassen. Kein Wort der Entschuldigung. Sie hatte geschrieben: *Es geht mir gut, ich melde mich. S.*, und als SMS an die beiden geschickt.

Svenja genoss es, die Kraft des Sportwagens unter sich zu spüren. Sie reizte alle Geschwindigkeitsbeschränkungen aus und tastete sich auf den Strecken ohne Beschränkung an die 200-km/h-Marke heran. Der Wagen lag ruhig auf der Straße, flatterte nicht, gehorchte weiterhin jedem Befehl.

Ben saß ruhig neben ihr, zeigte keine Anzeichen von Angst, als sie hundertneunzig fuhr.

Viel zu schnell waren sie in Nürnberg, rauschten daran vorbei Richtung München. So sehr Svenja sich auf Hannah freute, so sehr graute ihr vor dem Abschied von Ben. Denn es war klar, dass er zurück nach Hamburg fahren würde.

Wie schnell man sich an einen Menschen gewöhnen konnte! Dabei kannte sie ihn gar nicht.

Gegen sieben Uhr abends fuhren sie an der Allianz-Arena vorbei. Ben hatte kurz nach Nürnberg wieder das Steuer übernommen.

»Ich sollte allmählich mal Hannah anrufen«, murmelte Svenja.

»Ich dachte, du freust dich auf sie«, sagte Ben erstaunt.

»Tu ich auch, aber wer weiß, ob sie mich überhaupt haben will.« Svenja schaute ihn verzagt an.

»Ruf doch erst mal an und sag ihr, dass du kommst. Dann fahren wir hin und sehen, wie sie reagiert. Wenn sie dich nicht will, schließen wir sie im Keller ein und fahren zurück nach Hamburg. Oder weiter nach Rom.«

Er sagte das alles wieder in diesem Ton, der alles und nichts heißen konnte, aber Svenja war sich sicher, dass er es so meinte. Zumindest das mit Hamburg oder Rom.

»Okay«, sagte sie. »Ich ruf sie an.« Sie holte ihr Handy aus der Tasche, suchte die Nummer und wählte.

»Hallo, Tante Hannah, ich bin's, Svenja. Ja –, nein, mir geht es gut. Ich wollte fragen, ob du Zeit hast. Ich bin in München. – Ja, nicht wahr? Es war ein ziemlich spontaner Entschluss.«

Sie sah, dass Ben zu ihr schaute, und hielt den Daumen hoch. Er nickte und lächelte.

»Kannst du mir die Adresse geben? – Ja, hab ich, alles klar. Ich schätze, wir sind in einer halben Stunde da. – Ja, bis gleich. – Ich freue mich auch.«

April McRae

Die CD

Vier Tage nach ihrer Ankunft in München entdeckte April das Café. Es lag ganz in der Nähe ihres Hotels, das sie wegen seiner Internationalität ausgesucht hatte. Unter all den Reisegruppen fühlte sie sich als Alleinreisende allerdings ziemlich verloren.

Außerdem war das Zimmer viel kleiner als auf der Homepage beschrieben. Sie hatte bereits am Anreisetag reklamiert, doch die Rezeptionistin hatte ihr freundlich, aber unmissverständlich klargemacht, dass alles ausgebucht war. Immerhin, das Zimmer war sauber, sie hatte ein eigenes Bad mit einer durchaus akzeptablen

Dusche und das Hotel war günstig gelegen – zur nächsten U-Bahnstation waren es nur ein paar Minuten.

April aß morgens selten etwas und hatte das Zimmer ohne Frühstück gebucht. Da im Speisesaal durch die vielen Gruppen ein entsetzlicher Lärm herrschte, flüchtete sie bereits am ersten Morgen in eine nahe Bäckerei, um dort einen Kaffee zu trinken.

Vor vier Tagen dann war sie abends einer Eingebung folgend einen anderen Weg zurück zum Hotel gegangen, hatte das Café entdeckt und sich sofort verliebt. Schon von außen machte es einen äußerst gemütlichen Eindruck, und angesichts des schlechten Wetters war es umso verlockender. Von wegen goldener Herbst!

Am ersten Tag hatte sie sich eine Quiche gegönnt, die auf der Zunge zerfiel und in ihrem Mund eine Geschmacksexplosion auslöste. Seither ging April jeden Morgen hin, um einen Kaffee zu trinken, und nachmittags, nach ihren Besichtigungstouren, um eine der hausgemachten Spezialitäten zu probieren.

An diesem Tag war nur Edeltraut zu sehen, die ältere Dame, die normalerweise in der Küche hantierte, aber auch als Bedienung einsprang. April gegenüber war sie stets sehr zurückhaltend, was vermutlich daran lag, dass Aprils Deutsch einen starken Akzent hatte.

»Hallo«, grüßte April, winkte ihr zu und setzte sich an ihren Lieblingstisch, hinten rechts im Eck. Dort war sie ungestört und hatte den perfekten Überblick.

Edeltraut kam zu ihr und schaute sie fragend an.

»Wie immer einen Cappuccino und ein Glas Leitungswasser«, sagte April. »Was gibt es heute als Spezialität?«

»Quiche mit Spinat und Ziegenfrischkäse, außerdem Kirschenmandl.«

»Was ist ein Kirch…?«, wollte April wissen.

Die Frau lächelte unsicher. »Kirschenmandl, Kirschenmännchen. Ähm, with cherries?« Sie schaute nun selbst fragend.

April hielt Zeigefinger und Daumen einen knappen Zentimeter auseinander. »Klein und rot?«

Edeltraut nickte.

»Dann ist das süß?«

»Ja, wie warmer Kuchen, warm cake.«

April lächelte. »Danke. Ich nehme ein Stück Quiche und danach ein Stück – whatever it is called.«

Edeltraut nickte erneut und verschwand.

April kuschelte sich zufrieden in den gemütlichen Sessel und beobachtete die anderen Gäste. Es war eine bunte Mischung aus älteren Damen, vermutlich aus der Nachbarschaft, Geschäftsleuten aus umliegenden Büros sowie jungen Leuten.

Als Edeltraut ihre Bestellung brachte, konzentrierte April sich auf die Quiche. Wie immer war die Konsistenz vollkommen, der Ziegenkäse rundete den Geschmack perfekt ab. Auch der warme Kirschkuchen war ein Traum. Sie genoss jeden Bissen und verdrängte für einen Moment alle Gedanken an Zucker, Kalorien und Gewicht. Dieses Gericht war definitiv eine Sünde wert.

Nach dem Essen wurde ihr bewusst, dass sie sich schon lange nicht mehr so gut gefühlt hatte, eigentlich nicht mehr seit Scotts unerwartetem Tod.

Zufrieden schob April Teller und Tasse beiseite und stellte das Netbook auf den Tisch. Sie hatte seit zwei Tagen nichts von Nikki gehört und wollte nachsehen, ob inzwischen eine Nachricht gekommen war. Obwohl ihre Tochter fünfundzwanzig war und zusammen mit ihrem Freund in einem eigenen Haus lebte, machte sich April immer noch Sorgen um sie. Melissa hatte ihr schon vor Jahren gesagt, dass das nie aufhören würde.

Sie hatte jede Menge Mails, aber keine war von Nikki. April öffnete die Maske für eine neue Mail und tippte:

Wo steckst du? Ich mache mir Sorgen? XOX Mom

Sie wusste, Nikki würde genervt sein, aber sie hatten nun mal vereinbart, dass sie jeden Tag wenigstens einmal Kontakt haben würden, egal wie.

An den ersten Tagen ihrer Reise hatten sie versucht zu skypen, doch durch die Zeitverschiebung war es kaum möglich, einen passenden Zeitpunkt zu finden.

Ein leises Piep kündigte eine Mail an. Sie war von ihrer Tochter.

> *Sorry, Mom, hatte viel zu tun. Hätte mich melden sollen. Geht's gut? Gibt's schon Erfolge? ♥ N.*

April musste wider Willen lächeln. Nikki war wie immer kurz angebunden. Sie drückte auf »Antworten«.

> *Honey, ich sitze schon wieder in diesem entzückenden Café und genieße das leckere Essen. Vermutlich bin ich nur ein paar Meter entfernt von meinem Ziel. Aber ich habe nicht den Mut hinzugehen. Ich habe noch nicht einmal nach der Hausnummer gesucht. Was, wenn all meine Befürchtungen wahr werden?*

> *Mom, mach dir nicht so viele Sorgen. Ich glaube immer noch nicht, dass was dahintersteckt. Muss los, liebe dich. XXX*

»Kann ich Ihnen noch etwas bringen?«

April fuhr hoch. Vor ihr stand Hannah, der das Café gehörte.

»Entschuldigung, ich wollte Sie nicht erschrecken«, sagte sie.

»Kein Problem«, erwiderte April.

»Entschuldigen Sie, wenn ich neugierig oder aufdringlich bin, aber Sie klingen amerikanisch.«

April lachte. »Und ich dachte, mein Deutsch ist perfekt.«

»Es ist sehr gut, aber den Akzent verliert man nur sehr schwer«, sagte Hannah auf Englisch. »Ich weiß, wovon ich spreche.«

»Ihr Englisch ist hervorragend«, rief April enthusiastisch, ebenfalls auf Englisch. »Und es klingt sehr amerikanisch.«

Nun lachte auch Hannah. »Kein Wunder, ich habe einige Jahre in den Staaten gelebt. Woher können Sie so gut Deutsch?«

»Mein Großvater kam aus Düsseldorf, er hat mit uns Kindern immer Deutsch gesprochen. Ich habe versucht, meine mageren Kenntnisse vor meiner Reise aufzufrischen.«

»Von mager kann keine Rede sein«, sagte Hannah.

April hatte die Frau von Anfang an sehr sympathisch gefunden und hätte sie gern näher kennengelernt. Sie schaute sich um. Das Café war immer noch halbvoll, doch Edeltraut schien alles im Griff zu haben.

»Wollen Sie sich nicht ein wenig zu mir setzen? Ich könnte etwas Gesellschaft vertragen ...«

Hannah sagte: »Gerne« und nahm Platz. »Ich will Sie aber nicht von etwas abhalten«, fügte sie hinzu und zeigte auf das Netbook.

April klappte es zu. »Ach, ich habe nur kurz meine Mails gecheckt. Ich habe versprochen, mich einmal täglich bei meiner Tochter zu melden. Ist für heute erledigt.«

»Was bringt Sie zu dieser unwirtlichen Jahreszeit nach München?«, wollte Hannah wissen.

»Das ist eine lange Geschichte«, erwiderte April zögernd. Dann wurde ihr bewusst, dass sie Hannah zu sich an den Tisch gebeten hatte. Es wäre sehr unhöflich, sie nun mit Plattitüden abzuspeisen.

»Es ist wirklich eine lange Geschichte«, sagte sie deshalb. »Und manches davon will ich nicht wahrhaben, noch nicht.«

Hannah hob abwehrend die Hände. »Ich will Sie keineswegs dazu zwingen, mir irgendetwas zu erzählen. Offen gestanden, haben wir ...«, sie deutete auf Edeltraut, die gerade leere Tische abräumte und wischte, »... wir haben uns nur etwas gewundert, dass Sie jeden

Tag kommen. Verstehen Sie mich nicht falsch! Ich freue mich über jeden Gast, der mehr als einmal kommt. Aber täglich? Das hatten wir bisher noch nicht.« Sie lachte leise. »Aber wir haben ja auch erst seit knapp drei Wochen geöffnet. Wer weiß, was noch alles kommt.«

»Wirklich?«, fragte April. »Kaum zu glauben. Ich dachte, Ihr Café ist eine alte Institution. Es ist so gemütlich und die Leute scheinen sich wirklich wohl zu fühlen.« Sie lächelte schüchtern. »Ich hatte genug Zeit, sie zu beobachten. Aber jetzt, wo Sie es sagen … es sieht alles noch sehr neu aus. Hätte natürlich auch frisch renoviert sein können.«

Hannah schüttelte den Kopf. »Nein, es ist tatsächlich alles neu.«

Sie schwiegen, und April stellte fest, dass sie sich nicht nur im Café wohlfühlte, sondern auch in Gesellschaft der Betreiberin. Dennoch – konnte sie einer Fremden ihre Geschichte anvertrauen? Wollte sie?

»Wo haben Sie gelebt?«, fragte sie.

»In New York«, sagte Hannah. «Das heißt, zu Beginn hatten wir ein Apartment in New Jersey, später sind wir nach Queens gezogen.«

»Ihr Mann und Sie?«

Hannah lächelte. »Nein. Mein Sohn und ich. JJ war damals fünf Jahre alt, also noch nicht in der Schule. Ich dachte, es wäre ein günstiger Zeitpunkt.«

»War es das nicht?«

»Nicht für meinen Sohn. Aber ich war jung und unerfahren und wollte hinaus in die Welt. Für JJ wäre es vermutlich besser gewesen, wenn wir hier geblieben wären.«

»Aber jetzt sind Sie wieder hier in Deutschland.«

»Ja«, erwiderte Hannah. »Zumindest ich bin wieder da. JJ lebt immer noch in Queens.« Sie schaute April ernst an. »Auch das ist eine lange Geschichte.«

Nun war es an April, die Hände zu heben. »Um Himmels willen, ich wollte Sie nicht ausfragen!« Sie schwieg, kämpfte mit sich, sagte dann: »Vermutlich will ich nur von meiner eigenen Geschichte ablenken.«

Hannah legte ihr eine Hand auf den Arm. »Wenn Sie jemanden zum Reden brauchen, sagen Sie Bescheid.«

»Danke, ich weiß das Angebot zu schätzen.« April legte ihre Hand auf Hannahs und drückte sie leicht. »Könnte durchaus sein, dass ich darauf zurückkomme.«

Hannah zog ihre Hand zurück und sagte: »Ich bin da. Meistens.« Sie stand auf. »Hat mich sehr gefreut.« Sie zögerte, dachte kurz nach, fügte dann hinzu: »Ich weiß nicht einmal Ihren Namen.«

»Gott, wie unhöflich von mir«, rief April. »Ich bin April McRae aus Chicago.«

»Hannah«, sagte Hannah und deutete eine winzige Verbeugung an. »Hannah Jensen.«

»Freut mich.«

Sie schüttelten Hände und lachten sich an.

April spürte, sie hatte eine neue Freundin gewonnen. Vielleicht war Hannah ja die Richtige, um mit ihr über ihre Geschichte zu reden.

Später am Abend, zurück im Hotel, mailte sie an ihre Freundin.

Hi Melissa, wollte dir nur kurz sagen, dass es mir immer noch gut geht. Ich bin noch nicht weitergekommen auf meiner »Mission«, aber ich bin nahe dran. Eigentlich sogar sehr nahe. Ich habe ein entzückendes Café entdeckt, ganz in der Nähe meines Hotels, wo ich mich aufwärmen kann und meine Mails checke. Und auch leider viel zu gutes Essen bekomme. Ich schätze, ich habe schon vier Kilo zugenommen.

München ist schön, sogar im tristen Oktober. An den letzten beiden Tagen war es sehr kalt, ich musste mir eine neue Jacke kaufen. Heute war es etwas besser. Aber ich bin ja selbst schuld, wenn ich um diese Jahreszeit verreise und dann auch noch herumtrödle.

Ich spiele brav Touristin, war bereits in allen drei Pinakotheken, in Schloss Nymphenburg und auf dem Viktualienmarkt. Den muss man gesehen haben! Das ist ein Marktplatz, wo man frisches Obst und Gemüse, aber auch Fleisch und Wurst, Käse, Blumen und vieles mehr kaufen kann. Mittendrin ist ein kleiner beer garden, wo vor allem Touristen sitzen und Bier trinken. Die Gläser sind tatsächlich so groß, wie man sagt. Bisher habe ich noch kein Bier probiert, aber auch das werde ich noch tun. Vielleicht, um mir Mut anzutrinken. ☺

Die bewusste Person habe ich noch nicht gesehen, zumindest nicht wissentlich. Sie wohnt in derselben Straße, in der sich das Café befindet.

April stoppte und dachte über ihr kurzes Gespräch mit Hannah nach. Konnte man nach so kurzer Zeit sagen, dass man sich verbunden fühlte? Man konnte, April wusste es. Schließlich war es ihr mit Melissa ähnlich gegangen.

Sie hatten sich in einem Gymnastikkurs für Schwangere kennengelernt. Melissa war mit ihren knapp vierzig Jahren mit Abstand die älteste, April mit einundzwanzig eine der jüngsten Teilnehmerinnen. Trotz des Altersunterschieds verstanden sie sich auf Anhieb prächtig. Für April war es das erste Kind, für Melissa das fünfte und nach vier Mädchen der erste Sohn. Die Jüngere profitierte mehr von der Erfahrung und Ruhe der Älteren als von den Ratschlägen der relativ unerfahrenen Hebamme.

Nikki und Michael wurden im Abstand von zwei Wochen geboren und Melissa prophezeite, die beiden würden ein Paar werden. Sie waren es auch für einige Monate während der High-School-Zeit, doch dann fand Nikki ihre erste große Liebe und degradierte Michael zum geliebten Bruder. Der trug es mit Fassung, denn er wusste bereits seit längerem, dass er schwul war.

April stand Melissa bei, als Michaels Outing die Familie zu entzweien drohte – Michaels Vater Daniel war alles andere als begeistert von seinem Sohn. Nach zwei Jahren voller Streit und Hass reichte Melissa die Scheidung ein und lebte seither allein.

Als Scott so unerwartet starb, schlug Melissa vor, dass sie und April zusammenziehen könnten. Warum zwei Häuser, wenn in einem genug Platz für beide wäre?

April speicherte den Entwurf der Mail und klappte das Netbook zu. Ein Jahr war seit dem Tod von Scott vergangen, aber sie konnte es immer noch nicht fassen, dass er nicht mehr an ihrer Seite war.

Am nächsten Tag fuhr sie, da das Wetter sehr zu wünschen übrig ließ, mit der U-Bahn in die Stadt und stattete dem Haus der Kunst einen Besuch ab. Als sie das Museum verließ, hatte es aufgehört zu regnen; ein paar Minuten sah April den Eisbach-Surfern zu, dann lief sie lange kreuz und quer durch den Englischen Garten.

Der Biergarten am Chinesischen Turm war trotz des trüben Wetters gut besucht, und auch am Kleinhesseloher See suchten die Menschen die kärglichen Sonnenstrahlen zu erhaschen, die immer wieder durch das Grau am Himmel hindurchblitzten.

April hatte Hunger und beschloss, den Besuch bei Hannah auf den Abend zu verschieben. Eingehüllt in ihren neuen, warmen

Mantel saß sie auf der Terrasse und sah den Enten zu, die um etwas zu fressen bettelten, während zwei Schwäne majestätisch über das schmutzig-graue Wasser trieben.

Die Szenerie erinnerte sie an den letzten Urlaub, den sie und Scott gemeinsam verbracht hatten. Sie waren nach Kanada geflogen, hatten sich ein großes Wohnmobil gemietet und waren in die Wildnis gefahren. Dabei hatten sie auch einen kleinen See, ähnlich diesem hier, entdeckt, und waren dort ein paar Tage geblieben.

Schon während des Spaziergangs hatte April die Gedanken an ihren Mann nicht vermeiden können, jetzt kamen sie mit voller Wucht zurück. Konnte es wirklich sein, dass ein Mann, der auf Reisen mindestens einmal täglich mit seiner Familie telefoniert, für Frau und Tochter immer ein Souvenir mitgebracht hatte und auch sonst ein mehr als aufmerksamer Ehemann und Vater gewesen war – konnte es sein, dass er eine Affäre gehabt hatte?

Die praktisch veranlagte Melissa hielt es für möglich, aber sie hielt quasi alles auf der Welt für möglich. »Hast du einen Beweis?«

»Nein, nur diese CD«, hatte April geantwortet.

Die vermaledeite CD steckte seit Beginn ihrer Reise in ihrer Handtasche. April zog sie heraus und schaute sie an. Sie kannte das Cover in- und auswendig, aber auch die mit Silberstift geschriebene Widmung.

For Eve with lots of love S.M.

Wer war die Frau, der Scott eine solche Widmung schrieb?

Die Band sagte April nichts, die Musik war mehr als gewöhnungsbedürftig. Melissa hatte eine geheime Botschaft dahinter vermutet, gar an Spionage gedacht. Aber welche Geheimnisse hätte Scott ausplaudern sollen? Er würde doch nicht die eigene Firma verraten?

April war nahe dran, die CD in das Wasser zu schleudern, doch sie wusste, sie würde es ewig bereuen, wenn sie ihren Plan jetzt nicht durchzog. Das Gespenst der Treulosigkeit würde sie ihr Leben lang begleiten. Dann doch besser ein Ende mit Schrecken …

Sie steckte die CD zurück in ihre Tasche, winkte der Bedienung und zahlte. Als sie an der U-Bahnstation ausstieg, ging sie nicht wie geplant zum Café, sondern direkt zum Hotel, wo es ihr gelang, Nikki per Skype zu erreichen. Sie redeten eine Weile, doch April scheute sich, ihre Tochter mit ihren trüben Gedanken zu belasten. Sie hatten das Thema so lange durchgekaut, bis Nikki sie eine Tages anschrie: »Ich kann es nicht mehr hören! Dad war sicher kein Heiliger, aber er war auch kein Ehebrecher. Und selbst wenn – was macht es für einen Unterschied? Du warst glücklich mit ihm, oder? Er hat dir alles gegeben, was du wolltest. Was willst du noch? Die ewige Treue gibt es nicht, vergiss es, Mom.«

April wusste, dass Nikki da gerade hatte erfahren müssen, dass ihre große Liebe sie mit einer anderen Frau betrog. Waren tatsächlich alle Männer so? Sie hätte gern geglaubt, dass Scott anders gewesen war.

Sie checkte ihre Mails und stellte fest, dass die an Melissa noch im Entwurfsordner steckte. April schickte sie los, nachdem sie noch ein paar Sätze über den Englischen Garten und einige Fotos hinzugefügt hatte.

Im Hotel war offensichtlich eine neue Gruppe angekommen, laute Stimmen und permanentes Türenschlagen waren zu hören. April beschloss, noch einen kurzen Spaziergang zu unternehmen. Und natürlich führte er sie an Hannahs Café vorbei.

Es war weit nach acht Uhr, das Café war bereits geschlossen, doch es brannte noch Licht. April schaute durch die Fenster und sah Hannah, die hinter der Theke hantierte. Sie zögerte, klopfte dann zaghaft an die Scheibe. Hannah sah hoch, konnte sie aber offensichtlich nicht sehen. April klopfte lauter und sah Hannah auf die Tür zukommen.

»Tut mir leid, ich wollte nicht stören …«, sagte sie auf Englisch, als Hannah die Tür aufschloss.

»Kommen Sie herein«, erwiderte Hannah in einem Ton, der keine Widerrede duldete, aber sie lächelte.

April betrat das Café und fühlte eine Last von den Schultern abfallen.

»Was möchten Sie trinken?«

»Wasser?«, schlug April zaghaft vor.

»Ist nicht Ihr Ernst, oder?«, wies Hannah sie empört zurecht. »Sie brauchen etwas Stärkeres. Und ich auch.« Sie wies auf einen Tisch, an dem April folgsam Platz nahm, und verschwand hinter der Theke, um gleich darauf mit zwei schmalen Gläsern und einer Flasche zurückzukommen.

»Das wird uns guttun«, sagte sie und schenkte ein. Es roch plötzlich nach Himbeeren. »Der beste Schnaps, den es gibt«, sagte Hannah und reichte ihr ein Glas.

April nahm es und schnupperte. Ein herrliches Aroma kam ihr entgegen.

»Wilde Himbeeren, ein Schnaps aus Südtirol«, erklärte Hannah. »Cheers.«

Sie stießen an und tranken.

Der Schnaps brannte leicht in der Kehle, war aber sehr weich und schmeckte intensiv nach den Früchten.

»Sehr gut«, sagte April. Sie nahm einen zweiten Schluck, stellte dann entschlossen das Glas hin, zog die CD aus ihrer Tasche und legte sie auf den Tisch. »Damit hat alles angefangen.«

Hannah nahm die CD, schaute sie an, legte sie zurück auf den Tisch, sagte aber nichts, sondern wartete einfach ab.

April atmete tief durch und begann zu erzählen.

»Mein Mann, Scott, starb letztes Jahr im September. Er starb völlig unerwartet, innerhalb von zehn Stunden. Er war nie krank, trieb Sport, ging regelmäßig zum Durchchecken, war schlank und durchtrainiert. Dennoch klagte er eines Morgens über leichte Schmerzen in der Brust. Wir fuhren eigentlich nur ins Krankenhaus, weil er eine Woche später auf seinen alljährlichen Europatrip gehen wollte. Er war dann immer gut zwei Wochen unterwegs, um alle Geschäftspartner zu besuchen. Das war sehr anstrengend, und er wollte sichergehen, dass er fit genug dafür war. Als wir im Krankenhaus ankamen, ging es ihm bereits sehr schlecht, und nicht mal zehn Stunden später war er tot.«

April stockte und kämpfte mit den Tränen.

Hannah schwieg weiterhin.

»Natürlich machten sie eine Autopsie und stellten fest, dass er einen so massiven Herzinfarkt gehabt hatte, dass nichts ihn hätte retten können. Es war ein unfassbarer Schock für uns alle, für mich, für meine Tochter, für die ganze Familie. Die ersten Wochen vergingen wie in Trance, nur dank Medikamenten und sehr guter Freunde habe ich diese Zeit überstanden. Scott und ich waren beinahe siebenundzwanzig Jahre verheiratet. Er war sechs Jahre älter als ich, und meine Eltern waren sehr besorgt, dass ich einen großen Fehler begehen würde, als ich ihn heiratete. Ich war gerade zwanzig Jahre alt geworden. Aber ich war vollkommen überzeugt, dass Scott der Richtige für mich war. Und er war es«, fügte sie trotzig hinzu.

»Ich bin sicher, dass er es war«, sagte Hannah leise.

April nahm einen weiteren Schluck von dem Schnaps, bat Hannah dann um ein Glas Wasser. »Ich trinke normalerweise keinen Alkohol.« Sie zeigte auf das fast leere Glas. »Aber den hatte ich wirklich nötig.«

Hannah holte eine Karaffe mit Wasser und zwei Gläser, ließ aber den Schnaps stehen.

April trank ein Glas Wasser und fuhr fort: »Nach zwei Monaten war ich so weit, dass ich seinen Schreibtisch aufräumen konnte. Scott hatte vor vielen Jahren mit einem Partner zusammen eine Investmentfirma gegründet. Sie hatten sehr klein angefangen und wuchsen mit den Jahren zu einer der größten und profiliertesten Firmen heran. In den Anfängen arbeitete Scott achtzig bis hundert Stunden pro Woche, doch später verließ er sich auf seine Partner und Geschäftsführer und trat kürzer. Trotzdem war er immer noch vierzig bis fünfzig Stunden im Büro. In den letzten Jahren richtete er in unserem Haus ein Arbeitszimmer ein, sodass er oft auch von zu Hause aus arbeiten konnte. Peter, einer der Partner, sagte mir, ich könne mir alle Zeit der Welt lassen, sie würden sein Büro nicht anrühren. Aber ich wollte das nicht. Es wäre mir vorgekommen wie ein Schrein. Ich bat sie, alles Persönliche in Kisten zu packen und mir zu schicken, ich würde es mir zu gegebener Zeit ansehen. Mit den Geschäftspapieren hätte ich sowieso nichts anfangen können.« Sie sah Hannah verlegen an. »Ich fürchte, ich bin eine dieser Frauen, die vor allem Hausfrau und Mutter waren. Ich habe praktisch sofort nach dem College geheiratet und seither nie gearbeitet.«

»Na ja, ein Kind zu erziehen und einen Haushalt zu führen ist auch Arbeit«, warf Hannah ein.

»Ja, natürlich. Sie wissen, was ich meine.«

»Ja, ich weiß.« Hannah lächelte schelmisch. »Sie sind eine der Frauen aus der Wisteria Lane.«

April musste wider Willen lachen. »Na, ich hoffe doch nicht. Immerhin habe ich bisher niemanden umgebracht. Und Intrigen spinne ich eigentlich auch nicht.«

»Beruhigend zu hören«, erwiderte Hannah trocken. Sie deutete auf die CD. »Die haben Sie in seinen Sachen gefunden?«

April nickte. »Ja, sie lag in einem der Kartons, die sie mir aus dem Büro geschickt hatten. Ich dachte mir erst nichts dabei, legte sie beiseite, um sie später einmal anzuhören. Scott war kein großer Musikhörer, waren wir beide nicht. Wir hatten ein paar CDs, aber wir saßen selten da, um Musik zu hören. Nikki, meine Tochter, brachte mich darauf, sie mir näher anzuschauen. ›Wer ist Eve?‹, fragte sie mich eines Tages und hielt die CD hoch. Ich hatte keine Ahnung, was sie damit meinte, bis sie mir die Widmung zeigte. Da stürzte eine Welt in mir zusammen.«

Hannah nahm die CD, die immer noch auf dem Tisch lag, und schaute sich die Widmung näher an. »Ich vermute, S.M. sind die Initialen Ihres Mannes?«

April nickte. Diesmal konnte sie die Tränen nicht zurückhalten. »Sorry«, sagte sie und suchte nach einem Taschentuch.

»Es gibt absolut keinen Grund, sich zu entschuldigen.«

April war dankbar für die ruhige Art der Frau ihr gegenüber. Sie schnäuzte sich ein paar Mal. »Danke.«

»Wofür?«, fragte Hannah. Sie beugte sich vor und legte ihre Hand auf Aprils Arm. »Sie sind hier sicher.«

»Ich weiß, danke.«

Sie schwiegen eine Weile, dann holte April tief Luft und begann erneut zu erzählen. »Ich bin es tausend Mal durchgegangen. Bisher habe ich keine andere Erklärung gefunden als die, dass Scott eine andere Frau hatte, der er diese CD schenken wollte.«

Hannah nahm die CD erneut in die Hand, drehte und wendete sie, wie April es schon hunderte Male getan hatte. Sie öffnete die Hülle, entnahm die silberne Scheibe, drehte und wendete auch diese, zog das Booklet heraus, blätterte es durch, legte alles wieder fein säuberlich ein, schloss die Hülle und legte sie auf den Tisch zurück.

»Sie haben die CD angehört?«

»Ja, mehr als einmal, obwohl die Musik absolut nicht mein Geschmack ist«, bestätigte April. »Ich habe die Disc untersuchen lassen, aber man fand nichts weiter als Musikstücke. Ich habe inzwischen so viel Zeit und auch Geld in dieses Ding investiert, dass ich langsam das Gefühl habe, es beherrscht vollkommen mein Leben. Ich wollte sie schon wegwerfen oder zertrümmern, brachte es aber bisher nicht fertig.«

»Gab es andere Anzeichen für eine Affäre? Seltsame Ausreden, abendliche Termine, fremdes Parfüm in der Kleidung, Lippenstiftflecken?«

April schüttelt den Kopf. »Nein, nichts von alledem. Dann wäre es vielleicht nicht so ein Schock gewesen.« Sie schaute Hannah neugierig an. »Sie klingen so, als wüssten Sie, wovon Sie sprechen.«

Hannah gab einen merkwürdigen Laut von sich. »Leider, muss ich sagen. Ich war mit dem Mann zwar nicht verheiratet, was jedoch nicht bedeutet, dass es deshalb weniger schmerzt. Aber das tut hier nichts zur Sache, es ist auch lang vorbei.«

»Ja, es tut wirklich verdammt weh«, bestätigte April. »Und es macht Schlimmes mit einem. Ich habe alle fast verrückt gemacht mit meiner Überzeugung, Scott hätte eine Geliebte gehabt. Mit meiner Tochter habe ich nur noch gestritten, sie ist dann ausgezogen. Na ja, sie wollte sowieso mit ihrem Freund zusammenziehen, ich habe das Ganze nur etwas beschleunigt.« Sie lächelte gequält bei dem Gedanken daran, wie oft sie und Nikki sich deswegen angebrüllt hatten. »Melissa, sie ist eine Freundin, brachte mich schließlich auf die Idee, nach Europa zu fahren und die Frau zu suchen.«

»Moment mal, jetzt habe ich offensichtlich etwas verpasst«, hakte Hannah ein. »Wieso Europa?«

»Tut mir leid, ich habe wohl vergessen zu erwähnen, dass die CD bei den Unterlagen für die Europareise lag. Es war alles vorbereitet, die Flüge gebucht, die Termine vereinbart, die Hotels reserviert. Zwischen den Unterlagen steckte die CD.«

»Sie kann nicht aus Versehen da reingerutscht sein?«

»Nein, Betsy, Scotts Assistentin, hat mir bestätigt, dass er sie ihr für den Trip gegeben hat. Er hat ihr aber nicht gesagt, für wen sie bestimmt war.«

»Und wieso München? Haben Sie die Frau ausfindig gemacht?«

April zuckte mit den Achseln. »Ich hoffe es. Und hoffe es nicht. Ich bin alle Termine mit Betsy durchgegangen. Alle Geschäftspartner, Gesprächspartner, alle Mails. Am Ende gab es nur zwei Frauen, zu denen die Widmung passen würde: eine Evelyn in London und eine Eva-Maria in München. Sie wohnt in dieser Straße.«

»In der Blumengasse?«

»Ja. Ich bin seit fünf Tagen hier und weiß nicht, ob ich sie kennenlernen will. Ich habe Angst vor dem Ergebnis.«

»Kann ich gut verstehen. Waren Sie schon in London?«

»Ja, ich bin von London direkt hierhergeflogen. Diese Evelyn ist neu in der Firma, sie hat Scott nicht gekannt.« April sah Hannahs skeptischen Blick. »Ich weiß, was Sie denken. Jeder kann das behaupten. Aber ich glaube ihr. Betsy hat mir auch bestätigt, dass es den Kontakt erst seit einigen Wochen gab. Sie schickte mir sogar eine Mail, in der Evelyn als neue Mitarbeiterin vorgestellt wurde.« Sie lachte bitter. »Natürlich hatte ich dann auch noch die Theorie, dass Scott ihr den Job vermittelt hat, damit sie sich unauffällig treffen können. Aber warum dann London, warum nicht direkt in Chicago?«

»Das klingt nicht sehr logisch«, bestätigte Hannah. »Jetzt bleibt also nur noch die Eva-Maria aus München?«

»Ich fürchte, ja.«

»Ich bin leider erst vor einigen Monaten hierhergezogen. Bisher kenne ich vor allem die anderen Ladenbesitzer und die Nachbarn im Haus. Mag sein, dass sie schon im Café war, aber falls ja, habe ich es nicht mitbekommen«, sagte Hannah entschuldigend.

April hob abwehrend die Hände. »Aber ich wollte Sie da doch gar nicht reinziehen. Ich habe Ihre Gastfreundschaft sowieso schon viel zu sehr ausgenützt.« Sie sprang auf, doch Hannah drückte sie sanft zurück auf den Stuhl.

»So war das nicht gemeint«, sagte sie. »Ich wollte damit nur sagen, dass ich die Frau leider nicht kenne, sonst hätte ich Ihnen womöglich sagen könne, dass sie weit über siebzig ist, nur noch gebückt gehen kann und ein faltiges Gesicht hat. Also der Traum eines jeden Mannes.«

April musste lachen. »Sehr schade, dass Sie das nicht sagen können.« Sie wurde ernst. »Ich habe Angst vor der Begegnung.«

»Kann ich Ihnen nicht verdenken. Aber ich bin sicher, es wäre das Beste, wenn Sie es bald hinter sich bringen.«

»Ich weiß.« April schaute Hannah an. »Wissen Sie was? Ich beschließe hiermit, morgen zu ihr zu gehen. Das ist ein Versprechen, und ich halte Versprechen immer.«

»Das besiegeln wir«, sagte Hannah und reichte ihr die Hand. »Und auch noch damit.« Sie zeigte auf die Schnapsflasche.

April zögerte, stimmte dann zu.

Hannah schenkte ein, sie stießen an und tranken auf ex.

April schüttelte sich.

»Für jeden Tag, den Sie verstreichen lassen, müssen Sie einen Schnaps trinken«, sagte Hannah lächelnd.

»Ich gehe freiwillig!«, rief April lachend. Dann wurde sie wieder ernst. »Vielen Dank für Ihre Zeit und Ihr Verständnis.«

»Vielen Dank für Ihr Vertrauen«, erwiderte Hannah. »Darf ich?« Sie öffnete die Arme zur Umarmung.

April erwiderte sie mit Freuden. Sie drückten sich kurz, lösten sich dann voneinander. Sie nahm die CD und steckte sie in die Tasche zurück, schlüpfte in ihren Mantel.

Hannah brachte sie zur Tür. »Versprechen Sie mir, dass Sie mir das Ende auch noch erzählen?«

»Aber natürlich. Sie sind die Erste, die es erfahren wird«, sagte April. »Noch einmal vielen Dank und gute Nacht.«

»Gute Nacht. Schlafen Sie gut.«

April hatte befürchtet, mit Kopfschmerzen aufzuwachen, doch wider Erwarten hatte sie hervorragend geschlafen und fühlte sich munter und gewappnet für die Begegnung mit der Unbekannten. Das Gespräch mit Hannah hatte ihr eine große Last von den Schultern genommen.

Sie gab sich besondere Mühe mit ihrer Kleidung, zog sich zwei Mal um, wählte schließlich eine legere Hose und einen Cashmere-

Pullover, in dem sie sich wohlfühlte. Eine Rüstung wäre ihr noch lieber gewesen.

Sie ließ den morgendlichen Kaffee ausfallen und ging direkt zur Blumengasse Nummer 1, dem Eckhaus schräg gegenüber dem Café. Die Fenster des Ladens im Erdgeschoss waren mit Papier zugeklebt, ein Schild verriet »Provisionsfrei zu vermieten« und eine Handynummer.

April trat auf die erste Stufe des Hauseingangs und betrachtete das Klingelschild. »Brandinger« stand links in der zweiten Reihe von oben. Sie nahm all ihren Mut zusammen und drückte auf den Knopf. Keine Reaktion. Zur Sicherheit klingelte April noch einmal, doch wieder regte sich nichts.

»Ich Idiot«, murmelte April, als ihr einfiel, wie viel Uhr es war. Natürlich war diese Eva-Maria im Büro!

Sie trat auf die Straße zurück, überquerte sie und schaute zu dem Haus hinüber. Es war alt mit einer schönen Fassade, so wie die meisten Häuser in der Straße. Einen Hinweis auf seine Bewohner lieferte es nicht.

April ging die paar Schritte zum Café und nahm an einem der vorderen Tische Platz, da ihr Lieblingstisch besetzt war.

»Guten Morgen«, begrüßte Hannah sie. »Haben Sie gut geschlafen?«

»Ja, vielen Dank.« April erzählte von ihrem missglückten Versuch.

»Offen gestanden hätte ich auch nicht daran gedacht«, antwortete Hannah lachend. »Aber mir fiel gestern Abend noch etwas ein. Haben Sie sich mal die Schrift angesehen? Ist es die Ihres Mannes?«

April zog die CD aus der Tasche. »Ja, natürlich habe ich das getan. Ich bin mir bis heute nicht sicher. Es könnte von ihm geschrieben sein, auch wenn sich vor allem die beiden Initialen von seiner üblichen Schrift unterscheiden. Aber was heißt das schon?«

»Ich bin absolut kein romantischer Mensch«, sagte Hannah. »Aber ich glaube an die Liebe. Und ich glaube ganz fest, dass Sie

Ihren Scott gut genug kannten. Sie werden sehen, es löst sich alles auf.«

»Ich hoffe es sehr. Bringen Sie mir bitte einen Espresso, ein Glas Wasser und eines dieser köstlichen Sandwiches? Lachs und *cream cheese*, bitte. Ich brauche das heute.«

»Gerne, kommt sofort.«

Als Hannah die Sachen brachte, fragte April: »Was können Sie mir für heute empfehlen? Ich muss ja jetzt die Zeit bis heute Abend totschlagen und brauche etwas zur Ablenkung.«

Sie zählte auf, was sie bereits alles gesehen hatte.

»Wenn Sie an Technik interessiert sind, könnten Sie ins Deutsche Museum gehen«, schlug Hannah vor. »Allerdings ist es ziemlich altmodisch. Es soll endlich renoviert und erneuert werden, aber das wird wohl noch dauern. Oder Sie gehen in den Olympiapark. Das Wetter soll heute stabil und trocken bleiben. Gönnen Sie sich Kaffee und Kuchen oben auf dem Olympiaturm, da haben Sie einen tollen Blick über München, wenn Sie Glück haben, sogar bis zu den Alpen. Und anschließend gehen Sie noch in die BMW-Welt. Das ist interessant, auch für Leute, die keine Autonarren sind.«

»Wir haben einen BMW zu Hause«, warf April ein. »Das könnte wirklich etwas sein. Vielen Dank.«

»Ich wünsche Ihnen auf jeden Fall viel Spaß. Und – werden Sie es heute Abend noch einmal probieren?«

April nickte. »Ja. Und dann so lange, bis jemand da ist.«

»Gut.« Hannah drückte Aprils Arm. »Es wird alles gut, Sie werden sehen.«

Nach dem für ihre Verhältnisse üppigen Frühstück hatte April das Bedürfnis, sich zu bewegen. Sie fuhr mit der Straßenbahn zum Olympiapark, wo sie zunächst ziellos herumlief, bevor sie auf den Turm fuhr. Der Wettergott war ihr wohlgesonnen, denn der graue Himmel riss für ein paar Minuten auf und schenkte ihr einen Blick bis zu den Alpen.

Ihr Ausflug nach Toronto fiel ihr ein, wo sie auf den CN-Tower gefahren waren. Scott hatte sie festhalten müssen, denn der Blick nach unten hatten massive Schwindelgefühle in ihr ausgelöst.

Scott war immer an ihrer Seite gewesen, wenn es nötig war, er war ihre Stütze gewesen. War es wirklich möglich, dass er sie hintergangen hatte?

April wusste, sie musste loslassen. Nicht nur Scott, sondern auch die Suche nach dieser Frau. Nicht nur machte es sie krank, es wirkte sich vor allem auch negativ auf all ihre Beziehungen aus. Nikki, Melissa, alle hatten darunter zu leiden.

April war kein gläubiger Mensch, doch als in diesem Moment ein einzelner Sonnenstrahl eine Kirche in der Stadt beleuchtete, sah sie das als Fingerzeig Gottes.

»Es wird aufhören«, murmelte sie. »Es hört auf.«

Dennoch – sie würde ihr Versprechen halten und es heute Abend noch einmal versuchen.

Wie von Hannah empfohlen, ließ sie sich in der BMW-Welt über die neueste Fahrzeugtechnik informieren. Scott hätte es gefallen; er war kein Autonarr gewesen, aber er liebte seinen BMW. Nikki konnte nicht verstehen, warum sie das Auto behielt, das für sie allein viel zu groß war. Doch April wollte den Wagen nicht verkaufen – noch nicht. Auch das war ein Punkt, der nach ihrer Rückkehr gelöst werden musste. Genauso wie die Frage nach ihrer künftigen Bleibe. Melissas Vorschlag war es wert, überdacht zu werden.

Es dämmerte bereits, als sie Richtung U-Bahn lief, um zurück zum Hotel zu fahren. Als sie dort ankam, ging sie jedoch sofort zurück zur Blumengasse. Es war noch nicht einmal sechs Uhr, aber April hatte das Gefühl, dass jetzt der richtige Moment sein könnte.

Bevor sie es sich anders überlegen konnte, drückte sie auf die Klingel, und tatsächlich ertönte fast umgehend der Türöffner. Langsam stieg sie die Treppe hinauf. Im dritten Stock war eine Tür angelehnt.

April wollte auf das Türschild schauen, da wurde die Tür aufgerissen und eine junge Frau in einem Bademantel erschien.

»Sie sind heute aber ...«, begann sie, stockte dann, als sie April entdeckte. »Oh, Entschuldigung. Ich dachte, Sie sind der Pizzabote.«

»Miss Brandinger?«, sagte April auf Englisch, bevor sie die Tür schließen konnte.

»Yes?« Die Frau schaute sie neugierig, aber nicht unfreundlich an. »Wollten Sie zu mir?«

April nickte nur, da ihr die Worte fehlten. Die Frau war hübsch und schlank, hatte lange dunkle Haare und ein apartes Gesicht. Sicherlich würde jeder Mann sie attraktiv finden.

»Was kann ich für Sie tun?«

April räusperte sich. »Tut mir leid, ich bin etwas aufgeregt. Ich bin – mein Name ist April McRae«, sagte sie und beobachtete Eva-Maria Brandinger genau. Doch ihr Name löste keinerlei Reaktion aus.

»Ja? Und?« Frau Brandingers Stimme klang nun leicht gereizt.

»Es tut mir leid, wenn ich Sie so überfalle, aber ich habe eine Frage an Sie: Kennen oder vielmehr kannten Sie Scott McRae?«

Die junge Frau war überrascht, aber sie erweckte den Anschein, als dachte sie tatsächlich darüber nach. Schließlich schüttelte sie den Kopf. »Nein, tut mir leid, der Name sagt mir auf Anhieb nichts. Was ist mit ihm? Ich vermute, es ist Ihr Sohn?«

April spürte ihre Knie weich werden. Sie zeigte auf die Tür. »Kann ich kurz reinkommen?«

Frau Brandinger runzelte die Stirn, wechselte den Blick zwischen April und ihrer Wohnung, entschied dann, dass April ungefährlich aussah, und winkte sie hinein.

»Ich habe aber nicht viel Zeit, ich habe noch eine Verabredung. Daher auch die Pizza«, erklärte sie.

»Ich will Sie nicht lange aufhalten«, erwiderte April. »Hätten Sie vielleicht einen Schluck Wasser für mich?«

»Gehen wir in die Küche«, meinte Frau Brandinger und deutete auf die zweite Tür. »Nehmen Sie doch bitte Platz.« Sie zeigte auf einen Stuhl und ging zur Spüle, um ein Glas mit Wasser zu füllen. »Hier, bitte sehr.«

»Danke.« April trank gierig und verschluckte sich. Sie hustete und holte tief Luft, als der Anfall vorbei war.

»Entschuldigung. Normalerweise bin ich nicht so unhöflich«, sagte sie.

Frau Brandinger nahm das Glas und füllte es erneut.

»Ich will Sie nicht hetzen, aber wie gesagt, ich habe noch eine Verabredung und daher nicht viel Zeit.«

»Ja, ich weiß. Ich halte Sie nicht lange auf.« April holte die CD aus ihrer Tasche und legte sie kommentarlos auf den Tisch.

Eva-Maria Brandinger nahm sie neugierig, stutzte, als sie das Cover sah, drehte und wendete die Hülle, betrachtete die Widmung, legte die CD wieder auf den Tisch.

»Woher haben Sie die?«, fragte sie. Ihre Stimme klang rau.

April schluckte. Sie hatte Eve gefunden.

»Sie steckte in den Unterlagen meines Mannes.«

Eva-Maria Brandinger schaute sie fragend an. »Ich – ich verstehe nicht.«

»Diese CD war für Sie bestimmt, nicht wahr?«

»Ja, das ist richtig. Ich hatte sie mir gewünscht.«

»Gewünscht? Wofür? Für Liebesdienste?« April hörte, wie sich ihre Stimme fast überschlug.

Die junge Frau, die sich ebenfalls gesetzt hatte, sprang auf. »Was? Wie bitte? Wovon reden Sie? Wer sind Sie überhaupt?«

April hob die linke Hand, um Frau Brandinger zu besänftigen, mit der Rechten fuhr sie sich über die Augen. Das lief alles nicht wie geplant. »Entschuldigung, ich wollte Sie nicht angreifen. Aber es ist so schwer für mich. Bitte – geben Sie mir einen Moment.«

In diesem Augenblick klingelte es. »Perfektes Timing«, zischte Frau Brandinger auf Deutsch. Sie musterte April einen Moment lang und verließ die Küche. April hörte sie mit dem Pizzaboten reden.

Sie atmete tief durch, trank noch etwas Wasser, nahm sich vor, ruhig zu bleiben. Vorwürfe waren kontraproduktiv. Und ändern würden sie sowieso nichts mehr.

Die Frau kam zurück mit einer Pizzaschachtel und einem Salat in der Hand. Sie stellte beides achtlos auf die Spüle.

»Ich wollte Sie nicht am Essen hindern«, sagte April.

»Mir ist der Appetit vergangen«, knurrte die junge Frau und lehnte sich mit verschränkten Armen gegen den Küchenschrank. »Reden Sie.«

»Ich – ich bin April McRae. Scott McRae war mein Mann. Er starb vor einem Jahr an einem Herzinfarkt. Beim Aufräumen habe ich diese CD hier gefunden. Sie steckte in den Unterlagen zu einer geplanten Europareise. Jetzt bin ich auf der Suche nach dieser Eve.«

»Oh Gott, natürlich!«, rief Eva-Maria Brandinger und schlug sich an die Stirn. »Scott. Wie konnte ich das vergessen?« Sie kam zum Tisch, setzte sich und nahm Aprils Hände in ihre. »Es tut mir so leid.«

April war verwirrt. Woher dieser plötzliche Sinneswandel? »Ich – wie –?«

»Ich denke, Sie verstehen hier etwas völlig falsch«, sagte die Frau. Sie ließ ihre Hände los und nahm die CD. »Ich arbeite in einer Investmentfirma als persönliche Assistentin eines Geschäftsführers. Unter anderem organisiere ich Meetings und Reisen und bereite sie vor. Einmal im Jahr haben wir diese große Veranstaltung, wo sehr gute Geschäftspartner eingeladen werden, um einen Vortrag zu halten. Ich erinnere mich – im letzten Jahr sollte Ihr Mann einen halten.«

Sie stand auf, ging zum Kühlschrank, entnahm ihm eine Flasche Bier, hielt sie fragend hoch. April schüttelte den Kopf. Jetzt war sicher nicht der richtige Zeitpunkt, um bayerisches Bier auszuprobieren.

Frau Brandinger öffnete die Flasche, nahm einen langen Schluck, kam zum Tisch zurück. »Sorry, das brauche ich jetzt.«

»Kein Problem.«

»Normalerweise schicke ich eine Terminanfrage an den Kontakt in den USA oder Asien, er antwortet mir, ich buche das Hotel, das war's. Aber ein paar Tage, nachdem wir alles erledigt hatten, rief Ihr Mann mich an und bat mich um Hilfe. Er meinte, er wolle nach der Geschäftsreise noch ein paar Tage mit seiner Frau, also mit Ihnen, nach Wien und Budapest fahren. Und er wollte wissen, wie er am besten hinkäme. Ein paar Tage später schickte ich ihm die Infos. Wenn ich mich recht erinnere, schrieb ich ihm, dass er fliegen könne, dass es aber sicher reizvoller sei, mit dem Zug zu fahren. Er rief postwendend zurück und bat mich, ein Zugticket erster Klasse für zwei Personen nach Budapest zu buchen, mit Zwischenstopp in Wien. Ich weiß noch, dass er mir seine Kreditkartennummer gab und ich scherzte, dann könne ich jetzt ja shoppen gehen.«

Sie lächelte.

»Als ich ihm das Ticket per Mail schickte, fragte er mich, ob er mir als Dankeschön etwas mitbringen könnte. Ich sagte erst nein, denn dank Internet kann man nun fast alles kaufen, doch dann hatte ich diese Idee.«

Sie schüttelte den Kopf, als könne sie es selbst kaum glauben.

»Ich war vor einigen Jahren für längere Zeit in den Staaten und hörte diese Band.« Sie zeigte auf die CD. »Schräge Musik, ich weiß, aber mir gefiel sie. Sie waren damals noch nicht so bekannt, und durch einen witzigen Zufall lernte ich den Drummer kennen. Wir hatten eine kurze, aber heftige Affäre, dann musste ich zurück nach Deutschland. Wir schrieben uns noch ein paar Mails, doch der Kontakt schlief ein. Wie das eben so ist.«

Sie nahm wieder einen langen Schluck aus der Flasche. April, die bereits ahnte, welchem Irrtum sie aufgesessen war, wartete jetzt geduldig ab.

»Ich hab das Ihrem Mann gegenüber erwähnt. Nicht so detailliert natürlich …«, Frau Brandinger grinste, »… aber ich sagte ihm, dass man die CDs hier nur für teures Geld importieren kann und ich mich über eine freuen würde.«

Sie schwieg kurz, fuhr dann fort: »Ich erinnere mich noch an den Schock, den der plötzliche Tod Ihres Mannes in unserem Büro auslöste. Ich selbst habe ihn nie kennengelernt, aber unsere Chefs kannten und mochten ihn alle sehr. Wir haben Blumen geschickt – ich fürchte, nur in seine Firma, nicht zu Ihnen nach Hause. Es tut mir so leid. Es muss schrecklich sein, einen geliebten Menschen so plötzlich zu verlieren.«

April konnte die Tränen nicht mehr zurückhalten. Eva-Maria Brandinger stellte eine Box Kleenex auf den Tisch und zog sich leise zurück.

April versuchte, sich zu beruhigen und trocknete rasch ihre Tränen, sie wollte die junge Frau nicht noch länger aufhalten.

»Hallo?«, rief sie.

Die Frau kam zurück, inzwischen angezogen.

»Geht es wieder?«

»Tut mir leid, aber es ist immer wieder ein Schock für mich.«

»Das kann ich gut verstehen. Mir tut es leid, dass diese dumme CD Sie so lange hat glauben lassen, da könnte etwas gewesen sein … Wie gesagt – ich habe Ihren Mann nicht einmal gekannt.«

April erhob sich. Sie nahm die CD und wollte sie in ihre Tasche stecken, dann stockte sie. »Ach was, die gehört ja Ihnen.« Sie hielt sie der Frau entgegen, nahm sie dann aber noch einmal zurück.

»Ich verstehe aber immer noch nicht, warum mein Mann die CD signiert hat. Und dann auch noch mit dieser Widmung.«

Frau Brandinger nahm die CD und schaute sich die Widmung noch einmal genau an. »Wieso Ihr Mann?«, fragte sie, dann lachte sie plötzlich. »Du lieber Himmel! Es gibt aber auch dämliche Zufälle.«

April schaute sie verwundert an.

Die Frau hielt ihr die CD hin. »S.M. heißt nicht Scott McRae, sondern Sascha Mulligan. Das ist der Drummer.«

»Aber es gibt in der Band keinen Sascha«, murmelte April verwirrt.

»Er heißt eigentlich Alexander, aber alle nennen ihn Sascha«, erklärte Frau Brandinger. »Ich glaube, auf den neueren CDs steht das auch so drauf. Es hat sich erst so allmählich durchgesetzt.«

Sie ließ sich auf den Stuhl fallen.

»Was ist?«, wollte April wissen.

»Mir wird gerade bewusst, dass Ihr Mann irgendjemanden von der Band getroffen haben muss. Denn wie sonst sollte die Widmung auf die CD kommen?«

»Ich kann Ihnen leider gar nichts dazu sagen«, erwiderte April. »Ich werde aber meine Tochter fragen. Vielleicht weiß sie etwas.«

Frau Brandingers Handy summte, was April zum Anlass nahm, sich zu verabschieden. »Es tut mir so leid, dass ich Ihnen unterstellt habe, eine Affäre mit meinem Mann gehabt zu haben«, sagte sie. »Wenn ich irgendetwas tun kann, um das wieder gutzumachen …«

Frau Brandinger, die den Anrufer mit einem kurzen »Ich ruf gleich zurück« abgewiegelt hatte, sagte: »Sie haben schon etwas für mich getan.« Sie hielt die CD hoch. »Ich werde versuchen, mit Sascha Kontakt aufzunehmen.«

Sie verabschiedeten sich mit einer kurzen Umarmung und wünschten sich alles Gute.

April war versucht, zu Hannah zu gehen, doch sie musste jetzt erst einmal allein sein. Sie ging zurück ins Hotel, mit einen kleinen Umweg über die Tankstelle, wo sie sich ein Sandwich und eine Flasche Bier kaufte.

Das also war die Überraschung gewesen, die Scott für ihren Hochzeitstag geplant hatte. Und sie hatte ihn tagelang angegriffen, weil seine Reise diesmal über den Hochzeitstag hinweg andauern würde.

»Ich mache es wieder gut, glaube mir«, hatte er wieder und wieder versichert, aber sie hatte ihm nicht vertraut.

April hielt es nicht lange in ihrem Hotelzimmer aus. Nebenan lief laute Musik, Gläser klirrten, Stimmen und Gelächter waren zu hören. Sie hatte normalerweise nichts dagegen, schlief sowieso mit Oropax, doch heute war sie nicht in der Verfassung dafür.

Es war kurz vor acht, das Café würde in Kürze schließen. Konnte sie es wagen? Sie hatte Hannah versprochen, sie über das Ergebnis zu informieren.

Das Café war bereits leer, Hannah hantierte zusammen mit Edeltraut in der Küche.

»Hallo?«, rief April, um auf sich aufmerksam zu machen.

Hannah schaute heraus, winkte ihr zu und sagte etwas zu Edeltraut, die daraufhin die Küche verließ, April einen schönen Abend wünschte und sich auf den Heimweg machte.

Hannah sperrte ab und deutete auf den Tisch vom Vortag. April nahm Platz und war froh, dass Hannah nur Wasser und Saft brachte.

»Erzählen Sie.«

April berichtete von ihrer Begegnung mit Eva-Maria.

»Es hat sich also alles aufgeklärt«, sagte Hannah zufrieden, als sie geendet hatte.

»Ja«, erwiderte April zögernd.

»Höre ich da einen gewissen Unterton?«

»Wir haben gestritten. Also Scott und ich. Er hatte die Reise so gelegt, dass er an unserem siebenundzwanzigsten Hochzeitstag nicht da gewesen wäre. Und ich war sauer deswegen.«

»Was verständlich ist.«

»Ja, aber er sagte mir immer wieder, er werde es wiedergutmachen«, warf April ein. »Ich habe immer wieder darauf herumgehackt. Es war kein heftiger Streit, Scott war sowieso nicht der Mensch, mit dem man lang hätte streiten können. Im Zweifelsfall gab er nach. Als ich sah, wie wichtig ihm diese Reise war – er hatte die Möglichkeit, mehrere Vorträge zu halten und damit seine Firma bekannter zu machen – habe ich nachgegeben. Aber es war nur nach außen hin. Innerlich war ich immer noch wütend auf ihn. Und nun muss ich erfahren, dass er einen Trip nach Wien und Budapest geplant hatte. Wie kann ich mir das jemals verzeihen?«

»Es gibt keinen Grund, sich Vorwürfe zu machen«, sagte Hannah leise. »Ich bin sicher, Ihr Mann hat Sie gut genug gekannt, um zu wissen, wie Sie reagieren würden. Für das Überraschungsmoment hat er in Kauf genommen, dass Sie ein bisschen sauer auf ihn waren. Er wusste bestimmt, wie Sie sich fühlten.«

April schaute überrascht hoch. »Glauben Sie wirklich?«

Hannah nickte. »Ja, ich bin felsenfest davon überzeugt.« Sie nahm Aprils linke Hand in ihre. »Machen Sie sich keine Vorwürfe mehr, sondern erinnern Sie sich an die schönen Momente, die Sie mit Ihrem Mann erlebt haben. Und das waren sehr viele, oder?«

April lächelte. »Oh ja. Es gibt viele wunderbare Erinnerungen.« Sie sprang auf. »Heute muss ich Sie umarmen. Sie haben mir so sehr geholfen.«

Hannah wehrte ab. »Ich habe doch nichts getan. Nur ein bisschen zugehört.«

»Aber das ist oft mehr als alles andere«, erwiderte April und umarmte die neue Freundin.

Hubertus von Waldhausen

Künstlerseele

»Nimm deine Haxen da runter!« Wütend schlug Hubertus von Waldhausen dem Bengel auf die Beine. Der fuhr hoch und schaute ihn sprachlos an.

»He, Sie können doch nicht einfach den Jungen schlagen«, empörte sich eine ältere Frau.

»Soll er sich halt anständig hinsetzen und nicht alles verdrecken«, blaffte Waldhausen zurück.

Die Frau beugte sich vor und beäugte den Sitz, auf dem der Junge seine Füße abgestellt hatte. »Man sieht doch gar nichts.« Sie kramte in ihrer riesigen Tasche herum und holte ein zerknautschtes Päckchen Papiertaschentücher heraus. »Hier, damit können Sie den Sitz saubermachen«, sagte sie in verächtlichem Ton.

Waldhausen schnaubte kurz und ging weiter. Es waren sowieso nur noch zwei Stationen, bis er aussteigen musste, da lohnte sich das Hinsetzen gar nicht mehr.

Auf dem Heimweg grantelte er vor sich hin und rempelte dabei eine junge Frau an, die Mühe hatte, mit ihrem Kinderwagen auf dem zugeparkten Gehsteig voranzukommen.

»Vielen Dank auch«, schimpfte die Frau. »Kavaliere gibt es auch keine mehr.«

»Blöde Ziege«, murmelte Waldhausen und suchte nach seinem Schlüssel. Verdammt, er hatte ihn doch wie immer in die linke Manteltasche gesteckt. Da war nur kein Schlüssel. Alles, was er fand, war ein zerknülltes Taschentuch – und ein großes Loch. Er hatte doch nicht etwas seine Hausschlüssel verloren?

Er suchte in den anderen Taschen, in der Hoffnung, den Schlüssel ausnahmsweise dort hineingesteckt zu haben, ohne Erfolg.

Die Haustür wurde aufgerissen und Hannah Jensen stand vor ihm.

»Oh, hallo, Herr von Waldhausen«, rief sie fröhlich. »Wie ist das werte Wohlbefinden?«

»Bestens«, knurrte er und drängte sich an ihr vorbei ins Haus.

»Ich wünsche Ihnen einen schönen Tag«, schallte es ihm hinterher.

»Ja, ja, dir auch«, brummte er und stieg die Treppe zu seiner Wohnung hinauf. Im zweiten Stock musste er eine kurze Pause einlegen, da ihm die Luft ausging. Er sollte mit dem Rauchen aufhören. Und abnehmen. Und mehr Sport machen. Überhaupt Sport machen. Oder gleich umziehen. Lange konnte er sich die große Wohnung sowieso nicht mehr leisten.

Waldhausen schleppte sich die letzten beiden Treppen hinauf und blieb schwer schnaufend vor seiner Wohnungstür stehen. Und wie sollte er jetzt hineinkommen, ohne Schlüssel?

Im Geiste ging er alle Wege durch, die er heute Morgen gegangen war. Er war auf direktem Weg zur Galerie gefahren, der Schlüssel konnte also nur auf dem Weg zur U-Bahn oder zur Galerie verloren gegangen sein.

Schweiß brach ihm aus. Hatte er den Schlüssel überhaupt mitgenommen? Waldhausen versuchte sich zu erinnern, doch ihm wollte beim besten Willen nicht einfallen, ob er die Tür abgeschlossen hatte oder nicht. War er bereits so verkalkt? Konnte man mit achtundsechzig schon Alzheimer bekommen?

»Jetzt mach aber mal halblang«, schimpfte er mit sich selbst. »Du bist immer noch im Vollbesitz deiner geistigen Kräfte.«

Erneut durchsuchte er die linke Manteltasche. Das Loch war inzwischen so groß, dass er fast seine Hand durchstecken konnte. Kein Wunder, dass der Schlüssel durchgerutscht war.

Und jetzt? Blieb nur der Schlüsseldienst, den er sich definitiv nicht leisten konnte. Früher hätte man mit einfachem Werkzeug etwas bewerkstelligen können, aber mit den modernen Sicherheitsschlössern?

Waldhausen seufzte. Ihm war klar, dass er einen der Nachbarn um Hilfe bitten musste. Das war also einer dieser Momente, wo er bereute, kein Handy zu besitzen. Renate hatte ihm prophezeit, dass es einmal so kommen würde. Waldhausen fluchte. Musste seine Tochter immer recht haben?

»Du brauchst ein Handy. Ich kaufe dir eines, mit dem du nur telefonieren kannst, das kostet heutzutage praktisch nichts.«

Natürlich hatte er abgelehnt. Wie er fast alle Hilfsangebote Renates bisher abgelehnt hatte. Nun war sie seit fünf Wochen im Ausland und er musste erkennen, dass er ohne ihre Unterstützung hilflos war.

Im zweiten Stock ging eine Tür. Vorsichtig trat Waldhausen zum Geländer und schaute nach unten. Diese völlig verplante Frau Hauser verließ wie jeden Vormittag das Haus. Er hätte zu gern gewusst, wo sie hinging. Er konnte sich nicht vorstellen, dass sie einen Beruf ausübte, so abwesend, wie sie meistens wirkte.

Atemlos wartete er, bis die Haustür zufiel. Dann setzte er sich auf die oberste Stufe der Treppe und dachte nach. Er musste irgendwie in seine Wohnung kommen.

Bevor Renate bei ihm eingezogen war, hatte er oberhalb der Tür, hinter der Zierleiste, einen Ersatzschlüssel versteckt. Sie hatte ihn gefragt, ob er nicht gleich einen Pfeil anbringen wolle mit der Aufschrift: Hier steckt der Schlüssel. Jetzt lag er in der Wohnung, wo er ihm nichts nützte.

Er hatte die ganze Aufregung nicht verstanden. Was sollte es bei ihm schon zu klauen geben? Er besaß nicht einmal einen Computer. Den Schmuck hatte damals Luise mitgenommen, Bargeld hatte er so gut wie nie zu Hause. Seine Schätze waren gut gesichert – und teuer versichert – in seinem Atelier.

Waldhausen erhob sich. Seine Grübeleien halfen ihm nicht weiter. In der Wohnung hing der Schlüssel für das Atelier. Nur noch vier Tage bis zur Vernissage und er musste noch zwei Bilder fertigstellen. Trödelei war nicht vorgesehen.

Er stieg die Treppe wieder hinunter, blieb vor jeder Tür stehen. Würde Tobias Meier ihm helfen? Vermutlich nicht, der Typ war noch eigenbrötlerischer als er selbst. Und das wollte etwas heißen!

Den Mieter gegenüber hatte er noch nie gesehen, nur manchmal drang leise Musik zu ihm nach oben. Er hätte nicht einmal sagen können, ob es ein Mann oder eine Frau war. Früher war das besser gewesen. Früher hatten die Leute noch Anstand und stellten sich vor, wenn sie neu in ein Haus zogen. Heutzutage kümmerte sich keiner mehr um den anderen, alles blieb anonym.

Waldhausen schnaubte. Da ging er selbst mit bestem Beispiel voran.

In der zweiten Etage war es nicht besser. Bei Hausers war niemand zu Hause, bei Leupolds wollte er nicht klingeln. Sandra war nicht gut auf ihn zu sprechen und er konnte es ihr nicht einmal verübeln. Man beschwerte sich nun mal nicht über Kindergeschrei, schon gar nicht, wenn man in der eigenen Wohnung nichts davon mitbekommen konnte.

Die alte Frau Huber im ersten Stock würde gar nicht erst öffnen, sie hatte viel zu viel Panik vor Einbrechern und Trickbetrügern.

Blieb noch Frau Jensen. Sie war vermutlich unten im Café.

Waldhausen zögerte. Hannah Jensen war die einzige Person im Haus, der er vertraute, obwohl er sie so gut wie nicht kannte. Sie hatte Wort gehalten, was die Lärmbelästigung anging. Das Café hatte bis acht Uhr abends geöffnet, danach war Ruhe. Und er bekam oben bei sich sowieso kaum etwas mit.

Auch imponierte ihm, dass sie sich von ihm nicht einschüchtern ließ. Egal wie grantig er ihr gegenüber war, sie blieb stets freundlich.

»Na dann«, sagte er, stieg die letzte Treppe hinunter, verließ das Haus und betrat das Café. Bisher war er nur einmal drin gewesen, als es darum ging, seine Bilder aufzuhängen.

Überrascht sah er, dass das Café voll war. Es war eine Mischung aus Jung und Alt, die sich unterhielt, lachte, telefonierte oder in einen Laptop starrte. Der Lärmpegel war immens. Waldhausen wäre am liebsten sofort wieder gegangen, doch er brauchte nun mal Frau Jensens Hilfe.

Sie stand hinter der Theke und bediente die riesige Kaffeemaschine, die mit ihrem Gegurgel und Gesprotze noch zusätzlich zum Getöse beitrug.

Er fühlte sich hilflos. Sollte er sich setzen und etwas bestellen? Aber es gab keinen freien Tisch und er würde sich keinesfalls zu jemandem dazusetzen.

»Kann ich Ihnen helfen?«, fragte eine freundliche Stimme. Die ältere Dame, die seit neuestem hier arbeitete, stand vor ihm.

»Ähm, nein, ja, doch«, stammelte Waldhausen. »Ich müsste Frau Jensen kurz sprechen.«

Die Frau runzelte die Stirn und sah sich demonstrativ um. »Sie sehen doch, was hier los ist«, sagte sie tadelnd.

»Es, es ist ein Notfall«, erwiderte Waldhausen und fühlte, wie ihm der Schweiß ausbrach. »Sagen Sie ihr das. Ein Notfall.«

Die Frau musterte ihn, zuckte dann mit den Achseln und ließ ihn stehen. Doch sie sprach mit Frau Jensen und zeigte dabei diskret auf ihn.

Hannah Jensen nickte ihm zu, lächelte und hielt zwei Finger hoch. Sollte das heißen, sie sei in zwei Minuten bei ihm?

Waldhausen schwitzte heftig, wagte jedoch nicht, seinen Mantel auszuziehen. Er beschloss, draußen zu warten, und verließ das Café. Für Anfang November war es ziemlich warm, doch offensichtlich nicht warm genug, um draußen zu sitzen. Ein einsamer Raucher saß geduckt und in seine Daunenjacke gehüllt an einem der Tische vor dem Café und tippte hektisch auf seinem Handy herum.

Vielleicht sollte er auf Renates Rat hören und sich so ein Ding anschaffen. In letzter Zeit hatte es zu viele Vorfälle gegeben, wo ihm ein Handy geholfen hätte. Wie heute …

»Was kann ich für Sie tun?« Hannah Jensen stand vor ihm.

»Ich …«, begann er und fühlte sich in Gegenwart dieser Frau plötzlich wie ein Schuljunge, der etwas ausgefressen hatte. »Ich habe mich ausgesperrt.« War das weniger peinlich als den Schlüssel zu verlieren? Egal, er musste in seine Wohnung, gleichgültig wie.

»Wie kann ich da helfen?«, fragte Frau Jensen. Sie klang nicht unfreundlich, aber ungeduldig.

Waldhausen scharrte mit den Füßen, druckste herum, sagte schließlich: »Können Sie mir einen Schlüsseldienst rufen? Ich habe kein Handy.«

Er wartete auf eine dumme Bemerkung, aber es gab keine. Nur die Frage: »Sind Sie sicher? Der kostet ein Vermögen.«

»Ich weiß, aber es hilft ja nichts, oder?« Warum klang seine Stimme schon wieder so pampig?

»Nein, natürlich nicht. Und Sie haben nirgends einen Ersatzschlüssel?«

Waldhausen schüttelte den Kopf. Einer Eingebung folgend sagte er: »Ich habe meinen Schlüssel verloren, irgendwann im Laufe des Vormittags.«

»Oh«, machte Hannah Jensen. »Haben Sie schon alles abgesucht?«

Was denken Sie denn?, wollte er rufen, hielt sich aber zurück. Immerhin war diese Frau bereit, ihm zu helfen.

»Ja«, sagte er einfach. Und fügte zu seiner eigenen Überraschung hinzu: »Da ist dieses Loch in der Manteltasche …«

Wieder erwartete er eine Bemerkung, wieder kam nichts. Nur: »Warten Sie einen Augenblick, ich bin sofort wieder da.«

Mit diesen Worten ging Frau Jensen zurück ins Café, kam jedoch tatsächlich nach wenigen Augenblicken wieder.

»Viel Zeit habe ich nicht, Sie haben ja gesehen, was los ist.« Sie ging zur Haustür, sperrte auf und schaute ihn erwartungsvoll an. »Was ist? Kommen Sie?«

Waldhausen wusste nicht, was sie vorhatte, folgte ihr aber. Sie ging zur Treppe, ging aber nicht hinauf. Stattdessen hielt sie ihm die Hand entgegen und sagte: »Lassen Sie mal sehen.«

Gehorsam zog er den Mantel aus und reichte ihn ihr. In letzter Sekunde dachte er daran, das Taschentuch herauszunehmen. Wenigstens musste er sich nicht wegen seiner Kleidung darunter schämen. Dank des Termins in der Galerie trug er seinen besten Anzug.

»Links, sagten Sie?«

Er nickte.

Hannah Jensen fuhr mit der Hand in die Manteltasche und stülpte die Tasche nach außen. »Hmm, ganz schön groß, kein Wunder, dass der Schlüssel durchgerutscht ist.«

Sie tastete den Mantel ab, schüttelte ihn und lauschte. »Hören Sie das?« Sie schüttelte den Mantel erneut und schaute ihn fragend an. Leises Geklimper war zu hören, wie wenn Metall auf Metall stößt. Oder wie Schlüssel, die aneinanderstoßen.

»Was heißt das?«, fragte Waldhausen.

»Der Schlüssel steckt irgendwo im Futter«, erwiderte sie. Sie strich mit der linken Hand unten am Mantelrand entlang und rief schließlich: »Da ist er ja, der Ausreißer.«

Erneut griff sie in die Tasche, langte durch das Loch tief in den Mantel hinein und zog ihn gleich darauf triumphierend heraus. »Bitte schön.«

Waldhausen nahm ihn dankbar und wollte auch den Mantel nehmen.

»Lassen Sie mal. Ich nähe Ihnen das Loch zu, damit Sie Ihren Schlüssel wieder sicher verwahren können.«

»Das ist doch nicht nötig«, wehrte Waldhausen ab, obwohl er von einem ihm völlig unbekannten Gefühl der Dankbarkeit durchflutet wurde.

»Keine Widerrede«, sagte Hannah Jensen. »Wann brauchen Sie ihn wieder?«

»Ich habe noch einen anderen Mantel«, erwiderte Waldhausen.

»Gut, ich bringe ihn Ihnen heute Abend vorbei. In Ordnung? Jetzt muss ich aber wieder zurück, ich kann Edeltraut nicht so lang allein lassen.«

Waldhausen blieb nichts anderes übrig, als sich einverstanden zu erklären. Die Energie dieser Frau machte ihn beinahe willenlos.

»Ich komme gegen einundzwanzig Uhr zu Ihnen«, sagte sie. »Übrigens: Sie können jederzeit gerne einen Zweitschlüssel bei mir im Café deponieren. Ich habe einen kleinen Safe, da ist er sicher aufgehoben. Nur für den Fall …« Sie wartete keine Antwort ab, sondern winkte ihm kurz zu und öffnete die Tür, die ins Café führte. »Bis heute Abend.«

Verwirrt blieb Waldhausen im Treppenhaus stehen. War er gerade in einen Wirbelsturm geraten?

Langsam stieg er hinauf zu seiner Wohnung, sperrte auf und genehmigte sich als Erstes einen großen Cognac.

Seit zwei Stunden stand er nun schon im Atelier, aber er konnte sich nicht auf das Bild konzentrieren. Immer wieder ging ihm die Szene im Treppenhaus durch den Kopf. War Hannah Jensen generell so hilfsbereit oder nur ihm gegenüber? Und warum war sie überhaupt so nett zu ihm? Bei fast allen, nein, bei *allen* Gelegenheiten hatte er sie nur angeblafft.

»Konzentrier dich«, befahl Waldhausen sich, doch er wusste, dass er sich das nicht befehlen konnte. Entweder klappte es mit dem Malen oder nicht.

Plötzlich kam ihm eine Idee. Er stellte das fast fertige Bild zur Seite, nahm stattdessen den Skizzenblock, tauschte den Pinsel mit einem dicken Bleistift und begann zu zeichnen. Er schloss die Augen, um sie sich besser vorstellen zu können: das rundliche Gesicht, umrahmt von den rötlichen Locken; die etwas schief geratene Nase, die ihr ein verwegenes Aussehen gab; die grünen Augen, die sicher herrlich blitzen konnten, wenn sie wütend war.

Die ersten Fassungen kamen nicht annähernd an die Wirklichkeit heran, er zerriss Blatt um Blatt. Doch schließlich hatte er einen Entwurf, der vor seinem kritischen Auge bestehen konnte.

»Gut«, murmelte er und legte die Skizze zur Seite.

Er hatte gerade das Bild wieder auf die Staffelei gestellt, als es an der Tür klopfte. Er schaute auf die Uhr. Kurz nach fünf, das musste Heiner sein.

Er ging zur Tür und öffnete sie.

»Hallo, Hubertus, bist du fertig?« Heiner sah ihn erwartungsvoll an.

»Nicht ganz«, log Waldhausen und bat den Galeristen herein. »Ein paar Pinselstriche brauche ich schon noch. Du weißt ja, Künstler sind nie fertig.«

»Ja, ja«, gab Heiner zurück und ging zielstrebig auf die Staffelei zu. »Lass sehen.«

Er trat einen Schritt zurück, kniff die Augen zusammen, ging nach vorne und hielt die Nase dicht an die Leinwand.

»Vorsicht!«, rief Waldhausen. »Die Farbe könnte noch feucht sein.« Vielleicht bekam er ja doch noch eine Gnadenfrist.

Heiner ließ sich nicht beeindrucken, nahm aber zumindest den Kopf zurück. »Sicherlich nicht dein Meisterwerk, aber akzeptabel«, sagte er schließlich.

Waldhausen hasste ihn für seine Offenheit, doch er biss die Zähne zusammen. Er brauchte das Wohlwollen des Galeristen, er brauchte dringend Geld. Und das konnte er nur durch den Verkauf einiger Bilder bekommen.

»Was ist das?«

Verdammt, Heiner hatte Hannahs Portrait entdeckt.

»Das ist nur eine Studie«, sagte er und versuchte, Heiner das Bild zu entreißen. Doch der schien sehr angetan davon.

»Eine neue Freundin?«, fragte er ohne süffisanten Unterton.

»Eine flüchtige Bekannte«, erwiderte Waldhausen lahm.

»Dafür ist sie aber gut getroffen.«

»Du kennst sie doch gar nicht.« Waldhausen hörte leichte Panik in seiner Stimme.

»Stimmt«, gab der Galerist vergnügt zu. »Aber sie wirkt so lebendig, als stünde sie hier vor mir. Das hängen wir auf.«

»Kommt überhaupt nicht in Frage!« Waldhausen schrie beinahe.

»Es wird sich mit Sicherheit schnell verkaufen.« Heiner sah ihn mit zugekniffenen Augen an. »Und das ist es doch, was du brauchst, nicht wahr?«

Waldhausen nickte ergeben. Heiner und er kannten sich schon so lange, es hatte keinen Sinn, ihm etwas vorzumachen. »Ich bin pleite«, gab er zu.

Heiner hielt die Skizze von sich weg, kniff ein Auge zu, wiegte den Kopf hin und her, kniff das andere Auge zu, sagte schließlich: »Mach eine Serie daraus. Mindestens zehn Stück. Bleistift reicht völlig, wir verkaufen das als neuen Stil bei dir. Und das hier noch mal in Farbe.« Er wandte sich ihm zu. »Schaffst du das? Du hast noch zwei Tage.«

Waldhausen wusste, dass er es schaffen würde, dennoch zögerte er. Hatte er das Recht, Hannah Jensen als Modell zu missbrauchen?

»Als Serie kriegen wir dafür mindestens zehn, wenn nicht mehr. Und das Farbige bringt noch mal drei bis fünf«, sagte Heiner in einem Ton, als denke er nur laut.

Waldhausen wusste, die Zahlen waren für ihn bestimmt. Nach Abzug der Provision für Heiner würden immer noch fast zehntausend Euro für ihn übrigbelieben. Das würde ihn über die nächsten Monate retten. Und vielleicht schaffte er es dann endlich, die restlichen Bilder fertigzumalen.

»Ich versuche es«, gab er nach. »Aber ich verspreche nichts«, fügte er noch hinzu.

»Ja, ja, natürlich, wie immer. Darin seid ihr Künstler alle gleich.« Heiner zog eine Schnute, aber seine Augen blitzten vor Vergnügen. Offensichtlich zählte er im Geiste schon die Einnahmen. »Und lad sie ein«, sagte er und deutete auf das Bild. »Das wird spannend.«

Waldhausen wollte »Ich denk ja nicht dran« rufen, doch er schwieg und nickte nur. Für kein Geld der Welt würde er Frau Jensen zur Vernissage einladen. Wenigstens diese Blamage wollte er sich ersparen.

»Gut«, sagte Heiner und legte die Skizze endlich wieder auf den Tisch. »Ich komme morgen wieder und schaue, was du anzubieten hast. Notfalls müssen wir halt das andere Zeug ausstellen.« Sein Ton ließ keinen Zweifel daran, was er davon hielt.

»Ich bin doch keine Maschine«, protestierte Waldhausen, aber Heiner war schon draußen.

»Du schaffst das!«, rief er ihm zu. »Ich glaub an dich.« Er warf die Tür zu, dass das ganze Atelier bebte.

»Du mich auch«, brummte Waldhausen und schaute zu der Skizze. Natürlich hatte Heiner recht. Sie wirkte so lebendig, als wolle sich der Mund im nächsten Augenblick zu einem Lachen öffnen.

Wäre das nicht schon eine zweite Skizze?

Waldhausen nahm ein neues Blatt Papier und begann erneut zu zeichnen. Er vergaß Zeit und Raum und arbeitete wie ein Verrückter.

Als es erneut an der Tür klopfte, erschrak er. Wo war er? Ah, in seinem Atelier. Der Boden war übersät mit zerknülltem Papier, aber auf dem Tisch lagen drei fertige Portraits von Hannah Jensen.

Seufzend ging er zur Tür. Draußen stand zu seinem großen Entsetzen Frau Jensen mit einem Mantel über dem Arm. Er versuchte sich zu erinnern, ob sie verabredet waren.

»Guten Abend«, sagte sie und lächelte freundlich. »Ich habe oben geklingelt, aber Sie waren nicht da. Ich dachte schon, Sie hätten unsere kleine Verabredung vergessen, aber dann sah ich das Licht hier unten.«

»Ja, nein, also nein, ich habe es nicht vergessen«, stotterte Waldhausen. »Oder doch, tut mir leid. Wenn ich am Malen bin, vergesse ich manchmal die Zeit.«

»Ist doch kein Problem«, erwiderte sie und versuchte, einen Blick ins Innere zu erhaschen.

Waldhausen versperrte ihr den Blick. »Ich bin sowieso gerade fertig«, sagte er. »Geben Sie mir eine Minute, dann können wir gehen.«

Hannah Jensen schaute ihn fragend an. Sein Blick fiel auf den Mantel. Irgendetwas war damit, aber er wusste beim besten Willen nicht, was. »Tut mir leid, ich habe wohl auch vergessen, weshalb wir verabredet waren«, sagte er hilflos.

»Ich wollte Ihnen Ihren Mantel wiederbringen«, antwortete sie und hielt ihm das Kleidungsstück entgegen.

»Ach ja, richtig.« Waldhausen nahm den Mantel. Jetzt erinnerte er sich wieder an den Vorfall am Vormittag. »Vielen Dank.« Plötzlich fühlte er sich schwach. Seine Knie zitterten, er schwankte.

Frau Jensen ergriff seinen Arm. »Alles in Ordnung mit Ihnen?«, fragte sie besorgt.

»Ja, ja, alles gut, danke«, versicherte er, obwohl nichts gut war. Was war nur los mit ihm? Bisher hatte er sich bester Gesundheit erfreut – und jetzt plötzlich Vergesslichkeit, Schwindelgefühl …

Frau Jensen schaute ihn aufmerksam an und ließ auch seinen Arm nicht los. »Seit wann sind Sie hier unten?«, wollte sie wissen.

Er überlegte. »Ich … seit … keine Ahnung. Seit Mittag?«

»Haben Sie etwas gegessen und getrunken?«

Hatte er etwas gegessen oder getrunken? Waldhausen wandte den Kopf, um das Atelier daraufhin zu überprüfen, doch ihm wurde so schwindlig, dass er in die Knie ging.

»Setzen Sie sich.« Frau Jensen, nahm ihm den Mantel ab, warf ihn hinter Hubertus' Rücken und sagte: »Legen Sie sich hin. Vorsichtig.«

»Es geht mir gut«, versicherte Waldhausen mit schwacher Stimme.

»Ja, natürlich.« Sie glaubte ihm kein Wort. »Sie warten hier, rühren sich nicht vom Fleck, ich bin sofort wieder da. Verstanden?«

Er nickte. Widerrede hätte sie sowieso nicht akzeptiert.

Er musste eingenickt sein, denn er schreckte hoch, als sie seinen Namen rief.

»Herr von Waldhausen? Ich bin's, Hannah Jensen.« Ihre Stimme klang erst wie von weit her, wurde dann immer deutlicher. »Ich habe Ihnen etwas zu essen und zu trinken gebracht. Können Sie sich aufsetzen?«

Es gelang ihm mit ihrer Unterstützung. Sie reichte ihm eine Tasse mit sehr süßem, warmem Tee. Er schmeckte nicht besonders gut, doch Waldhausen trank folgsam alles leer. Dann gab sie ihm ein Sandwich, das ausgesprochen köstlich schmeckte. Als er aufgegessen hatte, reichte sie ihm eine Serviette und eine Flasche Wasser.

»Sie müssen mehr trinken«, sagte sie mit tadelndem Unterton.

»Ja, ich weiß, ich vergesse es ab und zu.« Er fühlte sich seltsam geborgen mit ihr neben sich. Ein Gefühl, das er schon lange nicht mehr gehabt hatte.

»Danke, Sie haben mir sehr geholfen«, sagte er. »Schon wieder.« Er zeigte auf den Mantel.

»Ach was, das war doch nichts. Kleine Hilfe unter Nachbarn, nicht wahr?« Sie lachte und erhob sich.

Waldhausen stand ebenfalls auf und war dankbar, dass sie ihm nicht dabei half. Er wäre sich wie ein alter Mann vorgekommen.

Er kämpfte mit sich. Konnte er es wagen? Wer nichts wagt, der nichts gewinnt. Ja, ja die alten, blöden Sprüche. Also los …

»Kann … darf ich Sie auf einen Drink einladen?«

Hannah Jensen zögerte, was er als gutes Omen sah. Doch dann schüttelte sie bedauernd den Kopf. »Tut mir leid, ich würde wirklich gerne. Aber ich muss noch die Bestellungen durchgehen und mich um die Buchhaltung kümmern. Gerade Letzteres schiebe ich seit Tagen vor mir her. Irgendwann steht das Finanzamt vor der Tür.«

»Schade«, murmelte er und gab sich keine Mühe, seine Enttäuschung zu verbergen. Es schien zu wirken, denn sie legte eine Hand auf seinen Arm.

»Wir können es gerne verschieben«, schlug sie vor. »Nicht gerade auf morgen oder übermorgen, aber vielleicht nächste Woche?«

Er nickte nur.

»Gut«. Es klang, als würde sie sich tatsächlich freuen. Vielleicht war sie aber auch nur freundlich zu ihm, wie sie es zu allen Menschen zu sein schien.

»Haben Sie nie schlechte Laune?«, fragte er.

»Was?« Sie lachte. »Oh doch. Fragen Sie mal meine Nichte, die wohnt gerade bei mir. Die könnte Ihnen einiges darüber erzählen. Vor allem morgens, vor dem ersten Kaffee ... Na, aber ich verrate hier Dinge, die Sie gar nichts angehen.« Wieder lachte sie. »Im Ernst: Was bringt es, schlecht gelaunt zu sein? Man vermiest sich und anderen nur den Tag. Außerdem habe ich jetzt ein Café, da würde ich meine Gäste sehr schnell vergraulen, wenn ich schlecht drauf wäre.«

Natürlich war das ein Wink mit dem Zaunpfahl für ihn. »Ich werde mich künftig bemühen«, sagte er leise. Für sie wäre es das wert.

»Ach, Sie meine ich doch gar nicht. Sie sind Künstler, Sie dürfen doch alles, sogar immer miesepetrig sein.« Sie kam ganz nah zu ihm, so dass er ihr Parfüm riechen konnte. Sie legte zwei Finger auf seine Brust und sagte leise: »Aber ich bin fest davon überzeugt, dass hinter der rauen Schale ein weiches Herz schlägt.«

Ihm wurde wieder schwindlig, diesmal aber nicht vor Hunger oder Durst, sondern wegen ihrer Nähe.

Hatte er sich verliebt?

Mit einem leichten Klaps verabschiedete sie sich. »Ich muss los. Ihr Mantel ist genäht, da fällt hoffentlich kein Schlüssel mehr durch.« Sie wandte sich ab. »Arbeiten Sie nicht zu viel, okay? Einen schönen Abend und gute Nacht.« In der Hoftür drehte sie sich noch einmal um und rief: »Denken Sie noch mal über mein Angebot nach. Im Safe ist genug Platz.« Sie winkte ihm zu und war verschwunden.

Waldhausen ließ sich auf seinen Mantel sinken. Er fühlte sich wie durch den Fleischwolf gedreht, müde, ausgelaugt, aber dennoch gut.

Er schaute nach oben, in den ersten Stock, wo bereits Licht brannte. Ihre Nichte wohnte derzeit bei ihr. Er konnte sich nicht erinnern, eine junge Frau gesehen zu haben. Aber das musste nichts heißen, er achtete normalerweise nicht auf seine Mitmenschen, war froh, wenn sie ihn in Ruhe ließen.

»Du bräuchtest eine Frau an deiner Seite.« Das hatte Renate gesagt, bevor sie weggeflogen war. Wo war sie noch mal? Norwegen, Schweden? Irgendein Land im Norden. Er würde sie fragen, wenn sie wieder einmal anrief.

Eine Frau an seiner Seite, ha! Er hatte noch genug von dem Rosenkrieg mit Luise, und der war immerhin zwanzig Jahre her.

»Keine alten Geschichten«, sagte er und rappelte sich auf. Er ging ins Atelier zurück, aber er wusste, heute würde er nichts mehr zustande bringen. Mit Ausnahme der ersten Skizze von Hannah Jensen sperrte er alle anderen Bilder weg, wusch die Pinsel aus, schraubte einige Tuben zu, bereitete seinen Arbeitsraum für den nächsten Tag vor.

Zurück in seiner Wohnung schenkte er sich ein Glas Rotwein ein, legte eine Glenn-Miller-Platte auf und setzte sich in seinen Lieblingssessel. Hannahs Bild hatte er so auf die Kommode gestellt, dass sie ihn unverwandt ansah.

Eine neue Frau an seiner Seite. Konnte er sich das mit ihr vorstellen? Er kannte sie kaum, war ihr höchstens ein Dutzend Mal begegnet. Heute hatten sie zum ersten Mal richtig miteinander geredet. In der Regel war es nur ein »Guten Morgen« oder »Guten Abend« gewesen, zumindest von ihrer Seite aus. Er hatte meist nur gebrummt.

Bevor Renate eingezogen war, hatte er sich nicht vorstellen können, jemals wieder mit einem Menschen zusammenzuleben. Aber seine Tochter war ausgesprochen rücksichtsvoll, hatte ihm seine Marotten gelassen. Die Wohnung war groß genug, es war mehr als genug Platz für sie beide. Jeder hatte seinen eigenen Bereich mit eigenem Bad.

Das wäre mit einer neuen Frau anders. Sie würde bei ihm wohnen wollen, bei ihm schlafen. Sie würde Sex wollen, Zärtlichkeiten. Ob er das überhaupt noch leisten konnte?

Seit Luise ausgezogen war, hatte er allein in dem großen Bett geschlafen. Natürlich hatte er zu Beginn andere Frauen kennengelernt, hatte mit ihnen geschlafen, auch in seiner Wohnung. Aber es war nie etwas Ernstes gewesen. Er hatte einfach kein Interesse mehr gehabt nach dem Malheur mit Luise.

Meistens waren es junge Frauen – Studentinnen, einmal sogar eine Abiturientin – gewesen, die ihn anhimmelten. Immerhin war er damals ein über die Grenzen des Landes hinaus anerkannter Künstler gewesen. War es heute noch. Auf dem Papier.

Waldhausen holte sich noch ein zweites Glas Rotwein. Nach der Vernissage würde er zum Arzt gehen und sich durchchecken lassen. Und wenn sich die Bilder gut verkauften, könnte er die Wohnung renovieren lassen. Nichts Großartiges, einfach neu streichen. Vielleicht etwas Farbiges, nicht das langweilige Weiß.

Er ging ins Schlafzimmer. Ein Bett, ein Schrank, mehr war da nicht. Würde einer Frau wie Hannah das genügen? Sie hatte sicher Möbel, die sie mitbringen konnte.

Er versuchte, sich vorzustellen, wie sie nebeneinander im Bett lagen, wie sie sich küssten, wie sie … nein, stopp! Mehr wollte er sich nicht vorstellen. Das ging eindeutig zu weit!

»Trottel«, schimpfte Waldhausen, stellte im Wohnzimmer die Musik aus, schüttete in der Küche den Wein weg und ging ins Bad.

Als er im Bett lag, schlich sich die Vorstellung, Hannah liege neben ihm, doch wieder ein. Es war nicht mehr so absurd wie noch vorhin. Sie könnten erst einmal miteinander reden, es musste nicht sofort zum Äußersten kommen.

»Du machst dich zum Narren«, murmelte er. »Sie ist eine attraktive Frau, natürlich will sie nicht nur reden. Sie will Sex!«

Er spürte, wie sich zwischen seinen Beinen etwas regte. Da schau her! Die Fantasie reichte schon aus.

Doch in der Fantasie kam irgendwann auch das Aufwachen neben einem fremden Menschen.

»Sie wäre dann nicht mehr fremd«, machte er sich selbst Mut. Und überhaupt: Hatte sie da nicht ein Wörtchen mitzureden?

»Und? Wie weit bist du?« Heiner redete selten um den heißen Brei herum.

»Fast fertig.«

»Lass sehen.«

Hubertus von Waldhausen trat zur Seite und gab den Blick frei auf die Skizzen.

»Wow!« Aus dem Mund des Galeristen war das ein selten gehörtes Lob. Er studierte jede Skizze genau, hielt sie vors Gesicht, tauschte die einzelnen Blätter aus, suchte vermutlich bereits die Ordnung, in der er sie aufhängen würde.

»Wunderbar!«, rief er schließlich und rieb sich die Hände. »Wer immer sie ist, sie tut dir gut.«

Wenn du wüsstest, dachte Waldhausen.

Heiner redete weiter: »Wir stellen die Serie aus und verkaufen sie, die ist als Erstes weg, da gibt es keinen Zweifel. Aber wir machen noch eine Druck-Edition daraus. Streng limitierte Auflage, versteht sich. Nummeriert und handsigniert.« Er schnalzte mit der Zunge. »Das wird der Knüller.« Er schaute auf die Staffelei, dann im Atelier herum. »Wo ist das andere Bild?«

Waldhausen dachte einen winzigen Augenblick daran, sich dumm zu stellen, aber sie kannten sich zu lange und zu gut, Heiner würde nicht darauf hereinfallen. »Es ist noch nicht fertig.« Er befürchtete, der Galerist wolle das farbige Bild ebenfalls sehen, doch er schien ihm zu vertrauen.

»Du hast noch zwei Tage, du schaffst das.«

»Ich versuche es.«

Heiner klopfte ihm auf die Schulter. »Gut, mein Lieber. Glaub mir, das wird ein großer Erfolg!« Er zeigte auf die Skizzen: »Hast du sie schon eingeladen?«

»Ja«, log Waldhausen. »Sie hat leider keine Zeit. Es war zu kurzfristig.«

»Sehr schade, das wäre eine Sensation. Das Original neben den Skizzen ...« Heiner wandte sich zum Gehen. »Ich muss weiter, es gibt noch viel zu tun. Welche kannst du mir schon mitgeben? Dann bringe ich sie gleich noch bei Dietmar vorbei.« Er nahm eine Skizze, reichte sie Waldhausen und trat einen Schritt zurück. »Rahmen oder hinter Glas, was meinst du?«

Gar nicht ausstellen, dachte Waldhausen. Laut sagte er: »Das überlasse ich dir, du bist der Profi.«

Heiner lachte und schlug ihm erneut auf die Schulter. »Das bin ich, das bin ich. Und du wirst mir noch dankbar sein dafür.« Sein Handy klingelte. Er nahm ab und sagte nur: »Ich rufe gleich zurück.« Und zu Waldhausen gewandt: »Du siehst, ich muss los. Jonas kommt später vorbei und holt alles ab, ich hole den Rest Freitagmittag. In Ordnung?«

Waldhausen nickte. Was blieb ihm anderes übrig? Er brauchte das Geld.

»Gut, mein Bester. Bleib am Ball.« Ein letzter Schlag auf die Schulter, ein zweideutiges Zwinkern und Waldhausen war wieder allein im Atelier. Er ließ sich auf seinen Hocker fallen. Trotz der Aussichten, endlich wieder Geld zu verdienen, hatte er kein gutes Gefühl.

Dennoch arbeitete er an den beiden Tagen, die ihm noch blieben, wie ein Wahnsinniger an dem Bild von Hannah Jensen. Als Heiner wie angekündigt Freitagmittag vor der Tür stand, war Waldhausen eigentlich nicht bereit, es wegzugeben, doch der Galerist ließ ihm keine Chance.

»Es ist vielleicht nicht perfekt, aber es ist verdammt gut. Das Beste, was du seit Jahren gemalt hast. Halt dir diese Frau warm.« Er gluckste.

Waldhausen hätte ihn am liebsten geschlagen. Ergeben sah er zu, wie Heiner das Bild von der Staffelei nahm und zu den anderen stellte. Ein schwacher Trost war, dass er die erste Skizze immer noch in seiner Wohnung stehen hatte. Er hatte sie einfach noch einmal angefertigt, allerdings mit ein paar winzigen Änderungen, die man nur sah, wenn beide Bilder nebeneinander lagen.

»Wir sehen uns heute Abend«, sagte Heiner zum Abschied, nachdem er alle Bilder in seinen Wagen gelegt hatte. »Sei pünktlich, ja? Immerhin bist du die Hauptperson.« Er zögerte, grinste breit und fügte hinzu: »Obwohl – vermutlich nur am Anfang.«

Waldhausen war klar, dass er auf die Attraktivität der Skizzen anspielte.

»Ja, ja«, gab er zurück. »Wir werden es sehen.«

»Werden wir, mein Lieber, werden wir.«

Waldhausen schloss die Tür hinter ihm und setzte sich in den Sessel, den er in einer Ecke des Ateliers stehen hatte. Er hatte Hannah Jensen seit dem Vorfall am Montag nicht mehr getroffen, hatte sie nur beim Vorbeigehen im Café gesehen.

Mehrmals in den letzten Tagen war er versucht gewesen, sie zur Vernissage einzuladen. Dass sie an Kunst interessiert war, hatte sie damit bewiesen, dass ein paar seiner Bilder im Café hingen. Doch die Angst, sie könne ihm einen Vorwurf machen, war größer als der Wunsch, sie dabeizuhaben.

Da es nichts mehr für ihn zu tun gab, räumte er das Atelier auf und ging in seine Wohnung. Normalerweise hätte er vor einer Vernissage geschlafen, doch diesmal war er zu aufgeregt. Er versuchte, sich mit Radiohören abzulenken, doch das Gequatsche und die ständigen Werbeblöcke nervten ihn. Auch seine Lieblingsschallplatten schafften es nicht, ihn auf andere Gedanken zu bringen.

Schließlich ging er ins Schlafzimmer, stellte sich vor den Schrank und suchte nach der passenden Kleidung. Er war nie der exaltierte Künstler gewesen, auch wenn er sich den einen oder anderen Spleen erlaubt hatte. In jungen Jahren war das auch noch eine Nachricht wert gewesen, doch in Zeiten des Internets, wo jeder alles tun und lassen konnte und das quasi live veröffentlichte, krähte kein Hahn mehr danach.

Er war entsetzt gewesen, als Renate ihm auf ihrem Laptop gezeigt hatte, was man im Internet alles finden konnte.

»Also, benimm dich ab sofort immer anständig«, hatte sie gesagt und gelacht.

Waldhausen freute sich, dass seine Tochter wieder Teil seines Lebens war. Fast zehn Jahre hatten sie keinen Kontakt gehabt, und daran war nur Luise schuld, auch wenn Renate das immer wieder leugnete. Aber er kannte seine Ex-Frau.

Entschlossen ging er in den Flur, wo auf der Schuhkommode das Telefon stand. Es war noch ein altes, mit Schnur und Tasten, und er hatte es erfolgreich gegen Renate verteidigt.

»Ich will nicht in der Wohnung herumwandern und ich will auch nicht stundenlang telefonieren. Was ich zu sagen habe, kann ich in ein paar Minuten tun, dazu muss ich mich nicht setzen.«

Er öffnete das alte, abgenutzte Adressbuch, in dem fein säuberlich alle Adressen und Telefonnummern standen, und wählte Renates Handynummer.

»Hallo, hier ist die Mailbox von Renate Waldner. Bitte hinterlassen Sie …«

Der Anrufbeantworter! Er legte auf. Doch dann fiel ihm ein, dass seine Tochter denken könnte, es gehe ihm nicht gut, also wählte er erneut und wartete ungeduldig die Ansage ab. Als der Piepton ertönte, sagte er: »Ich bin's, ich wollte nur wissen, wie es dir geht. Mir geht es gut.«

Nachdem er erneut aufgelegt hatte, wurde ihm bewusst, dass er seinen Namen nicht genannt hatte. Ich bin's! Das konnte ja nun jeder sein. Aber hatte Renate nicht gesagt, ihr Handy zeige ihr, wer angerufen hatte? Was die Technik heutzutage alles konnte!

Waldhausen ging zurück ins Schlafzimmer, suchte einen dunklen Anzug und das passende Hemd heraus, entschied sich gegen eine Krawatte.

Früher hatte er sich nie Gedanken darüber gemacht, was er zu einer Vernissage anziehen sollte. Warum jetzt auf einmal? Hannah Jensen würde nicht da sein, es war also egal, wie er aussah.

Irgendwie brachte er die restliche Zeit herum. Er wollte gerade die Wohnung verlassen, als das Telefon klingelte. Er war versucht, es zu ignorieren, ging dann doch zurück und nahm ab.

»Ja?«

»Hallo, ich bin's.«

Renate.

»Sorry, ich hab deine Nachricht gerade erst abgehört, ich hatte den ganzen Tag Meetings. Gibt es was Besonderes?« Ihre Stimme klang besorgt.

»Nein, nein, ich wollte mich nur mal melden«, erwiderte er. Er wusste, wie unglaubwürdig das klang, denn er meldete sich nie.

»Gut.« Renate klang gehetzt. »Ich hab auch nicht viel Zeit, tut mir leid.«

»Kein Problem. Aber es geht dir gut?«

»Ja. Viel Arbeit, aber das wusste ich ja.« Sie zögerte. »Ist heute nicht die Vernissage?«

Sein Herz machte einen Luftsprung. Sie hatte daran gedacht!

»Ja, ich bin auf dem Weg dorthin. Du hast mich gerade noch erwischt.«

»Ach, das tut mir leid, dass ich nicht dabei sein kann. Ich wünsche dir viel Erfolg.«

»Danke.« Er zögerte. Sollte er ihr von den Bildern erzählen? Aber weder sie noch er hatten wirklich Zeit dafür. »Ich muss los, sei mir nicht böse.«

»Aber natürlich nicht. Ich bin in Gedanken dabei. Tschüss.«

»Tschüss«, sagte auch er, obwohl er diesen Ausdruck abgrundtief hasste. Kinder veränderten einen.

Er verließ die Wohnung, zögerte im ersten Stock, ging dann entschlossen weiter und lief am Café vorbei zur U-Bahn, um zur Galerie zu fahren.

Waldhausen stellte sich neben das Schaufenster und warf einen Blick hinein. Die ersten Gäste waren bereits da und hielten das obligatorische Glas Sekt in der Hand. Vorne hingen die Bilder, die ursprünglich für die Ausstellung gedacht waren. Durch einen hellen Spot ins Rampenlicht gerückt war eine der Skizzen, die Hannah mit nachdenklichem Blick zeigte. An sie reihten sich die weiteren Zeichnungen, gut beleuchtet, aber nicht so herausgestellt wie die erste. Den Schluss- und Höhepunkt bildete das bunte Gemälde, das durch die raffinierte Beleuchtung sehr viel perfekter wirkte als es war.

Heiner war ein Genie, was das Verkaufen anging, das musste man ihm lassen.

Waldhausen betrat die Galerie und wurde sofort von dem Galeristen in Empfang genommen.

»Da ist ja unser Künstler.« Er klatschte exaltiert in die Hände. »Meine Damen und Herren«, rief er, als Ruhe eingekehrt war und die Aufmerksamkeit aller ihm gehörte. »Ich muss ihn Ihnen nicht vorstellen: Hubertus von Waldhausen.«

Es wurde artig geklatscht, man hielt die Gläser hoch, um ihm zuzuprosten, dann wandten sich die meisten wieder ab.

Waldhausen war das gewohnt und nahm es gelassen. Der Künstler war das Unwichtigste auf einer Vernissage, da ging es um die Häppchen, den Sekt oder manchmal Champagner, vor allem aber um das Gesehenwerden.

Heiner, wie immer bei solchen Gelegenheiten in einem schreiend bunten Oberteil aus reiner Seide, nahm ihn zur Seite und fragte leise: »Und, wird sie kommen?«

»Nein. Ich hab doch gesagt, sie hat keine Zeit«, gab Waldhausen wütend zurück.

»Gut, gut, reg dich nicht auf«, beschwichtigte Heiner ihn. »Die Originale sind begehrt, wir könnten sie vermutlich dutzendfach verkaufen.« Er nickte einem potentiellem Käufer zu. »Ich werde sie nur als Gesamtwerk verkaufen, das treibt den Preis noch mal hoch.«

Waldhausen hätte ihm am liebsten gesagt, er wolle die Bilder gar nicht verkaufen, aber ihm war klar, dass das nicht nur seinen Ruin bedeutet hätte.

»Misch dich unter die Leute«, sagte Heiner und gab ihm einen sanften Schubs.

Es war der Teil des Abends, den Waldhausen am meisten hasste. Jede Bemerkung zu seinen Bildern, und war sie auch noch so nichtssagend, musste mit einem dankbaren Lächeln quittiert werden. Jede Frage, und war sie auch noch so dämlich, musste beantwortet werden.

Gerade war er im Gespräch mit einem Paar Anfang, Mitte Fünfzig, bei dem die Frau immer den letzten Teil des Satzes ihres Mannes nachplapperte wie ein Papagei.

»... uns das eigentlich nicht leisten, aber wir dachten, schauen kostet ja nichts.«

»Kostet ja nichts.«

»... ungewöhnliche Bilder. Wir stehen eher auf Konkretes, Sie verstehen?«

»Konkretes, Sie verstehen?«

»... gerade erst hierhergezogen, und dachten uns, vielleicht lernen wir ein paar nette Leute kennen.«

»Nette Leute kennen.«

Waldhausen wollte gerade eine bissige Bemerkung über Kunstliebhaber machen, als sein Blick auf die Eingangstür fiel. Sein Herz setzte einen Schlag lang aus. Dort stand Hannah Jensen, im Schlepptau ein junges Paar.

Wurde es schlagartig stiller in der Galerie oder war das nur Einbildung? Er sah die Katastrophe auf sich zurollen und musste sie verhindern.

»Entschuldigung«, sagte er und ließ das Paar stehen.

Doch Heiner war schneller. Natürlich hatte er sie sofort erkannt, die Ähnlichkeit mit den Skizzen war zu groß. Wäre er nicht so verzweifelt gewesen, Waldhausen wäre stolz auf sich gewesen.

Mit den Worten »Da ist sie ja« eilte der Galerist zur Tür und nahm Hannah Jensen in Empfang. »Es ist mir eine besondere Ehre, Sie hier begrüßen zu dürfen.« Mit einem Seitenblick orderte er Waldhausen zu sich. Der gehorchte mit bleiernen Beinen.

Er wusste nicht, ob sie die Bilder schon gesehen hatte.

»Guten Abend«, sagte er artig und deutete eine kleine Verbeugung an.

»Guten Abend«, erwiderte sie, und ihm war klar, sie hatte alles gesehen.

Heiner schien nichts zu bemerken oder er nutzte die Situation schamlos zu seinem Vorteil aus. Wieder klatschte er in die Hände, bis alle ruhig waren und sich ihm zuwandten.

»Meine Damen und Herren, verehrte Gäste! Ich hatte es nicht angekündigt, denn es war nicht sicher, ob es klappen würde ... Aber hier ist sie nun, die Heldin des Abends, das Vorbild dieser wunderbaren Zeichnungen, das Modell und – ich glaube, das kann ich guten Gewissens sagen – die Muse unseres Künstlers. Hier ist ...« Er stockte, als ihm bewusst wurde, dass er den Namen der Muse gar nicht kannte.

»Hannah, sagen Sie einfach Hannah, das genügt«, sagte sie.

Zu seiner großen Erleichterung sah Waldhausen, dass sie lächelte.

»Ich habe übrigens vor einigen Wochen ein Café in der Blumengasse eröffnet. Wenn Sie also mal Lust auf einen guten Latte Macchiato und ein Stück selbstgemachten Kuchen haben, kommen Sie vorbei.«

Für einen Moment schaute Heiner sie sprachlos an. Hatte sie ihm gerade die Show gestohlen? Aber er war Profi genug, solche Situationen in den Griff zu bekommen.

»Nicht nur eine wunderbare Muse, sondern auch eine tüchtige Geschäftsfrau«, rief er. »Erheben Sie Ihr Glas auf Hannah.«

Einer der Kellner eilte herbei und reichte Hannah und dem jungen Paar ein Glas. Heiner stieß mit Hannah und Waldhausen an und sagte: »Auf gute Zusammenarbeit.«

Hannah nippte nur an ihrem Glas; der Blick, den sie Waldhausen dabei zuwarf, sprach Bände. Er verschluckte sich beinahe an seinem Sekt.

»Ihre Tochter?«, fragte Heiner ungeniert.

»Meine Nichte Svenja, sie kommt aus Hamburg und bleibt eine Zeit lang hier in München. Und das ist ein Freund, der sie begleitet hat.«

»Ein Bekannter«, korrigierte die Nichte leise, woraufhin der Freund oder Bekannte das Gesicht verzog, als habe er Zahnschmerzen.

Hannah Jensen gab ihr Glas einem Kellner zurück und sagte in freundlichstem Ton zu Heiner: »Gönnen Sie mir eine Minute mit unserem Künstler?«

Der Galerist nickte. Hannah zog Waldhausen am Ärmel in eine Ecke, wo wenige Leute standen.

»Wie können Sie es wagen!«, zischte sie.

»Ich … was … ich …«, stotterte er und schwieg.

»Schon mal etwas von Persönlichkeitsrecht gehört? Meine Nichte ist Anwältin. Ich werde sie konsultieren, was ich unternehmen kann. Das ist unerhört.«

»Gefallen sie Ihnen denn gar nicht?«, wagte Waldhausen einen Einwurf.

»Darum geht es nicht. Es geht darum, dass Sie mich ohne meine Erlaubnis malen. Das mag sogar erlaubt sein, obwohl ich mir da nicht so sicher bin. Aber dass Sie die Bilder ausstellen und vermutlich auch verkaufen, ist die Höhe!«

»Ich … er wollte es«, versuchte Waldhausen sich zu verteidigen. Er zeigte auf Heiner. »Ich hatte ein Bild tatsächlich nur für mich gezeichnet. Da tauchte er auf und wollte eine ganze Serie.«

»Und Sie haben natürlich Ja gesagt. Vielen Dank auch. Seit wann kann man Künstler zwingen, etwas zu tun?«

Waldhausen kam nicht dazu zu antworten, denn Heiner tauchte hinter Hannah auf und legte ihr die Hände auf die Schultern.

»Sie sind ein ganz wundervolles Modell«, sagte er. Zum ersten Mal war Waldhausen dankbar für die aufdringliche Art seines Galeristen.

»Ich …«, begann Hannah Jensen, doch Heiner ließ ihr keine Chance.

»Ich hoffe, Sie stehen auch weiterhin zur Verfügung. Ich will noch nicht zu viel verraten, aber die Serie würde sich zigmal verkaufen. Dabei ist sie alles andere als billig. Ich hoffe, er gibt Ihnen etwas davon ab.« Er lachte anzüglich.

»Wirklich?«, erwiderte Frau Jensen. »Was kostet sie – vielmehr, was koste ich denn, wenn ich fragen darf?«

»Ha, ha, sie hat Humor«, rief Heiner und schlug Waldhausen auf den Arm. »Nicht nur schön, sondern auch humorvoll. Quasi eine Traumfrau!« Er beugte sich vertraulich vor und sagte leiser: »Den genauen Preis kann ich natürlich nicht sagen, denn sonst wüsste er …«, er streckte einen Finger Richtung Waldhausen, »… wie sehr ich ihn bescheiße. Hahaha. Nein, im Ernst: Ich werde die Serie versteigern, denn es gibt zu viele Interessenten. Vorher lasse ich noch limitierte Drucke anfertigen. Die dürften für fünf bis zehn weggehen.«

»Tausend«, fragte Hannah Jensen.

»Natürlich tausend. Ich kann Sie doch nicht unter Preis verschleudern.«

»Auf wie viele werden Sie sie limitieren?«

Heiner wiegte den Kopf hin und her. »Fünfzig bis hundert, würde ich sagen. Viele Menschen sollen in den Genuss Ihres Anblicks kommen.« Sein Assistent Jonas kam näher und gab Heiner ein unauffälliges Zeichen. Der packte Frau Jensen noch einmal an den Armen und sagte: »Die Pflicht ruft. Wir sehen uns sicher noch«, und ließ sie allein.

»Es tut mir leid«, sagte Waldhausen. »Ich weiß, ich hätte es Ihnen sagen müssen. Ich war auch immer kurz davor, aber dann habe ich es doch nicht gewagt.«

»Nicht gewagt?«, fragte sie empört. »Was soll das heißen? Wovor hatten Sie Angst?«

Vor Ihnen, hätte er am liebsten gesagt, *vor meinen Gefühlen Ihnen gegenüber*. Laut sagte er: »Ich hatte Angst, dass Sie es nicht erlauben würden.«

»Mit Recht«, antwortete sie.

Bildete er es sich ein, oder klang sie tatsächlich nicht mehr so böse wie vorher?

Sie seufzte. »Offen gestanden, weiß ich gerade nicht, was ich sagen soll. Ich fühle mich benutzt, das auf jeden Fall. Und Sie werden nicht ungeschoren davonkommen, das verspreche ich Ihnen. Aber die Bilder sind wirklich gut. Doch wenn ich daran denke, in wie vielen Zimmern ich dann womöglich hänge, wie ich täglich angeglotzt werde …« Sie schüttelte sich. »Ich will lieber nicht daran denken.« Sie ließ ihren Blick über die Bilder schweifen, wandte sich ihm dann zu und sagte: »Es wird auf jeden Fall Konsequenzen für Sie haben.«

Magnus Petersen

Entscheidungen

Leise stand er auf, wohlweislich darauf bedacht, seine Geliebte nicht zu wecken.

Ex-Geliebte, dachte Magnus Petersen und betrachtete die junge Frau, die tief und fest schlief. *Schade.*

Aber er hatte eine Entscheidung getroffen und die würde er umsetzen, mit allen Konsequenzen.

Magnus suchte seine Kleidung vom Boden zusammen, stieg in Boxershorts und Hose, zog das Hemd über, nahm den Rest in die Hand und verließ das Schlafzimmer. Er schloss vorsichtig die

Tür hinter sich, schlüpfte im Wohnzimmer in Socken und Schuhe, knöpfte das Hemd zu, streifte das Jackett über, öffnete die Tür zum Flur und hängte das Bitte-nicht-stören-Schild an die Klinke.

Angie war überrascht gewesen, dass er eine Suite für sie gebucht hatte, noch dazu in einem der teuersten Hotels Hamburgs. Vermutlich hatte sie erwartet, dass er ihr einen Heiratsantrag machen würde.

Doch Magnus dachte nicht im Traum daran, sie zu heiraten. Angie war eine Frau fürs Bett, nicht für die Ehe.

Er hatte viel Zeit zum Nachdenken gehabt, seit Svenja auf und davon gestürmt war. Zugegeben, im Vergleich zu Angie war sie ein bisschen langweilig und viel zu brav. Aber sie war die richtige Frau an seiner Seite.

Natürlich hatte sein Vater ein entscheidendes Wörtchen mitgeredet.

»Denk an deinen Status«, hatte er gesagt, als sie eines Abends im Herrenclub saßen. »Du hast einen Ruf zu verlieren, *wir* haben einen Ruf zu verlieren. Du wirst die Affäre mit dieser Frau beenden, Svenja heiraten und Kinder mit ihr zeugen. Wenn du dann immer noch das Bedürfnis nach Abenteuern hast, stell es, verdammt noch mal, geschickter an. Deine Mutter hat auch nie etwas davon mitbekommen.« Er hatte den Kopf geschüttelt ob der Torheit seines Sohnes. »Die beste Freundin! Noch dümmer geht es kaum.«

Magnus checkte aus und bat die Dame an der Rezeption, seine Frau schlafen zu lassen.

»Selbstverständlich, Herr Petersen. Benötigen Sie ein Taxi?«

»Nein danke.« Er zog den vorbereiteten Brief an Angie heraus und reichte ihn der Rezeptionistin. »Könnten Sie den bitte zusammen mit einer roten Rose aufs Zimmer bringen lassen, wenn sie wach ist?«

»Natürlich, Herr Petersen. Ich lasse die Blume sofort besorgen, dann ist alles bereit.«

»Gut. Danke.«

»Gerne. Kann ich sonst noch etwas für Sie tun?«

»Nein, vielen Dank.«

»Dann wünsche ich Ihnen noch einen schönen Tag, Herr Petersen«, flötete die Frau. »Auf Wiedersehen.«

Magnus erwiderte den Gruß mit einem Kopfnicken und verließ das Hotel. Angie würde sicher sofort an der Rezeption anrufen, wenn sie sah, dass er nicht mehr da war. Bei dem Gedanken an ihre wahrscheinliche Reaktion grinste er. Schade, dass er das nicht mitbekommen würde.

Er lief zu dem nahen Parkhaus, in dem er seinen Wagen am Tag zuvor abgestellt hatte. Ein prüfender Blick in den Kofferraum zeigte ihm, dass sein Business Case noch da war. Zwar hatte er nicht vor, unnötig lange in München zu bleiben, doch man wusste nie. Am Telefon hatte Svenja sich bisher nicht besonders einsichtig gezeigt.

Da es noch früh am Tag war, kam er ohne Zwischenfälle zum Flughafen, wo er wieder ins Parkhaus fuhr. Während er auf den Aufzug wartete, der ihn zu den Check-in-Schaltern bringen würde, schaute er auf die Gebührentabelle. Alles unnötige Kosten, nur weil seine Verlobte nicht damit umgehen konnte, dass er eine Affäre hatte.

Der Flug hatte wegen eines Defekts der Maschine Verspätung, die Fluggesellschaft teilte Restaurant-Gutscheine an die Reisenden der Business Class aus.

Magnus bestellte ein Frühstück mit Rühreiern und Schinken und einen starken Kaffee. Die Nacht war kurz gewesen. Wie immer hatte Angie sich unersättlich gezeigt.

Er lächelte wehmütig. Aus und vorbei. Selbst wenn er später wieder eine Affäre haben sollte, würde es sicher nicht mehr Angie sein. Sie würde nur sofort zu Svenja laufen und es ihr brühwarm unter die Nase reiben.

Magnus seufzte. Wieso gab es keine Frau, die die Vorzüge der beiden auf sich vereinte? Svenjas Klugheit, ihre guten Manieren, ihr

Humor zusammen mit Angies ungezähmter Wildheit, ihrem nie zu stillenden Hunger nach Sex und – ja, ihrer Wahnsinnsfigur. Die Brüste waren vermutlich nicht echt, aber wen störte das? Er hatte keinen Unterschied spüren können, und darauf kam es doch an, oder?

Magnus spürte eine Regung in seiner Hose. Er musste aufhören, an Angie zu denken, es könnte peinlich werden.

Mit einstündiger Verspätung hob das Flugzeug dann endlich ab und landete eine knappe Stunde später in München.

Er gab einem Taxifahrer die Adresse des Cafés. Wenn er Svenja richtig verstanden hatte, wohnte sie bei ihrer Tante. Er kannte Hannah Jensen nicht, hatte aber Gerüchte gehört, dass sie das schwarze Schaf der Familie Wahls war. Er hoffte inständig, dass sie keinen schlechten Einfluss auf Svenja hatte.

Natürlich konnte er sie verstehen. So kurz vor der Hochzeit erfahren zu müssen, dass der Zukünftige fremdging, noch dazu mit der angeblich besten Freundin – da würde jeder vernünftige Mensch erst einmal ausrasten. Er hatte bisher nicht herausfinden können, wie oder von wem Svenja es erfahren hatte. Angie hatte geschworen, dass sie es nicht war. Welchen Grund hätte sie auch haben sollen?

»Ich bin doch nicht lebensmüde«, hatte sie gesagt und ihn zärtlich ins Ohrläppchen gebissen.

»Svenja kann keiner Fliege etwas zuleide tun.«

»Da bin ich mir nicht so sicher.« Ihr Mund war Stück für Stück tiefer gewandert, bis er an … Stopp!

Magnus wischte sich über das Gesicht und stellte fest, dass er unrasiert war. Verdammt! Er hatte alles im Detail vorausgeplant, nur ans Duschen und Rasieren hatte er nicht gedacht. Unklug, mit Angies Geruch an sich bei Svenja aufzukreuzen.

»Ich habe einen wichtigen Geschäftstermin«, sagte er zum Taxifahrer. »Ich müsste jedoch vorher noch kurz duschen und mich rasieren. Wo kann ich das am besten tun?«

»Brauchen Sie ein Hotel?«

Magnus überlegte. Eigentlich hoffte er, Svenja dazu überreden zu können, sofort mit ihm zurück nach Hamburg zu kommen. Doch so bockig, wie sie sich in den letzten Wochen gezeigt hatte, würde es wohl länger dauern.

»Ja, ich werde vermutlich mindestens eine Nacht hierbleiben müssen.«

»Welcher Standard?«, wollte der Fahrer wissen.

»Hoch«, gab Magnus zurück. Er würde es als Ausgaben absetzen. »Und wenn möglich zentral.«

»Ich kümmere mich darum.« Der Taxifahrer telefonierte mit einer Frau in einer fremden Sprache. Ein paar Minuten später meldete sie sich wieder, der Fahrer nannte ein paar Hotels und deren Preise.

Magnus entschied sich für das Sofitel am Hauptbahnhof, kurze Zeit später fuhren sie vor.

Entgegen seiner Gewohnheit gab er dem Fahrer ein üppiges Trinkgeld, ließ sich aber eine Quittung geben.

Er checkte ein, duschte ausgiebig, rasierte sich und schlüpfte in frische Klamotten. Gut, dass er den Koffer mitgenommen hatte.

Zum Café war es nicht weit, dennoch fuhr er mit dem Taxi. Er ließ den Wagen am Anfang der Blumengasse halten und stieg aus.

Piefig, schoss ihm im ersten Moment durch den Kopf. *Typisch München. Alles ist klein-klein.*

Er wusste, er war ungerecht. Die Häuser links und rechts der Straße hätten genauso gut in Hamburg stehen können, und auch die Läden hatten nichts, was auf den ersten Blick auf Bayern schließen ließ.

Das Café befand sich ziemlich genau in der Mitte der kurzen Straße.

Wie die Spinne im Netz. Magnus grinste. Aus Sicht des Immobilienmaklers war das natürlich die perfekte Lage.

Er ging an einer Apotheke und einem Friseurgeschäft vorbei zum Café und schaute durch das Schaufenster, in dem zwei junge Frauen auf dicken Kissen saßen und sich lebhaft unterhielten. Als er sich vorbeugte, um besser ins Innere schauen zu können, zeigte ihm die eine den Stinkefinger. Er winkte ihr zu, trat aber einen Schritt zurück und betrat schließlich das Café.

Zwei ältere Frauen hatten alle Hände voll zu tun, um die Wünsche der vielen Gäste zu erfüllen. Welche wohl Hannah war: die mit den frechen roten Locken oder die etwas Biedere? Er entschied sich für die Rothaarige. Sie schien wie gemacht für ein schwarzes Schaf einer angesehenen Hamburger Familie.

Da die Stühle und Sessel alle besetzt waren, stellte er sich an einen Bistrotisch.

«Hallo, was kann ich Ihnen bringen?« Die Biedere stand vor ihm und sah ihn freundlich lächelnd an.

»Was haben Sie im Angebot?«

»Möchten Sie etwas essen oder nur etwas trinken?«

»Kommt darauf an, was es zu essen gibt.«

»Einen Moment bitte«, sagte die Frau, holte eine mit Kreide beschriebene Tafel von einem anderen Tisch und stellte sie so hin, dass er alles gut lesen konnte.

»Kann ich Ihnen schon etwas zum Trinken bringen?«

»Ein Bier? In München trinkt man doch Bier, oder?« Magnus wusste nicht, was mit ihm los war. Die Frau konnte nun wirklich nichts für seine Probleme, dennoch hatte er das Bedürfnis, sie zu provozieren.

Doch sie blieb die Ruhe selbst, fragte nur: »Ein besonderes Bier oder einfach ein Helles?«

Er kannte sich nicht aus mit den Biersorten, wusste, dass es Pils gab und Alkoholfreies und natürlich Alsterwasser. Das brachte ihn auf eine Idee.

»Ich hätte gerne ein Alsterwasser«, sagte er und wartete auf die Reaktion der Bedienung. Zu seiner Enttäuschung kam keine.

»Ein Alsterwasser, kommt sofort«, sagte sie nur. »Ihre Essensbestellung nehme ich gleich auf. Lassen Sie sich ruhig Zeit.«

Kurze Zeit später brachte sie das Getränk. »Und – haben Sie etwas gefunden?«

Magnus hatte kaum einen Blick auf die Tafel geworfen und entschied sich spontan für das zweite Gericht, eine Karotten-Zucchini-Tarte.

Als die Frau sie brachte, fragte er: »Kennen Sie eine Svenja Wahls?«

Nun schaute sie doch irritiert, versuchte aber, es zu verbergen. »Warten Sie bitte einen Moment, ich hole besser Frau Jensen.«

Sie redete hinter der Theke mit der rothaarigen Frau, die kurz zu ihm herüberschaute und dann nickte. Es dauerte jedoch fast zehn Minuten, bis sie endlich zu ihm kam.

»Sie haben nach meiner Nichte gefragt?« Sie musterte ihn aufmerksam und schien schnell zu wissen, wer er war.

Da Magnus ihr Wohlwollen brauchte, ließ er die Spielchen sein und sagte: »Ich bin Magnus Petersen, Svenjas Verlobter.« Er hielt ihr die Hand hin, die sie nahm. Ihr Händedruck war kräftig und selbstbewusst.

»Hannah Jensen, Svenjas Tante. Aber das wissen Sie längst.«

»Ist Svenja da?«

»Wenn Sie mit ›da‹ meinen, ob sie ihm Café oder oben in der Wohnung ist, muss ich verneinen. Sie ist unterwegs. Wusste sie, dass Sie kommen?«

»Nein, es sollte eine Überraschung werden.«

»Die wird Ihnen sicher gelingen«, erwiderte Hannah mit ironischem Unterton.

Magnus wollte etwas erwidern, hielt sich jedoch zurück. »Wissen Sie, wann sie wiederkommt?«, fragte er nur.

Hannah Jensen schaute auf die Uhr. »Ich schätze, in ein bis zwei Stunden. Je nachdem, wie das Gespräch läuft.«

»Welches Gespräch?« Er wurde das Gefühl nicht los, dass Svenjas Tante ihn reizen wollte. Hatte die Biedere ihr von seinen Gemeinheiten berichtet?

»Oh, wussten Sie das nicht? Sie hat heute ein Vorstellungsgespräch in einer Kanzlei in Schwabing.«

»Ein Vorstell...« Magnus schwieg irritiert. »Aber wieso denn? Sie hat doch einen Job in Hamburg.«

Frau Jensen lächelte fein. »Ich seh schon, Sie sind nicht auf dem aktuellsten Stand. Sie sollten das besser mit Svenja klären. Sie können natürlich gerne hier warten.« Sie deutete hinter sich. »Ich muss wieder an die Arbeit. Wenn Sie noch etwas möchten, sagen Sie einfach Bescheid.« Sie nahm den leeren Teller. »Hat es Ihnen geschmeckt?«

»Ja, danke«, sagte Magnus in einem Ton, der bedeuten sollte: Ging so. Dabei hatte ihm die Tarte hervorragend gemundet.

Hannah Jensen überging den Unterton und sagte: »Schön. Wie gesagt: Wenn Sie noch etwas möchten, sagen Sie es einfach.« Sie wandte sich ab.

»Ich würde noch einen Espresso nehmen«, rief er ihr hinterher.

Sie drehte sich um. »Natürlich, gerne. Kommt sofort.«

Den Kaffee brachte die andere Frau mit einem freundlichen »Bitte schön«.

Magnus hatte erwartet, dass Svenjas Tante sofort zum Handy greifen würde, doch sie arbeitete weiter, als sei nichts geschehen. Als ein Tisch mit Sessel frei wurde, wechselte er den Platz. Am liebsten wäre er ins Hotel gegangen und hätte sich für eine Stunde hingelegt, doch er hatte Angst, Svenja könnte erneut davonlaufen, wenn er nicht da war.

Vom Zeitschriftenständer nahm er sich einen *Spiegel* und die *FAZ* und tat so, als lese er, doch in Wahrheit konnte er sich nicht auf die Artikel konzentrieren.

Wieso war Svenja bei einem Vorstellungsgespräch? Der Job in der Kanzlei seines Vaters wartete auf sie. Mit Engelszungen hatte er auf ihn eingeredet, die Stelle nicht anderweitig zu vergeben.

»Wenn du willst, dass alles nach Plan läuft, musst auch du deinen Part dazu tun.«

Der Vater hatte das eingesehen und auch seine Partner davon überzeugt abzuwarten. »Vier Wochen und keinen Tag länger.« Das war vor drei Wochen gewesen.

Er dachte an Angie. Inzwischen hatte sie seinen Brief sicher schon gelesen. Er hoffte, sie war einigermaßen vernünftig und zerlegte nicht die gesamte Suite. Zuzutrauen wäre es ihr. Wenn ihr etwas nicht passte, konnte sie zur Furie werden.

Magnus spürte deutlich die Reaktion in seiner Hose und legte schnell die Zeitung in den Schoß. Es war kaum zu glauben, wie sehr ihn diese Frau antörnte. Ob es nicht doch eine Chance gab, sie statt Svenja zu heiraten? Immerhin war auch Angie aus einer guten Familie, aber sie hatte kein Jurastudium vorzuweisen. Und sie hatte auch nicht Svenjas Klasse – das musste er zugeben. Sie war wie er erzogen worden: Zuerst kamen die Familie und ihr Ruf, dann erst kam man selbst.

Angie pfiff auf den guten Ruf ihrer Familie. »Ich nehme mir, was ich will. Und jetzt will ich dich!«, hatte sie bei ihrem ersten Mal gesagt.

Magnus, bis dahin schon kein Kind von Traurigkeit, hatte erkannt, welche Freuden eine aufgeschlossene Frau im Bett bereithielt. Er hatte alle anderen Affären beendet. Ja, man konnte sagen, dass er Angie treu geblieben war. Eigentlich nur Angie. Sie rief, er kam gelaufen.

Magnus schüttelte den Kopf. Das klang doch zu sehr nach Abhängigkeit. Und das war sicher nicht der Fall. Obwohl er sich eingestehen musste, dass ihm der Verzicht auf den Sex mit Angie verdammt schwer fallen würde.

»Was machst *du* denn da?«

Magnus fuhr hoch. Svenja stand vor ihm. In dem dunkelgrauen Kostüm, dem grünen Top und den hochgesteckten Haaren sah sie hinreißend aus. Zur Hölle mit Angie. Hier stand die Mutter seiner zukünftigen Kinder!

»Ich dachte eigentlich, ich hätte mich klar und deutlich ausgedrückt«, sagte Svenja wütend. »Es ist Schluss. Brauchst du es schriftlich?«

»Ich freue mich auch, dich zu sehen«, probierte Magnus es mit der allseits beliebten Masche.

»Ich freue mich nicht«, fauchte Svenja, aber immerhin setzte sie sich, nachdem das Paar am Nachbartisch bereits neugierig schaute. »Was willst du?«, sagte sie deutlich leiser, aber immer noch genauso aggressiv.

»Ich möchte, dass du mit mir zurück nach Hamburg fliegst.« Magnus fühlte sich ungewohnt unsicher. Die Svenja, die da wutschnaubend neben ihm saß, kannte er nicht. Zu seiner Überraschung fand er es attraktiv. War das die lang ersehnte Verbindung zwischen ihr und Angie?

Nein, jetzt nicht an Angie denken! Konzentrier dich auf Svenja.

»Können wir nicht woandershin gehen?«, bat er. »Wir müssen reden. Ich habe ein Zimmer im Sofitel.«

Svenja seufzte. »Ich wüsste nicht, was es noch zu bereden gibt. Ich habe dir alles gesagt. Aber ich wiederhole es gerne noch einmal.« Sie zögerte, sagte dann: »Lass uns nach oben gehen. Ich habe ein Zimmer in der Wohnung meiner Tante.«

Magnus war überrascht über die geschmackvolle Einrichtung. Insgeheim hatte er eine Art Hippie-Bude erwartet. Aber dafür war die Tante vermutlich zu alt.

Svenja führte ihn in eines der vier Zimmer, in dem sich ein schmales Bett, ein Schrank, ein Tisch und zwei Stühle befanden. Es sah alles nach Ikea aus, ein persönlicher Touch von Svenja fehlte. Das gab ihm Hoffnung. Das Vorstellungsgespräch war vermutlich nur eine Trotzreaktion gewesen. Offenbar musste Svenja sich beweisen, dass sie auch ohne ihn zurechtkam. Solange sie wieder einsichtig wurde und mit ihm nach Hamburg zurückkehrte, was das vollkommen in Ordnung.

Auf dem Tisch stand ein Laptop, dessen Monitor dunkel war. Dennoch klappte Svenja ihn entschlossen zu.

»Setz dich«, sagte sie und zeigte auf die beiden Stühle.

Er nahm Platz und wartete darauf, dass sie ihm etwas zu trinken anbot. Er hatte einen trockenen Mund. Doch Svenja nahm auf dem Bett Platz und sagte: »Ich weiß nicht, warum ich das hier überhaupt mache. Ich habe es dir schon hundert Mal am Telefon erklärt: Es ist aus. Du hast mich lange genug zum Gespött der Leute gemacht.«

»Ich habe mit ihr Schluss gemacht«, beteuerte Magnus. »Wirklich, es ist mir ernst. Ich möchte, dass du zurückkommst.«

»Damit du mich nach der Hochzeit mit der nächsten Schlampe betrügst?« Svenja machte eine abfällige Handbewegung. »Such dir eine andere Idiotin. Ich habe die Nase voll davon.«

Magnus beugte sich vor, griff nach Svenjas Hand. Dass sie sie nicht sofort wegzog, machte ihm Mut. »Svenja, Liebes, glaub mir. Ich habe meinen Fehler eingesehen. Ich habe mit ihr Schluss gemacht. Ich ...«

»Wann?«

»Was?«, fragte er irritiert.

»Wann hast du mit ihr Schluss gemacht?« Svenjas Stimme klang ungewohnt hart. Es gefiel ihm.

»Vor zwei Wochen«, log er.

Svenja betrachtete ihn aufmerksam, doch sie schien nichts Auffälliges in seinem Gesicht zu finden.

»Es war nicht leicht«, fuhr Magnus fort. »Du kennst sie ja.«

»Tu ich das?« Svenja sprang auf und ging zum Fenster, starrte hinaus. »Ich dachte eigentlich, sie sei meine Freundin. Aber da habe ich mich wohl getäuscht.« Sie wandte ihm den Kopf zu. »So, wie ich dachte, ich könnte mich auf meinen Verlobten verlassen.«

Magnus gab sich zerknirscht. »Natürlich, du hast ja so recht.« Er stand auf, stellte sich hinter sie, legte die Hände auf ihre Schultern. Sie ließ es zu, auch wenn sie sich versteifte. »Ich habe etwas gebraucht, bis ich es einsah, aber dann war mir klar, dass meine Zukunft nur mit dir möglich ist.«

Svenjas Schultern zuckten. Weinte sie etwa? Das wäre ein gutes Zeichen, nicht wahr? Sanft drehte er sie zu sich um, nur um entsetzt feststellen zu müssen, dass sie sich nur mit Mühe das Lachen verkniff. Er ließ sie los und trat einen Schritt zurück.

»Was soll das? Machst du dich über mich lustig?«

Svenja lachte nun offen, schüttelte den Kopf, versuchte sich zu beherrschen.

»Tut ... tut mir leid.« Sie hielt die rechte Hand hoch. »Warte einen Moment, gleich geht's wieder.« Tatsächlich hatte sie sich schnell wieder im Griff. »Entschuldige bitte.«

»Was sollte das?«, wollte Magnus erbost wissen. Das lief alles anders als geplant. Wer war diese Frau? Definitiv nicht die Svenja, die er kannte. Konnte man sich innerhalb von drei Wochen so schnell ändern?

»Entschuldige«, wiederholte sie und nahm wieder auf dem Bett Platz. »Ich musste nur gerade an die Gesichter deiner Eltern denken. An dem Tag fand ich es nicht besonders lustig, aber im Nachhinein ...« Sie grinste.

Magnus wusste erst nicht, worauf sie anspielte, erinnerte sich dann jedoch an die vermaledeite Feier, auf der seine Affäre mit Angie herausgekommen war.

»Ich vermute, dein Vater hat dir gute Ratschläge erteilt?« Es klang eher wie eine Feststellung als eine Frage.

»Was meinst du?« Magnus stellte sich dumm, obwohl er bereits ahnte, worauf sie hinauswollte.

»Hat er dir gesagt: Heirate die Brave, die Biedere, die mit der Ausbildung, mach ihr zwei oder drei Kinder, dann ist sie beschäftigt, und du kannst dich ungestört amüsieren?« Sie funkelte ihn wütend an, von Lachen war keine Spur mehr.

»Was … was soll das? Willst du meinen Vater beleidigen?« Er wusste, seine Stimme klang weniger wütend als schuldbewusst. Und natürlich war es Svenja nicht entgangen.

Sie schnaubte. »Du vergisst, dass ich aus demselben Umfeld komme wie du. Ich habe keine Ahnung, warum unsere Mütter es hingenommen, ja erduldet haben. Ich werde es jedenfalls nicht tun.« Sie stand wieder auf. »Ich will eine Partnerschaft auf Augenhöhe. Eine, wo der Mann sich nicht zu fein ist für den Haushalt und die Erziehung der Kinder. Wo die Familie im Mittelpunkt steht und nicht der Golf- oder Tennisclub. Und auch nicht die Firma.«

Magnus hörte nur mit halbem Ohr hin. Haushalt, Erziehung, Familie – das waren Schlagworte, über die er lieber nicht so genau nachdenken wollte. Er konzentrierte sich auf die Frau, die vor ihm stand. Mit den geröteten Wangen, den sich allmählich auflösenden Haaren wirkte Svenja so sexy wie nie. Er hatte das dringende Bedürfnis, mit ihr zu schlafen. Jetzt, hier und auf der Stelle.

Er trat den einen Schritt, der sie trennte, auf sie zu, legte ihr den Finger auf den Mund und machte »Schschsch.«

Sie war so überrumpelt, dass sie sich widerstandslos küssen ließ. Zumindest für einen Augenblick. Dann riss sie sich los.

»Bist du übergeschnappt? Was soll das?«, fauchte sie und trat zurück. Da hinter ihr das Bett stand, fiel sie rücklings darauf. Magnus nutzte die Gunst der Sekunde und warf sich auf sie.

»Ich liebe dich, Svenja«, murmelte er und suchte ihren Mund. Während er mit der Linken ihre Hochsteckfrisur löste, griff er mit der anderen Hand zwischen ihre Beine.

Svenja zappelte und wand sich, schlug ihn auf den Rücken, was ihn nur noch entschlossener machte. Das war fast schon Angie-gleich, sein Schwanz war da ganz seiner Meinung.

»Svenja, Liebes, wehr dich doch nicht«, murmelte er wieder und wieder. Und tatsächlich – ihr Widerstand erlahmte und hörte dann ganz auf.

Er küsste sie, rollte zur Seite, schob ihren Rock hoch. Sie trug den schwarzen Spitzenslip, den er ihr zum letzten Geburtstag gekauft hatte. Sie hatte ihn damals nur mit Fingerspitzen hochgehalten und gefragt, wann sie den jemals anziehen solle.

Es törnte ihn nur noch mehr an. Als habe sie gewusst, dass er käme! Es fühlte sich alles so richtig an.

»Warte, warte, nicht so wild«, sagte er sanft, als sie zwischen seine Beine griff. Sie gehorchte. Er zog ihre Strumpfhose und den Slip herunter, ließ beides auf den Boden fallen. Dann versuchte er, seinen eigenen Reißverschluss zu öffnen, doch irgendetwas klemmte. Er rollte auf den Rücken, zupfte und zerrte, ohne Erfolg. Sein Penis war hart und wölbte sich deutlich gegen den Stoff.

Verdammt! Im Liegen würde er sich nicht von der Hose befreien können.

Er rollte zurück und küsste sie erneut, flüsterte ihr dann ins Ohr: »Nur noch ein winziger Augenblick«, und erhob sich, um Hose und Boxershorts auszuziehen. Er war nur den Bruchteil einer Sekunde abgelenkt, konzentrierte sich auf den Faden, der sich ausgerechnet jetzt im Reißverschluss verklemmt hatte.

Plötzlich spürte er einen unglaublichen Schmerz zwischen den Beinen. Wasser schoss ihm in die Augen, er krümmte sich.

Verdutzt schaute er nach unten, wo sich sein Geschlecht anfühlte wie Brei.

»Wa…?«

Sein Blick fiel auf Svenja. Sie starrte ihn so unverhohlen hasserfüllt an, dass er für einen Moment den Schmerz vergaß.

»Raus«, sagte sie so leise, dass er es kaum verstand.

Hatte sie ihm etwa zwischen die Beine getreten? Magnus war zu verdutzt, um wütend zu werden. Nicht in seinen kühnsten Träumen hätte er Svenja so etwas zugetraut.

»Raus«, wiederholte sie, diesmal deutlicher und lauter. Sie rollte von ihm weg, stand auf, zog den Rock nach unten und stellte sich an die Tür.

Magnus bewegte vorsichtig ein Bein, zuckte zusammen, als der Schmerz durch seinen Körper schoss.

»Ich brauche etwas zum Kühlen«, sagte er vorsichtig und deutete nach unten.

»Im Hotel wirst du sicher eine mitfühlende Frau finden, die sich darum kümmert«, sagte Svenja hart und öffnete die Tür. »Ich sag's nicht noch mal: Raus.«

»Ich geh ja«, erwiderte Magnus schwach. »Gib mir bitte noch einen Moment.« Er sammelte sich, richtete sich langsam auf, stemmte sich gegen die Schmerzen, die kamen und gingen. Behutsam machte er einen Schritt, dann noch einen, stand vor Svenja, die ihn ungerührt ansah.

»Es, es tut mir leid«, stammelte er.

»Lass es gut sein, hau einfach ab«, sagte sie.

Er schlurfte zur Tür, wandte sich noch einmal um, sah Svenjas ausdruckslosen Blick, verließ die Wohnung.

Die Treppe wurde zur Hölle, jeder Schritt, jedes Auftreten schmerzte. Endlich stand er im Erdgeschoss, hörte durch eine Tür die Geräusche aus dem Café. Vor der Haustür zögerte er. So konnte er unmöglich auf die Straße treten. Er zog das Handy aus der Hosentasche, wählte die Nummer der Taxizentrale und bestellte einen Wagen.

»Ich warte unten, es kann aber trotzdem dauern, ich bin am Bein verletzt«, sagte er.

Das Taxi stand vier Minuten später vor dem Haus. Er humpelte so schnell wie möglich zu dem Wagen und hoffte, Svenjas Tante würde ihn nicht sehen.

Im Hotel angekommen, ließ er sich je eine Flasche Champagner und Bourbon kommen. Den Champagner stellte er zur Seite, vom Bourbon schenkte er sich großzügig ein. Aus dem Kühler kippte er eine Handvoll Eiswürfel in ein Handtuch, legte sich aufs Bett und kühlte sein malträtiertes Geschlecht.

Was war nur in ihn gefahren? Nicht einmal in angetrunkenem Zustand war er jemals auf die Idee gekommen, eine Frau mit Gewalt zu nehmen. Hatte ihn die Beziehung zu Angie bereits so verdorben? Die Frau mochte es wild im Bett, um nicht zu sagen, hart und brutal.

Einmal mehr bekräftigte Magnus seinen Entschluss, die Affäre für beendet zu erklären. Der Sex mochte noch so gut sein – für ihn war diese Beziehung alles andere als gesund.

Nach der dritten Eispackung und dem vierten übervollen Bourbon schlief er mit dem Gedanken ein, sich bei Svenja entschuldigen zu müssen.

Als er erwachte, war es dunkel im Zimmer. Die Uhr neben dem Bett zeigte fünf Uhr vierunddreißig. Nachmittags oder morgens? Er suchte seine Armbanduhr, fand sie nicht. Magnus wollte aufstehen, stöhnte, als ihn ein stechender Schmerz durchfuhr. Vage erinnerte er sich an den Vorfall mit Svenja. Was er getan hatte, war unverzeihlich. Dennoch würde er zu ihr gehen und sie um Entschuldigung bitten. Sie war die Frau, die er heiraten wollte, jetzt mehr denn je.

Er rollte sich zur Seite, richtete sich vorsichtig auf, wusste nicht, welche Schmerzen schlimmer waren, die im Kopf oder die im Unterleib. Er hatte beide verdient.

Unter lautem Ächzen und Stöhnen schaffte er es schließlich aufzustehen. Seine Armani Smartwatch lag neben dem Bett. Es war halb sechs nachmittags.

Magnus schlüpfte vorsichtig aus den Klamotten, ließ alles auf dem Boden liegen, schlich ins Badezimmer, um zu pinkeln. Panik machte sich in ihm breit, als zunächst nichts ging, doch dann endlich kam der erlösende Strahl. Es schmerzte weniger als befürchtet.

Er suchte nach einem Spiegel, probierte es mit dem verstellbaren Kosmetikspiegel, konnte aber nur seine Schamhaare sehen. Im Gang fand er einen Ganzkörperspiegel zwischen den beiden Kleiderschränken. Das Licht war nicht optimal, aber ausreichend.

Magnus zögerte, ließ den Blick zunächst über seinen Körper wandern. Er spannte den Bizeps an, erst den rechten, dann den linken und war zufrieden mit dem Ergebnis. Für sein Sixpack könnte er wieder etwas mehr tun, aber er war ziemlich gut in Schuss. Zumindest, was die Muskeln anging.

Zuletzt kam er nicht mehr daran vorbei, seinen Penis anzuschauen. Er wirkte vollkommen normal. Magnus stieß einen Seufzer der Erleichterung aus. Vorsichtig betastete er die ganze Pracht seiner Männlichkeit. Jede Berührung schmerzte, aber es schien nichts gebrochen oder ernsthaft gequetscht zu sein.

Zufrieden stellte er sich unter die Dusche, rasierte sich, suchte nach frischer Kleidung, stellte fest, dass er nur eine Garnitur zum Wechseln mitgenommen hatte. Notgedrungen schlüpfte er in die alte Wäsche, streifte das zerknitterte Hemd über. Seine Anzughose hatte die Stunden auf dem Bett nicht unbeschadet überstanden und zeigte Falten, wo keine hingehörten.

Er erinnerte sich an einen Trick seiner Mutter und ging zurück ins Bad, wo er die Dusche heiß aufdrehte, bis der Dampf ihm fast den Atem nahm. Er hängte Anzug und Hemd an den Arm des Kosmetikspiegels, schloss die Tür, schlüpfte in den Bademantel, der im Kleiderschrank bereitlag und bestellte sich etwas zu essen.

Als zwanzig Minuten später ein junger Mann mit dem Club-Sandwich und dem Bier kam, fragte Magnus, wo er neue Klamotten kaufen könne.

»Es sind nur zirka fünf Minuten zum nächsten Kaufhaus. Es ist bis zwanzig Uhr geöffnet. Sie können aber auch unseren Einkauf-Service nutzen. Der Concierge wird Ihnen gerne weiterhelfen«, erwiderte der Hotelangestellte.

Magnus dankte ihm und gab ihm fünf Euro Trinkgeld.

Während er das Sandwich aß, checkte er seine Mails. Drei Anfragen wegen Immobilien, eine Mail von seinem Vater, warum zur Hölle er nicht ans Telefon ging, diverse Newsletter und Angebote, keine Nachricht von Angie.

Magnus überprüfte sein Handy, stellte fest, dass es auf lautlos stand. Er hatte fünf Anrufe seines Vaters und sage und schreibe zweiundzwanzig von Angie verpasst. Warum hatte er das Vibrieren nicht gespürt? Blöde Frage. Wider Willen musste er grinsen. Er wählte die Nummer der Mailbox und stellte auf Lautsprecher. Die erste Nachricht war von Angie, die etwas von Schwein und Verräter kreischte. Magnus löschte diese und alle anderen Nachrichten von ihr.

Die ersten beiden Anrufe seines Vaters waren ohne Nachricht, zu hören war nur sein Atem. Er hasste Anrufbeantworter. Im dritten machte er ihn in knappen Worten auf einen angeblich interessanten Artikel in der *FAZ* aufmerksam. Magnus war klar, dass es nur ein Vorwand gewesen war, um ihn über den Verlauf der Mission Svenja auszufragen. Er löschte auch diese Nachrichten und legte das Handy zur Seite.

Das Hemd zeigte immer noch deutliche Spuren, der Anzug war hingegen weitestgehend knitterfrei. Magnus zog sich an. Alles war noch leicht feucht, doch er wollte nicht mehr länger warten. Er ging ein paar Schritte auf und ab, stellte zufrieden fest, dass er kaum noch Schmerzen hatte.

An der Rezeption ließ er sich den Weg erklären und stand kaum zehn Minuten später in der Herrenabteilung des Karstadt, wo er einen neuen Anzug, ein Paar Jeans, ein Sweatshirt sowie zwei T-Shirts erstand. Auf dem Rückweg nahm er noch Socken und Unterwäsche mit. Er fühlte sich seltsam beschwingt, obwohl er Shoppen normalerweise hasste. Aber das fühlte sich eher nach einem Neuanfang an.

Zurück im Hotel zog er sich um, schlüpfte zunächst in den neuen Anzug, fand ihn zu steif und formell, wählte am Ende Jeans und T-Shirt. Ja, das war besser.

Es war kurz vor acht. Eigentlich hatte er bis zum nächsten Tag warten wollen, doch warum es hinauszögern? Svenja würde sicher positiv überrascht sein, wenn er sich noch am selben Tag bei ihr entschuldigte.

Im Hauptbahnhof kaufte er alle roten Rosen, die auf Lager waren, und fuhr mit dem Taxi in die Blumengasse.

»Können Sie kurz warten?«, bat er den Fahrer bei Ankunft. »Ich lasse die Blumen noch im Wagen.«

Er stieg aus und ging zum Café. Es sah geschlossen aus, aber es brannte Licht. Magnus spähte durchs Fenster hinein.

Hannah stand hinter der Theke und hantierte herum, die ältere Bedienung war nicht zu sehen. Magnus wollte schon gegen die Scheibe klopfen, als er in der rechten hinteren Ecke eine Bewegung wahrnahm. Er presste das Gesicht gegen die Scheibe.

Svenja saß am selben Tisch, an dem er heute Morgen gesessen hatte. Neben ihr war ein junger Mann, der ihm vage bekannt vorkam. Er suchte nach einem Namen zum Gesicht, konnte sich aber beim besten Willen nicht erinnern.

Die beiden schienen sehr vertraut miteinander zu sein. Sie saßen nicht so dicht nebeneinander, dass man sie für ein Paar hätte halten können, aber dennoch dicht genug. Definitiv zu dicht für seinen Geschmack.

Vor ihnen auf dem Tisch stand ein Laptop, auf dem der Mann Svenja etwas zu zeigen schien. Immer wieder deutete er auf den Monitor, sie ging nach vorne, um einen besseren Blick zu haben, schüttelte dann den Kopf oder nickte.

Der Mann tippte etwas ein, deutete wieder, Svenja schaute, schüttelte oder nickte. So ging das ein paar Mal.

Der Taxifahrer hupte.

Magnus wandte sich um, war versucht, ihm den Stinkefinger zu zeigen, ging dann doch die paar Schritte zum Wagen und sagte: »Haben Sie noch ein paar Minuten Geduld. Die Uhr läuft doch, oder?«

Der Fahrer nickte.

Magnus ging zurück zum Café, stellte sich aber so, dass er den Überblick hatte, ohne selbst gesehen zu werden. Der Laptop stand jetzt weiter weg, dafür steckten Svenja und der Fremde die Köpfe zusammen. Was hatten sie so Wichtiges zu bereden? Und woher kannte Svenja diesen Typen überhaupt? Woher kannte er ihn? Hatte sie in den drei Wochen in München schon einen anderen gefunden?

Magnus wusste nicht, ob er klopfen oder weiter beobachten sollte. Das vertraute Miteinander der beiden machte ihn krank. Am liebsten wäre er in das Café gestürmt und hätte dem Typen den Kragen umgedreht. Denn neben ihm war der andere ein Hänfling.

Magnus stockte der Atem. Svenja sagte gerade etwas zu dem Mann, dabei berührte sie seinen Arm und sie schaute ihn in einer Weise an – ja, verdammt, man konnte es nicht anders als zärtlich nennen.

Wut, Kränkung und etwas, das Magnus im ersten Moment nicht zuordnen konnte, tobten ihn ihm. Dann wurde ihm klar, dass er eifersüchtig war. Dieses Gefühl hatte er bisher nicht gekannt, denn bis jetzt war immer er derjenige gewesen, der in einer Beziehung die Zügel in der Hand gehalten hatte.

Es fühlte sich gar nicht gut an, und zum ersten Mal konnte er Svenja verstehen.

Dennoch – kampflos aufgeben würde er nicht.

Er hob die Hand, um an das Fenster zu klopfen, als Svenja ihren Begleiter mit einem Überschwang an Gefühlen umarmte, wie sie es bei ihm noch nie getan hatte. Seine Hand sank nach unten, er wandte sich ab. Im nächsten Moment würden sie sich küssen, das wollte er keinesfalls sehen.

Er ging zum Taxi zurück, stieg ein und sagte dem Fahrer, er solle ihn zum Hotel fahren. Dort angekommen, zeigte er auf die Rosen und sagte: »Schenken Sie die Ihrer Frau.« Das Taxameter zeigte siebzehn Euro. Er warf ihm einen Zwanzig-Euro-Schein hin und stieg aus, bevor der Fahrer etwas erwidern konnte.

Magnus ging in die Bar, nahm auf einem Barstuhl Platz und bestellte einen Wodka. »Pur und auf Eis.« Als er kam, kippte er ihn auf ex hinunter und verlangte noch einen.

Nach dem dritten fühlte er sich betäubt genug und schaute sich um. Die Bar war spärlich besetzt, kein Wunder bei der Uhrzeit. Es war noch nicht mal neun. Ein paar Stühle weiter saß eine ältere Frau in zu kurzem Minirock und mit zu dickem Make-up. Ihr Schmuck wirkte aufdringlich, ebenso ihr Parfüm. Sie war das perfekte Opfer.

Magnus warf ihr einen Blick zu, wandte ihn ab, sobald sie zurückblickte. Er ließ sich Zeit, wollte erst abwarten, ob nicht doch noch ein Begleiter auftauchen würde. Nach dreißig Minuten war er sich sicher, dass sie nur hier saß, um einen Mann aufzugabeln. Sollte ihm recht sein.

Er prostete ihr zu, ließ ihr einen Drink bringen, setzte sich schließlich neben sie. Sie redeten über dies und das, wussten beide, dass sie über kurz oder lang zusammen im Bett landen würden. Eher über kurz.

Sie war sicher bereits über vierzig, aber es war Magnus egal. Hauptsache, er bekam das Bild von Svenja und diesem Mann aus dem Kopf. Mit dem Trinken hielt er sich zurück, sonst würde sein kleiner Mann schlapp machen, sich womöglich gar nicht erst aufrichten. Er würde wohl Gedanken an Angie zu Hilfe nehmen müssen …

Sie standen bereits in seinem Zimmer und umarmten sich, als sie ihm zwischen die Beine griff und zudrückte. Magnus schrie vor Schmerzen auf und gab ihr aus Reflex eine Ohrfeige.

Er entschuldigte sich tausend Mal, versuchte zu erklären, sagte, es sei sinnlos, er könne nicht, nicht in diesem Zustand. Sie verließ fluchend und mit einer Anzeige drohend das Zimmer.

Fuck! Wie hatte er das vergessen können?

Magnus überlegte, ob er ihr hinterherlaufen sollte, entschied sich dagegen. Sie war gedemütigt genug. Er konnte nur hoffen, dass sie sich mehr schämte als über ihn aufregte und deshalb nicht zur Polizei ging. Eine Anzeige wegen sexueller Belästigung wäre das Letzte, was er jetzt gebrauchen konnte.

Trotz der vier Wodka und einiger Fläschchen aus der Minibar war er hellwach und dachte nach. Wie war es möglich, dass aus dem einst so erfolgreichen Strahlemann so ein Versager werden konnte?

Seit Monaten hatte er seine Firma vernachlässigt, weniger als halbherzig den Interessenten ein paar Immobilien gezeigt und entsprechend wenige Abschlüsse getätigt. Es war ihm egal gewesen, denn im Hintergrund stand immer das Familienvermögen, das er einst erben würde. Würde sein Vater ihn enterben, wenn er ohne Svenja nach Hause kam? Vermutlich nicht, es gab noch mehr Töchter ehrbarer Hamburger Familien.

Aber Magnus wollte nicht auf Svenja verzichten. Zum ersten Mal wurde ihm bewusst, dass er sie wirklich liebte. Bisher hatte er sie nur als die Mutter seiner Kinder gesehen – und sie würde eine gute Mutter sein! – und als elegante Begleitung bei Anlässen aller Art.

Ihm wurde plötzlich klar, wie er Svenjas Herz erneut erobern konnte. Er musste ihr gegenüber offen und ehrlich sein, ohne Rücksicht auf seine eigenen Gefühle.

Magnus sprang auf und lief aufgeregt im Zimmer auf und ab. Keine Lügen mehr! Eine offene und ehrliche Beziehung, das war es doch, was sie gefordert hatte. Wie hatte sie es ausgedrückt? Eine Beziehung auf Augenhöhe. Ja, das war es. Svenja hatte es nicht verdient, so schäbig behandelt zu werden. Sie war ihm ebenbürtig. Mindestens.

Es war ein Neubeginn, das hatte er gestern bereits gespürt. Erneut beschloss er, die Affäre mit Angie zu beenden, doch diesmal fühlte es sich zum ersten Mal richtig an. Er begann damit, dass er ihre Kontaktdaten aus seinem Handy und von seinem Laptop löschte. Natürlich kannte er ihre Nummer auswendig, aber irgendwann würde er sie vergessen haben.

Magnus atmete tief durch und fühlte sich seit Monaten zum ersten Mal wieder richtig gut.

Gegen acht duschte er erneut, rasierte sich und schlüpfte diesmal in den Anzug. Der würde seine ernsten Absichten gut unterstreichen. Auf Rosen verzichtete er, nur nicht zu aufdringlich wirken.

Es waren nur wenige Gäste im Café, was Magnus sehr recht war. Zu seiner großen Überraschung war er nervös. Hannah und ihre Angestellte liefen geschäftig hin und her und tauschten die Blumen auf den Tischen aus. Von Svenja keine Spur, aber auch nicht von ihrem Begleiter.

Magnus betrat das Café und ging direkt auf Svenjas Tante zu. »Guten Morgen.«

»Guten Morgen«, erwiderte sie und lächelte, wie man einen neuen Kunden anlächelt.

»Ist Svenja zu sprechen?«

Hannah Jensen zögerte einen Augenblick, sagte dann: »Sie ist noch oben.«

»Ich muss dringend mit ihr sprechen.« Magnus fragte sich, ob Svenja ihrer Tante von dem Vorfall am Tag zuvor erzählt hatte. »Ich muss mich bei ihr entschuldigen. Ich habe mich gestern wie ein kompletter Idiot aufgeführt.«

Frau Jensen reagierte nicht auf dieses Geständnis, ließ ihn nur mit den Worten »Ich ruf sie an« stehen. Sie verschwand in der Küche, kam aber kurze Zeit später wieder und sagte: »Sie wird in zehn Minuten unten sein. Kann ich Ihnen etwas anbieten?«

Magnus bat um ein Glas Wasser und ein Croissant. Er war zu nervös für Kaffee. Er holte sich die *Süddeutsche* und nahm im hinteren rechten Eck Platz. Bewusst wählte er den Sessel, in dem Svenja am Vorabend gesessen hatte.

Er schaffte es, sich von einem Artikel über die besorgniserregende Entwicklung der Immobilienpreise in deutschen Großstädten, allen voran München, ablenken zu lassen.

»Dass du dich noch mal hertraust!«

Magnus ließ vor Schreck die Zeitung fallen. Wie am Tag zuvor stand Svenja vor dem Tisch und funkelte ihn wütend an. Er sprang hoch. »Bitte, hör mich an.«

Er musste überzeugend geklungen haben, denn sie musterte ihn eingehend, seufzte dann und sagte: »Du hast fünf Minuten.«

Er hatte damit gerechnet, dass sie nach oben oder wenigstens spazieren gehen würden. Na ja, nach oben sicher nicht. Aber das Café war genauso gut, immerhin konnte sie ihm so keine Szene machen. Hoffte er.

Er räusperte sich, nahm einen Schluck Wasser, fühlte, dass es auf Svenja aufgesetzt wirken musste. Dabei war er nervöser als am Tag der mündlichen Abi-Prüfung. Und der war für ihn die Hölle gewesen.

»Okay. Ich ... also zunächst ... ich möchte mich in aller Form bei dir entschuldigen. Ich weiß nicht, was in mich gefahren ist. Es tut mir leid.«

Er wartete, ob sie etwas sagen würde, aber Svenja saß einfach nur da und schaute ihn mit ausdrucksloser Miene an.

»Ich ... ich möchte wirklich, dass du mit mir nach Hamburg kommst. Ich weiß, ich habe mich wie ein Schwein benommen und ich habe dich absolut nicht verdient. Aber was mir gestern glasklar wurde – ich liebe dich.«

Verdammt, warum starrt sie mich so an?

»Ich will reinen Tisch machen und neu anfangen, mit dir. Ich habe dich gestern belogen. Ich habe tatsächlich erst gestern Morgen mit Angie Schluss gemacht.«

Mein Gott, war das wirklich erst gestern?

»Und ich hatte tatsächlich den Hintergedanken, dich nach unserer Heirat zu betrügen. Wobei es dabei ja nur um Sex geht, es hat nichts mit dir zu tun.«

Betrug ist Betrug, oder? Egal, aus welchem Grund.

»Aber das ist endgültig vorbei. Der gestrige Tag hat mir die Augen geöffnet. Ich habe endlich erkannt, dass ich dich liebe. Und dass ich nur mit dir zusammen sein will. Lass uns eine Familie gründen und eine Partnerschaft auf Augenhöhe führen.«

Ihr Blick ist nicht mehr so starr, oder bilde ich mir das nur ein? Was könnte ich jetzt noch sagen? Oder ist genug gesagt?

Erstaunt sah er, dass Svenjas Augen glänzten. Sein Herz klopfte wie wild. Es würde ein Happy End geben!

»Ich wollte dich eigentlich nie mehr wiedersehen«, sagte Svenja leise. »Aber jetzt bin ich froh, dass ich es getan habe. Ich danke dir für deine Aufrichtigkeit. Zum ersten Mal habe ich das Gefühl, dass du mir gegenüber ehrlich bist. Ich muss zugeben, es ist ein gutes Gefühl.«

Magnus wollte nach ihrer Hand greifen, doch sie wehrte ab. »Nein, lass mich jetzt bitte auch ausreden. Ich hatte drei Wochen Zeit, um über alles nachzudenken, über mich, dich, uns. Anfangs hat es nur wehgetan, dann wurde ich wütend. Schließlich habe ich mir ausgemalt, wie unsere Zukunft vermutlich aussehen würde. Und mir wurde sehr schnell klar, dass ich das keinesfalls wollte: ich zu Hause mit zwei oder drei Kindern, du immer auf Achse, angeblich auf Geschäftstermin, in Wahrheit aber mit irgendeiner Geliebten im Bett. Nein, sag jetzt nichts, ich kenne es, kenne es zu gut. Ich muss mir nur die Ehe meiner Großmutter anschauen und vermutlich auch die Ehe meiner Eltern.«

Sie rang sichtlich um Fassung. Magnus hätte sie gerne in den Arm genommen, sie getröstet, ihr ins Ohr geflüstert, dass alles gut werden würde. Er hatte noch nie solch ein Bedürfnis gehabt. Und jetzt hatte er das Gefühl, dass Svenja nicht die Frau war, die solche Gesten schätzen würde. Sie war es nicht mehr.

»Wie gesagt, ich hatte Zeit«, fuhr sie sehr leise fort. »Und mir wurde noch etwas klar: Ich liebe dich nicht.« Sie schaute ihm direkt in die Augen. »Vermutlich habe ich dich nie geliebt. Es tut mir leid.«

Erst allmählich drang die Bedeutung ihrer Worte in Magnus' Bewusstsein vor. Ihm wurde kalt. »Was heißt das?« Seine Stimme war rau.

»Das, was ich dir schon gestern gesagt habe: Es ist aus. Endgültig. Es tut mir leid, aber es hat doch keinen Sinn.«

»Aber ich liebe dich!«

Sie legte ihre Hand auf seine. »Das mag sein, aber es ändert nichts. Ich liebe dich nicht, und es würde keine gute Beziehung werden, wenn einer liebt und der andere nicht, nicht wahr?«

»Du hast einen anderen!« Er hatte es nicht sagen wollen, doch nun war es zu spät.

Svenja runzelte die Stirn. »Wie kommst du denn auf den Blödsinn? Ich habe keinen anderen. Mein Bedarf an Männern ist vorerst gedeckt.«

»Ich habe euch gesehen, gestern Abend, hier, im Café.« Magnus deutete auf das Fenster. »Ich habe euch beobachtet.«

Wieder runzelte Svenja die Stirn. »Spionierst du mir etwa nach?«

»Nein, ich wollte mich entschuldigen. Das Café war schon geschlossen, also habe ich kurz durchs Fenster geschaut, da noch Licht brannte. Da habe ich euch gesehen. In trauter Zweisamkeit.«

Das ohnmächtige Gefühl der Eifersucht umklammerte sein Herz und raubte ihm fast den Atem.

Svenja lachte. »Du meinst doch nicht etwa Ben? Er ist nur ein guter Freund, der für mich da war, als es mir schlecht ging.«

»Du warst sehr vertraut mit deinem guten Freund.« Er klang kindisch und er wusste es. Am liebsten hätte er etwas zertrümmert.

»Und wenn schon? Welches Recht hast du, etwas dagegen zu haben?« Svenja klang wütend.

Magnus knickte ein. »Kein Recht, natürlich nicht. Es tut mir leid.«

Sie stand auf. »Du gehst jetzt besser. Und auch wenn ich dir keine Rechenschaft schuldig bin – ich werde eine Weile hier in München leben. Ich bin auf Jobsuche und es sieht sehr gut aus. Bis ich eine Wohnung habe, kann ich bei meiner Tante wohnen.«

Magnus erhob sich ebenfalls. In seinem Inneren tobten Gefühle miteinander um die Wette, von denen er bisher keine Ahnung hatte, dass sie existierten. »Gibt es eine Chance für uns?«, fragte er leise.

Svenja schüttelte den Kopf. »Nein, tut mir leid. Es ist aus, endgültig.« Sie beugte sich vor und gab ihm einen Kuss auf die Wange. »Mach's gut. Ich wünsch dir nur das Beste.« Sie wandte sich ab und verschwand in der Küche.

Magnus blieb wie betäubt stehen.

»Wird der Tisch frei?« Vor ihm standen zwei ältere Damen und blickten ihn fragend an.

»Was?« Er schaute sich um, sah, dass die Leute schon starrten, nickte und antwortete: »Ja, natürlich. Entschuldigen Sie bitte.«

Er suchte nach Hannah Jensen, sah nur ihre Mitarbeiterin, ging zu ihr und zückte den Geldbeutel. »Was bin ich schuldig? Ein Glas Wasser und ein Croissant.«

»Das geht aufs Haus«, sagte die Frau. »Auf Wiedersehen, alles Gute.«

Magnus bedankte sich mechanisch und verließ das Café. Er hatte mit allem gerechnet, nur nicht, dass Svenja ihm den Laufpass geben würde. In Gedanken versunken lief er durch die Blumengasse. Er stieß mit jemandem zusammen, der ihn daraufhin einen Idioten schimpfte, der wohl nicht aufpassen könne.

»'tschuldigung«, murmelte Magnus und schaute dem älteren Herrn nach, der im Haus verschwand, in dem sich das Café befand. Er wollte sich umdrehen, um weiterzugehen, als er den jungen Mann sah. Er war gerade in die Blumengasse eingebogen und wollte sicherlich zu Svenja. Er telefonierte.

»Du kommst mir grade recht«, murmelte er und lief zurück zum Café.

»Hallo Ben«, grüßte er ihn.

Der Typ blickte erstaunt hoch, stutzte erst, lächelte dann, sagte: »Hallo Magnus. Wie geht's denn so?« Ins Handy sagte er: »Ich ruf dich nachher zurück.«

Nun war es an Magnus, erstaunt zu sein. Woher wusste der Kerl seinen Namen? Als es ihm einfiel, musste er lachen. Na klar, Svenja hatte ihn erwähnt.

»Und, alles klar?« Dieser Ben schien sich seiner Sache ja sehr sicher zu sein. Kein Zeichen von Nervosität oder gar Angst. Freundlich schaute er ihn an.

»Lass die Finger von Svenja, sie gehört mir.« Magnus versuchte, seiner Stimme einen drohenden Klang zu geben. Es zeigte keine Wirkung.

»Was willst du denn?«, gab Ben ungerührt zurück. »Svenja und ich sind nur gute Freunde. Sie hat mich um Hilfe gebeten, ich habe ihr geholfen. Punkt.«

»Hilfe, pah, dass ich nicht lache. Ich habe euch gestern Abend gesehen. Hier drinnen.«

»Na, dann hast du aber eine blühende Fantasie«, sagte Ben und lachte. »Keine Ahnung, was du gesehen hast. Ich bin mir jedenfalls keiner Schuld bewusst.«

Magnus hatte das dringende Bedürfnis, diesem selbstherrlichen Kerl an die Gurgel zu gehen. Doch er hielt sich zurück. Es gab zu viele Zeugen, und er hatte schon genug Probleme.

»Kennen wir uns?«, fragte er stattdessen.

»Ja, aber du scheinst dich nicht mehr daran zu erinnern«, erwiderte Ben vergnügt. »Ich war mal auf einer deiner Partys eingeladen. Das war noch vor Svenjas Zeit.«

Magnus versuchte erneut, sich zu erinnern, aber weder zu dem Gesicht noch zum Namen fiel ihm etwas ein. Ungeniert betrachtete er Ben, der es amüsiert über sich ergehen ließ. Ausgewaschene Jeans, ausgelatschte Turnschuhe, immerhin, das Sweatshirt wirkte einigermaßen neu. Auf dem Rücken baumelte ein zerknautschter Rucksack. Eine Idee schoss in ihm hoch.

»Lebst du in München?«, fragte er.

»Zur Zeit schon. Warum?«

»Ich geb dir Geld, wenn du mir dafür regelmäßig berichtest, mit wem Svenja sich trifft.«

Die Antwort war schallendes Gelächter. Ben stellte sich vor das Schaufenster des Cafés und drehte und wendete sich. »Mir war nicht klar, dass ich so heruntergekommen aussehe.« Er wurde schlagartig ernst. »Ich will dir eines sagen: Du hast Svenja nicht verdient. Sie könnte niemals dir gehören, sondern höchstens zu dir. Aber Typen wie du sehen darin keinen Unterschied, nicht wahr? Behalt dein schimmliges Geld und verpiss dich zurück nach Hamburg.« Damit wandte er sich ab und betrat das Café.

Magnus konnte sich nur mit Mühe beherrschen, um nicht hinterherzulaufen und den Typen grün und blau zu prügeln. Er war nicht der Schlägertyp, aber dieser Ben brachte all seine negative Energie zum Vorschein.

Oder war es die Stadt? Alles in München wirkte piefig. Es wurde Zeit, dass er nach Hause kam, verdammt noch mal!

Gina Stein

Sei locker!

26. Oktober

Liebes Tagebuch!

Du lieber Himmel, das klingt ja jetzt, als wäre ich ein pickliger Teenager, der unglücklich verliebt ist. Und es ist auch gar nicht so weit weg. Okay, ich bin einundzwanzig, habe aber ab und zu immer noch Pickel. Bin ich unglücklich verliebt?

Wie lange habe ich denn hier schon nichts mehr reingeschrieben? Schlappe fünf Monate! Dabei ist gerade in den letzten Wochen so viel passiert! Kann es wirklich sein, dass ich Max noch nicht erwähnt habe?

Dann muss ich das schleunigst nachholen. Obwohl – die letzte Nacht ist eigentlich viel wichtiger.

Okay, Kompromiss: kurzer Bericht über Max, dann ausführlicher über letzte Nacht.

Max. Wo fange ich an? Er ist Kommilitone, älter als wir alle, es gibt Gerüchte, dass er schon ein Studium hinter sich hat. Ob er meist allein unterwegs ist, weil wir ihm zu jung und unreif sind, oder ob er ein echter Einzelgänger ist, kann ich noch nicht sagen. Klar, er hat immer ein paar Leute im Schlepptau, aber die wirken eher wie ein Hofstaat und nicht wie Freunde.

Was soll ich sagen? Ich finde den Typen megacool. Und klinge jetzt doch wie ein Teenager. Wie es der – glückliche? – Zufall wollte, sind wir in einer Arbeitsgruppe zur Vorbereitung auf die Klausur in Strafrecht III. Eigentums- und Vermögensdelikte, das klingt aufregender als es ist. Niemand hat mir gesagt, dass Jura so staubtrocken ist!

Ich war ganz schön naiv! Dachte, ich könnte als Anwältin mal die Welt retten. Haha! Zunächst muss ich mich selbst retten!

Zurück zu Max. Er ist der unangefochtene Boss der Gruppe, ist aber nicht arrogant oder so. Man merkt einfach, dass er mehr Lebenserfahrung hat als wir anderen und mit großem Ernst an die Sache rangeht. Und er kann wunderbar erklären. Eigentlich sollte er vorne stehen und die Vorlesungen halten. Max for president. Haha!

Ich bin mir nicht sicher, ob ich in ihn verliebt bin oder ob ich ihn einfach nur faszinierend finde. Und wo ist da noch mal der Unterschied? Tatsache ist, ich will ihn näher kennenlernen und – ja – ich will auch mit ihm ins Bett. Er ist sicher ein ganz toller Liebhaber.

Aaaaber – das alles ist jetzt erst mal ganz massiv in den Hintergrund gerückt nach letzter Nacht. Ich bin mir nicht sicher, ob ich das nicht doch nur alles geträumt habe. Aber da sind mindestens zwei Stempel zu sehen – ich war also auf jeden Fall weg gestern Abend.

Natürlich war Mandy die treibende Kraft. Ich wäre brav zu Hause geblieben und hätte gelernt. Aber es war schon verlockend, Verwaltungsrecht mit einem Drink und cooler Musik zu tauschen. Nur, dass die Musik ziemlich mies war und die Drinks eigentlich unbezahlbar.

Mandy hat sich natürlich sofort einen Typen angelacht, der ihr alles spendiert. Dafür steigt sie mit ihm ins Bett, aber das ist auch ihr erklärtes Ziel. Mir macht sie weis, sie bräuchte mich, um einen Mann abzukriegen. Dabei stehen die Kerle doch auf ihre Rubensfigur! Zumindest, solange es nur eine Bettgeschichte ist.

Sie angelt sich ziemlich schnell dieses Mannsbild mit Vollbart, der mich gefährlich an einen Waldschrat erinnert. Meines Wissens kann Mandy Bärte nicht ausstehen, aber was tut man nicht alles für Freigetränke und einen Schwanz? Ist nicht meine Welt.

Ich steh deshalb mal wieder rum wie ein Mauerblümchen. Mandy sagt, das liege an meiner Haltung.

»Du bist zu verkrampft, wirkst arrogant und abweisend. Das macht den Männern Angst. Und hör auf, bei jedem Typen, der dich zwei Mal anschaut, gleich die große Liebe zu suchen. Sei einfach mal locker und genieß das Leben. Dann findest du auch Mr. Right.«

Ich kann ihr einfach nicht begreiflich machen, dass ich mich auch ohne Macker amüsieren kann.

Okay, gestern fiel mir das ziemlich schwer. Untanzbarer Techno und ein Publikum zum Kotzen: Möchtegern-Manager in engem Anzug und noch engerem, blütenweißem Hemd, am Arm eine blonde, miniberockte Tussi, aufgeschminkt, mit kitschigem Schmuck behängt, zu grellem Lippenstift und in einer Tour gackernd. Da war Mandys Waldschrat fast schon eine angenehme Ausnahme.

Ich war ernsthaft am Überlegen, nach Hause zu meinen Büchern zu fahren, als dieser Typ mit dem Ziegenbärtchen auftauchte. Er sah aus wie der klassische Nerd: ein paar Pfunde zu viel auf den Hüften, Jeans, schwarzes T-Shirt, zottelige Haare, die er zu einem mickrigen Pferdeschwanz zusammengebunden hatte, Nickelbrille und eben dieses Gestrüpp am Kinn. Wobei Gestrüpp zu viel gesagt ist. Es war eher der misslungene Versuch, ein fliehendes Kinn zu kaschieren. Aber er hatte nette Augen. (Max hat auch nette Augen!)

Er stand am Rand der Tanzfläche und warf immer mal wieder einen Blick zu mir herüber. Ich tat natürlich so, als würde ich es nicht bemerken. Es dauerte schlappe acht Minuten, bis er es wagte, mich anzusprechen.

»Hast du Lust zu tanzen?«

Das überraschte mich dann doch, denn er schien nicht der Tänzer-Typ zu sein, eher der, der endlos diskutiert. Was bei der Lautstärke eine wahre Herausforderung gewesen wäre.

Ich hatte keine Lust, aber alles war besser, als Mandy beim Knutschen zusehen zu müssen. Außerdem war die Musik in den letzten Minuten erheblich besser geworden.

Ich versuchte erfolglos, Mandy Bescheid zu geben, und folgte Ziegenbärtchen zur Tanzfläche. Er suchte einen freien Platz und begann, sich ungelenk zur Musik zu bewegen. Ich passte mich ihm an. Nach einer Weile beugte er sich vor und brüllte mir ins Ohr.

»Wie heißt du?«

»Gina. Und du?«

»Tobias. Bist du öfters hier?«

»Eher selten. Und du?«

»Auch nicht so oft. Ich bin mit Freunden da.« Er deutete hinter sich.

Ich sah nur eine undefinierbare Menge Menschen.

»Was machst du? Ich meine, beruflich?«

»Ich studiere.«

»Hey, du auch? Was denn?«

»Jura.«

Er verzog das Gesicht. »Ist das nicht trocken?«

»Geht so. Und was machst du?«

»Ich studier an der TU. E-Technik.«

»Oh! Das wär nichts für mich. Ich hab zwei linke Hände.« Wie zum Beweis hielt ich meine Hände hoch und grinste.

»Schöne linke Hände.«

»Danke.«

Die Musik wechselte wieder zurück zu einem untanzbaren Techno-Stück. Tobias zögerte, fragte dann: »Hast du Lust, mit an meinen Tisch zu kommen? Es sind ein paar verrückte Jungs, aber sie sind ungefährlich.«

Ich schaute zu unserem Tisch, wo Mandy schon fast unter dem Rauschebart verschwand. Da war mit Konversation eh nichts mehr zu machen.

»Klar, warum nicht?«, sagte ich und folgte einem offensichtlich überglücklichen Tobias. Ich hoffte sehr, dass er nichts von mir erwartete. Er führte mich zu einem etwas abgelegenen Tisch, an dem vier Typen saßen, die rein äußerlich unterschiedlicher nicht sein konnten. Später habe ich erfahren, dass sie auch vom Charakter her ziemlich verschieden sind. Da wären:

- Christopher, genannt Chris. Blond, blauäugig, durchtrainiert, Brilli im Ohr, hautenge Klamotten. Für Frauen, die auf Muskeln stehen, sicher ein Traum. Nichts für mich. Hat praktisch immer die Klappe offen und redet ziemlich viel Unsinn. Studiert zusammen mit Tobias E-Technik. (Der wird übrigens Tobi genannt, welche Überraschung.)
- Mike, das Gegenteil von Chris: dunkle Haare, sehr breite Stirn, Augen von undefinierbarer Farbe (ich glaube, sie sind grün, aber sicher bin ich mir nicht), nicht schlank, nicht fett, irgendwas Undefinierbares dazwischen. Jeans, T-Shirt, Pulli – wie öde. Er studiert Maschinenbau, zusammen mit
- René, der Möchtegern-Womanizer. Die anderen nennen ihn Rennie (heißt so nicht ein Magenmittel?). Trägt einen dieser scheußlichen Hüte, die zu klein sind und dämlich aussehen. Extrem

kurze, braune Haare, definitiv grüne Augen, Anzug und Krawatte. Er sieht eigentlich nicht übel aus, dennoch hat er was an sich, das mich abstößt. Keine Ahnung, was es sein könnte. Vielleicht seine blöden Anmachsprüche. Die ich eigentlich gewohnt bin.

Und dann ist da noch Oliver, natürlich Olli genannt, was absolut nicht zu ihm passt. Wie kann ich ihn beschreiben, ohne ins Schwärmen zu geraten? Schulterlange, sehr gepflegte glatte braune Haare, dunkle Augen, in denen man versinken kann. Ein durchtrainierter Körper, aber ohne Chris' Muskelpakete. Okay, die Klamotten waren nicht so aufregend, aber die inneren Werte zählen, nicht wahr?

Tobias hatte mich und die Jungs einander vorgestellt. Da wusste ich natürlich noch nichts von ihnen.

Ich wollte mich neben Tobi an den Rand setzen, doch da hatten mich Mike und René schon zwischen sich gezogen.

Sie wirkten harmlos, dennoch war ich misstrauisch. Was hatten sie vor? Musste Tobias eine Mutprobe absolvieren, hatten sie eine Wette abgeschlossen oder suchten sie ein Opfer für eine Massenvergewaltigung?

Ich dachte an Mandys Mahnung und versuchte, locker zu sein. Leichter gesagt als getan. Aber solange wir im Club blieben, konnte nichts passieren.

»Und, was geht ab bei euch?«, fragte ich forscher, als mir zumute war.

»Jetzt, wo du da bist, sicher einiges«, gab René zurück und zwinkerte mir zu. Wie zufällig legte er den Arm auf die Lehne hinter meinem Rücken, was Mike ihm sofort nachmachte.

Ich wäre am liebsten davongelaufen. Was Mandy bei ihrer Analyse nie in Betracht zieht, ist die Tatsache, dass eine Blondine in der Regel für ein williges Dummchen gehalten wurde.

Aber da tu ich den Jungs jetzt Unrecht. Sie haben sich wirklich bemüht. Man bot mir was zu trinken an. Klar fanden sie es langweilig, dass ich nur eine Cola wollte, aber schließlich haben sie es akzeptiert.

Ich erfuhr, was ich oben schon geschrieben habe: Alle studieren an der TU, Tobi und Chris E-Technik, René und Mike Maschinenbau. Nur von Oliver erfuhr ich nichts. Er saß am Rand und wirkte zeitweise, als gehöre er gar nicht dazu. Die anderen, allen voran Chris und René, machten sich ab und zu lustig über ihn, aber er schien es nur amüsant zu finden.

Schließlich fragte ich ihn direkt: »Was machst du so?«

Bevor er selbst antworten konnte, sagte René: »Er ist unser Sensibelchen. Olli ist Künstler.«

»Echt?«, entfuhr es mir, und ich kam mir tatsächlich wie die doofe Blondine vor. »Was genau machst du?«

»Ich male.« Seine Stimme war ungewöhnlich tief. Im Gegensatz zu den anderen schaute er mir direkt in die Augen.

Ich wusste, dass er mir gefährlich werden würde.

»Studierst du Malerei oder was ähnliches?«

»Nein, ich hab mir alles selbst beigebracht.«

»Olli ist vor allem Sohn reicher Eltern«, warf René süffisant ein. »Er kann es sich leisten, nichts zu tun.« Sein Neid war deutlich zu hören.

»Du siehst auch nicht gerade verhungert aus«, sagte ich laut genug, damit alle es hören konnten.

»Huh, die Frau hat Haare auf den Zähnen«, rief Chris. »Nimm dich in acht, Rennie.« Alle außer Oliver lachten.

Mir wurde es zu blöd. Und ich wollte mich nicht in noch einen unerreichbaren Typen verknallen. Max reichte. Ich stand auf.

»Jungs, es war nett mit euch, aber jetzt muss ich mich mal wieder um meine Freundin kümmern. Danke auch für die Cola.« Ich hab sie nicht angerührt, hab immer Panik, dass mir einer was reinschüttet.

Ich ging zurück zu unserem Tisch, aber da saßen fremde Leute. Ich war irritiert, aber es war definitiv der Tisch, an dem Mandy und ich gesessen hatten. Verdammt! Wir hatten vereinbart, Bescheid zu sagen, wenn eine den Club ohne die andere verließ! War Mandy schon so notgeil, dass sie alle Vorsichtsmaßnahmen vergaß?

Ich checkte mein Handy und entdeckte die Nachricht.

Bin schon mal los, konnte nicht mehr warten. ☺

Na toll. Und ich stand mitten in der Nacht da und wusste nicht wohin. Zuhause würden die nächsten zwei, drei Stunden eine einzige Geräuschhölle sein.

Ich weiß nicht, wie oft ich mir schon vorgenommen habe, mir eine neue Bleibe zu suchen. Mandy ist nett und umgänglich – solange sie nicht auf Männerfang ist. Das aber ist sie in letzter Zeit leider permanent.

Klar, sie hat panische Angst vor den Prüfungen, doch die wird sicher nicht besser, indem sie jeden zweiten Tag einen anderen Mann im Bett hat.

Ich hatte also die Wahl, nach Hause zu fahren, allein im Bett zu liegen und mit anhören zu müssen, wie Mandy sich nebenan amüsierte. Leider ist sie seeeehr laut beim Sex!

Wieso, bitteschön, findet Mandy mit ihren scheußlich gefärbten Haaren, den schlechten Zähnen und mindestens zwanzig Kilo Übergewicht permanent einen Mann, während ich – laut Mandy mit Traumfigur, blauen Augen, langen naturblonden Haaren und perfekten Zähnen – allein bleibe?

Sende ich wirklich diese Signale aus: Komm mir nicht zu nah? Lass mich in Ruhe?

»Probleme?« Es war nur ein Wort, dennoch jagte mir seine Stimme einen wohligen Schauder über den Rücken. Oliver stand hinter mir und drehte mich sanft um.

»Wie man es nimmt. Ich kann, ich will grad nicht nach Hause.«

»Verstehe.«

Verstand er wirklich oder sagte er es nur so?

»Hast du Lust, mit uns noch um die Häuser zu ziehen? Die Jungs sind gar nicht so übel. Aber wenn sie eine attraktive Frau sehen, drehen sie durch.« Er lachte und – so kitschig es auch klingt – die Sonne ging auf. Mitten in der Nacht. Ich glaube, mein Herz schlug in diesem Moment Pirouetten. Und ich hätte viel dafür getan, dieses Lachen häufiger zu sehen.

Ich riss mich zusammen und lachte ebenfalls. »Na ja, etwas pubertär wirken sie schon.«

»Das sind nur die Hormone, glaub mir.« Er nahm meine Hand, was wieder einen Schauer durch meinen Körper jagte. Dieser Mann war mehr als gefährlich! »Im Ernst: Sie sind harmlos. Sie geben ein bisschen an, das ist alles.«

»Wo wollt ihr denn noch hin?«

»Offen gestanden, keine Ahnung. Ich kenne mich da nicht so aus. Ich bin eher der häusliche Typ.«

»Und warum bist du dann überhaupt dabei?«

»Na ja, es sind meine Freunde. Wir kennen uns noch von der Schule. Außerdem ist es eine Art Abschiedstour.«

»Abschied? Wer wird verabschiedet?«

Er zögerte nur den Bruchteil einer Sekunde, doch mir war sofort klar, dass er es war. »Ich gehe nach London, ich kann dort als Bühnenmaler arbeiten. Es ist eine einmalige Chance, die ich nicht sausen lassen kann.«

Er klang defensiv, als ob er sich rechtfertigen müsse. Mein Herz stolperte wieder, diesmal aber aus Verzweiflung.

»Oh, wie schön«, brachte ich mit Müh und Not raus. »Wann ist es so weit?«

»Ende des Jahres ziehe ich um.«

In meinem Kopf tobten die Gedanken. Ich rechnete nach.

Knapp zehn Wochen! Kann man sich in zehn Wochen so gut kennenlernen, dass eine Beziehung auch aus der Ferne funktioniert?

Was denkst du denn da? Er hat doch gar kein Interesse an dir!

»Hey Leute, was steht ihr hier rum und blast Trübsal?« Chris schlug Oliver auf die Schulter, dass der in die Knie ging. »Und, geht sie mit?«

»Sie geht mit«, erwiderte ich an Olivers Stelle. »Aber nur, wenn ihr euch anständig aufführt und keine blöden Sprüche klopft.«

»Hey, wir sind doch der Anstand in Person!«, sagte Chris empört und grinste mich an. »Oder, Olli?«

Oliver nickte. »Klar, besonders du.«

Dafür erhielt er einen zweiten Schlag auf die Schulter, doch diesmal schien er ihn erwartet zu haben.

»Du sagst es, Mann, du sagst es. Da kommen die anderen. Dann lasst uns mal abhauen.«

Wir verließen den Club, und wie selbstverständlich nahm Oliver meine Hand. Ich bekam kaum etwas mit von dem Gerede der anderen, war viel zu beschäftigt mit meinen Gefühlen und Gedanken.

Dass er meine Hand hält, heißt doch, dass er ebenfalls etwas empfinden muss? Warum macht er das, wo er doch weiß, dass uns gerade mal zehn Wochen bleiben?

Denk nicht an die zehn Wochen, genieß einfach den Augenblick. Mach es wie Mandy. Die schert sich einen Dreck um den nächsten Tag.

Aber ich bin nun mal nicht Mandy, ich bin Gina. Gina, die keine Affäre will, sondern eine ehrliche Beziehung. Eine Beziehung, die länger als zehn Wochen dauert. Gina, der die Männer zweideutige Bemerkungen hinterherrufen, oder pfeifen, wenn sie vorbeigeht. Wie ich das hasse!

»Was?« Tobias hatte mir eine Frage gestellt.

»Bist du aus München?«

»Nein, ich komme aus der Nähe von Rosenheim.«

»Ha, ich wusste es!«, schrie Mike. Er und René schlugen die Hände über den Köpfen zusammen.

»Kindsköpfe«, murmelte Oliver, aber er sagte es beinahe zärtlich.

»Tut es dir leid, weggehen zu müssen?«, fragte ich ihn. Würde er etwas zu uns sagen? Gab es überhaupt ein uns?

»Ja und nein. Ich werde die anderen vermissen, keine Frage. Wir sind seit Jahren zusammen, nicht jeden Tag, aber doch mindestens jeden zweiten. Aber ich freue mich auch auf London, auf die neue Arbeit, auf die Leute dort.« Er schwieg eine Weile, blieb dann stehen, zog mich zu sich, schaute mir tief in die Augen und sagte: »Es mag jetzt bescheuert klingen, aber ich hab ja nicht so viel Zeit. Ich glaube, ich habe mich in dich verliebt. Ist der blödeste Zeitpunkt, den man sich denken kann. Es ist klar, dass wir keine Beziehung anfangen können, oder?« Er klang so unsicher, wie ich mich fühlte.

Sei locker!

Haha! Da macht dir ein Typ eine Liebeserklärung und sagt im selben Atemzug, dass es keine gemeinsame Zukunft gibt. Der absolute Traum jeder Frau!

Irgendwie habe ich es geschafft zu lächeln und zu sagen: »Na klar. Lass uns einfach den Augenblick genießen. Wer wird denn an morgen oder übermorgen denken?«

Er beugte sich vor und gab mir einen sanften Kuss auf die Lippen. »Du bist wunderbar. Wieso habe ich dich nicht schon früher getroffen?«

Ja, warum?

Ich schob jeden Gedanken an den nächsten Tag weit von mir und beschloss, jeden Augenblick auszukosten.

Wir zogen zunächst von Club zu Club, hatten irgendwann die Nase voll von zu lauter Musik, fuhren mit dem Taxi nach Bogenhausen, wo es angeblich eine Kneipe gab, die auch morgens um vier noch geöffnet hatte. Leider hatte der Besitzer gewechselt, die Türen waren verschlossen. Es gab eine kurze Meinungsverschiedenheit, wie es nun weitergehen sollte.

Ich war todmüde und hellwach zugleich. Ich sehnte mich nach meinem Bett und wollte doch, dass diese Nacht nie aufhörte. Könnte ich es wagen, Oliver zu mir nach Hause zu bitten? Gehörte das noch zu diesem magischen Augenblick, den es zu genießen galt?

Ich nahm gerade all meinen Mut zusammen und wollte ihn fragen, als die Jungs beschlossen, wieder zurück in die Innenstadt zu fahren. Sie stoppten erneut ein Taxi und wir fuhren zum Marienplatz, als René der Kiosk an der Reichenbachbrücke einfiel.

Es war fünf vor fünf, als wir ihn erreichten. Mike und René konnten den Besitzer überreden, uns noch ein paar Flaschen zu verkaufen, bevor er für eine Stunde dichtmachte.

Dank Alkohol konnten wir eine Weile vergessen, dass es sich schon beinahe wie im Winter anfühlte. Ich wollte zunächst nicht aus der Wodkaflasche trinken, nahm dann aber doch bei jeder Runde einen Schluck und fühlte mich bald leicht und unbeschwert. Wen interessieren Prüfungen oder der morgige Tag, geschweige denn, was nach zehn Wochen geschieht? Carpe diem!

Oliver und ich standen dicht beieinander und wärmten uns gegenseitig. Außer dem zarten Kuss nach seinem Geständnis hatte es keine weiteren Zärtlichkeiten gegeben – von den Spielereien unserer Hände mal abgesehen. Dennoch war es das Erotischste, was ich je mit einem Mann erlebt habe. Sollte diese Beziehung zehn Wochen lang so ablaufen, wäre ich mehr als zufrieden.

Um sechs Uhr öffnete der Kiosk wieder und lieferte Nachschub. Es kam zu einem Disput zwischen Tobias und Chris, ob sie wirklich weiterhin etwas trinken oder nicht allmählich mal ans Heimgehen denken sollten.

»Ich würde wirklich gerne nach Hause gehen«, sagte ich, um dem Streit ein Ende zu bereiten. »Ich bin todmüde, mir ist kalt und ich muss dringend für eine Klausur lernen.«

Wir stimmten ab, es stand drei gegen drei, doch dann sagte Mike: »Sie hat recht.« Und zu mir gewandt: »Wo wohnst du?«

»In Neuhausen. Warum?«

»Wir geleiten dich natürlich sicher nach Hause.«

»Danke, aber das ist nicht nötig, ich nehme mir ein Taxi.«

Schon klar, dass ich insgeheim hoffte, Oliver würde mich begleiten. Auf den Rest der Bande hätte ich gut verzichten können, auch wenn ich sie inzwischen alle ins Herz geschlossen hatte.

»Kommt nicht in die Tüte!«, rief Christopher. »Wir bringen dich selbstverständlich heim.«

Ich hatte keine Chance.

Die Jungs diskutierten noch eine Weile, ob sie laufen oder fahren sollten, bis ich schließlich einschritt und sagte: »Lasst uns einfach mal loslaufen, dann wird uns wenigstens wieder warm.«

»Du könntest ihr wirklich deine Jacke anbieten, wie das ein wahrer Gentleman tut«, flachste René, doch Oliver hatte nur ein müdes Lächeln für ihn übrig.

Ich frage mich, warum er seinen Freunden so wenig widerspricht. Er hätte nur sagen müssen, Leute, lasst es gut sein, ich bringe Gina nach Hause. Aber er tat es nicht.

Wir liefen durch die Fraunhoferstraße Richtung Sendlinger Tor. Die ersten Menschen eilten zur Arbeit. Die vier Freunde liefen lärmend voran, wir folgten schweigend Hand in Hand.

Es wäre naheliegend gewesen, am Sendlinger Tor in die U-Bahn zu steigen. Doch von den Jungs schlug es keiner vor und ich wollte den Augenblick der Trennung so lange wie möglich hinauszögern. Also gingen wir weiter Richtung Theresienwiese, wo sich Chris und René mit ihren Wiesn-Abenteuern zu übertrumpfen versuchten.

Auf der Brücke über die Bayerstraße blieben wir stehen und winkten den Autofahrern unter uns zu, gingen dann weiter Richtung Hackerbrücke.

»Lasst uns einen Kaffee trinken«, schlug Tobias vor.

Es war genau das, was ich wollte, doch ich hatte keine Lust auf einen Kaffee im Stehen. Mir fiel das Café ein, das vor Kurzem eröffnet hatte. Ich war immer noch nicht dort, obwohl es von außen total gemütlich aussieht. Ich erzählte ihnen davon.

»Euer Wunsch ist uns Befehl, Mylady«, sagte Mike und verbeugte sich tief vor mir.

»Hast wohl zu viel Musketiere gesehen.« Ich war müde und albern und musste andauernd kichern, obwohl mir eher zum Heulen zumute war.

Zehn Minuten später standen wir vor dem Café, aber es war geschlossen.

»Es ist jemand drin«, rief Chris und klopfte gegen die Tür, bevor wir ihn daran hindern konnten.

Ich wäre am liebsten weggelaufen. (Ja, ich bin ein Feigling.) Aber da waren ja noch Oliver und seine Hand.

Eine Frau mit rötlichen Haaren erschien in der Tür, schaute zu uns heraus, sperrte dann auf. Ich wusste, dass es Hannah war, die Betreiberin des Cafés. Sie hatte die Flyer in der Gegend verteilt.

»Guten Morgen«, sagte Chris in artigstem Ton. »Haben Sie Erbarmen mit fünf halb erfrorenen jungen Männern, die Deutschlands größte Hoffnung sind?«

Hannah hatte sichtlich Mühe, ernst zu bleiben. »So so, Deutschlands Hoffnung. Na dann gute Nacht.« Sie deutete auf mich. »Und was ist mit der jungen Frau?«

»Oh, sie ist etwas ganz Besonderes«, rief René. »Sie hat es geschafft, dass uns Freund Oliver hier …«, er schob ihn nach vorne, »… den ganzen Abend kaum etwas gesagt hat. Und das ist im Grunde unmöglich.«

»Aha«, erwiderte Hannah amüsiert. »Ich habe eigentlich noch geschlossen, aber für so große Hoffnungsträger will ich mal eine Ausnahme machen. Kommt rein.« Sie trat zur Seite und ließ uns eintreten.

»Vielen Dank«, flüsterte ich ihr im Vorbeigehen zu.

»Schon in Ordnung, in zehn Minuten hätte ich sowieso geöffnet.«

Wir schoben zwei Tische zusammen, setzten uns und bestellten Kaffee.

Ich war inzwischen so müde, dass ich die ganze Situation nur noch als surreal erlebte. Hatte ich wirklich die letzte Nacht mit diesen Kindsköpfen verbracht, die sich gerade über irgendeinen mir unbekannten Comic unterhielten? Und hatte ich wirklich fast die ganze Nacht lang Hand gehalten mit einem ruhigen, schweigsamen jungen Mann, der in zehn Wochen nach London gehen würde?

Wie wird es weitergehen? Wird es weitergehen?

Sei locker!

Ich war viel zu müde, um locker zu sein! Ich wandte mich Oliver zu, um ihn zu fragen, wie es nun weitergehen sollte. Das konnte es doch nicht gewesen sein.

René und Tobias hatten sich in Rage geredet. Ich wusste nicht, worum es genau ging, offensichtlich immer noch um einen Comic. Chris und Mike versuchten, die beiden zu beruhigen, doch besonders Tobias wollte sich nicht besänftigen lassen.

Wütend sprang er auf und rief: »Ich bin immer nur euer Depp. Immer schickt ihr mich vor und dann lacht ihr mich aus. Glaubt ihr, ich weiß das nicht? Ihr könnt mich alle mal. Ich will das …«

Mike und Chris waren ebenfalls aufgesprungen und legten ihre Hände auf Tobias' Arme. Doch der wehrte sie so heftig ab, dass er Mike mit dem Ellbogen im Gesicht traf.

»Hey, spinnst du?« Mike hielt sich die Nase, aus der etwas Blut tropfte.

»Oh Gott, Mann, das tut mir leid.« Tobias war bleich und zitterte. »Lass mal sehen.« Er berührte Mike am Arm, woraufhin der sofort austickte. »Rühr mich nicht an!«

»Hey, was ist denn jetzt los?«, mischte Oliver sich endlich ein. »Nun macht mal halblang.«

Doch keiner hörte auf ihn. Ich hatte echt Angst, sie würden im nächsten Moment eine richtige Schlägerei beginnen, doch da kam Hannah und schrie: »Aufhören, sofort!«

Sie stoben auseinander wie kleine Jungs, die bei etwas Verbotenem erwischt worden waren, und standen mit hängenden Köpfen da.

»Lass mal sehen«, sagte sie und wandte sich Mike zu. »Sieht schlimmer aus, als es ist. Hier, setz dich und lass den Kopf nach vorne hängen. Ich bring gleich was zum Abwischen.« Sie lief zur Theke, riss einen langen Streifen von einer Küchenrolle ab, hielt einen Teil unter den Wasserhahn und brachte es Mike. »Putz das Blut damit ab.«

Er gehorchte.

»Zeig noch mal.« Mike hob den Kopf. Im Café herrschte gespannte Stimmung. »Ich denke nicht, dass sie gebrochen ist, aber geh vorsichtshalber zum Arzt.« Sie wandte sich den anderen zu. »Und ihr geht jetzt besser alle.«

Tobias wollte etwas sagen, doch sie stoppte ihn. »Ich will nichts hören. Geht einfach. Jetzt.«

Ich stand etwas abseits und wusste nicht, ob ich ebenfalls gehen sollte. Sie hatte nur in Richtung Jungs gesprochen. Ich schaute zu Oliver, wartete auf ein Zeichen von ihm. Er zögerte, folgte dann seinen Freunden. In der Tür drehte er sich kurz um und warf mir einen Blick zu, den ich nicht deuten konnte. Dann schloss er die Tür hinter sich.

War es das? Ein Liebesgeständnis, ein gehauchter Kuss, ein paar Stunden Hand in Hand, unglaubliche Nähe und dann – nichts? Ich hatte nur einen Vornamen, wie sollte ich ihn jemals finden? Verdammt, das hatte ich nun vom Lockersein!

»Scheiße«, sagte ich laut und erschrak, als hinter mir jemand erwiderte: »Na, so schlimm war es nun auch nicht.«

Ich wandte mich um und sah Hannah lächeln.

»Ich hab sie nur rausgeworfen, weil jetzt gleich die ersten Gäste kommen. Das will ich ihnen nicht zumuten.«

»Sie sind eigentlich gar nicht so übel«, sagte ich leise.

»Das glaube ich Ihnen gerne.« Sie kam näher. »Ich bin Hannah, mir gehört das Café.«

»Freut mich«, sagte ich mechanisch. »Ich bin Gina.«

»Sind das Freunde von Ihnen?«, fragte sie und begann, die Tassen wegzuräumen.

»Oh je, wir haben ja gar nicht bezahlt!«, rief ich. »Tut mir leid.« Ich suchte in meiner Tasche, die ich zum Weggehen mitnehme, nach dem Zwanzigeuroschein, der noch da sein musste. Doch dann fiel mir ein, dass ich mich irgendwann in der Nacht bemüßigt gefühlt hatte, ebenfalls eine Runde auszugeben. Dabei war mein letztes Geld draufgegangen.

»Ich fürchte, ich habe nichts mehr, aber ich wohne gleich ums Eck, ich bringe es später vorbei. Was schulde ich Ihnen?«

»Das geht schon in Ordnung, geht aufs Haus«, antwortete Hannah. »Sie können es ja abarbeiten.« Sie lächelte und trug das Tablett weg.

Mir war klar, dass sie es nicht ernst meinte, dennoch sagte ich: »Ja natürlich, das mache ich gerne. Was soll ich tun?«

»Es war ein Witz! Im Ernst, es ist okay.«

Offensichtlich schaute ich ziemlich belämmert drein, denn sie kam zu mir und fragte: »Suchen Sie einen Job?«

Wie erklärt man jemandem, dass man nur einen Grund sucht, um immer wieder an den Ort zurückzukehren, an dem man seinen Liebsten verloren hat?

»Nicht direkt«, erwiderte ich schließlich. »Ich dachte nur gerade, es wäre praktisch, nebenbei etwas zu verdienen. Ich studiere. Jura.«

Hannah zeigte auf einen Stuhl. »Setzen Sie sich doch wieder. Wollen Sie noch etwas trinken?«

Ich schüttelte den Kopf und blieb stehen. »Offen gestanden will ich nur noch ins Bett. Es war eine lange Nacht.«

»Was halten Sie davon, wenn Sie sich erst mal ausschlafen und heute Abend wiederkommen? Ich mache mir bis dahin Gedanken, ob ich Sie einsetzen kann. Das Café läuft sehr viel besser als erhofft, und ich komme einfach nicht dazu, mich um den ganzen Papierkram zu kümmern. Außerdem denke ich ernsthaft darüber nach, abends länger zu öffnen.«

»Gut, ich komme später wieder. Um wie viel Uhr?«

»Egal, ich bin auf jeden Fall da oder oben in der Wohnung. Dann ruft mich jemand an.« Hannah reichte mir die Hand. »Freut mich. Schlafen Sie gut.«

»Danke.« Ich verließ das Café und ging nach Hause. Insgeheim hatte ich gehofft, Oliver hätte auf mich gewartet, doch er war nirgends zu sehen.

Die Wohnung war ruhig. Vollbart war entweder bereits gegangen oder gehörte nicht zur schnarchenden Fraktion. Ich legte für Mandy einen Zettel auf den Küchentisch mit der Nachricht, dass ich wohlbehalten zurück sei, zog mich aus, putzte meine Zähne und schlüpfte ins Bett.

29. Oktober

Liebes Tagebuch!

Ich würde sagen, back to reality!

Das war ja mal ein Monstereintrag! Mir tun jetzt noch die Finger weh!

Inzwischen bin ich mir nicht mehr sicher, ob ich das Ganze nicht doch nur geträumt habe. Okay, ich war im Club, ich war auch im Café, aber habe ich jemals die Jungs getroffen?

Ich habe inzwischen nach »Oliver« und »Maler« gesucht, aber nur Links zu Malereifachbetrieben bekommen. Ich war in allen sozialen Medien, die ich kenne, aber keiner der Typen taucht dort auf. Ich bin bald so weit, dass ich in die TU gehe und die Vorlesungen nach ihnen durchkämme!

Vielleicht aber auch nicht, denn gestern ist etwas sehr Seltsames geschehen. Und allmählich glaube ich, Mandy lag richtig mit ihrem Gerede von der Aura.

Wir hatten gestern wieder ein Gruppentreffen. Ich habe nicht viel mitbekommen, ich war mit meinen Gedanken bei Oliver. Anschließend fragte Max mich, MICH!, ob ich nicht Lust hätte, noch einen Kaffee zu trinken.

Ha! Habe ich darauf nicht seit Wochen, seit Monaten gewartet? Beinahe hätte ich mich umgedreht, ob er wirklich mich fragt, obwohl er ja eindeutig Gina gesagt hatte. Ich war viel zu verblüfft darüber, dass er meinen Namen wusste, dass ich einfach Ja sagte. Doch dann fiel mir zum Glück noch ein, dass ich meinen ersten Arbeitstag – na, eher Abend – im Café hatte.

Ich gestehe, für den Bruchteil einer Sekunde dachte ich auch daran, ihn dorthin einzuladen, doch dann dachte ich, bist du bescheuert? Oliver UND Max?

Ich sagte also, sorry, habe keine Zeit, und er schien es tatsächlich zu bedauern.

Ich bin ja so was von locker, haha!

Die Arbeit im Café war einfach, aber Hannah meint, das könne sich bald ändern, wenn sich erst einmal herumgesprochen hat, dass sie länger offen hat. Edeltraut habe ich auch schon kennengelernt. Sie backt und kocht und ist am Morgen da. Manchmal kommt sie aber auch am Nachmittag vorbei. Sie wirkt ein bisschen aus der Zeit gefallen, aber sie ist trotzdem ganz nett. Ihre Kuchen sind aber auf alle Fälle der Knaller! Da werde ich aufpassen müssen, damit ich meine Traumfigur nicht verliere.

Und jetzt ab zu den Büchern, das Verwaltungsrecht wartet.

5. November

Liebes Tagebuch!

Wie kann es sein, dass monatelang nichts passiert und dann überschlagen sich die Ereignisse?

Die gute Nachricht zuerst: Ich habe die Probeklausur bestanden! Zwar nur mit Ach und Krach, aber wen interessiert's? Die Arbeitsgruppe hat sich erst einmal aufgelöst, aber mir ist es egal. Wenn mir das jemand vor einigen Wochen gesagt hätte!

Ich war inzwischen mit Max aus, es war ein netter Abend. (Das klingt, als wäre ich weit über siebzig und war mit einem Achtzigjährigen aus!) Er meinte, er fände mich bezaubernd – er sagte tatsächlich bezaubernd! Wer sagt denn bitte so was? –, aber er habe eine Freundin, schon seit vielen Jahren. Vor zwei Wochen hätte mich vermutlich der Schlag getroffen bei solch einer Nachricht, aber jetzt ist es mir tatsächlich gleichgültig.

Und das alles nur wegen eines Gespenstes namens Oliver? Nein, denn – liebes Tagebuch, du wirst mich für komplett verrückt halten, ich bin schon wieder verliebt. Offensichtlich bin ich in der Pubertät steckengeblieben.

Aber der Reihe nach. Hannah hat mir ihre Nichte Svenja vorgestellt, die Juristin ist. Falls ich Fragen habe, kann ich mich gerne an sie wenden.

Svenja kommt aus Hamburg und fängt im Januar hier bei einer Sozietät an. Edeltraut hat angedeutet, dass sie eine Trennung hinter sich hat, da hab ich wohl großes Kino verpasst.

Zu Svenja gehört Ben. Zumindest dachte ich das, denn die beiden bilden das perfekte Paar. Laut Edeltraut kommt Ben jeden Morgen zum Frühstücken. Das alte Mädchen ist ganz sicher in ihn verliebt, denn sie hebt ihm immer die besten Stücke auf, wenn er mal später kommt. Das wiederum hat mir Hannah erzählt. (Klingt ja, als würden wir den ganzen Tag nur ratschen!)

Ich muss gestehen, es ist schwer, sich nicht in Ben zu verlieben. Er ist der Charme in Person, immer gut drauf, immer lächelnd. Ich weiß das, weil ich neugierig geworden bin und neulich mal morgens ebenfalls zum Frühstücken ins Café gegangen bin.

Okay, es war wirklich nur ein Morgen, den Rest weiß ich von Hannah und Edeltraut. Ich fürchte, ich war schon in Ben verliebt, bevor ich ihn zum ersten Mal sah. Da haben mich die beiden angesteckt.

Es gibt noch einen anderen Grund, weshalb ich über den Job froh bin: Ich komme aus der Wohnung raus. Mandy findet das gar nicht gut, denn sie hat niemanden mehr, bei dem sie sich ausheulen kann. Der Waldschrat hat sich nämlich als perfekter Liebhaber entpuppt und wurde zum Langzeitgeliebten erklärt. Dummerweise hat er aber kein Interesse an einer Beziehung. Sex ja, Liebe nein. Das geht sogar Mandy gegen den Strich.

Ich würde lügen, würde ich sagen, sie tut mir leid. Na okay, ein kleines bisschen.

Von Oliver habe ich niemandem erzählt, und inzwischen denke ich, es war tatsächlich nur ein Traum. Er hat gesagt – im Traum –, dass er nur noch zehn Wochen da ist, also habe ich ihn abgehakt. Kein Suchen mehr, kein Hoffen, kein Umdrehen jedes Mal, wenn die Tür zum Café aufgeht. (Nur noch jedes zweite Mal.)

Jetzt pflege ich meine neue Aura und warte darauf, dass Ben darauf anspringt. Ja, ich weiß, ich bin verrückt.

9. November

Liebes Tagebuch!

Ich weiß nicht, was ich sagen soll! Oliver ist wieder da!

Er stand vorgestern plötzlich im Café vor mir und war wohl genauso perplex wie ich, denn er hatte nicht damit gerechnet, dass ich dort arbeite. Mir wäre beinahe das Tablett mit den Gläsern runtergefallen.

Er hat geduldig gewartet, bis ich fertig war, danach sind wir zu mir und haben die ganze Nacht geredet. Okay, nicht nur geredet, wir haben auch miteinander geschlafen. Er ist sooo unglaublich zärtlich!

Er hat gesagt, er habe mich vergessen wollen, er wolle keine Fernbeziehung, er wolle neu anfangen in London, alles hier hinter sich lassen. Aber ich sei ihm einfach nicht aus dem Kopf gegangen, so sehr er sich auch bemüht habe.

Ich musste ihn immer wieder anfassen, musste mich vergewissern, dass er kein Geist ist. Er hat kein einziges Mal darüber gelacht.

Er sagte auch, dass ihm seine Freunde ins Gewissen geredet hätten.

»Mit mir sei nichts mehr anzufangen, haben sie gesagt. Ich solle endlich zugeben, dass ich dich wiedersehen will.«

Danke, Jungs! Ich liebe euch!

Wir haben den ganzen gestrigen Tag miteinander verbracht und es wurde keine Sekunde langweilig. Morgens haben wir bei Hannah gefrühstückt, und ich war froh, dass Ben ausnahmsweise nicht da war. Danach fuhren wir mit Olivers klapprigem Käfer Richtung Berge. Wir hielten irgendwo an und liefen einfach los.

Er erzählte mir von seiner Familie. Sein Vater war ein berühmter Sänger, er starb aber, als Oliver noch klein war. Seine Mutter war früher mal eine bekannte Schauspielerin, musste sich dann aber um die Kinder kümmern. Er hat noch zwei ältere Schwestern, die eine ist Schauspielerin in der Schweiz, die andere spielt Cello in einem Symphonieorchester. Wo, habe ich vergessen.

Dann fragte er mich nach meiner Familie aus. Ich hab mich nie geschämt, dass ich aus einer Handwerkerfamilie komme, aber gegenüber so einer illustren Familie kam ich mir wie der letzte Dorftrottel vor. Trotzdem habe ich gesagt, wie es ist: Mein Vater ist Installateur, hat sich eine eigene Existenz aufgebaut. Meine Mutter ist im Büro, nebenbei hat sie vier Kinder großgezogen. Mein Bruder Georg hilft bereits mit und wird den Betrieb mal übernehmen. Maria, die Älteste, ist seit drei Jahren mit dem Sohn der Nachbarn verheiratet und hat zwei Kinder. Elisabeth, die Drittälteste, arbeitet als Krankenschwester in Rosenheim. Ich bin das Nesthäkchen und die Einzige, die nicht mehr zu Hause wohnt.

Oliver schien zu spüren, dass ich mich ein wenig minderwertig fühlte, denn er nahm meine Hände und sagte: »Seine Familie kann man sich nicht aussuchen. Es hat einen Grund, warum ich weggehe.« Mehr hat er dazu nicht gesagt und ich habe nicht gefragt.

Am Abend, wieder zu Hause in meinem Zimmer, haben wir beschlossen, die nächsten Wochen zu genießen und nicht an die Zeit danach zu denken. Ich bin mir nicht sicher, ob ich das schaffe!

Ben Häusgen

Reich und doch arm

Ben Häusgen befand sich seit gut einer Woche in München. Er hatte im The Charles eine Suite gebucht und führte von dort aus seine Geschäfte.

Die ersten Tage hatte er vor allem dazu genutzt, seine Mitarbeiter und seine Familie über den unerwarteten Ausflug in Kenntnis zu setzen.

Ihm war bewusst, welches Licht dieser Trip auf seine Person werfen würde. Zwar konnte ihm niemand nachsagen, er habe Svenja dazu animiert oder sie womöglich sogar entführt, dennoch war seine Rolle eine eher zweifelhafte.

Privat war es ihm gleichgültig. Magnus und seine so genannten Freunde konnten ihm getrost gestohlen bleiben. Doch beruflich könnte es ihm durchaus schaden, wenn ihm der Ruf vorauseilte, unbedacht zu handeln.

Als Erstes arbeitete er morgens die wichtigsten Mails ab und telefonierte mit seiner Geschäftsführerin Fiona, danach lief er die knapp zwanzig Minuten zum Café. Noch hegte er die Hoffnung, dass Svenja in ihm ihren Traummann entdecken würde. Bisher sah es allerdings nicht so aus.

Ihre Tante, Hannah Jensen, fand er ziemlich lässig. Sie war überhaupt nicht erstaunt gewesen, dass ihre Nichte mit einem fremden Mann ankam – oder sie hatte es perfekt kaschiert.

»Und wer ist dein charmanter Begleiter?«, hatte sie sich nach der stürmischen Begrüßung ihm zugewandt.

»Das ist Ben«, stellte Svenja ihn vor.

»Ich bin Ben«, sagte er gleichzeitig.

Alle lachten und die leicht angespannte Stimmung löste sich.

»Nennen Sie mich einfach Ben«, sagte er und reichte der Tante die Hand.

»Nennen Sie mich einfach Hannah«, erwiderte sie. Und zu Svenja gewandt: »Ich möchte das Wort ›Tante‹ nicht mehr hören.«

Svenja lachte. »Ja, *Tante* Hannah.«

Hannah gab ihr einen leichten Stoß, schaute sich dann um. »Wo ist euer Gepäck?«

»Ähm, ja, das ist so eine Sache«, begann Svenja und wurde rot.

»Es war ein ziemlich spontaner Entschluss«, sprang Ben ihr bei. »Wir haben quasi kein Gepäck dabei.«

»Ja, wenn das so ist«, antwortete Hannah und zeigte auf den letzten leeren Tisch. »Setzt euch doch erst mal. Ich bringe gleich Kaffee. Was trinkt ihr?«

Svenja wollte einen Latte Macchiato, während Ben um ein Glas Wasser bat.

»Mit oder ohne Sprudel?«

»Am liebsten Leitungswasser. Das Münchner Wasser ist ja sehr gut.«

»Sie waren also schon mal hier?«, wollte Hannah wissen.

Ben nickte. »Ja, im letzten Jahr. Ich hatte geschäftlich hier zu tun.« Er biss sich auf die Zunge. Mist, er hatte doch keinesfalls seinen Beruf erwähnen wollen!

Doch weder Hannah noch Svenja gingen weiter darauf ein.

»Dann hole ich uns mal den Kaffee und das Wasser«, sagte Hannah und ließ sie allein.

Svenja sah sich neugierig um. »Ich kann es immer noch nicht glauben: Wir sind in München und meine Tante hat ein Café eröffnet. Das ist ziemlich verrückt.«

Ben verkniff sich eine Antwort. Auch er schaute sich um, und was er sah, gefiel ihm ausgesprochen gut. Hannah hatte offensichtlich einen guten Geschmack, der bei den Leuten ankam – das Café war bis auf einen Stehtisch voll.

»Toll«, rief Svenja, als ihre Tante mit einem Tablett zurückkam, und beschrieb mit einer Handbewegung den Raum. »Das muss dich ganz schön Zeit und Nerven gekostet haben.«

»Na ja, ein Zuckerschlecken war es nicht«, erwiderte Hannah. »Vor allem, weil uns das Feuer einige Wochen gekostet hat. Das war so nicht geplant.«

»Feuer? Welches Feuer?«

Hannah tätschelte Svenjas Arm. »Kein Grund zur Panik. Es war eigentlich ziemlich harmlos, schlimm war nur der viele Rauch. Aber zum Glück habe ich eine wunderbare Innenarchitektin, die mir sehr geholfen hat.« Sie nahm ihren Cappuccino und hielt die Tasse hoch, als wolle sie anstoßen. »Nun lasst uns aber erst mal auf euren Besuch trinken.« Sie schüttelte den Kopf. »Eigentlich hätte ich eine Flasche Schampus öffnen sollen. Wo hab ich nur meinen Kopf?«

»Das ist schon okay, Tan…, Hannah«, sagte Svenja. Sie hielt ihr Latte-Glas ebenfalls hoch, und auch Ben nahm sein Wasser in die Hand.

»Auf euren Besuch.«

»Auf Ihr Café«, sagte Ben, und Svenja schloss sich dem an: »Ja, auf dein Café.«

Sie tranken und stellten ihre Getränke wieder auf den Tisch.

»Nun sagt doch mal – wie kam es zu dem spontanen Entschluss?« Hannah schaute Svenja fragend an. »Nicht, dass ich mich nicht freue. Aber etwas überraschend kommt es ja doch.«

Svenja zögerte, sagte dann: »Nicht nur für dich. Hättest du mir gestern Morgen gesagt, ich würde heute hier in München sitzen und mit dir Kaffee trinken, hätte ich gesagt, du spinnst.«

Hannah sah zu Ben, doch er zuckte nur die Achseln. Das war Svenjas Geschichte, nicht seine.

»Ich möchte im Moment nicht darüber reden«, sagte diese. »Ist das in Ordnung?«

»Aber natürlich!«, rief Hannah. »Niemand ist hier zu irgendetwas verpflichtet. Ich muss sowieso wieder ran, ich kann Edeltraut nicht so lange allein lassen. Wenn ihr etwas essen oder trinken wollt, sagt einfach Bescheid, ja?«

Sie stand auf, nahm ihre Tasse und ging in die Küche.

»Sie ist nett, deine Tante«, sagte Ben.

»Ja, sie war schon immer etwas Besonderes.« Svenja schaute Hannah nachdenklich nach. »Ob ich wohl bei ihr übernachten kann?«

»Dann wird es wohl nichts mit unserem Ausflug nach Italien?«, sagte Ben gespielt enttäuscht.

Svenja wandte sich ihm zu. Sie schien überrascht. »Du hast das doch nicht wirklich geplant, oder?«

»Nein, natürlich nicht. Aber es wäre sicher lustig geworden.«

Svenja schüttelte den Kopf. »Du bist verrückt«, sagte sie, aber es klang so etwas wie Bewunderung mit.

Ben lächelte nur.

Svenja stand auf. Ben dachte im letzten Moment daran, dass er sich nicht erheben durfte, und blieb sitzen.

»Ich werde sie fragen, ob ich wenigstens für ein paar Nächte bei ihr bleiben kann«, sagte Svenja. Sie klang unsicher.

Ben nahm ihre Hand. »Sie wird dich nicht vor die Tür setzen, sie ist deine Tante. Und wenn sie keinen Platz hat, gehen wir in ein Hotel.«

»Ja, natürlich«, murmelte Svenja, aber sie klang nicht überzeugt. »Ich sollte mich auch endlich zu Hause melden. Sie machen sich sicher Sorgen.«

»Red mit deiner Tante. Sie weiß, was zu tun ist.«

»Okay«, sagte Svenja, zog ihre Hand weg und verschwand ebenfalls hinter der Theke.

Ben trank den letzten Schluck Wasser und wünschte sich, es wäre etwas Stärkeres. Svenja war seine Achillesferse, dessen war er sich bewusst.

»Möchten Sie noch etwas trinken?«

Ben schreckte aus seinen Gedanken hoch. Vor ihm stand die Frau, die Hannah im Café zur Hand ging. Wie hieß sie gleich noch mal?

»Offen gestanden könnte ich einen Cognac oder Ähnliches vertragen«, sagte er.

Die Frau nickte verständnisvoll. »Ja, manchmal braucht's das.« Sie zählte eine große Anzahl Spirituosen auf. Ben entschied sich für einen Whiskey, den sie sofort brachte.

»Danke.«

»Auf Ihr Wohl.«

»Vielen Dank.« Ben nahm das Glas und nippte daran. Es brannte im Hals, obwohl der Whiskey einer der milderen war. *Geschieht mir recht,* dachte Ben.

Die Bedienung räumte den Nachbartisch ab.

»Kann ich Sie etwas fragen?«

Sie wandte sich ihm zu. »Natürlich, jederzeit.«

»Es tut mir leid, aber ich habe Ihren Namen vergessen, obwohl Hannah ihn erwähnt hat.«

»Aber das ist doch kein Problem. Ich heiße Edeltraut. Klingt für Ihre Generation vermutlich ziemlich altmodisch.« Sie lachte verlegen.

»Aber nein, es klingt eher süddeutsch«, widersprach Ben.

»Was kann ich für Sie tun?«, kam Edeltraut auf seine Frage zurück.

Ben zögerte, entschied dann, dass es besser war, eine Fremde als Svenjas Tante zu fragen. »Es kann sein, dass ich länger in München bleibe. Wie komme ich am schnellsten an eine Wohnung?«

Edeltrauts Antwort war ein schnelles, ironisches Lachen. »Ganz ehrlich? Am besten, Sie kaufen eine. Vorausgesetzt, Sie sind Multimillionär. Das ist die schnellste Variante. München ist leergefegt, zumindest, was günstige Wohnungen angeht. Das muss sich doch auch bis Hamburg herumgesprochen haben.«

»Hat es natürlich«, sagte Ben. »Ich meinte eher, ob man einen Makler braucht oder es so probieren kann.«

»Ohne Makler geht hier gar nichts mehr«, erwiderte Edeltraut. »Oder Sie haben beste Beziehungen.«

»Eher nicht.«

»Gegenüber ist ein Immobilienmakler. Ich weiß aber nicht, ob er was taugt. Ich wohne seit über dreißig Jahren in derselben Wohnung – und hoffentlich noch länger. Am besten fragen Sie Hannah, sie kennt sich da besser aus.«

»Danke, das werde ich machen«, sagte Ben. »Es ist noch nicht sicher.«

»So oder so viel Glück«, sagte Edeltraut, nahm das Tablett mit dem schmutzigen Geschirr und ging.

Kurze Zeit später kam Svenja, sie strahlte übers ganze Gesicht.

»Stell dir vor, ich kann bei Hannah bleiben! Sie hat ein Gästezimmer, das ich so lange nutzen kann, wie ich möchte. Und ich habe mit meiner Mutter gesprochen. Sie findet meine Reaktion übertrieben, hat aber auch Verständnis dafür.«

»Dann ist ja alles gut«, erwiderte Ben und fühlte einen Klumpen im Magenbereich. Er stürzte den Rest des Whiskeys hinunter.

»Und – was machst du jetzt? Fährst du wieder zurück?«

Der Klumpen wurde größer und schwerer. Empfand sie denn gar nichts für ihn?

»Ich weiß es noch nicht«, sagte Ben und bemühte sich um einen leichten Tonfall. »Ich wollte schon lange mal wieder nach München. Und wenn ich schon mal da bin …«

»Musst du nicht …«, begann Svenja, stoppte dann, lachte leise und fuhr fort: »Stimmt, du kannst ja überall arbeiten.«

»Ja, ich bin in einer sehr komfortablen Lage«, stimmte Ben ihr zu. »Alles, was ich brauche, ist ein Laptop und ein Internetanschluss.« Er hoffte, sie würde nicht weiter nachfragen, und war dankbar, als Hannah auftauchte.

»Liebes, wenn du noch etwas kaufen willst, solltest du losziehen. Die Läden machen um acht zu.« Sie hielt Svenja eine kleine Geldbörse hin. »Das zahlst du mir einfach bei Gelegenheit zurück, in Ordnung?«

Svenja fiel ihrer Tante um den Hals. »Du bist die Beste! Tausend Dank!« Sie wandte sich an Ben. »Bist du noch da, wenn ich zurückkomme?«

Ben lachte. »Denkst du, ich fahre sofort wieder zurück? Ich bin doch nicht wahnsinnig. Nein, ich bin auf jeden Fall hier, wenn vielleicht auch nicht im Café.« Er zögerte, sagte dann: »Ich werde mir eine kleine, gemütliche Pension suchen. Wir könnten uns morgen hier zum Frühstück treffen, was meinst du?«

Svenja schien wie im Rausch zu sein, denn sie fiel nun auch ihm um den Hals. »Tolle Idee.«

Er roch den Hauch eines Parfüms, spürte ihre Wärme, ihre Energie, und wünschte sich, dieser Augenblick möge niemals vorübergehen. Er wagte kaum, seine Hände auf Svenjas Rücken zu legen. Er atmete tief ein und schob sie dann von sich.

»Genug gekuschelt«, sagte er ironisch. »Lauf los und geh shoppen, wir sehen uns morgen.«

Svenja wandte sich ab, lief zur Tür, drehte sich noch einmal um und warf ihnen eine Kusshand zu.

»Dieses Kind«, seufzte Hannah.

»Das Kind hat gerade seine Verlobung gelöst«, sagte Ben leise.

»Ja, ich weiß, sie hat mir eine Kurzfassung erzählt.« Hannah schaute sich um und fragte dann, auf den Stuhl neben Bens deutend: »Darf ich?«

»Aber natürlich, es ist Ihr Café.«

»Ja, und ich bin mir nicht sicher, ob es eine so gute Idee war.«

Ben schaute sie fragend an. »Es scheint gut zu laufen.«

»Genau das ist das Problem«, antwortete Hannah. »Es läuft zu gut. Ich will mich nicht darüber beklagen, um Himmels willen! Aber ich merke derzeit leider sehr deutlich, wie alt ich bin.«

Ben war versucht, den üblichen Spruch in solchen Situationen loszulassen, aber Hannah schien nicht die Person zu sein, die auf falsche Komplimente stand. Also sagte er nichts.

»Sie sind ein Freund von Christian?«, wechselte sie abrupt das Thema.

»Freund wäre zu viel gesagt«, sagte Ben vorsichtig. Jetzt begaben sie sich auf sehr gefährliches Terrain. »Ich kenne ihn von diversen Gelegenheiten. Wir waren zum Beispiel mal im selben Tennisclub.«

»Und wie kam es, dass Sie genau zur rechten Zeit zur Stelle waren?«

Sie klang nicht wie jemand, der ihn verhörte, eher wie jemand, der neugierig war. Ben fragte sich, ob Svenja ihr ihre Bedenken ihn betreffend mitgeteilt hatte.

»Ich war zufällig da, wollte in dem Lokal einen Tisch reservieren«, blieb er bei seiner Version. »Bevor ich aussteigen konnte, kam Svenja angelaufen. Offen gestanden, es ging alles sehr schnell. Ich habe nicht nachgedacht, nur spontan gehandelt.«

»Und offensichtlich richtig«, sagte Hannah. Sie schwieg eine Weile, wischte geistesabwesend über den Tisch, um unsichtbare Krümel wegzufegen, sagte dann: »Kann ich Sie etwas fragen?«

Ben ahnte nichts Gutes, sagte dennoch: »Selbstverständlich.«

»Kann es sein, dass ich Sie kenne?«

Er stutzte bei dieser Frage, entgegnete: »Ich weiß es nicht.«

»Sie kennen mich vermutlich nicht«, sagte Hannah. »Aber ich denke, ich habe schon häufiger in Zeitungen über Sie gelesen.«

Ben wusste, es hatte keinen Sinn zu leugnen. »Möglich«, erwiderte er ausweichend.

Hannah lachte. »In einem anderen Leben war ich Bankerin und ich lese den Wirtschaftsteil noch immer sehr gründlich. Alte Angewohnheit.«

»Dann haben Sie sicher etwas über mich gelesen«, gab Ben zu. »Manche Dinge lassen sich nicht verheimlichen.«

»Besonders nicht der höchst erfolgreiche Verkauf eines Start-ups.«

»Man sollte meinen, dass das heutzutage keinen Hund mehr hinterm Ofen hervorlockt«, bemerkte Ben trocken.

»In den USA vielleicht. Aber hier? Hier ist das noch immer etwas Besonderes. Schon gar, wenn es um mehrere Millionen geht. Und jetzt sind Sie Privatier?«

Ben lachte. »Um Himmels willen, nein! Ich würde sterben vor Langeweile. Nach dem Verkauf habe ich es ausprobiert, aber es hat nicht geklappt. Ich habe eine neue Firma gegründet, etwas kleiner, regionaler. Aber auch das wurde mir schnell zu eintönig. Also habe ich eine Geschäftsführerin engagiert, die so gut ist, dass ich mich schon wieder nach etwas Neuem umschaue. Der Trip nach München war sowieso geplant, nur nicht so überhastet.«

»Weiß Svenja von all dem?«

»Nein. Und mir wäre es lieb, wenn es so bleiben könnte – zumindest vorerst.«

Hannah richtete sich auf, blieb aber sitzen. »Mir ist es gleichgültig, was Sie ihr sagen oder nicht. Nicht gleichgültig ist mir, wenn Sie ihr schaden.« Sie sagte es in einem normalen Plauderton, doch Ben hörte die Drohung deutlich heraus.

»Ich würde Svenja niemals schaden«, erwiderte er ernst und hielt Hannahs langem, prüfendem Blick stand.

»Ich verstehe«, sagte sie schließlich und erhob sich. »Ich fürchte, Sie werden einen langen Atem brauchen.«

»So lange es dauert.«

Er hatte im Café und vor allem Svenja gegenüber vorgegeben, in einer kleinen Pension irgendwo am Rande der Stadt zu übernachten.

Am ersten Wochenende hatte er sich Gedanken gemacht, wie es weitergehen sollte. Dass Svenja offensichtlich plante, länger in München zu bleiben, hatte ihm zunächst Magenschmerzen bereitet, doch dann hatte er gedacht: Warum nicht? Er war durch die Fußgängerzone und den Englischen Garten gelaufen und hatte versucht, die Stadt mit den Augen eines Einheimischen zu sehen. Es war ihm leichtgefallen.

Ben bestellte beim Zimmerservice einen großen Milchkaffee, ein Croissant sowie die *Süddeutsche* und die *Financial Times*. Trotz aller Eskapaden musste er auf dem Laufenden bleiben.

Während er auf das Frühstück wartete, öffnete er seinen Laptop und checkte seine Mails. Er wusste, dass Fiona alles im Griff hatte, dennoch wollte er selbst den Überblick behalten. Die Britin als Geschäftsführerin einzustellen, war eine seiner besten Taten der letzten Monate gewesen. Sie war schnell und effektiv, vor allem aber loyal. Da hatte er schon ganz andere Erfahrungen gemacht.

Es klopfte. Ben ging zur Tür, nahm das Tablett entgegen, auf dem auch die beiden Zeitungen lagen, unterschrieb die Bestellung und gab dem jungen Mann fünf Euro Trinkgeld.

»Vielen Dank, lassen Sie es sich schmecken!«

Ben schloss die Tür, ging zurück zum Bett, stellte die große Tasse auf den Nachttisch und den Teller mit den drei Mini-Croissants auf das Bett. Er durchblätterte die Zeitungen, blieb an einem Artikel im Wirtschaftsteil der *Süddeutschen* hängen, in dem es um die Wohnungssituation in deutschen Großstädten ging.

Immer, wenn das Thema Immobilie auftauchte, musste er an Magnus denken. Immerhin da hatte er Svenja die Wahrheit erzählt: Er hatte ihren Verlobten, oder besser Ex-Verlobten, tatsächlich nur ein paar Mal getroffen und wenige belanglose Worte mit ihm gewechselt.

Aber natürlich hatte er genug von Christian und seiner Clique mitbekommen. Ben konnte nicht verstehen, dass Christian es zuließ, wie Magnus mit Svenja umsprang. Selbst wenn er seine Schwester nicht besonders mochte, war das kein Grund, sie ohne Warnung ins offene Messer laufen zu lassen.

Aber zum Glück war das nun Geschichte. Zumindest hoffte Ben das. So hatte er eine echte Chance bei Svenja.

Ben klappte den Laptop zu, ging ins Bad und genoss den kräftigen Schauer der Regenwalddusche. Er betrachtete lange sein Gesicht im Spiegel, entschied sich gegen eine Rasur und wählte Jeans und T-Shirt, aber ordentliche Schuhe. Als ihm klar geworden war, dass auch er länger bleiben würde, war er einkaufen gegangen. Neben einem zweiten Paar Jeans hingen nun auch zwei Anzüge, vier Hemden und zwei Krawatten in seinem Schrank.

Doch heute hatte er Lust auf Provokation.

Er legte den Laptop in den Safe. Die Tüte, die darin lag, ignorierte er. Es würde eine Gelegenheit kommen, zu der Svenja das dunkelgrüne Kleid tragen könnte. Vermutlich würde sie sich weigern, es anzuziehen.

Ben schloss den Safe, steckte die Zeitungen in seinen Rucksack, verließ das Hotel und lief wie üblich zum Café. Die Bewegung tat ihm gut und ein klarer Kopf war von Vorteil. Er wusste, dass er die Geheimniskrämerei Svenja gegenüber nicht endlos betreiben konnte, irgendwann müsste er mit der Wahrheit ans Licht. Er wünschte, dieser Moment würde nie kommen.

Hannah winkte ihm zu, als er das Café betrat.

»Guten Morgen! Svenja ist noch oben. Sie telefoniert mit ihrer Familie, muss offensichtlich auch mit Magnus einiges klären. Soll ich sie anrufen und fragen, ob sie fertig ist?«

»Nein, das ist schon in Ordnung«, sagte er.

»Gut. Was kann ich Ihnen bringen? Edeltraut hat frische Brioche gebacken. Ein Traum! Diese Frau ist ein Schatz, der mir ganz unverhofft vor die Füße gefallen ist.«

»Danke, ich habe schon im Hotel gefrühstückt. Aber ein Glas Wasser nehme ich gerne.«

Hannah verdrehte die Augen. »Zum Glück sind nicht all meine Gäste so anspruchslos, sonst wäre ich längst pleite.«

»Tut mir leid«, erwiderte Ben. »Sagen Sie Bescheid, wenn es soweit ist, vielleicht kann ich Ihnen unter die Arme greifen. Also finanziell gesehen.«

»Das könnte Ihnen so passen! Ein Wasser, der Herr, kommt sofort.«

»Was haben Sie heute vor?«, fragte Hannah, als sie ihm das Getränk brachte.

Er zögerte. Konnte er Hannah wirklich vertrauen? Immerhin war sie Svenjas Tante. Aber sie hatte Wort gehalten und ihr nicht erzählt, wer er wirklich war.

Er beschloss, seinem Instinkt zu vertrauen.

»Ich möchte eine Wohnung kaufen. In München.«

»Da sind Sie hier sicher richtig«, erwiderte Hannah trocken. »Die Stadt boomt. Aber das wissen Sie ja längst. Ich schätze, wir werden bald irische Verhältnisse haben.«

»Irische Verhältnisse?«

Hannah lachte. »Bevor ich zurück nach Deutschland kam, war ich ein paar Jahre in Irland. Es waren die Boom-Jahre, die Wirtschaft wuchs und wuchs. Entsprechend teuer wurde alles, besonders die Häuser. Ich muss Ihnen nicht erzählen, dass man in Irland in einem Haus wohnt, und zwar im eigenen. Aber viele Menschen konnten sich das nicht mehr leisten, vor allem die jungen Familien nicht.« Hannah seufzte. »Solche Verhältnisse werden wir hier auch bald haben, wenn die Politik nichts unternimmt.« Sie lachte. »Aber wir wollen ja nicht am Morgen schon über Politik reden, oder?«

Ben deutete auf die Straße. »Gegenüber ist ein Immobilienmakler. Kennen Sie ihn?«

»Kennen wäre zu viel gesagt. Man sieht sich, grüßt sich, mehr war da bisher nicht. Er kam mir etwas seltsam vor, aber es wäre unfair, ihn aufgrund eines ersten Eindrucks zu beurteilen.«

»Er ist vermutlich so gut oder schlecht wie jeder andere. Ich werde es einfach probieren«, sagte Ben, trank sein Wasser aus und verließ das Café.

Der Laden des Maklers ließ keinerlei Schlüsse zu, mit welchen Immobilien er sein Geld verdiente. Neben der Tür hing ein schlichtes Schild, auf dem »Roland Kammermeier« und darunter »Immobilien« stand. Ben betrat den Laden, dessen Schaufenster durch einen Lamellenvorhang verdeckt war. Eine leise Klingel ertönte irgendwo im hinteren Bereich, kurz darauf stand ein Mann in seinen Fünfzigern vor ihm.

»Guten Tag, was kann ich für Sie tun?«

»Guten Morgen, mein Name ist Ben Häusgen, ich interessiere mich für eine Wohnung. Was haben Sie derzeit im Angebot?«

Der Makler zögerte, was Ben ihm nicht verdenken konnte. In seinem Aufzug – Jeans, T-Shirt, Pulli und Rucksack lässig über die Schulter geworfen – machte er nicht gerade den Eindruck, sich eine Wohnung in einer der teuersten Städte Deutschlands leisten zu können. Doch Kammermeier war Profi genug, nichts zu sagen.

»Setzen Sie sich doch bitte«, bat der Makler und deutete auf einen Sessel, der vor einem Schreibtisch stand. »Kann ich Ihnen etwas zu trinken anbieten?«

»Nein danke.«

Ben nahm Platz, Kammermeier setzte sich ihm gegenüber und schaltete den Monitor ein, der seitlich auf dem Schreibtisch stand.

»Verzeihen Sie mir die direkte Frage«, begann er das Gespräch. »Wie viel Geld wollen oder können Sie investieren?«

Darauf hatte Ben sich den ganzen Morgen gefreut. Er war es gewohnt, dass die Leute ihm nicht zutrauten, mal eben über ein paar Millionen zu bestimmen. Es war sein entscheidender Vorteil.

»Ich dachte an ein Limit von zweieinhalb Millionen«, sagte er in einem Ton, als verhandle er über eine Jeans. »Da müsste es doch sogar in München etwas zu kaufen geben, oder?«

Die Augen des Maklers blitzten bei der Nennung der Summe kurz auf, doch er hatte sich sehr schnell wieder unter Kontrolle. »Ich verstehe«, war alles, was er sagte. Er notierte sich etwas auf einem Zettel, schaute erneut hoch. »Irgendwelche Konditionen?«

Natürlich war Ben auch auf diese Frage vorbereitet. Er selbst hatte keine großen Ansprüche an eine Wohnung, doch er musste langfristig denken, spätere Mieter berücksichtigen.

»Nichts, was Sie nicht erfüllen können, denke ich«, sagte er. »Die Wohnung sollte sofort bezugsfertig sein, möglicherweise bereits möbliert. Wenn nicht, wäre das aber auch kein Problem, Möbel lassen sich kaufen. Grundvoraussetzung ist ein guter Internetanschluss, also nichts auf dem Land, aber das wäre sowieso nicht in meinem Sinn. Balkon beziehungsweise Terrasse sollte bei diesem Preis kein Thema sein. Ich würde einen modernen Stil bevorzugen, lasse mich eventuell auch von einem renovierten Altbau überzeugen. Dazu muss ich die Objekte natürlich gesehen haben.«

»Sie favorisieren eine Wohnung? Oder darf es auch ein Haus sein?«

»Nein, definitiv eine Wohnung.«

»Wie viele Zimmer?«

»Das spielt keine Rolle, ich nehme auch gerne ein Loft.«

»Gut«, sagte Kammermeier und zog eine Tastatur unter dem Tisch hervor. Er tippte etwas ein, drehte dann den Monitor so, dass Ben etwas sah, und sagte: »Ich habe derzeit drei passende Objekte im Angebot. Das eine ist eine Maisonettewohnung mit zirka zweihundert Quadratmetern, sie liegt allerdings nicht unbedingt zentral. Dann eine Wohnung im Westend, in einem renovierten Altbau, sechs Zimmer, zwei Bäder, eine große Küche, allerdings nur ein relativ kleiner Balkon zum Hof. Das dritte Objekt könnte Sie am ehesten interessieren: Es ist ein Loft in der Maxvorstadt, an der Grenze zu Schwabing, in Laufnähe zum Englischen Garten. Der Bau wurde vor Kurzem fertiggestellt, er müsste bereits bezugsfertig sein. Die Gartenanlage ist allerdings noch eine Baustelle. Zu dem Loft gehört eine Dachterrasse mit hundertzwanzig Quadratmetern, auf der anderen Seite sind zwei Balkone. Das Loft selbst hat gute dreihundert Quadratmeter, abgetrennt sind nur zwei Badbereiche sowie ein Küchenbereich. Den Rest können Sie selbst einrichten. Möbliert ist keine der Wohnungen. Die Preise bewegen sich zwischen 1,8 Millionen für die Maisonettewohnung und 2,4 für den Altbau. Das Loft liegt dazwischen.«

Er schwieg und schaute Ben an. Dem war klar, dass er sich für das Loft entscheiden würde. Es schien perfekt zu sein. Er bat den Makler, ihm Fotos zu zeigen, und war sofort davon überzeugt.

»Wann können wir es besichtigen?«

»Sofort, wenn Sie wollen.«

Ben dachte kurz nach, erwiderte dann: »Heute Nachmittag wäre mir lieber. Ginge fünfzehn Uhr?«

»Selbstverständlich. Soll ich Sie irgendwo abholen?«

»Danke, das wird nicht nötig sein. Geben Sie mir die Adresse und ich komme direkt hin.«

Der Makler druckte das Angebot aus, auf dem alle wichtigen Details standen, und ergänzte es handschriftlich um die Adresse.

Zusammen mit seiner Karte reichte er es Ben. »Falls etwas dazwischenkommt, rufen Sie mich an.«

»Es wird nichts dazwischenkommen«, versicherte Ben und reichte ihm die Hand. »Wir sehen uns um fünfzehn Uhr.« Er stand auf und ging zur Tür. »Übrigens: Auf Google können Sie etwas über mich erfahren. Benjamin Häusgen.«

»Ich weiß«, sagte Kammermeier, ohne mit der Wimper zu zucken. »Muss ich aber nicht. Ich weiß, wer Sie sind.«

Ben konnte seine Überraschung nicht verbergen. Noch jemand, der ihn in dieser kleinen Straße erkannt hatte? München schien ein gefährliches Pflaster zu sein.

Er überquerte die Straße und betrat das Café, das inzwischen voll war. Hinten im Eck saß Svenja auf dem Sofa, vor sich drei Teller, zwei Tassen und zwei Sektgläser. Er gesellte sich zu ihr.

»Wow, du lässt es dir ja gut gehen. Darf ich?«

»Klar.« Svenja strahlte ihn an. Ihre Augen wirkten glasig. »Tut mir leid, ich glaube, ich habe einen Schwips. Wir haben heute Morgen schon Sekt getrunken.«

»Da siehst du's mal – kaum passe ich nicht auf dich auf, schlägst du über die Stränge.« Ben bemühte sich um den lockeren Ton, den Svenja von ihm gewohnt war.

Svenja kicherte und wirkte wie ein junges Mädchen.

Er setzte sich ihr gegenüber. Als Hannah kam, um seine Bestellung aufzunehmen, ließ sie nicht erkennen, dass er an diesem Tag schon hier gewesen war.

»Guten Morgen, Ben, schön, Sie zu sehen. Was kann ich bringen?«

»Guten Morgen, Hannah. Ich nehme einen Milchkaffee und eines dieser ganz wunderbaren Sandwiches aus der Theke.«

»Die sind Edeltrauts Werk. Welches darf ich Ihnen bringen? Es gibt welche mit Schinken oder Käse, Schinken und Käse, Räucherlachs, Ei und Kresse, Frischkäse …«

»Das mit dem Lachs klingt gut, danke«, unterbrach Ben sie.

»Kommt sofort.« Hannah wandte sich ab.

»Ist sie nicht eine Wucht?«, plapperte Svenja drauf los. »Es tut so gut, endlich mal jemanden zu haben, der wirklich zuhört.«

Obwohl Ben wusste, dass es ungerecht war, empfand er Eifersucht Hannah gegenüber. Aber weshalb sollte Svenja sich einem ihr Fremden anvertrauen? Sie hatte ihm sowieso sehr viel von sich verraten, ohne dafür eine Gegenleistung zu erhalten. Er hätte gerne gewusst, ob sie mit Magnus geredet hatte, wagte aber nicht, danach zu fragen. Er wollte Svenjas gute Laune nicht verderben.

»Und, was hast du heute so gemacht?«

Ben erzählte ein paar Anekdoten von der kleinen Pension am Rande von München, vom Frühstück und der Frau, die die Pension führte. Es war leicht, für Svenja Geschichten zu erfinden und sie zum Lachen zu bringen.

Als Hannah den Milchkaffee und das Sandwich brachte, beklagte sich ihre Nichte: »Er schwindelt mich die ganze Zeit an. Er behauptet, in einem Hexenhaus geschlafen und das Frühstück von einer waschechten Hexe serviert bekommen zu haben. Demnächst erzählt er mir noch, dass er der Prinz ist, der die Prinzessin retten will.«

Hannah warf Ben einen schnellen Blick zu, lachte dann und sagte zu Svenja: »Na, dann würde ich an deiner Stelle sehr nett zu ihm sein. Vielleicht bist du ja die Prinzessin.«

»Ha ha«, machte Svenja und streckte ihrer Tante die Zunge raus.

»Kein Sekt mehr für diese junge Dame«, bat Ben in ernstem Ton.

Hannah nickte. »Ja, sehe ich genauso.« Sie nahm die beiden Gläser mit.

»Ihr haltet wohl zusammen, du und Hannah«, sagte Svenja und wackelte strafend mit dem Zeigefinger.

»Wir passen nur auf dich auf«, erwiderte Ben und zog die beiden Zeitungen aus dem Rucksack. »Stört es dich, wenn ich lese?«, fragte er. »Normalerweise lese ich meine Zeitungen bereits morgens, doch heute war irgendwie alles anders.«

»Nein, nur zu«, sagte Svenja in einem Ton, der klarmachte, dass es sie durchaus stören würde.

Doch Ben beschloss, darauf jetzt keine Rücksicht zu nehmen. Svenja benahm sich gerade wirklich wie eine Prinzessin, allerdings nicht wie eine, die er retten würde.

Er schlug die *Süddeutsche* auf und begann zu lesen, nippte zwischendurch am Kaffee und aß das Sandwich, das hervorragend schmeckte.

»Wieso hast du eine Zeitung, auf der ›With compliments The Charles‹ steht?«

Ben erstarrte und war dankbar, dass er die Zeitung so hoch hielt, dass sie sein Gesicht nicht sah. Nach der ersten Schrecksekunde ließ er sie sinken, drehte sie um und entdeckte den Aufkleber. Verdammt, wieso hatte er nicht daran gedacht? Jedes Hotel schmückte sich gerne mit seinem Service.

»Ich habe sie in der Straßenbahn gefunden«, sagte er. »Offensichtlich hat sie ein Hotelgast liegen lassen.« Klang das überzeugend?

»Du bist mit der Straßenbahn gekommen?« Svenja starrte ihn ungläubig an.

Ben war erleichtert. Die Zeitung schien sie offensichtlich nicht mehr zu interessieren. »Ja, was ist so seltsam daran? Um genau zu sein, war es eine S-Bahn und dann die Straßenbahn. Ich habe erst hinterher entdeckt, dass die U-Bahn besser gewesen wäre.« Er war froh, dass er seine Lügengeschichten gut recherchiert hatte.

»Ich hätte gedacht, du fährst nur Auto«, sagte Svenja.

»Na danke«, gab Ben ironisch zurück. »So schätzt du mich also ein?«

»Sorry«, sagte Svenja und wirkte ehrlich zerknirscht.

»Hey, ist doch kein Problem. Woher hättest du es wissen sollen?«

»Eben. Ich weiß quasi nichts von dir.«

Ben biss sich auf die Lippen. Er legte die Zeitung auf den Tisch, beugte sich vor und sagte: »Okay, was willst du wissen?«

Svenja schaute ihn lange an. Sie schien plötzlich sehr nüchtern zu sein. Dann schüttelte sie langsam den Kopf. »Du wirst es mir schon irgendwann erzählen«, sagte sie und stand auf. »Ich muss mich darum kümmern, dass meine Sachen hierher geschickt werden.«

»Das klingt, als wolltest du länger in München bleiben.« Er hatte es in seinem üblichen Plauderton gesagt, doch sein Herz schlug heftig und laut.

»Zumindest für ein paar Wochen«, erwiderte Svenja. »Wann fährst du zurück?«

Hätte sie ihm einen Eimer mit eiskaltem Wasser über den Kopf geschüttet, hätte der Schock nicht größer sein können.

»Ich bin noch unschlüssig«, sagte er. »Wie gesagt, ich wollte sowieso schon lange nach München kommen.« Er warf ihr einen Blick zu, von dem er hoffte, er wirke witzig. »Vielleicht mache ich doch noch die Spritztour nach Italien. Es liegt ja praktisch vor der Haustür.«

Natürlich hatte er gehofft, Svenja würde darauf eingehen und etwas sagen wie »Sag Bescheid, wenn du fährst, ich komme mit«. Aber alles, was sie sagte, war: »Na, dann viel Spaß. Man sieht sich.«

»Klar«, sagte Ben. »Melde dich einfach.«

»Mach ich.« Svenja legte kurz ihre Hand auf seine Schulter, dann war sie verschwunden. Ihm fiel ein, dass sie keine Telefonnummer von ihm hatte.

»Sie müssen ihr Zeit geben.« Hannah stand neben ihm und räumte das Geschirr zusammen. »Sie hat gerade entdeckt, dass sie von zwei Menschen, denen sie vertraute, hintergangen wurde. Und sie hat eine Verlobung gelöst, das muss sie alles erst einmal verarbeiten.«

»Ich weiß«, sagte er leise. »Aber es ist so schwer.«

»Es ist nie einfach, wenn Gefühle im Spiel sind. Alles, was Sie momentan für sie tun können, ist für sie da sein, wenn sie Sie braucht.«

»Das bin ich.«

Hannah legte ihre Hand auf dieselbe Stelle wie Svenja, doch ihre Geste wirkte ermutigend.

Pünktlich um fünfzehn Uhr traf Roland Kammermeier am Treffpunkt in der Maxvorstadt ein. Ben hatte sich schon etwas umgesehen und fand die Gegend sehr attraktiv. Zum Englischen Garten waren es tatsächlich nur wenige Minuten. Da würde es keine Ausreden mehr geben, warum man nicht joggen ging.

Sie standen vor einem vierstöckigen Bau aus den siebziger Jahren, der entkernt und neu gestaltet worden war. Das Loft befand sich in der oberen Etage. Alles war so, wie der Makler es beschrieben hatte: Es gab einen großen, lichtdurchfluteten Raum mit Zugang zu einer riesigen Dachterrasse und zu zwei Balkonen. Zwei geräumige Bäder und eine ebenfalls große Küche waren abgetrennt.

Ben zog in Gedanken Raumteiler ein, sah sich zusammen mit Svenja auf einem gemütlichen Sofa sitzen und Wein trinken.

»Ist es möglich, einen Kamin einzubauen?«, fragte er den Makler.

»Das müsste ich klären«, erwiderte dieser. »Ich würde Ihnen aber so oder so zu einem modernen Ofen raten. Er ist pflegeleichter, vor allem aber wesentlich besser, was das Energetische angeht.«

»Guter Tipp, danke.«

Ben ließ sich Zeit, obwohl er bereits wusste, dass er das Loft kaufen würde. Kammermeier drängte ihn nicht, hielt sich im Hintergrund, für den Fall, dass er noch eine Frage hatte.

»Gut, ich nehme es«, sagte er schließlich. »Sie veranlassen alle nötigen Schritte?«

»Selbstverständlich«, antwortete Kammermeier. »Kann ich sonst noch etwas für Sie tun?«

»Wann kann ich einziehen?«

»Ich werde mit dem Bauherrn sprechen. Wenn Sie eine Anzahlung leisten, sollte einem baldigen Einzug nichts im Weg stehen.«

»Natürlich. Sagen Sie mir einfach, wie viel ich wohin überweisen soll.«

Ben hatte plötzlich das Bedürfnis, seine künftige Wohnung sofort zu verlassen. Er reichte dem Makler die Hand. »Sie wissen ja, wie Sie mich erreichen können. Ich habe noch einen anderen Termin.«

»Selbstverständlich, Herr Häusgen. Ich melde mich bei Ihnen.«

Als Ben bereits in der Tür stand, rief Kammermeier ihm nach: »Herr Häusgen?«

Ben wandte sich um.

»Danke für Ihr Vertrauen.«

»Gerne. Auf Wiedersehen.«

Ben rannte beinahe das kurze Stück zur U-Bahn. Natürlich konnte er sich den Kauf des Lofts leisten, zwei Millionen mehr oder weniger waren nun wirklich kein Problem. Aber machte er sich nicht etwas vor? Hatte er wirklich eine reelle Chance, Svenja jemals für sich zu gewinnen? Bisher machte sie nicht den Eindruck, als ließe sie sich von seinem Charme beeindrucken. Und ein Zweihundertquadratmeter-Loft würde ihm dabei sicher auch nicht helfen.

Hannah hat recht. Du musst Geduld haben. Sie hat sich gerade getrennt, da ist sie nicht scharf auf einen neuen Mann.

Zurück im Hotel wählte er Fionas Nummer.

»Hi Ben, wie ist München?«, meldete sie sich.

»So schön, dass ich mir gerade einen Wohnung gekauft habe.«

Obwohl er normalerweise nicht zu solch spontanen Handlungen neigte, ließ seine Geschäftsführerin nicht erkennen, dass sie überrascht war. »Oh, du bleibst also länger dort?«, war die einzige Reaktion.

»Vermutlich«, erwiderte Ben. »Das heißt, du musst den Laden eine Zeit lang alleine schmeißen. Aber das machst du ja sowieso.«

»Eben«, gab Fiona trocken zurück. »Wo ist das Problem?«

»Kein Problem«, versicherte Ben ihr und berichtete von dem Loft.

»Klingt gut. Schade, dass ich nicht auf Männer stehe, du wärst der perfekte Märchenprinz.«

»Haha«, machte Ben und dachte an Svenja. Wenn sie ihn nur auch so sehen würde. Sie besprachen noch ein paar geschäftliche Dinge und legten dann auf.

Unschlüssig sah Ben sich um. Fiona hatte alles im Griff, es gab für ihn nichts zu tun. So schön und groß das Hotelzimmer auch war – er hatte das Gefühl zu ersticken.

»Pfeif drauf«, sagte er, holte die Reisetasche, packte alles hinein und checkte aus.

»Ich hoffe, Sie hatten einen schönen Aufenthalt«, flötete die Rezeptionistin.

»Danke, ja. Ich komme vermutlich in ein paar Tagen zurück, ich melde mich rechtzeitig.«

»Kein Problem, Herr Häusgen. Gute Reise.«

»Danke.«

Ben stieg in sein Auto, das vor dem Hotel bereitgestellt war und fuhr los. Erst als er auf der Autobahn Richtung Österreich war, atmete er durch.

Kurz vor der italienischen Grenze rief er alle Leute an, die es wissen mussten, und informierte sie darüber, dass er für ein paar Tage nicht erreichbar sei. Dann fuhr er durch bis Südtirol, quartierte sich in ein abgelegenes Berghotel ein und versuchte zu entspannen.

Als er ein paar Tage später braungebrannt und bestens erholt ins Café kam, war alles anders.

Neben Edeltraut gab es nun auch eine junge Studentin namens Gina, die stundenweise im Café aushalf. Svenja hatte sich bei zwei großen Kanzleien beworben und war von beiden zu einem Gespräch eingeladen worden. Sie war bester Laune und flirtete offen mit ihm.

Der Kaufvertrag für das Loft lag zum Unterzeichnen bereit beim Notar, wenn er wollte, konnte er in einer Woche umziehen.

Er flog nach Hamburg, beauftragte eine Spedition damit, ein paar seiner Möbel nach München zu transportieren. Den Rest kaufte er in diversen Möbelhäusern dazu.

Als Svenja ihn zu einer Vernissage einlud, hoffte er, es wäre der lang ersehnte Durchbruch, doch der Dämpfer kam sofort.

»Es ist eine Ausstellung von diesem Maler, der oben im vierten Stock wohnt. Laut Hannah ist er ein richtiges Ekelpaket, aber er zeigt offensichtlich guten Willen. Edeltraut hat zufällig von der Vernissage erfahren. Ich finde, Hannah muss hier mal raus, Edeltraut und Gina haben das für einen Abend gut im Griff.« Sie hängte sich bei ihm ein, schaute ihn mit Kleinmädchenblick von unten an. »Vielleicht hört sie ja auf dich?«

Tatsächlich ließ Hannah sich von ihm überzeugen, und so machten sie sich am Freitagabend zu dritt auf den Weg zur Galerie.

Ben war sehr verwundert über Hannahs Reaktion auf ihr Porträt. Es war äußerst gelungen und sehr vorteilhaft. Erst, als er erfuhr, dass es ohne ihr Wissen entstanden war, verstand er ihre Aufregung.

Heiner Grau war dabei keine Hilfe, die Dollarzeichen sprangen ihm fast aus den Augen.

Als Hannah sogar mit Anwalt drohte, sah Ben sich gezwungen einzuschreiten. Er nahm den schmierigen Galeristen unauffällig zur Seite und fragte ihn, was die Porträts kosten sollten.

»Oh, tut mir leid, aber es gibt schon so viele Interessenten. Ich fürchte …« Grau beendete den Satz nicht, doch Ben wusste, worauf es hinauslaufen sollte. Da er einen Anzug trug, blieb die übliche geringschätzige Taxierung aus. Dennoch schien ihm der Galerist nicht zuzutrauen, genügend Geld für Kunst zu haben.

»Sehen Sie«, sagte er leichthin. »Ich habe gerade ein Loft gekauft, dessen Wände ziemlich leer sind. Ich habe noch ein paar Euro übrig, um sie zu schmücken. Das Porträt gefällt mir außerordentlich gut. Schade, dass es nicht mehr zu haben ist. Na, es gibt ja noch andere Galerien in München.«

Es fehlte nicht viel und Grau hätte ihm die Schuhe vollgesabbert. Ben musste sich sehr zusammennehmen, um nicht zurückzuweichen, als er ihm aufdringlich nahe rückte.

»Ich lasse zusätzlich limitierte Drucke anfertigen, da könnten Sie sich bewerben«, hechelte er.

Ben schüttelte den Kopf. »Nein danke, ich bin nur an Originalen interessiert.« Er trat einen Schritt zurück und betrachtete das Porträt. »Nur interessehalber – was kostet es?«

Grau war Geschäftsmann durch und durch und witterte seine Chance. »Fünfzigtausend«, sagte er.

Ben wandte sich ihm betont langsam zu. »Ich gebe Ihnen zweihunderttausend, wenn Sie keine Drucke davon machen lassen. Und natürlich gehören die anderen Skizzen dazu.«

Der Galerist wollte etwas erwidern, öffnete den Mund, schloss ihn wieder, rechnete.

»Aber das ist ein Verlustgeschäft für mich«, jammerte er schließlich. »Die Drucke gehen locker für zehntausend weg. Selbst wenn ich sie auf zwanzig limitiere, bekomme ich allein dafür schon zweihundert.«

»Und Besuch vom Anwalt«, erwiderte Ben. »Ich würde Frau Jensen auf jeden Fall dazu raten.«

»Das ist Erpressung!«

»Nein, nur ein Deal unter Geschäftsleuten. Ich erhalte das farbige Porträt, alle Skizzen sowie eine schriftliche Bestätigung des Künstlers, dass es keine weiteren Bilder gibt. Sie erhalten im Ge-

genzug zweihunderttausend Euro, die Hälfte davon cash, wenn Sie wollen. Ich brauche nicht mal eine Quittung dafür. Aber natürlich muss der Künstler seinen Anteil bekommen.«

Er wusste, er hatte den Mann in der Hand, auch wenn der sich noch sträubte. Doch die Aussicht auf so viel Bargeld, das er möglicherweise am Finanzamt vorbeischleusen konnte, war zu verlockend.

Grau streckte die Hand aus. »Abgemacht.«

Ben nahm die Hand und sagte ebenfalls: »Abgemacht. Eine Bedingung habe ich noch: Frau Jensen darf niemals etwas davon erfahren.« Er zog den Galeristen näher zu sich heran. »Wenn ich jemals irgendwo eine Kopie des Porträts auftauchen sehe – und ich komme viel herum in der Welt –, dann gnade Ihnen Gott.«

Er ließ die schweißnasse Hand los und schaffte es, seine nicht sofort an der Hose abzuwischen. Der ganze Mann war ekelhaft.

»Ich bin gerade erst nach München gezogen, deshalb habe ich noch keine Visitenkarten. Ich schicke Ihnen morgen meine Adresse. Die Lieferung kann nächste Woche erfolgen.«

Grau verbeugte sich und scharwenzelte um ihn herum. Doch zum Glück wurde er von anderen Gästen in Beschlag genommen und Ben konnte sich zurückziehen.

»Was hattest du denn mit diesem Typen zu verhandeln?«, wollte Svenja wissen.

»Ach, wir haben ein wenig gefachsimpelt«, sagte Ben. »Ich habe mal Kunst studiert, allerdings ziemlich erfolglos.« Er lachte, dankbar dafür, dass er diesmal nicht hatte lügen müssen. Es war zwar nur ein Semester gewesen, aber das stand nicht zur Debatte. »Für eine Galerie wie diese hier reicht mein Wissen allemal.«

»Die arme Hannah«, flüsterte Svenja, obwohl ihre Tante außer Hörweite war. »Sie ist völlig außer sich. Allein die Vorstellung, dass irgendwelche wildfremden Menschen einen in der Wohnung hängen haben und anstarren.« Sie schüttelte sich.

»So ist das nun mal mit Kunst«, erwiderte Ben. »Dafür ...«

»Lasst uns gehen.« Hannah stand plötzlich neben ihnen. »Ich habe die Nase voll.«

Sie verließen die Galerie, ohne sich von jemandem zu verabschieden. Als sie an einer Bar vorbeikamen, sagte Hannah: »Ich brauche etwas zur Stärkung.«

Nach zwei Cognacs begann Hannah, von den kleinen und großen Katastrophen im Café zu erzählen. Es waren zwei unterhaltsame Stunden, in denen Ben die angenehme Gesellschaft, vor allem aber Svenjas Nähe genoss.

Als er gegen elf Uhr beschwingt ins Hotel kam, überreichte man ihm eine Nachricht. Mit dem verschlossenen Umschlag in der Hand fuhr er im Aufzug in sein Stockwerk und betrat sein Zimmer. Ungeduldig riss er die Mitteilung auf und las:

Warum meldest du dich nicht, wenn du in München bist? Du kannst mich unmöglich vergessen haben?
RUF! MICH! AN! ☺

Die Nachricht war nicht unterschrieben, aber Ben wusste auch so, von wem sie kam.

Er hatte an Fiona oder seine Eltern gedacht, obwohl die ihn auf dem Handy angerufen hätten. Wütend zerknüllte er den Zettel und warf ihn auf den Boden. Niemals hatte er damit gerechnet, dass sich der größte Albtraum seines Lebens wiederholen könnte.

Andrzej Nowak

Falsche Post

Andrzej stand am Fenster und beobachtete das rege Leben unten auf dem Grand Canal Square. Seine Schicht begann erst um zehn Uhr, er hatte noch Zeit.

Er lebte nun schon mehr als sechs Monate in den Docklands, war aber immer noch fasziniert wie am ersten Tag, dass es ihm gelungen war, eines der begehrten Apartments zu ergattern. Natürlich – die Miete war horrend, doch dank Belinda war es machbar.

Das Wasser des Grand Canal spiegelte die dicken Wolken wider, die über den Himmel jagten. Ein Boot der Viking Splash Tours fuhr vorbei, fast alle Insassen trugen diese dämlichen Wikinger-Helme. Andrzej fragte sich, warum Touristen sich am helllichten Tag zum Idioten machten. Es war vermutlich der Gruppenzwang.

Vor dem Theater stand eine Schlange junger Frauen. Irgendwo hatte er einen Zettel mit dem Aufruf zu einem Casting gesehen, konnte sich jedoch nicht mehr daran erinnern, wofür. Sie hofften sicher alle, den Treffer zu landen.

»Good luck«, murmelte er.

Sein Handy vibrierte, es war seine Schwester.

»Dzień dobry, Milenka«, sagte er. Obwohl sie beide seit über zehn Jahren in Irland lebten, sprachen sie immer wieder Polnisch miteinander.

»Guten Morgen, Brüderchen«, erwiderte sie. »Ich wollte dich nur an die Hochzeit erinnern.«

Er lachte. »Wie könnte ich die vergessen? Du rufst schließlich täglich an. Wie geht es Joanna?«

»Gut, gut«, sagte sie. »Wir sind fast fertig mit den Vorbereitungen. Natürlich ist sie täglich mindestens zehn Mal kurz davor, die Hochzeit abzusagen, du kennst das ja.« Sie schwieg, als sie erkannte, was sie soeben gesagt hatte. »Tut, tut mir leid, das war dumm von mir.«

Andrzej lachte. »Mach dir nichts draus. Es ist doch schon ewig her, dass meine Hochzeit abgeblasen wurde.«

»Trotzdem, es war gedankenlos von mir«, sagte Milena. »Du kommst trotzdem?«

»Na hör mal, ich lass mir doch nicht die Hochzeit meiner Lieblingsnichte entgehen.«

»Gut.« Milena klang hörbar erleichtert. »Wird Belinda mitkommen?«

Andrzej seufzte laut. »Wie oft muss ich dir sagen, dass sie nicht meine Freundin ist? Wir wohnen nur zusammen, mehr ist da nicht.«

Was seine Schwester wie üblich unglaubwürdig fand. Wie konnten ein Mann und eine Frau in einer Wohnung leben und kein Paar sein? In manchen Dingen war Milenka sehr polnisch geblieben.

Er unterbrach ihren Redeschwall mit dem Hinweis, dass er zur Arbeit musste. »Wir sehen uns morgen, dann kannst du mir alles erzählen. Gib allen einen Kuss von mir.«

Er legte auf, verließ die Wohnung und fuhr mit dem Fahrrad zum Krankenhaus.

»Guten Morgen, Andy«, rief der Pförtner, als er die Reha-Klinik betrat.

»Guten Morgen, Paddy«, erwiderte Andrzej. »Schöner Tag heute.«

»Bei dir sind doch alle Tage schön«, gab der Pförtner gutmütig zurück.

»Stimmt. Ich mache eben das Beste draus.« Andrzej lachte.

Er zog sich um, ging zu der Station, der er an diesem Tag zugeteilt war, und meldete sich zum Dienst.

»Ah, Andy, gut, dass du da bist«, begrüßte ihn die Stationsschwester, Sr. Mary.

Das bedeutete, dass sie mal wieder eine Spezialaufgabe für ihn hatte. Und tatsächlich –

»Liz ist krank, kannst du sie vertreten?«

»Natürlich, kein Problem.« Andrzej nahm den Zettel entgegen, auf dem Liz' Einsätze standen. Er wusste, seine Gutmütigkeit wurde ausgenutzt, aber er dachte dabei weniger an die Kollegen als an die Patienten.

»Bis später«, sagte er zu Sr. Mary und ging zu seinen beiden Lieblingspatientinnen.

»Guten Morgen, meine Sonnenstrahlen«, rief er, als er die Tür öffnete.

Lautes Gekicher war die Antwort. Rosie, zweiundachtzig, und Emily, vierundachtzig, waren zwei zarte, aber durchaus lebenslustige Damen, die nach einem Oberschenkelhalsbruch in die Reha-Klinik gekommen waren.

»Wie geht es heute Morgen, meine Täubchen?«, fragte Andrzej und schob den Nachttisch neben Rosies Bett zur Seite. »Fangen wir heute mit dir an?«

»Gern«, gurrte Rosie und strahlte ihn an.

Folgsam absolvierte sie ihre Übungen, während Andrzej mit ihr und Emily schäkerte. Er wusste, wie man den Patienten die oftmals schmerzhafte Therapie wenigstens etwas versüßen konnte. Ein kleiner Scherz hier und da und alles lief fast von allein.

Als Rosie ermattet ins Bett zurücksank, lobte er sie.

»Du warst sehr fleißig heute, das gibt einen Extra-Nachtisch. Ich glaube, heute gibt es Schokopudding. Den isst du doch so gerne, nicht wahr?«

Rosie kicherte, sagte aber nichts. Die Erschöpfung ließ ihr schmales Gesicht noch dünner und kleiner erscheinen.

Andrzej beugte sich besorgt zu ihr. »Alles in Ordnung?«

»Ja, ja«, sagte sie matt und versuchte ein Lächeln. »Heute ist wieder so ein Tag …«

»Sweetheart, du musst es mir sagen, wenn es zu anstrengend wird«, sagte er leise. »Nur du weißt das. Ich kann nicht in dich hineinsehen.«

»Ich weiß. Es ist alles in Ordnung.« Sie zog die Decke zu sich und schloss die Augen.

Andrzej setzte ein strahlendes Lächeln auf und wandte sich Emily zu.

»Nun zu dir, mein Augenstern.«

Emily kicherte wie ein junges Mädchen und schaffte es sogar zu erröten. Auch sie führte ihre Übungen gewissenhaft aus, und Andrzej achtete sorgsam darauf, dass sie sich nicht übernahm.

Als sie fertig war, ging er noch einmal zu Rosies Bett. Sie schlief. Er prüfte ihren Puls, der kräftig und gleichmäßig zu spüren war.

»Wenn was ist mit ihr, ruf uns, ja?«, bat er Emily.

»Natürlich«, sagte sie. »Aber sie ist zäh, das weißt du doch.«

Er lächelte trotz seiner inneren Unruhe. Er würde heute häufiger als sonst nach den beiden sehen.

Mit einem »Bis später, meine Täubchen« verließ er das Zimmer und suchte nach dem seines neuen Patienten. Es war am anderen Ende des Flurs.

Bevor er das Zimmer betrat, schaute er in die Krankenakte. Paul Keegan, sechsundsiebzig, Zustand nach Schlaganfall, leichte Lähmungserscheinungen linksseitig. Nichts, was man nicht mit etwas Training in den Griff bekommen würde. Ein roter Punkt links oben auf der Akte signalisierte, dass es sich um einen schwierigen Patienten handelte.

Andrzej seufzte. In seinen Augen gab es keine schwierigen Menschen. Man musste eben individuell auf sie eingehen; früher oder später fand man Zugang zu jedem.

Er klopfte und öffnete die Tür. »Mr. Keegan? Guten Morgen. Ich bin Andy, Ihr heutiger Physiotherapeut. Wie geht es Ihnen?«

Paul Keegan starrte ihn an, als sei er ein Ungeheuer. Der rote Punkt war offensichtlich gerechtfertigt. Aber er wäre der erste Patient, den Andrzej nicht knacken könnte.

Er stellte sich neben das Bett und fragte: »Haben Sie Schmerzen?«

Mr. Keegan schien nicht gewillt zu sein, mit ihm zu reden. Er ließ die Gelegenheit zu jammern ungenutzt.

Andrzej tat, als studiere er die Krankenakte, obwohl er alle Details kannte. Er wollte dem Patienten Zeit geben, sich an seine Anwesenheit zu gewöhnen.

Es wurde dennoch eine sehr schwierige halbe Stunde, nach der er sich vermutlich kaputter fühlte als Paul Keegan. Der hatte die geforderten Übungen unter stummem Protest absolviert. Andrzej hatte bisher noch nie erlebt, dass ein Patient so gar nicht auf ihn einging. Die meisten reagierten erstaunt und erfreut auf seine immer gute Laune und lustigen Sprüche, manche verbaten sich letztere und wünschten eine gewisse Distanz, was kein Problem für ihn war. Er respektierte alle Wünsche.

»Ich wünsche Ihnen einen schönen, schmerzfreien Tag, Mr. Keegan.«

Bevor er zum nächsten Einsatz ging, schaute er bei Emily und Rosie vorbei. Beide schliefen. Er checkte Rosies Puls, der immer noch regelmäßig und kräftig war. Ihre Gesichtsfarbe war inzwischen zurückgekehrt. Dennoch – er hatte ein schlechtes Gefühl.

Als er Dr. Crowe auf dem Flur traf, sprach er sie darauf an. Sie versprach, bei Rosie regelmäßig nach dem Rechten sehen zu lassen.

Da er Liz' Patienten mit übernommen hatte, kam Andrzej kaum zum Durchatmen. Die Zeit verflog, und es war kurz vor sieben abends, als er ein letztes Mal bei seinen beiden Lieblingen vorbeischaute. Erfreut sah er Rosie im Bett sitzen und mit wachen Augen ihre Lieblings-Soap im Fernsehen verfolgen.

»Ich will euch nicht stören«, flüsterte er und winkte ihnen zu. »Ich bin am Montag wieder da.«

»Ich hoffe, es sind ein paar nette Mädchen da«, rief Emily ihm zu. Er hatte ihnen von der Hochzeit seiner Nichte erzählt.

»Keine wird so nett sein wie ihr zwei«, gab er zurück und warf ihnen eine Kusshand zu.

Beide kicherten wie immer, wandten den Blick aber nicht vom Bildschirm. Leise schloss er die Tür.

Obwohl es Rosie sichtbar besser ging, wollte das ungute Gefühl in ihm nicht weichen.

Er hatte es sich zur Angewohnheit gemacht, nach dem Dienst Sport zu treiben, um auf andere Gedanken zu kommen. Obwohl er nur jeweils eine halbe oder ganze Stunde mit den Patienten verbrachte, bekam er doch sehr viel von ihnen mit. Seine offene Art ermutigte die Kranken oftmals, ihm ihre privatesten Sorgen mitzuteilen. Er wusste, er konnte und durfte ihnen nur im Rahmen seiner Arbeit helfen, deshalb achtete er darauf, die Probleme nicht mit in sein Privatleben zu nehmen.

Nach einer Stunde Workout im Fitness-Studio kam er gegen neun erschöpft nach Hause. Er freute sich auf drei freie Tage, auch wenn er diese im Trubel seiner Familie verbringen würde.

Da er einen Bus am Vormittag ausgewählt hatte, war dieser nicht ausgebucht; der Platz neben ihm blieb frei. Die Fahrt nach Galway würde zweieinhalb Stunden dauern, Zeit, um die *Irish Times* ausführlich zu lesen.

Auf dem Weg zur Busstation hatte Mike, der Postbote, ihm noch rasch seine Post überreicht, die er achtlos in seine Reisetasche stopfte.

Sie hatten Dublin längst hinter sich gelassen und Andrzej blätterte in der Zeitung, doch er konnte sich auf keinen Artikel konzentrieren. Rosie ging ihm nicht aus dem Kopf, so sehr er sich auch bemühte.

Schließlich holte er sein Handy hervor und rief in der Klinik an. Erst, als ihm Sr. Mae versicherte, dass es der Patientin gut ging, war er beruhigt und widmete sich erneut der Lektüre.

In Galway wartete sein Schwager Shaun auf ihn. Er gehörte zu der Sorte Menschen, die erst nach dem vierten oder fünften Bier auftauten und nach drei weiteren redselig wurden. Wobei redselig bedeutete, dass er dann überhaupt etwas sagte. Insofern war er der perfekte Mann für Milenka, denn sie ließ selten jemanden zu Wort kommen, wenn sie erst einmal in Fahrt war.

Andrzej hatte sich oft gefragt, wie die beiden zueinander gefunden hatten. Doch die Ehe hielt bereits seit fast dreißig Jahren, und da Milena nie etwas am Telefon äußerte, ging er davon aus, dass sie einigermaßen glücklich war. Fruchtbar war sie auf jeden Fall gewesen: Nach zwei Zwillingspärchen in den ersten Jahren folgte einige Jahre später Joanna, die quasi als Einzelkind keinen leichten Stand in der Familie hatte. Sie hatte in Dublin studiert und zwei Jahre in London gearbeitet, dennoch hatte ihre Mutter monatelang darüber gejammert, dass nun auch das letzte Kind das Haus verlasse.

Und dann heiratete sie zu allem Überfluss einen Engländer! Hätte es nicht wenigstens ein Ire sein können – wenn schon kein Pole? Aber Milena konnte ihrer Tochter schlecht vorwerfen, was sie selbst nicht gemacht hatte.

Schweigend fuhren sie zu dem Dorf am Ufer des Lough Corrib, wo die Hochzeit stattfinden sollte. Andrzej fühlte sich in Gegenwart seines Schwagers wohl und genoss die Landschaft, vor allem aber die Stille. Er wusste, was ihn erwartete.

Und tatsächlich – wie immer, wenn seine Familie zusammenkam, herrschte das pure Chaos. Im polnischen Teil redete jeder auf jeden ein, der irische Zweig stand stumm da und staunte. Milenka war einem Nervenzusammenbruch nahe, Joanna erlitt einen Weinkrampf nach dem anderen.

»On… Onk… Onkel Andy«, schluchzte sie herzzerreißend.

Er nahm sie in die Arme. »Was ist denn los, Honey?«

Joanna beruhigte sich schließlich und trocknete die Tränen. »Woher weiß ich, dass es kein Fehler ist?«

Andrzej lachte. »Du Dummerchen! Wie lange lebst du jetzt mit Rick zusammen?«

»Zwei Jahre.«

»Hattest du während dieser Zeit jemals Zweifel?«

Sie schüttelte den Kopf.

»Warum dann jetzt?«

»Heiraten ist was anderes als Zusammenleben.«

»Ist es das wirklich? Was ändert sich? Du liebst Rick und er liebt dich, mit oder ohne Trauschein.«

Sie schaute ihn zweifelnd an. »Glaubst du wirklich?«

Er gab ihr einen Nasenstüber. »Lass dir doch nichts einreden. Es ändert sich nichts. Okay, du heißt ab morgen anders, aber du bist doch trotzdem immer noch meine Lieblingsnichte, nicht wahr?«

Sie musste lachen. »Mama macht mich wahnsinnig.«

»Na, du kennst sie lange genug, du weißt, wie sie ist.« Er wurde ernst. »Joanna, es ist dein Leben, da darf keiner reinreden. Es ist normal, dass man vor der Hochzeit Zweifel bekommt. Aber das geht vorbei. Wenn du dir sicher bist, dass Rick der Richtige ist ...«

»Ist er, ganz bestimmt«, sagte seine Nichte.

»Na also, dann ist das kein Problem.« Andrzej drehte sie sanft herum und deutete auf ihre Familie. »Schau sie dir an. Deine Eltern feiern im nächsten Jahr ihren dreißigsten Hochzeitstag. Deine Geschwister sind alle seit mehreren Jahren verheiratet – die Chancen, dass deine Ehe gutgeht, sind groß.«

Joanna schwieg und beobachtete. Dann nickte sie. »Du hast recht.« Sie gab ihm einen Kuss auf die Wange. »Ich bin froh, dass es dich gibt. *Ein* vernünftiger Mensch in diesem Wahnsinn.«

Sie umarmten sich, dann gab Andrzej ihr einen sanften Schubs. »Nun geh schon zu deiner Mutter und sag ihr, dass die Hochzeit stattfindet, sonst erleidet sie tatsächlich noch einen Nervenzusammenbruch.«

Da das Haus seiner Schwester für die ganze Familie zu klein war, hatten sie im örtlichen Pub für ihn ein Zimmer reserviert. Es war klein und dunkel, doch es roch gut und sauber.

Andrzej machte sich frisch und packte die Reisetasche aus. Dabei entdeckte er die Briefe, die Mike ihm gegeben hatte. Er wollte sie zur Seite legen, wobei ihm ein Umschlag aus feinstem Papier auffiel. Er zog ihn heraus. Die Adresse war mit der Hand geschrieben, vermutlich eine Einladung zu einer Feier. Da hatte sich aber jemand Mühe gemacht.

Da auf der Rückseite kein Absender stand, schaute er sich die Vorderseite genauer an.

Die Briefmarke zeigte einen Mann, den er nicht kannte, das Land war durch den Poststempel verdeckt. Er kniff die Augen zusammen und entzifferte ein M und ein h. Kannte er jemanden in County Meath? Aber auf dem Stempel stand doch nicht das County, sondern die Stadt.

Er ging zum Fenster, hielt den Umschlag gegen das Licht. Das M war eindeutig, auch das h, dahinter stand noch ein i oder e. M h i? M h e?

Es klopfte an der Tür.

»Ja?«

Seine Schwester steckte den Kopf herein. »Ist alles in Ordnung? Passt das Zimmer?«

»Ja, natürlich, komm herein. Das Zimmer ist gut, es ist ja nur für zwei Nächte. Es ist sauber, das ist die Hauptsache. Viel Zeit werde ich sowieso nicht hier verbringen.«

»Eben. Wir fahren nach Galway, willst du mitkommen?«

Andrzej hätte lieber einen ruhigen Nachmittag verbracht, aber er sah seine Familie viel zu selten.

»Natürlich komme ich mit, das lasse ich mir keinesfalls entgehen.«

Die Hochzeit war wunderschön. Es wurde viel geweint und viel gelacht, später dann auch viel getanzt und getrunken.

Shaun hielt eine für seine Verhältnisse sehr lange Rede von zirka zwei Minuten und wünschte seiner Jüngsten und ihrem Mann alles Gute.

Andrzej fand sich ständig umzingelt von einigen Frauen reiferen Alters, die vermutlich nur zu dem Zweck eingeladen worden waren, ihn ebenfalls in den Hafen der Ehe zu führen.

Er war zu allen höflich, tanzte mit ihnen, blieb aber stets unverbindlich. Um halb zwölf gelang es ihm, endlich zu entkommen. Er lief auf Umwegen zum Pub, um eventuelle Verfolgerinnen abzuschütteln. Erleichtert erreichte er sein Zimmer und schloss die Tür sicherheitshalber doppelt ab.

Erschöpft ließ Andrzej sich auf das Bett fallen. Obwohl er sich zurückgehalten hatte, fühlte er sich betrunken. Am liebsten hätte er sich im Bett verkrochen und geschlafen, doch das würde ihm seine Schwester ein Leben lang vorhalten.

»Nur ein paar Minuten Ruhe«, murmelte er und setzte sich auf den einzigen Stuhl im Zimmer. Sein Blick fiel auf den Umschlag, den er auf den Tisch gelegt hatte, als Milenka klopfte.

Er nahm ihn in die Hand und betrachtete erneut Briefmarke und Poststempel.

»Was soll der Blödsinn?«, sagte er zu sich selbst und riss den Umschlag auf. Ein zusammengefalteter Zettel sowie eine Karte, die ihm vage bekannt vorkam, fielen ihm entgegen.

Er nahm die Karte, die das Trinity College zeigte, und drehte sie um. Überrascht sah er, dass es seine Einladung an Jill zu einer Vernissage war. Das war doch Wochen her! Richtig, das Datum der Vernissage war Anfang August gewesen. Wieso schickte sie die Karte zurück?

Er nahm den Zettel und klappte ihn auf. Er war handbeschrieben – und nicht von Jill.

Blumengasse 8
80636 München

München, 13. September 2015

Dear Mr. Nowak,

anbei schicke ich Ihnen eine Karte zurück, die offensichtlich aus Versehen in einem Umschlag gelandet ist, der an mich gerichtet war. Ich fürchte, es ist inzwischen zu spät für die Einladung, aber ich war in den letzten Wochen so sehr damit beschäftigt, ein Café zu eröffnen, dass ich nicht dazugekommen bin, die Post regelmäßig zu bearbeiten. Ich möchte mich dafür sehr herzlich entschuldigen.

Ich schicke Ihnen die Karte nur zurück, weil ich die Befürchtung habe, dass die Person, die Sie eingeladen haben, womöglich beleidigt ist oder dass es zu Verstimmungen zwischen Ihnen kam.

Ach, ich schreibe Unsinn, es ist auch schon spät, deshalb ende ich hier und sende herzliche Grüße nach Dublin (wo ich einige Jahre gelebt habe)

Ihre Hannah Jensen

Andrzej starrte auf die Zeilen. Wer war Hannah Jensen? Und warum schickte sie ihm seine Karte? Er kapierte absolute nichts.

»War wohl doch zu viel Alkohol«, sagte er und grinste. »Du wirst alt, Junge.«

Er las den Brief noch ein paar Mal durch, ohne jedoch wirklich etwas zu verstehen.

Jill. Vor einigen Monaten hatte sie sich überraschend bei ihm gemeldet, nach sieben Jahren Funkstille. Dem war ein Jahr voller Streit, Hass und Vorwürfe vorausgegangen, diesem wiederum eine geplatzte Hochzeit. Zwei Tage vor dem Termin hatte sie ihm kühl am Telefon mitgeteilt, dass sie ihn nicht heiraten könne, er sei nicht der Richtige für sie.

Natürlich hatte jeder, einschließlich ihm selbst, gedacht, es sei die übliche Panikreaktion einer Braut vor der Hochzeit, doch auf dem Standesamt warteten sie vergebens.

Nachdem der Schock einigermaßen verdaut war, wollte er nur wissen, warum. Doch Jill war nicht bereit, mit ihm zu reden. Alles, was sie verlangte, war die Rückgabe aller Geschenke, die sie ihm im Laufe ihrer Beziehung gemacht hatte. Seine würde sie behalten. »Als Entschädigung.«

Entschädigung wofür? Andrzej ging nicht auf ihre Forderung ein ohne ein klärendes Gespräch als Gegenleistung. Das war das Mindeste.

Doch Jill blockte und ging schließlich zu einem Anwalt. Andrzej sah ein, dass es nur noch mehr Streit geben würde, und gab alles zurück, einschließlich der albernen Weihnachtssocken mit den Elchen darauf. Er wollte das Thema einfach nur noch abschließen.

Im Februar dieses Jahres begegneten sie sich zufällig im Theater, sprachen jedoch nicht miteinander. Sie war in männlicher Begleitung, er allein.

Zwei Wochen später rief sie an und fragte ihn, ob sie sich nicht treffen könnten, sie habe da wohl etwas gutzumachen.

Andrzej hatte ihr längst vergeben, wenn er es auch nie vergessen würde, sagte ihr dennoch, er sehe keinen Grund für ein Treffen. Doch sie blieb hartnäckig.

Es war ein seltsames Gefühl, ihr wieder so nahe zu sein, doch Andrzej war fest entschlossen, sich nicht wieder mit ihr einzulassen. Sie einigten sich schließlich darauf, Freunde zu bleiben, die hie und da etwas miteinander unternahmen.

Er hatte ihr die Einladung zur Vernissage geschickt, da er wusste, wie kunstinteressiert sie war. Dass sie sich nicht gemeldet hatte, war nicht ungewöhnlich.

Das Vibrieren des Handys unterbrach seine Gedanken an seine Ex. Melina schickte ihm eine SMS: *Wo steckst du, verdammt noch mal?*

Es wurde Zeit, dass er zur Feier zurückging.

Stunden später, er lag endlich im Bett und versuchte zu schlafen, fiel ihm Rosie ein. Er war sich plötzlich sicher, dass sie tot war.

Am Sonntag verbrachte er noch ein paar nette Stunden mit der Familie, bevor sein Schwager ihn nach Galway brachte, wo er den Bus zurück nach Dublin bestieg. Sowohl Jill, den Brief als auch Rosie hatte er vergessen.

Belinda war inzwischen von einem Auftritt in London zurückgekehrt. Sie holten sich indisches Essen und tauschten während des

Abendessens ihre Erfahrungen aus. Es wurde ein lustiger Abend, der viel zu spät endete. Als Andrzej nach Mitternacht seine Reisetasche auspackte, fiel der Brief auf den Boden. Unschlüssig, was er damit anstellen sollte, legte er ihn auf das Sideboard. Wegwerfen konnte er ihn immer noch.

Als er am nächsten Morgen seinen Dienst in der Klinik antrat, empfing ihn gedrückte Stimmung auf der Station.

»Was ist los?«, fragte er eine Kollegin, obwohl er es längst wusste.

»Rosie Miller ist in der Nacht zum Sonntag gestorben«, sagte die Stationsschwester.

»Was ist mit Emily?«, fragte er.

»Sie ist natürlich schockiert, aber es geht ihr gut.«

Er wollte sich mit eigenen Augen vergewissern. Emily lag zusammengerollt in ihrem Bett.

»Emily? Ich bin's, Andy.«

»Hallo«, sagte sie kaum hörbar.

»Es tut mir so leid.«

»Mir auch. Ich hab sie wirklich gemocht.«

»Ja, ich auch. Kann ich etwas für Sie tun?«

Sie schüttelte den Kopf. Dann richtete sie sich auf. »Es ist ein Trost, dass sie im Schlaf gestorben ist. Ist doch ein schöner Tod, oder?« Ihre Augen schimmerten verdächtig.

»Ja, das ist es«, erwiderte er und legte den Arm um sie.

Sie weinten gemeinsam, sie viele, er ein paar Tränen.

»Ich wünschte, ich könnte bei ihrer Beerdigung dabei sein«, sagte Emily.

»Da lässt sich sicher etwas machen. Ich werde mich mal erkundigen«, versprach Andrzej. »Wissen Sie, woher sie kam?«

Emily dachte nach. »Nein, ich fürchte nicht.«

»Kein Problem, ich bekomme das raus.« Er gab ihr einen Kuss auf die weißen Haare. »Wenn was ist, sagen Sie es, ja?«

Sie nickte.

Andrzej fand heraus, dass das Krankenhaus eine Autopsie vorgeschlagen, Rosies Sohn diese jedoch abgelehnt hatte. »Was bringt es zu wissen, woran sie gestorben ist? Sie hatte ein gutes Leben, sie soll auch einen guten Tod haben.«

Die Beerdigung würde in vier Tagen in der Nähe von Waterford stattfinden. Er bat um die Erlaubnis, Emily hinzubringen. Er erhielt sie, nachdem Emily bestätigte, dass es ihr ausdrücklicher Wunsch war.

Trotz des traurigen Anlasses wurde es ein fröhlicher Tag und Emily wirkte heiter und gelöst, als sie in die Klinik zurückkehrten.

Am Freitag war sein freier Tag, den er für Hausarbeiten nutzte. Belinda und er hatten nicht allzu viele Regeln aufgestellt, doch dass die Wohnung abwechselnd geputzt wurde, war ungeschriebenes Gesetz.

Wieder fiel ihm der Brief in die Hände. Er las ihn erneut und verstand zum ersten Mal den Inhalt. Es rührte ihn zu Tränen, dass jemand sich so viel Mühe machte. Er schob seine Sentimentalität auf Rosies Tod.

Nach dem Hausputz entwarf er eine Antwort. Nach mehreren Anläufen war er einigermaßen zufrieden mit dem Ergebnis.

Dublin, 26. September 2015

Dear Hannah,

vielen Dank für Ihre netten Zeilen! Es ist sehr ungewöhnlich, dass sich jemand die Mühe macht, einen fehlgeleiteten Brief zurückzusenden – noch dazu ins Ausland. Ich kann Sie beruhigen – die Freundin, die ich einladen wollte, war gar nicht in Irland, sie hätte die Post also sowieso viel zu spät bekommen.

Ist Ihr Café schon eröffnet? Es war sicher viel Arbeit.

Ich muss leider gestehen, dass ich kaffeesüchtig bin, ich wäre ein sehr guter Kunde in Ihrem Café. ☺

Was haben Sie in Dublin gemacht? Wie lange waren Sie hier? Und warum sind Sie weg?

Dear Hannah, seien Sie mir nicht böse, wenn ich so viele Fragen stelle, aber Sie haben mich neugierig gemacht. Ich würde mich freuen, wenn ich wieder Post von Ihnen bekäme.

Herzliche Grüße von der grünen Insel

Ihr Andrzej

Bevor er es sich noch anders überlegen konnte, lief er zum Briefkasten und warf den Brief ein. Wieder zu Hause öffnete er seinen Laptop und googelte nach dem Café, fand aber nur eine Homepage mit dem Hinweis: *Sorry under construction.*

Obwohl er wusste, dass sein Brief ein paar Tage brauchen würde und Hannahs Antwort ebenfalls, schaute er jeden Tag ungeduldig in den Briefkasten, nur um enttäuscht zu werden.

Nach einer Woche war er sicher, sie würde ihm nicht mehr schreiben. Warum auch?

Umso überraschter war er, als er zehn Tage später einen Brief von ihr vorfand. Diesmal war er mit dem Computer geschrieben.

München, 3. Oktober 2015

Dear Andrzej,

ich nutze den Feiertag, um Ihnen schnell ein paar Zeilen zu schicken. Okay, ich gebe zu, ich schiebe unangenehme Dinge wie Buchhaltung etc. vor mir her und suche jede Ausrede, um es nicht machen zu müssen.

Ich war Anfang der 2000er Jahre in Dublin, habe dort in einer Bank gearbeitet. (Ich sollte also eigentlich keine Probleme mit meiner Buchhaltung haben!) Ich habe die Zeit in Dublin sehr genossen, habe auch viele Freunde gefunden.

Was machen Sie denn beruflich?

Eine Homepage gibt es noch nicht. Zunächst will ich das reale Café fertigstellen, bevor ich mich an das virtuelle mache. Die Adresse gibt es aber schon:

www.cafe-hannah.de.

Und jetzt werde ich mich wohl doch der Buchhaltung widmen müssen.

Herzliche Grüße

Ihre Hannah

Als P.S. hatte sie ihre private Mailadresse hinzugefügt.

Sein Herz klopfte. Er fühlte sich wie ein Teenager, der seinen ersten Liebesbrief erhalten hatte.

Dass sie ihm geantwortet hatte, hieß doch, dass sie mit ihm korrespondieren wollte. Er kannte die Frau nicht, wusste nichts über sie. Nun, ein paar Details gab es inzwischen.

Diesmal tippte er ihren Namen in die Suchmaschine ein und erhielt fast dreißigtausend Links. Er klickte die Bilder an, hatte die Auswahl zwischen Acht- und Achtzigjährigen. Erst, als er die Suche um die Begriffe *Bank* und *Dublin* ergänzte, erhielt er eine überschaubare Menge an Fotos. Eines davon stach sofort heraus: Eine Frau in ihren Dreißigern lachte ihn direkt an. Sie war dezent geschminkt und trug die rötlichen Haare hochgesteckt. Vermutlich trug sie ein Business Kostüm, er konnte jedoch nur den Kragen der Jacke sehen.

Er klickte auf das Foto, um es zu vergrößern. Darunter stand: Hannah Jensen at the Annual Finance Conference 2009.

War sie's? Andrzej starrte lange auf das Bild. Wenn sie zum Zeitpunkt der Konferenz Mitte dreißig war, war sie jetzt Anfang vierzig, also ungefähr in seinem Alter.

Hatte er sie sich so vorgestellt? Er wusste es nicht. Das Lachen und der offene Blick in die Kamera passten auf jeden Fall zu der Person, die er hinter den Mails vermutete.

Andrzej speicherte das Foto ab und richtete es als Bildschirmhintergrund ein. Er fühlte sich dabei wie ein Schulbub, der sich in eine berühmte Sängerin verliebt hatte und ihr Konterfei über sein Bett hängte.

Er wartete drei Tage, schickte ihr dann eine Mail.

RE: Your letter

Dear Hannah,

Sie sind also eine Bankerin. Oder vielmehr waren es! Wie kommt es, dass Sie jetzt ein Café eröffnen? War das schon immer Ihr Traum?

Ich arbeite als Physiotherapeut in einer Reha-Klinik hier in Dublin. Wie Sie ja vielleicht an meinem Namen (und den Fehlern) erkennen können, bin ich kein gebürtiger Ire. Ich komme aus Polen und habe die Chance genutzt, dass man hier Arbeitskräfte suchte.

Ich bin seit mehr als zehn Jahren in Irland. Zuerst war ich in Cork, später im Norden, seit sechs Jahren lebe ich in Dublin. Mir gefällt es hier, ich mag die Menschen und die Natur und natürlich das Bier! ☺

Da haben Sie es in München ja auch gut!

Die Pflicht ruft!

Andrzej

Er installierte ein Mailprogramm auf seinem Handy, um ihre Antwort sofort lesen zu können, doch sie ließ ihn warten. Er sagte sich, dass sie dabei war, ein Café zu eröffnen, da hatte man viel um die Ohren. Dennoch ging er jeden Abend deprimiert zu Bett.

»Was ist los mit dir?«, fragte Belinda am vierten Morgen. »Du siehst beschissen aus.«

»Dir auch einen guten Morgen«, brummte Andrzej.

»Oh weh, bist du krank?« Sie klang jetzt ernsthaft besorgt. »Wo ist deine gute Laune?«

Andrzej zwang sich zu einem Lächeln, das jedoch misslang. Er wusste selbst nicht, was mit ihm los war. So hatte er sich seit Jills Anruf vor acht Jahren nicht mehr gefühlt. Konnten zwei harmlose Briefe und ein Foto einen Menschen derart aus der Bahn werfen?

»Hast du Ärger im Krankenhaus?«, bohrte Belinda weiter. »Ist es wegen Rosie?«

Andrzej versicherte ihr, dass es nichts dergleichen sei. »Es ist alles gut. Mein Vorrat an guter Laune ist momentan einfach aufgebraucht. Morgen geht's wieder.«

Doch auch am nächsten Morgen war die Welt kalt und grau, obwohl es einer dieser einzigartigen Tage war mit einem tiefblauen Himmel, wie es ihn nur in Irland zu geben schien.

Andrzej warf Hannahs Briefe in den Müll und löschte die App auf seinem Handy. Auch das Bild auf seinem Laptop löschte er, um es Sekunden später aus dem Papierkorb zu fischen und zu speichern.

»Du bist ein Idiot«, sagte er sich und schob alle Gedanken an Hannah in die hinterste Ecke seines Gehirns. Stattdessen konzentrierte er sich auf Paul Keegan, dessen Zustand keinerlei Fortschritte machte, so sehr er und seine Kollegen sich auch bemühten.

»Ich mache mir ernsthaft Sorgen um ihn«, sagte Dr. Crowe in der Team-Besprechung. »Physisch ist er fit, dennoch verbessert sich sein Zustand nicht. Niemand kommt an ihn ran.«

»Gibt es keine Angehörigen?«, wollte Miriam wissen.

»Eine Tochter, die ihn aber bisher nur einmal besucht hat. Angeblich hat sie zu viel zu tun. Sie ist irgendeine Managerin.« Sr. Marys Ton machte deutlich, was sie davon hielt.

»Was ist mit der Ehefrau?«

Dr. Crowe suchte in der Akte. »Vor zwei Jahren gestorben. Seither lebt er allein.«

Kein Wunder, dass er sich niemandem anvertraut, dachte Andrzej. Laut sagte er: »Ich versuche es noch mal.«

Direkt nach der Besprechung ging er zu Mr. Keegan.

»Hallo, Paul, wie geht es Ihnen? Ich weiß, Sie reden nicht gern. Kann ich verstehen, wir sind alle fremd für Sie, nicht wahr? Warum also sollten Sie sich uns anvertrauen?«

Paul Keegan lag scheinbar teilnahmslos in seinem Bett, doch an den Augen konnte Andrzej erkennen, dass er zuhörte. Er setzte sich auf die Bettkante und sprach weiter.

»Kann es sein, dass Sie Angst haben? Ich an Ihrer Stelle hätte sie. Ihre Frau ist gestorben, Ihre Tochter hat keine Zeit für Sie und Sie haben Angst, in ein Heim abgeschoben zu werden.«

Andrzej wartete auf eine Reaktion. Endlich schaute Keegan zu ihm, sagte jedoch nichts.

»Ich will ganz offen mit Ihnen sein«, fuhr Andrzej fort. »Das wird auch passieren, wenn Sie Ihre Übungen nicht machen. Sie hatten einen Schlaganfall, aber das ist noch lange kein Todesurteil. Ihrer war relativ harmlos, Sie haben kaum Einschränkungen. Die bekommen wir in den Griff, das verspreche ich. Es wird nicht einfach, aber wir schaffen das. Gemeinsam, Sie und ich. Was meinen Sie?«

Paul starrte ihn lange an. Andrzej hielt seinem Blick stand und ließ ihn in Ruhe denken.

»Kann ich dann nach Hause?«, fragte er schließlich.

»Ich denke ja. Wir werden hart arbeiten, damit Sie so selbstständig wie möglich werden. Es gibt Spezialisten, die sich Ihr Haus anschauen und Ihnen Tipps geben, wie Sie es anpassen können. Und natürlich gibt es soziale Dienste, die Ihnen zur Hand gehen. Vielleicht gibt es auch in der Nachbarschaft jemanden, der Sie unterstützen könnte?«

Paul schien zu überlegen, schüttelte erst den Kopf, nickte dann. »Da könnte es jemanden geben.« Seine Stimme war rau.

»Na sehen Sie!« Andrzej sprang auf. »Es gibt für alles eine Lösung, na ja, für fast alles.« Er lachte Mr. Keegan an, der mit einem kaum wahrnehmbaren Lächeln antwortete.

»Sehr schön, so gefallen Sie mir besser. Wir fangen morgen an, in Ordnung? Genießen Sie Ihren letzten angenehmen Tag!«

Als Andrzej die Tür schloss, glaubte er, ein leises Kichern zu hören.

Er studierte Keegans Krankenakte genau und erstellte einen Trainingsplan. In drei Wochen würde Paul fit genug sein, um in sein eigenes Haus zurückzukehren.

Zufrieden mit sich und der Welt fuhr Andrzej nach Hause. Er kaufte sich beim chinesischen Take-away Reis mit Hühnchen und freute sich auf einen faulen Abend vor dem Fernseher. Während er mit einem Ohr auf die Nachrichten horchte, startete er seinen Laptop, um nach dem zuständigen sozialen Dienst in Pauls Gegend zu suchen.

In seiner Mailbox warteten drei Mails.

Er zögerte, war nahe dran, den Laptop wieder zuzuklappen.

»Nun werd mal nicht kindisch«, schimpfte er und klickte energisch auf den Posteingang. Eine Mail war von Joanna mit einem Foto, das sie und Rick am Strand auf Kreta zeigte.

Die zweite war Spam, die dritte von Hannah.

AW: RE: Your letter

Dear Andrzej,

bitte entschuldigen Sie, dass ich mich nicht gemeldet habe, aber es war so viel zu tun! Noch vier Tage, dann wird das Café eröffnet! Ich kann es kaum glauben, aber meine Innenarchitektin behauptet, dass es stimmt.

Ja, ich bin eine Bankerin! Aber natürlich eine von den Guten! (Jetzt höre ich Sie fragen: Gibt es gute Banker?)

Ich dachte mir tatsächlich, dass Sie aus Polen kommen, oder zumindest aus einem osteuropäischen Land. An Fehlern hätte ich es allerdings nicht bemerken können, denn Sie machen keine!

Ein Café zu eröffnen, war tatsächlich schon lange mein Traum. Aber Sie wissen ja, wie das mit Träumen ist: Man denkt immer mal wieder darüber nach und sagt dann: Später.

Dass ich ihn nun doch verwirklichen kann, habe ich im Prinzip der Finanzkrise zu verdanken. Ich habe zum Abschied ein nettes Päckchen bekommen, das mir das Wagnis ermöglicht hat.

Welches Bier mögen Sie? Doch hoffentlich kein Guinness? Ich könnte nicht mit jemandem korrespondieren, der Guinness trinkt! ☺

Ich mag Bier nicht besonders gerne, aber ich gebe zu, dass ich auch viel zu viel Kaffee trinke. Da haben wir also durchaus etwas gemeinsam.

Bei mir ruft jetzt das Bett, es ist ja schon weit nach ein Uhr.

Gute Nacht!

Hannah

Andrzej las die Mail drei Mal durch. Sollte er warten mit der Antwort? Ach was, das war doch Blödsinn.

RE: Beer

Dear Hannah,

ich freue mich, dass das Café nun bald eröffnet wird. Ich wünschte, ich könnte dabei sein, es wird sicher ein anstrengender, aber auch schöner Tag für Sie werden. Ich drücke für alle Fälle die Daumen!

Keine Bange, ich trinke kein Guinness. Sie können mir also ruhig weiterhin schreiben.

Ich habe heute einen Patienten dazu gebracht, seine Übungen zu machen. Er hatte Angst, in ein Pflegeheim zu müssen. Seine Tochter hat offensichtlich keine Zeit für ihn. Ich konnte ihn überzeugen, wenn er fit genug ist, darf er in sein eigenes Haus zurück. Ich glaube, er hat heute zum ersten Mal seit Monaten gelächelt. Das ist ein gutes Gefühl.

Oh Gott, ich klinge furchtbar! Sie wird sich nicht dafür interessieren!

Dennoch schrieb er einen Gruß darunter und schickte die Mail ab. Keine fünf Minuten später kam ihre Antwort.

AW: RE: Beer

Hallo Andrzej,

ich war gerade online, als Ihre Mail eintrudelte.

Ich finde es gut, dass es Menschen wie Sie gibt, die sich noch Gedanken über die Patienten machen. Oftmals ist der Krankenhausbetrieb sehr seelenlos.

Wenn Sie kommenden Samstag Zeit haben, sind Sie herzlich eingeladen zur Eröffnung. Es gibt Kaffee und Kuchen aufs Haus.

Hannah

RE: AW: RE: Beer

Danke für das Kompliment! Die meisten Menschen denken, dass ich mich ständig einmische. Aber ich kann nun mal nicht zusehen, wenn Menschen unglücklich sind. Eine frühere Kollegin sagte mir mal, ich leide am Helfersyndrom. ☺

Andrzej

AW: RE: AW: RE: Beer

Solange Sie sich nicht selbst dabei verlieren, ist das doch nichts Schlimmes. Lassen Sie sich nichts einreden und bleiben Sie, wie Sie sind.

Gute Nacht, Hannah

Andrzej klappte den Laptop zu. Sein Essen war kalt, das Bier warm, aber es störte ihn nicht. Er hatte keinen Hunger mehr. Was bedeutete es, dass Hannah ihm schrieb? Bedeutete es überhaupt etwas? Langweilig war ihr sicher nicht, das konnte also nicht der Grund sein. Fühlte sie dieselbe Verbundenheit wie er? Oder war sie einfach nur ein freundlicher und höflicher Mensch? Aber weshalb sollte sie es zu ihm sein? Er war ein Fremder.

Tausend Fragen geisterten durch seinen Kopf und hielten ihn vom Schlafen ab. Dennoch fühlte er sich am nächsten Morgen ausgeruht. Gut gelaunt fuhr er zur Klinik, wo ihn ein hochmotivierter Mr. Keegan erwartete. Andrzej musste ihn bremsen, damit er es mit den Übungen nicht übertrieb. Während er Paul beaufsichtigte, überlegte er, wie er weiterhin mit Hannah in Kontakt bleiben konnte.

Am Abend rief er seine Schwester an und erkundigte sich nach Joanna und dem Rest der Familie.

»Habt ihr schon die Fotos bekommen?«, fragte er wie nebenbei.

»Welche Fotos?«

Andrezej runzelte die Stirn. Milenka stellte sich wirklich manchmal an!

»Die Fotos von der Hochzeit?«

»Seit wann interessierst du dich für Fotos?«

»Seit ich alt und sentimental werde«, erwiderte Andrzej und lachte.

Seine Schwester ließ sich davon überzeugen. »Ich schicke dir die Abzüge, sobald ich dazu komme.«

»Könntest du mir ein paar vorab per Mail schicken?«, bat er. »Ich brauche eines für die Klinik. Vielleicht ist etwas Brauchbares dabei, dann muss ich nicht extra zum Fotografen.«

Er wartete auf eine Frage, aber es kam keine. Offensichtlich klang sein Argument stichhaltig.

»Bis wann benötigst du sie?«

»Kannst du sie heute noch schicken? Shaun hilft dir sicher dabei.«

»Das krieg ich schon noch selbst hin. Ich seh, was ich machen kann.«

Eine Stunde später erhielt er die Mail mit einigen Fotos. Die meisten waren nicht brauchbar, da er nur verschwommen zu sehen war, aber eines war dabei, das ihn klar und deutlich und einigermaßen vorteilhaft zeigte.

Er schnitt sein Konterfei aus und fügte es in das bereits vorbereitete Bild ein. Es zeigte ein Cottage mit Schafen davor, im Hintergrund war das Meer zu sehen. Er setzte seinen Kopf auf eines der Schafe, fügte eine Sprechblase hinzu, in die er »Good luck« schrieb. Es war vielleicht ein wenig kitschig, aber er war sich sicher, dass Hannah es richtig auffassen würde.

Am liebsten hätte er die Mail sofort losgeschickt, doch er zwang sich, bis zum nächsten Tag zu warten.

Zum ersten Mal seit Jahren schien der Tag in der Klinik nicht vergehen zu wollen. Andrzej liebte seine Arbeit und es machte ihm nie etwas aus, Überstunden zu schieben. Doch an diesem Tag verließ er die Klink überpünktlich und radelte so schnell wie möglich nach Hause.

Er setzte sich an den Laptop, öffnete das Mailprogramm und las die vorbereitete Mail durch:

RE: All the best
Dear Hannah,
ich wünsche Ihnen zur Eröffnung des Cafés alles Gute. Möge es ein großer Erfolg werden!
Anbei ein paar Grüße aus Irland – und von mir.
Herzlichst
Ihr Andrzej

Er hängte die Datei an und schickte die Mail los. Jetzt hieß es wieder warten. Er war gespannt, was sie sagen würde.

Liebe Leserin, lieber Leser,

jetzt fragst du dich sicher: Das kann doch nicht das Ende sein?

Nein, ist es auch nicht! Denn ich habe *Café Hannah* als Serie angelegt. Da gibt es natürlich immer wieder offene Enden. Und man darf neugierig sein, wie es weitergeht im nächsten und übernächsten Band.

Auf meiner Homepage *www.cafe-hannah.de* gibt es zu jedem Buch Leseproben, in die du schon mal hineinschnuppern kannst. Außerdem findest du dort Hintergrundinformationen zu den wichtigsten Charakteren. Und natürlich auch Infos zu mir.

Sehr freuen würde ich mich über eine Rezension von dir in den Sozialen Medien, auf einem Blog oder in einem Online-Shop. Feedback mit Lob, Kritik und Anregungen hilft mir beim Schreiben der nächsten Teile. Und andere LeserInnen bekommen durch deine Eindrücke ein besseres Bild von der Welt rund um das *Café Hannah*.

Falls du mit mir in direkten Kontakt treten möchtest, kannst du mir über die Homepage eine Nachricht zukommen lassen. Du kannst mir aber auch auf Twitter (*@AnnEHacker7*) oder Instagram (*cafe.hannah*) folgen. Ich freue mich über jede Rückmeldung und antworte garantiert.

Danken möchte ich Katrin und Christian für ihre Unterstützung und das konstruktive Feedback. Wir sind zwar eine kleine, aber – wie ich finde – tolle Schreibgruppe. Ein ganz besonderes *Danke!* geht an meine bessere Hälfte dafür, dass er mich immer unterstützt, aber auch mal mahnt, wenn ich wieder zu lange am Schreibtisch sitze.

Ann E. Hacker

Freu dich auf mehr Geschichten aus dem *Café Hannah*!

Im Herbst 2019 erscheint Band 2:

Hannah wird 50! Die Nachbarn, Freunde und Bekannten lassen die gute Seele der Blumengasse hochleben. Doch mitten in der Feier tauchen alte Flammen und ganz neue Perspektiven auf.
Und nicht nur Hannah hat einen Platz in der Gefühlsachterbahn ergattert.

Bei Restaurantbesitzer Bassam hängt der Haussegen schief, Freundin Marlene hat mit der lieben Familie ihre Müh und Not und Hannahs Nichte Svenja ist unglücklich verliebt, sie weiß es nur noch nicht. Und so erlebt die Gemeinschaft um das Café Hannah ein reichlich turbulentes Jahr, an dessen Ende nichts mehr so ist wie zuvor, nicht einmal der Haarschnitt …

Im Frühjahr 2020 kommt Band 3, in dem es kritisch wird für das Café:

In Hannahs Leben könnte es nicht besser laufen: Ihr Café floriert. Doch dann kündigt der neue Hausbesitzer den Pachtvertrag. Die Blumengasse ist in Aufruhr, denn das Café ist längst das Herzstück der Straße geworden.

Während ihre Freunde Edi, Svenja, Ben, Hubertus, Brigid und Andy trotz eigener Probleme versuchen, das Café zu retten, verliert Hannah jeglichen Lebensmut. Hoffnung keimt auf, als der Verwalter des neuen Hausbesitzers Interesse an dem Café zeigt. Wird es gelingen, ihn von der Rettung zu überzeugen?

Alle drei Bände sowie *Marilyn – Ein Kurzroman aus der Café-Hannah-Welt* sind bereits als E-Books bei unserem Partnerverlag *26|books* erschienen.

Mehr Romane in der edition tingeltangel

Aktuelle Informationen findest du
auf *www.edition-tingeltangel.de* und
auf der *Facebook*-Seite der *edition tingeltangel.*

Arno Wlhelm
Was man so alles tut
kurz vor dem Weltuntergang

ca. 390 Seiten
Broschur mit Klappen
15,00 € (D)
ISBN 978-3-944936-54-3
(auch als E-Book erhältlich)

»Alles, was ein Weltuntergang benötigt! Arno Wilhelm zappt uns mit einer munter durchmischten Reisegruppe durch die letzte Woche auf Erden, lässt seine Protagonisten vom Glauben abfallen, neue Religionen entstehen und verheimlicht auch nicht, dass ein Teil des Himmels in Hannover liegt.« (Frank Klötgen, Poetry-Slam-Star a.D.)

In einer Woche findet das Jüngste Gericht statt. So lautet die Pressemitteilung der Götter an die Weltbevölkerung. Doch was tut man angesichts des drohenden Weltuntergangs? Lässt man sich auf eine neue Liebe ein? Bricht man zu einer letzten Reise auf? Oder begeht man einen Mord?

Julia gründet kurzerhand ihre eigene Religion. *Star Wars*-Fan Jenny will herausfinden, ob Meister Yoda tatsächlich ein Gott ist. Verwaltungschef Manfred müht sich ab, die Ordnung in seiner Behörde aufrechtzuerhalten. Der Polizist Achim sinnt auf Rache. Jack bereitet sich auf sein letztes Konzert vor: am Brandenburger Tor in Berlin bei der großen Party zum Ende der Welt.

Ihre Begegnungen zwischen dem Allgäu, Frankfurt, Göttingen, Hannover, der Ostsee und Berlin werden zu finalen Road-Trips ins Jenseits ...

Marta Donato
Tod am Gardasee
Ein Italien- & Bayern-Krimi

368 Seiten
Broschur mit Klappen
14,90 € (D)
ISBN 978-3-944936-31-4
(auch als E-Book erhältlich)

»Marta Donato lässt ihre Krimis dort spielen, wo ihre Seele aufblüht: in Italien. Die Münchnerin mordet mit leichter Hand, stets sehr amüsant und spannend bis zum Schluss.« (BR Fernsehen / Abendschau)

Matthias Holzinger, Bürgermeister einer Chiemsee-Gemeinde, wird am Gardasee jäh aus dem Leben gerissen. Die Kommissare aus Verona und Traunstein stoßen auf ein Netz aus Korruption, Immobilienschwindel und Neid bei den Opernfestspielen von Verona.

Marta Donato
Flucht über den Brenner
Ein Italien- & Bayern-Krimi

444 Seiten
Broschur mit Klappen
15,90 € (D)
ISBN 978-3-944936-40-6
(auch als E-Book erhältlich)

2015, im Jahr der Flüchtlingskrise:
Eine schöne blonde Frau.
Blut auf hellem Marmor.
Vier geraubte Meisterwerke des Barock.
Auf den Straßen Araber und Afrikaner.
An den Grenzen Kontrollen.

Der Ganove Gianni Canali hat Pech. Als er sich darauf einlässt, bei einem Kunstraub in Verona den Transporter zu fahren, stolpern er und seine Komplizen im Museum über eine Leiche. Auf der Flucht nach Bayern gerät Gianni in eine Grenzkontrolle. Dabei ist seine Ladung gleich doppelt gefährlich für ihn.

P.S.:

»Remember STRESSED spelled backwards is DESSERTS!«

Dieser charmante Hinweis begegnete uns beim Fotoshooting mit Ann E. Hacker.
Wir hatten uns ein winziges Café dafür ausgesucht: Wir machen Cupcakes, *gleich neben dem Münchner Viktualienmarkt.*
Fast fühlten wir uns dort wie im »Café Hannah«, denn die Konditorin Maria Tumini-Chroboczek empfing uns herzlich wie Hannah. Und ihre Kreationen sind optisch und geschmacklich einfach ein Traum, wie es sonst nur Edeltraut hinbekommt.

Deshalb an dieser Stelle nochmals ein Dankeschön an

wir machen
cupcakes

Frauenstraße 11, 80469 München